Fania Fénelon
Sursis pour l'orchestre
Témoignage recueilli par Marcelle Routier

续命：奥斯维辛女子乐队纪事

〔法〕法尼娅·费内隆 口述
　　玛塞尔·鲁捷 执笔

周学立 译

上海文艺出版社

谨将此书
献给所有奥斯维辛比克瑙灭绝营的
女性幸存者

法尼娅·费内隆

目 录

前言	001
你不能死!	007
蝴蝶夫人	017
在红十字下	034
天使降临!	039
愿节日继续!	051
前进的面包……	067
"加拿大"女孩	078
平静的小城	095
大伊莲娜	108
第七日……	121
阿尔玛·罗泽	144
卡波阿尔玛	159
前进,音乐!	170
玛尔塔	185
死亡簿记员	206
玛拉	219
我们最亲爱的党卫军	227
为党卫军领袖海因里希·希姆莱演出!	240
斯人永在	260
生日快乐!	283
"黑三角"舞会	301
曼德尔与孩子	313
大限将至	320
在德军铁蹄下	328
劫后余生	345
后记	358

前言

过去了三十年……

  10月的晚上，鎏金的布鲁塞尔大广场下着雨。濛濛秋雨在我身后无声飘落，落在宾馆酒吧阴沉的玻璃窗上。

  昏暗的灯光里，三名女子围坐在一张漆过的橡木小圆桌边。

  她们离别至今已有三十年。那年，她们分别只有十七岁、十九岁、二十五岁。她们走出了贝尔根-贝尔森集中营。死神放过了她们，她们重新拥抱生命。

  她们现在聚在这儿，优雅高贵，仪态万方，有种布尔乔亚气质，但又不完全一样。她们点了果汁和杜松子酒，其中两位，安妮和伊莲娜不紧不慢款款啜饮；第三位，法尼娅，急切地喝完了面前的饮料，那种她用于生活的急切！

  借着简短平淡的话语，她们小心翼翼地翻开共同的回忆。遗忘如同深邃的黑夜，曾不同程度地缓解她们的痛苦，就像夜行性的动物，她们畏惧"聚光"粗暴的折磨。情感上，她们殷切期待这次重逢，但理智上，她们也充满了焦虑不安，因为谁都无法知道其他人选择忘却的是集中营生活的哪些碎片。而现在法尼娅就在她们面前,这位集中营女子乐队的核心,生命之光,她们知道她犀利的记忆将一切都铭记在心,几乎一切,但她们依旧来了,响应法尼娅的召唤,欣然赴约。

三人中,法尼娅个子最小,身高仅有一米五,碧蓝碧蓝的眼眸,浑身散发着令两位同伴由衷感激的生命力:

"是你一直领着我们大家,要是没有你……"

她们知道不用把话完全说透。

"你总让我们大笑……"

她们转向我这个外人,信誓旦旦:"我们大笑,像群疯子……"

"是的,"安妮解释说,"在乐队,我们还能笑!"

这让她们幸存下来的笑将她们带入沉思,仿佛如今必须重新审视其合法性。伊莲娜,她那深蓝色的眼睛目光依旧无比清纯,寻求我的赞同:

"我们笑,我们搞音乐!集中营里竟然有一支乐队,在您看来够匪夷所思吧?"

"据我所知,好几个集中营有乐队,奥斯维辛的男子乐队就很有名。"

法尼娅不容置辩地纠正:

"女子集中营没有,我们是唯一的女子乐队。再没有第二支。"

伊莲娜沉吟道:

"这支乐队,难道不是吗,它救了我们!"

她们的关注点在其他地方,那是对命运的了解,命运的无常,命运的奇迹,是只有被命运摆布过的人才有的体悟。她们谨慎地谈论自己,吞吞吐吐。回顾过往,她们谨小慎微,让这重逢的气氛显得颇为特殊。想起昔日的法尼娅,安妮金澄澄的目光变得温柔起来:

"你知道吗,没有你,我们绝无法挺过最后那几个月的疯狂……"

"我们究竟是怎么坚持下来的?"伊莲娜诧异道,"这件事始终震撼着我。"

"法尼娅,你是那样肯定能从那儿出去,"安妮接着说,"你是那样充满活力,想要不跟上你都不行……"

"这本关于我们乐队的书,你早就说会写,我们深信不疑;只有你才能完成它。"伊莲娜把身子向后靠了靠,蜷缩在阴影中,然后承认:"难道不是吗,我可是把很多事都给忘了!……"

她没说"谢天谢地",但话已到了嘴边,闪耀在每个人的脑海里,安妮以一句斩钉截铁的"我也是!"表示赞同。

法尼娅的回应带着一丝挑衅:

"而我,什么也没有忘记。什么都没有!"

两位女伴用交织着怜悯与敬意的神情看着她,听着她。

"你们知道我是什么时候开始动笔的? 4月15日。我们解放整三十年的那天,一天不多一天不少。"

从当下,我一下子闪回到了法尼娅说的这一天;当时,得知这个日子对她的意义后,我这样问她:

"今天,您对这个解放纪念日有什么感觉?"

她不假思索地给了我一个幻视者的答案:

"感觉有时候我们又回到那里……一切都那样真切,历历在目,真的像身临其境……"

"您为什么用了'我们'?"

"因为,不是只有我,而是我们所有人。在那儿,我从不是一个人!"

"您常常想起这一切?"

"今天以外的日子不是我想,是'那些事'在替我想!"

她激动起来,几乎是痛苦地大喊:

"我根本不愿想!可我没办法,尤其是夜里,我总是又被带回比克瑙,带回乐队的营房,'那些事'自动就上演了,都不用我管。每次开头都不一样:有时是一个女人在大叫,那是弗洛莱特或伊莲娜,有时是一个女人在哭,那是安妮或另一个谁,有时是恶狠狠的咒骂、一通乱棍,那是柴可夫斯卡……每一个夜晚,您明白吗,每一个夜晚,我都在那里……"

"事实上,您从未走出那里?"

这一事实唤起她内心的歉疚。她并起自己那双小巧灵活的钢琴家之手,惊人地以某种在她身上极为少见的消沉承认:"我从未离开集中营,我一直在那儿,每个夜晚我都在那儿……整整三十年。"

此刻,我面前的这三位女士或许听到了我的思绪,因为安妮若有所思地说:

"你等了整整三十年……"

法尼娅的回复是那么简单:

"首先,和你们一样,我那时必须生活。拥抱青春,我们那时才二十多岁呀,可一个个看上去却像老太太!我需要其他人温暖的拥抱,需要吃喝,需要做爱,需要去爱……尤其需要疗伤,和你们一样。我伤得很重。我必须**治愈集中营的伤**。这耗费了如此漫长的时间……我憋了三十年,竭尽全力忘却这不可能忘却的一切,我终于明白这是徒劳,终于明白我永远无法忘却。那我就只能对乐队除魔了!"

玛塞尔·鲁捷

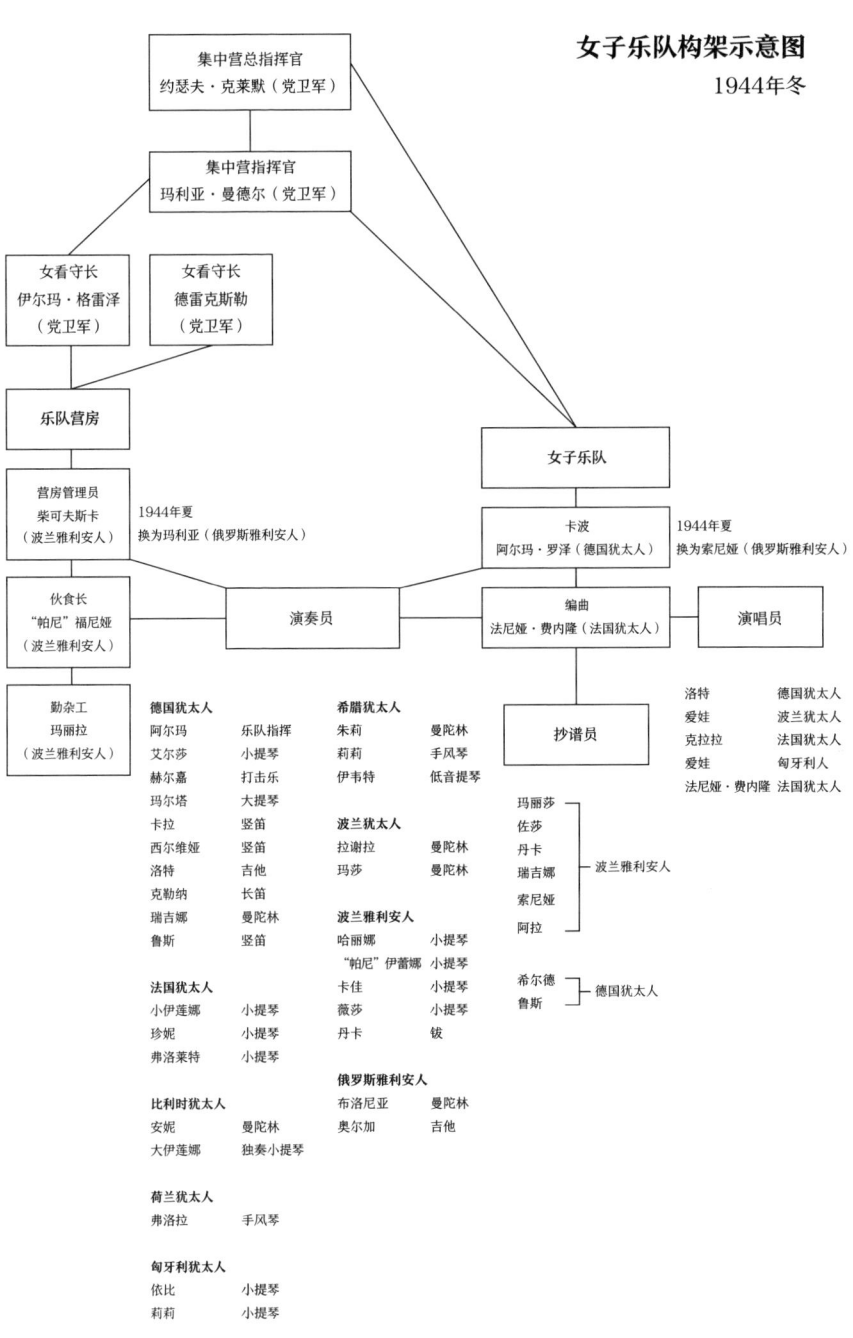

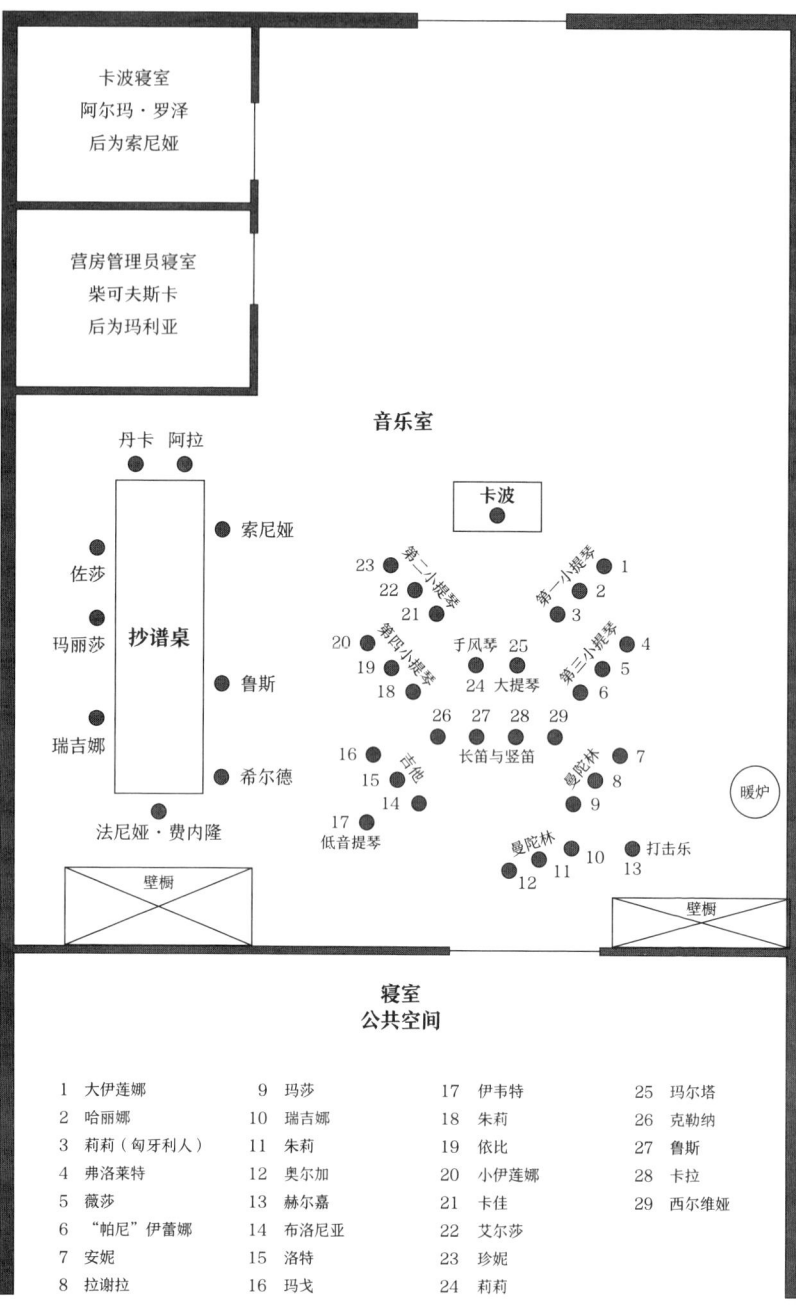

你不能死！

"你不能死！"[1]

这一声德语，我不知道它在说什么；它无法阻止我坠落、下沉到这漆黑的深渊，每一秒我都陷得更深。我已经有好多天连睁开眼睛的力气都没有了。是我的尿，让我身上一会儿温热一会儿冰冷吗？还是因为我发了高烧？斑疹伤寒将我掏空。我快死了。

我头痛欲裂。难友们的叫声、哭声、呻吟声如同尖针、如同碎玻璃，剐在我身上，扎进我的头颅。

我命令我的手把这些碎片拔出来。我的手，这瘦骨嶙峋的手不听我指挥。骨头一定撑破了皮肤。它也许已经从我身上断开了？不可能。这双手，我还要留着它们弹钢琴。弹钢琴……这些吊在胳膊最下面的骨节倒是适合演奏《骷髅之舞》，我笑……

不，我没有疯，但这主意还真是滑稽！

我太渴了，口渴极了！党卫军切断了供水。好多天以前我们就

---

[1] 原文为德语。本书仿宋体文字如无特别说明原文均为德语。——编者注

没了任何吃的。我已经很久感觉不到饥饿了。

我变轻了,我飞上云端,我陷入那吞噬我的流沙……不,我飞在一团棉絮里。怪啊……

我很脏……幸运的是我找到个好法子:我用自己的尿来清洁身体,这能让我觉得清爽。我绝不能放弃,我必须要保持干净。尿液不脏。要是渴了,我还能喝点儿。况且,我已经喝过了。

我不知道现在几点。今天几号?这我知道。姑娘们一直数着日子:4月15日。这又能怎样呢?又是和往常一样的一天。但我究竟在哪里?我已经离开比克瑙了?我们在那儿是四十七个人,是"乐队的女士"……而在这里,贝尔根-贝尔森,在这没有一扇窗户的营房里,我们是上千具……毛坯的尸体。上帝,这太臭了!……行了,我想起来了,我们是1944年11月3日到的这里。

我的大脑疾速运转……现在是白天?晚上?

我放弃了,这太痛苦了……我又昏睡过去。

在我上方,在我脸上,吹来一口气……一种模糊的气味,一种甜美的香味。

一个声音穿过包裹着我的层层棉絮,盖过嗡嗡的耳鸣:

"我的小歌唱家……"

"小歌唱家"……所有党卫军女看守都这样叫我。

"你不能死!"

这是一声命令。但我无动于衷!我不再接受命令,我的大脑还能翻译这句话,但再也无法指挥我。

我微启双眼,看见女看守伊尔玛·格雷泽[1],一位因其出色的体貌而被称为 Engel——安琪儿——的女党卫军。那为她镶上光环的

---

1 Irma Grese(1923—1945),**女子集中营党卫军看守,绰号"贝尔根-贝尔森的女禽兽"。1945年被美国占领当局组织的军事法庭判处死刑。——译注**

金色发辫，她湛蓝的眼睛，她美妙的肤色，在我眼前的迷雾中摇来晃去。她用力摇着我：

"你不能死！你的英国朋友来了！"

这怎么可能：这个女武神眼中闪过一抹笑意，仿佛觉得这消息挺好玩！

我又合上眼，她可真烦人。

"她和你说了什么？"大伊莲娜和安妮问道。

我把那句德语复述了一遍。

她们急了：

"和我们说法语，快翻译！"

"我忘了。"

"可是……你刚用德语说完。"

她们让我烦透了，我什么都不记得了，我闭口不言……

"说话呀……"

她们哀求道：

"你不能死！"

我一下被点醒，把那句话翻给她们：

"你不能死！你的英国朋友来了……"

她们挺失望。

"就这个……"小伊莲娜嘟囔道。

弗洛莱特插话：

"胡说八道！他们老跟我们玩这手，俄国人来了，英国人来了，美国人来了。在奥斯维辛，他们不知道调戏我们多少回了！"

我耳边传来大伊莲娜柔和的声音：

"万一这次是真的呢？"

安妮的声音充满期待：

"万一这次是真的,万一一切就此结束……"

我晕过去,只零星听到几句弗洛莱特的怒骂。

上帝,我太热了!我的舌头干得像块巨大的硬纸板。我要喝水!……我神志恍惚。从很远的地方,仿佛从一个漏斗底部,传来我所熟悉的说话声:

"伊莲娜,听着,你都瞧见了,一切都结束了;她没气了。我这玻璃片上看不到水汽……这法子可准了,在医院他们也用这法子。"

"再试试……也许她还没死。"

她们在说谁?谁死了?

啊!死了,难道说的是我?她们可真讨厌。我是得了严重的斑疹伤寒,但我还没谢幕呢。我要等到一切的结局。我一定要见证这一刻。

营房周围传来厉声呵斥,还有尖锐的哨声……恐惧席卷了整座棚屋,人心惶惶。疾步的皮靴声里,冲锋枪持续不断的射击划破着靶场[1]上的寂静。不分昼夜,"哒哒哒哒"的枪声冲击着我们的神经……那些机枪手,那些男孩,有些甚至连十五岁也不到!

"他们还不至于让那帮男孩来干掉我们吧?"

"他们会下不了手!"弗洛莱特讥笑道。

"可他们还只是孩子!"

从早晨开始,就有传言说党卫军已收到清除我们所有人的命令。不同于集中营即将被解放的消息,这消息更令人"确信无疑"。

棚屋各处,从好几座 cojas[2] 上,爆发出阵阵疯笑。一个疯癫的

---

[1] 在集中营里有一片少年新兵的训练场,德国人希望以这种安排避开盟军空袭。(本书注释无特别说明者为原注。)
[2] 多层床架的波兰语名称。

声音在问：

"几点？……几点？我要知道**时间**！"

"知道时间有屁用！"

那声音换了种说悄悄话的语气：

"我们将在下午3点被集体枪决。"

那声音高亢起来，随即又微弱下去，不停念叨："**时间**！"如同一阵阵难以平抑的呕吐，翻腾起来，平息下去，又再次翻腾起来。

一个深情的声音谵语起春天，鲜花，小鸟。这些一定还在某处存在。这里，没有一根能让小鸟纤小的脚站立的枝条；狗屁鲜花，混账小鸟……我觉得如果我不是那么衰弱，说不定还会觉得挺好笑。

外面，一切依然……但不，回响起不同的声音。有人奔跑，有人呼来唤去；我什么也听不明白。我的头越来越胀，胀得与这间棚屋一样大，将各种声音吸进来……成为声音的吸收器。我再也没有思想。紧闭的眼帘里再也没有任何画面。这声音将我越陷越深，它把我吸走，吞噬着我，我变成了声音……我成了一个共鸣箱……接着……我梦到了安静！……

不，我没做梦，四周就是一片安静！机枪哑了。像是一个大湖，波平如镜。我任凭自己沉入湖底……

我一定是昏睡了过去，再一次昏睡过去，昏睡了多久？身后，传来熟悉的开门声。远处，很远处，有一个男人在说话……他在说什么？没人回应他。这很反常。发生了什么？我的耳边传来奇怪的词语，这是我所熟悉的语言，这是**英语**。

四处发出尖叫，我听见难友们从床铺上跳下来，奔跑……这不可能，一定是我的幻觉。

姑娘们，我深爱的姑娘们扑到我身上，摇着我：

"法尼娅，快醒醒！"

"你听：**英国人**来了！你快来和他们说。"

一条胳膊伸到我肩下，扶起我：

"说话……"

我很想这么做，但我怎样才能让嘴里这条舌头动起来？

我张开双眼，那些迷雾中的影子……瞬间，我全看清了：他头上戴着个可笑的又扁又小的钢盔，他跪在地上，用拳头捶着胸口，摇晃着，不断重复：

"上帝啊，上帝！"[1]

仿佛是一个站在叹息墙前的犹太人。

他有一双蓝眼睛，那是不同于德国人的蓝！他摘下军盔，露出红棕色的头发，可爱！他脸上布满雀斑，有着个令人发笑的小小的鼻子。他的手上也都是可爱的雀斑。大颗的泪珠从他的脸颊上滚落下来，孩子的眼泪。叫人又感动又好笑。

"你能听到我说话吗？"

我低声说：

"能……"

女孩们爆发出欢呼：

"太棒了！她听到了，她回应了！"

我周围闹开了锅。女孩们手舞足蹈，将脚尽可能高地踢到空中。有些人扑倒在地，亲吻着地面，在肮脏不堪的地上打滚，一边哭一边笑……还有人激动得呕吐起来。这场面无法描述。这里是地狱！这里是狂欢！

大家七嘴八舌地提问：

"他们从哪里来？他们怎么到的这里，怎么找到这座死亡营的？

---

[1] 本章以下仿宋体字原文为英语。——编者注

他们知道我们在这里吗？你快问他……"

这个人回答说：

"不，发现你们纯属偶然。之前，我们并不知道这里竟会有集中营。我们从汉诺威出发追击德军，一直追到附近的树林。然后看到有党卫军举着白旗迎上来。"

一个女人问：

"你们把他们都给收拾了？"

"**收——拾——了**？"英国兵晃着头不解地问。

我把问题翻译成英语。

"我不知道……我只是个普通士兵。"

周围的女孩们大喊：

"不能便宜了他们，消灭他们所有人！**所有人**。"

这深深的仇恨震撼着我；我也想大喊，我直起身却又倒下，我太虚弱了。这一次，我第一次觉得我快死了。周围的一切又变得模糊。然而，我却笑着，至少我以为我笑着。反正我被解放了！那就听天由命吧。

伊莲娜察觉到我的变化，大喊：

"不，不，她不能死，这太冤了！"

这个"冤"让我觉得又美妙又滑稽。

另一个女孩尖叫：

"法尼娅，唱歌！唱歌，法尼娅！"

这声命令让我精神一振，我牢牢抓住了尚存在我体内的一息生气；我张开嘴，我要歌唱……

士兵以为我要咽气，顾不上我身上的污秽，用双臂抱起我，他没有嫌我令人恶心！多么美妙的感觉，我一定很轻，非常轻！（我当时只有二十八公斤。）我紧靠在这男人的胸口，借助着他的力量，开口唱了一段《马赛曲》。我的嗓子还在，我还能唱歌，我活着！……

小伙子惊呆了！他抱着我，冲出棚屋，疾步奔向一位军官；他发疯一样大喊：

"她唱歌了！她唱歌了！……"

外面的空气抽在我脸上，呛醒了我，让我重生。在我们身后，女孩们追着我们跑。

从医学上说，我的斑疹伤寒应该尚未痊愈；但是，当我使出浑身的力气重新开口歌唱的瞬间，我觉得我痊愈了。我重新变得清醒，能看清周围正发生的事。

这正在发生：英军士兵逮捕了党卫军，命令他们靠墙列队。这一刻，这曾让我们无比期盼的一刻，终于来临。我们真真切切目睹着、见证着这一刻。

囚徒们从一座座营房走了出来。与我们分别经年的男囚走向我们，大家找寻着各自的亲人，父亲，兄弟，叔侄，丈夫，不停地找……

我被带到一间干净的营房，以前党卫军住的地方。我被淹没在穿卡其色军装的人群中。天啊，他们的气味多好闻啊！这些男人的汗水竟是如此芬芳！

解放我们的是步兵，机械化单位这时才陆续抵达。透过窗户，我看到驶进营地的第一辆吉普车。一名军官从车上跳下来，迈开军人的步伐，是一个荷兰人，他向前张望……环顾四周……突然张开双臂发疯般地向前跑去，大喊着"玛格丽特，玛格丽特"。一个女人颤颤巍巍地向他走去，她褴褛的条纹囚衣仿佛飘动在旗杆上的布条，是他的妻子！军官紧紧抱住这个半死不活、极度衰竭、浑身满是可怕污秽的女子，紧紧抱着她，把这正对他微笑着的尚存的生命抱在怀里。

有人向我伸过一个话筒……

这是一个奇迹：尽管呼吸令我疲惫，尽管心跳极慢，尽管生命正离我远去，我却站了起来，解放的狂喜让我兴奋，我又一次唱起《马赛曲》；这一次，这歌声带着力量，某种我从未有过而且可能再也不会拥有的力量。

弗洛莱特用一种我从未听到她用过、几乎变得温柔的声音结结巴巴地对我说：

"法尼娅，你这支《马赛曲》唱得……太……你一直在颤抖，从头到脚都在颤抖。我永远不会忘记。啊！你把我弄哭了……我要抱紧你。"

一名比利时军官激动地将手伸进军装口袋，递给我……竟然是一支口红，多么神奇的礼物！我简直无法想象还能有什么礼物能比这支不明来历的、已经用掉四分之三的口红更好了。这口红的旧主人，是他的妻子？未婚妻？一名风尘女子？……

拿着话筒的人力邀：

"请您再唱一首，密斯！这里是BBC！……"

密斯，英国广播公司……生命重新开始。

我唱起《天佑吾王》。泪水湿润了这些战士的眼眶，顺着他们满是汗水的脸庞流了下来，在被战火熏黑的脸颊上划出清晰的痕迹。

我唱起《国际歌》，俄罗斯男囚齐声跟唱。

我唱着……在我前面，在我身边，从集中营各个角落，一群群奄奄一息的人扶着营房的围墙走来，这些移动的骨架，这些身躯，挺立起来。他们变得越来越高大。他们是那么高大！从他们的胸膛里迸发出震天的"乌拉"，汹涌澎湃，横扫一切。他们重新成为男人与女人……

　　几个月后,我获悉当日当刻,在伦敦,我的表妹在收音机前听到我的歌声,激动得昏厥过去:她也是在这时才知道我被送进了集中营并刚获得解放。

蝴蝶夫人

"蝴蝶夫人!"

有人在叫蝴蝶夫人？1944年1月23日，在这里，奥斯维辛的隔离区？这绝不可能！我看着周围，一列列望不到头的大木架床，像木笼子一般，阴暗，肮脏。每一个都有上中下三层，每层上躺着六个甚至更多女人，像沙丁鱼一样挤在一起，头对着脚，脚对着头，几乎全身赤裸，毛发剃了精光，在饥饿和寒冷中瑟瑟发抖。我刚得知这间棚屋里囚禁着一千个女人。尽管营管[1]怒冲冲地吼着"肃静！肃静！"，但还是要大喊大叫才能听见彼此说话。居然想在这里找蝴蝶夫人！……

我刚刚因为把一桶脏水倒在棚屋外头而挨了营管一顿毒打，说我倒在了不该倒的地方。那应该倒在哪里？愤怒的泪水夺眶而出，冲破我脸上的污垢，与鲜血混在一起。我用手背用力擦了擦脸，在众人的冷漠中躺回克拉拉身边，让她的体温温暖着我。我闭上眼。

---

[1] 她们戴黑色臂章，上面用白字写着波兰语的"营管"（Blockowa）。

怎么回事，又来了：一个波兰人叽里呱啦嚷了一段，其他的我一句没听懂，但听到她大喊："蝴蝶夫人！"

"她在说什么？"我问身边的人。

"她在找搞音乐的。"

"找搞音乐的做什么？"

"加入乐队。"

这里有乐队？我一定是听错了，我得问问清楚：

"你说什么？"

"一支乐队！哎呀！少来烦我！这关你什么事？"

我不乐意了：

"我能演能唱《蝴蝶夫人》。我跟杰耳曼妮·马蒂内利[1]练过。"

"真行啊，那你快去告诉她！"

我探出身子，用力挥着手，必须让她看到我。我得下去，哪怕这是禁止的。克拉拉一下拽住我：

"这是圈套，千万别上当。你会再挨一顿毒打。"

"那我也认了。"

女孩们扶我从铺位上下来。我支着昏昏沉沉的脑袋，忍着身上的剧痛，一拐一拐地走向门口杵着的那个巨人。这是个魁梧强壮的波兰女人！

她警惕地打量我，我如此瘦弱，如此肮脏，浑身满是污秽和血迹。用一口蹩脚的德语——我听不明白只能靠猜，她怀疑地问我：

"你，蝴蝶夫人？"

"是的，是的。"

我这样子一定不符合这迟钝的人对女歌唱家的想象；问题是她

---

[1] Germaine Martinelli（1887—1964），**法国著名歌剧演员**。——译注

能想象女歌唱家吗？

她命令了我一通，可我听不懂。这让她暴跳如雷，我做好了再次挨打的准备，幸亏一旁下铺上的一个姑娘替我翻译：

"她叫你跟她走。乐队里有个法国人认出了你，卡波[1]叫她带你过去。"

正在发生的一切超乎想象，和我稍早的经历完全对接不上。我跟着大块头往外走，脑海中断断续续地映出先前的情形……

德朗西集中营[2]，在我的日历牌上，划去的日子连成了一架小梯子，最后停在1944年1月20日。我已经在这儿囚禁了九个月。现在，我要随其他被捕人员一起被转送去德国。

清晨6点。我们一群人陆续从四楼被带下。每下一个楼层，都有许多人伸出手，递给我们一块巧克力，一罐果酱，或是一副羊毛手套。

经过最后一个楼梯平台时，出现了一点推搡。有人大声开玩笑：

"别推了，咱不着急……不会落下您的！……"

是雷欧的声音。他来这里做什么？……我的臂弯猛地被一把抓住，同一个声音在我耳边柔声说：

"我可舍不得让你一个人上路。"

正是雷欧，一个典型的巴黎人，一个和善亲切但我从不知其确切职业的小伙子，棕色发绺，略有点儿瘸，长着一双会跳"阿根廷探戈"的眼睛。

---

[1] 劳动负责人。（Kapo，由党卫军在囚犯中指定，为集中营行政管理机构服务，拥有特权。——译注）
[2] 位于巴黎东北，建在一个庞大的住宅区内。二战法国沦陷期间，德朗西集中营是将法国境内犹太人送至灭绝营的最主要的转运站。——译注

"你明白吗,我对自己说:'这小妞多需要男人保护啊,帮她拿行李,照顾她,在忧郁的夜晚陪伴她,让她获得美梦与慰藉……'我对你是认真的,可不能让别人把我的位子占喽,所以我也跟来了。"

"可你不是逃走了吗?他们又把你抓回来了?你总不会是自己回来的吧?"

他笑了,像个开了大玩笑的男孩一样笑了:

"差不多是这样。最难的是让他们把我排进你这一批出发的人里,要打消他们的怀疑可不容易,这又不是什么令人向往的旅程。但你看,我做到了!……"

这些话让我好笑,让我动容,让我心烦。我生命中的另一半,我要自己来选。不过,这是多么感人的爱情证据啊!

可怜的雷欧,我们立刻被分开了;一名宪警把他推向最前面的那辆卡车。

我周围只剩下一些陌生人。一位三十来岁带着两个女儿的年轻妈妈,非常俏丽,女孩们都戴着漂亮的手套。在我身边是一个二十来岁的女孩,怡人的脸蛋下却是巨肥、走样的身材。我们立刻互生好感。她叫克拉拉。

天很冷,非常冷。清晨 6 点的巴黎面目狰狞。钟乳石般的冰溜沿着雨水槽和冻裂的水管垂挂下来。建筑上的被动防御工事闪着蓝色的微光,让夜色显得更为寒冷。

我们的卡车蒙着雨布,敞着车尾。清晨稀疏畏寒的行人在我们经过时基本头也不抬,他们面色苍白,神色漠然。但我们这支车队应该还挺怪异的,载着女人——有些穿着毛皮大衣,年龄各异的男人,老人,孩子……

火车站编组区停着一列老掉牙的火车,挂的全是 1914 年一战时用过的货车车皮；喘个不停的车头没能享受到用巨大洁白的字母V装饰的待遇，象征德语Viktoria的触目惊心的V[1]！

每个人都拖着大包小包的行李，里面装满了能搞到的所有东西：衣物、食物、烈酒、香烟、首饰，还有钱。

我们一百号人，什么样的都有，挤在一节运牲口的车皮里：老的少的，女的男的，犹太人，非犹太人，全都混在一起。车厢里非常暗。地上铺着干净的草褥，最机灵与最强壮的人抢到了最好的地盘。他们像母鸡似的搭起窝来，摇摆着在稻草上摆正屁股坐下。那么小心翼翼，仿佛要在上面过一辈子似的！

那位和蔼的母亲低声叮嘱两个女儿要端庄守礼："在车厢里不要大声说话，这里还有其他人。"然而周围却已经闹开了锅，"让开，这里我先来的"之类的争吵此起彼伏。可笑……人们说着让自己宽心的消息，开着玩笑，或唉声叹气，每个人都说消息来源可靠：

"我们现在是去巴伐利亚的一个劳动营，我们会住上德式小楼，干净、舒适、小巧，带孩子的还能分到一片小花园。"

"他做梦呢！"

"哪有你说的那么好，这个营地是所有营地里最糟的，我知道。"

我知道……我知道……我……我……

很快，便桶的臭味就开始上头了。随着火车的晃动，便液摇荡的声音让人暗道不妙。铺在便桶旁的稻草已经湿了。

车厢中间，一个坐在地上的小家伙，不停地用娇嫩的嗓子尖叫着：

---

[1] 德军抵达斯大林格勒城下时，巴黎所有公共建筑、大街、十字路口和公交车辆都装饰了抄袭自丘吉尔的V字符号。（二战期间，反法西斯阵营利用象征胜利、自由等词语的字母V开展对德心理战。作为应对，纳粹宣传机构将V强解为出自古代德语中表示胜利的欢呼Viktoria，并未奏效。——译注）

"快翻了……快翻了……快翻了……"

有人大喊：

"让他闭嘴，这个蠢货！"

"显然你还没有孩子！"孩子的母亲喊回去。

"我吗？你弄错了，我有六个孩子。"

"他们在哪儿？"

"我没必要告诉你！"

"你是怕我告发吧？"

这口无遮拦任谁都笑不出来。相反，这两个女人扑向对方扭打起来。真不消停……

到吃东西的时间了，车皮里一下开起了民间野餐会，但少了分享精神。整个车皮都在咀嚼；令人恶心，不过还算太平。

克拉拉关心地问：

"你带了吃的吗？"

"当然有！"

我请她享用我的美味：沙丁鱼，浸在橄榄油里的正宗沙丁鱼，腊肠，乡村肉酱，一块卡芒贝尔干酪，各种果酱。

她给了我鹅肝和香槟酒……

"真不可思议，简直是圣诞大餐，你的圣诞老人去逛黑市了啊！"

气氛松弛了，她笑了；细洁整齐的牙齿在微弱的光线下晶莹闪亮，像一串珍珠项链。菜过五味，酒过三巡，我们立誓永不分开，一辈子同甘苦、共患难。

食物的气味飘散在排泄物的恶臭里，整个车皮的人打起饱嗝，昏昏欲睡。

克拉拉完全放开了，告诉我她曾经很苗条，身材甚至非常棒。被捕后她才变胖；到了德朗西一发不可收拾，她像吹气球一般鼓了起来：

"现在就只有腿还是苗条的……看，我的身材完全走形了。未婚夫一定不要我了，他一定会离开我！"

她哭着对我说起父母："我们一家住在特罗卡德罗广场[1]……"富家千金的童年，衣食无忧，就像活在一幅英式婴儿房的水彩画中。顺风顺水，清纯静好，被重重呵护的少年时代，直到现在才接触到战争的现实……

"要知道，我的未婚夫，让－皮埃尔，他在一个地下组织里。我帮他送信，安排接头，代接电话，那时也不知道会有什么后果。但我觉得我被捕只是因为我有一半犹太人血统。"

那位母亲插话：

"我的女儿和你一样。他们没能抓住我参加抵抗组织的丈夫，就抓了我们。从某种程度上来说我们就是人质，就是诱饵……幸运的是，他们枉费心机，我丈夫没上当。于是，他们就把我们送到了集中营。对我来说，最重要的是别让我丈夫落到德国人手里；他被捉到了就没命了，我们嘛，只是一时之困。"

"那你呢？你是怎么进来的？"克拉拉问我。

"我的经历和你相似。我也是一半犹太人血统，我也帮过一个抵抗组织的朋友，借他信箱，安排接头；要是有需要，还可以在我家临时过夜。"

"这太危险了！"

"确实，我被人告发并被逮捕了。那天晚上，一个朋友住在我家，而我在邻居家过夜。第二天一早当我披着睡袍，手里挽着衣服走上楼时……你可以想象我当时的心情，家门口站了三个人在

---

[1] 位于巴黎16区，与埃菲尔铁塔隔河相望。——译注

等我。他们把我带到热斯夫雷河沿街[1]。起初，我并不担心，我证件齐全，食品配给卡也是真的。均由在职警察局长签署，上面写着我当歌手的艺名'法尼娅·费内隆'。我还有一份由德军司令部颁发的宵禁特别通行证。"

"你晚上出去唱歌？"

"是，在酒吧。"

她摇摇头，有点拿腔拿调地说：

"我应该没听过你唱歌，宵禁以后我们晚上就不出去了。我们不想和德国人打交道，酒吧里除了德国人就是投降派。"

我闭上了嘴。我这个在酒吧里混的，我在酒吧还干得挺好的呢。她会如何看待"梅洛迪"酒吧处处保护着我们的老板娘，像是妓院的老鸨？——也许她真干这个？她一准会鄙视那些和德国军官吊膀子，但给我们传递证件、照片与情报的烟花女……

"他们发现了你的真名？"

"不，是我自己告诉他们的。他们不停地揍我，我受够了……另外，他们认定了我是共产党，这很难证明，但或许他们会得逞。这样我可能会被枪毙。如果难免一死，那比起艺名，我更希望以我父亲的姓氏去死：戈尔德斯坦（Goldstein）。犹太人，一下就结案了。我被送到德朗西，我觉得这样活着也还可以接受。"

克拉拉若有所思：

"他们怎样用刑？"

"用铁棍抽我的腰。"

她胖嘟嘟的小手紧扣在一起：

"上帝！就是这样你也什么都没说？"

---

[1] 位于塞纳河右岸巴黎4区，这条路的12号是巴黎警察总局分部所在地。——译注

"我也说不出什么来。"

"要是换了我,我不知道会怎么做。"

克拉拉身材虽然挺壮,却让我感觉非常脆弱,打心底里生出一种爱怜,我得把这孩子照顾好。

她又问了我几个问题,被我岔开。我不想再提起往事。两个小姑娘哼起《马尔布鲁克去打仗》[1]。我们跟着她们一起唱起副歌。克拉拉有着一副轻型女高音的好嗓子,很轻灵。车皮里还有其他人也跟唱了起来,大家情绪高涨!我接着唱起《睡在草垛上》[2]⋯⋯气氛急转直下,我的幽默不合时宜。有人大吼:

"够了!"

"让我们睡觉!"

"要是知道接下去的事,你们就唱不出来了!"一个女的预言道。

另一个女的自作聪明地向我们透露:

"我本来不想提前告诉你们,但我知道他们会在火车上把我们全杀光。他们会在车厢里把我们全突突了,所有人,一个不留!⋯⋯"

"他们会把我们电死!"

我想象着我们这列蒙上车窗、车门从外被紧紧反锁的闷罐车正驶过法国东部。目睹这列车皮通过道口的人一定会说:"瞧呀,咱们的补给全给送到德国去了!"

我们已经行驶了五十多个小时。车厢里恶臭难闻,车门只打开过一次。那次在党卫军的监视下,每个车厢都清了一次便桶。之后,便桶翻了,直接清在了车厢里。

---

[1] 法国民歌,18世纪末开始流行,后来也一直作为儿歌传唱。内容大意:马尔布鲁克去打仗一直未归,坏消息传来,他已经战死,家人伤心万分,为他送行,他的灵魂在飞⋯⋯——译注
[2] 法国歌曲,讲述农村青年的爱情。——译注

我们渴极了，喝空了所有的瓶子：水、咖啡、葡萄酒、烈酒……密不透风的车厢里，空气浑浊得令人无法呼吸，我们开始窒息。

火车停下的时候，我的表正走到午夜。车门终于打开，"空气，快，空气！"人们拥向车门。传来阵阵法语命令：

"全部下车！包和行李留在火车上！"

年轻人跳下车，其他人各想各的办法。站台被探照灯照得雪亮，刺眼的光线让黑夜更为深邃。各种景象让人眼花缭乱。克拉拉紧挨着我。我们周围充满着哭喊、尖叫，以及用喉音浓重的德语吼出的粗暴的命令：

"下车！快，快！……"

黑夜中传来呼唤：

"妈妈，你在哪儿？"

"弗朗索瓦丝，珍妮特，你们在哪儿？"

"妈妈，我们在这儿……"一个孩子喊道。

"哪儿啊，这儿？"

党卫军士兵登上车厢。他们用靴子踢，枪托砸，将那些关节不灵、衰竭、病弱的身体推下站台；一个死人被扔了出来。

一群穿着条纹衫、剃成光头、瘦骨嶙峋的人，一言不发，幽灵般地在我们中间穿行。这群奇特的"行李员"爬进车厢，取出我们的行李，堆上手推车带走。地上的积雪很厚很脏，但我和克拉拉还是忍不住伸手将雪融化在手中喝了起来！

驶来一支车队，都是军车，车身上画着巨大的白色圆底红十字标记[1]。

---

[1] 这些伪装成救护车的卡车把人骗上去后直接送到毒气室。铁路线后来被一直延伸到集中营内部。

"这里有红十字会！"克拉拉大喊，"我们安全了。"

走在我们中间的党卫军把男男女女推向这些车辆。有些老人和孩子跟不上步伐，摔倒了，又挣扎着爬起来。他们拉着手不愿放开，于是被粗暴地推搡，狠狠地殴打……

我被人流推挤着，也准备登上卡车。一个国防军上士拦住我：

"年龄？"

我如实回答，他把我推开：

"你能走过去！"

那位母亲和她的女儿在卡车车尾召唤我。趁着夜色，我本可以溜上车和她们会合，但克拉拉拽住了我：

"别上去，我们在密不透风的车厢里关了好几天，就算下雪，走走也对我们有好处。"

我们排成两列纵队：五十个男的，五十个女的。剩下的人都被赶上了这些带着红十字标志的卡车。卡车在雪中启动，打滑，溅起大片泥浆。在最后一辆卡车车尾，小姑娘们向我挥手告别，姐姐挥着手帕……我朝她们微笑，直到她们从我的视线中消失。

一声令下。我们这支纵队在士兵和军犬包围下开始前进。我们走得很快，克拉拉与我手挽着手，甚至有点兴高采烈。天非常冷，飘着鹅毛大雪，但我穿着毛皮大衣，双脚暖暖地裹在翻毛高帮皮靴中。我开起玩笑：

"我以后绝不会来这里过寒假。人员缺乏素养，冷冰冰的！……"

克拉拉心不在焉，更显得焦虑不安：

"在火车站……那些人！"

"应该是监狱里的囚犯吧。"

"感觉像是苦刑犯，甚至像是死人。"

我安慰克拉拉：

"别担心，这和我们无关。你也清楚地看到了卡车上的红十字……"

"奇怪啊，看不到天空；仿佛天空不存在。我感觉在天空与我们之间隔着一层浓雾。你看地平线，是红的，可以看到火光。"

"那里应该是工厂，我们会去那里工作。"

克拉拉身边是一个走在队伍外侧的士兵。不丑也不俊，黑黢黢一团，身板厚得不得了，介乎岩石与牲口之间。他一口直腔直调的法语面无表情地对克拉拉说：

"您愿意和我做爱吗，这样您就能喝到咖啡？"

咖啡！女人在这里就这么不值钱，要么就是咖啡太值钱！克拉拉一言不发。他也没有坚持。看上去还挺好说话，于是我问他：

"我们是去劳动营吗？"

他灰白的小眼睛盯了我一会儿：

"别担心，你们会很好的。"

我突然一点都不放心了！

走了半小时，我们来到比克瑙集中营[1]入口：一个可容大车出入的门楼，开在一座砖楼当中，偶尔被岗楼上不时在集中营的黑夜、屋列与道路间搜索的探照灯照亮。这些在夜幕中窥察的光束，沿着铁丝网上演着一场荒诞、瘆人的芭蕾。

党卫军的手电筒在黑暗中旋来转去，映出军犬野性的眼神。

门洞上方写着"劳动营"。这名称刹那间几乎变得亲切起来！

我们被赶向一栋砖房："接待区"。迎面而来的一阵热浪让我们舒坦了不少。光线很弱，但还能看清。一张大桌旁坐着些女人，她

---

[1] 奥斯维辛集中营群的一部，灭绝营。

们衣着舒适，用波兰语交谈着。个个看上去养尊处优，志得意满。

我鼓起勇气问道：

"是你们负责发还我们的行李吗？"

一个身材高大的大块头女人，惊讶地用牛的眼神盯着我，作为回答，冲我大喝：

"Pja Kref！"[1]

"我不是 Pja Kref，我是法国人。"

她们中的一个一定听懂了我的回答，因为她笑出了眼泪。大块头恼了，又是连珠炮似的一长串报复性的"Pja Kref"……

这个 Pja Kref 夺下我的包；我明白了，伸手把大衣递给她，心痛地看着我最心爱的毛皮大衣被她短小粗壮的爪子肆意蹂躏，丝滑的兽毛被乱抓一气。我与我的过去就此诀别。我被当场洗劫一空，全身赤裸，和克拉拉一样，和所有人一样。我呆立在那里，看着我的衣物如蛇蜕般围着我散落一地。那些光头幽灵又出现了，捡起并带走所有衣物。大桌上，提包和首饰越堆越多。

几名女党卫军漫不经心走在这摊混乱中。在她们冰冷、鄙夷的目光下，我感到我还不如一个动物，只是一个怪异、肮脏，破坏现行秩序的物品。

可怜的克拉拉！她丰满的乳房垂在硕大的肚子上；她看上去就像是个架在两根火柴棒上的苹果。我们被交给一个年轻的波兰女人。我乌黑油亮的头发盘成两根漂亮的粗辫子。真是浩劫！剪刀没法将我的辫子一下铰断，辫子会从刀口里滑开。但这波兰女人死死坚持：剪刀终于切进去。剪断，发辫跌落，如银蛇般光滑细软。没有肥皂，也没有水，这女人用刀锋生锈、满是钝口的剃刀刮起了我

---

[1] "狗杂种！"（波兰语里最难听的侮辱。）

的头皮、腋窝、阴部；剃刀钩着、刨着、拔着。我一定很疼，疼得几乎没了感觉。我的双眼无法从另一个脸色红润的波兰女人身上移开，她的上衣被硕大坚挺的乳房撑开；她捡起我的发辫玩弄，将它们抛向空中，嘲笑我。笑着……笑着，这歇斯底里的笑声让我深感无力、绝望。我胸中腾起一团怒火，那是一种强烈的要反击、要摧毁、要杀死她们的冲动："要是我能活着出去，我要杀一个波兰女人。让她们所有人都去死，一个都不剩，让这整个民族都受到诅咒，万劫不复！这将是我一生的使命。"

我常给自己定人生目标，在奥斯维辛，定这个或别的目标又有什么区别！我立刻为自己这个恶毒的想法感到羞耻，刚才的仇恨有多强烈，现在就有多羞耻。

我们被带到刺青室。我麻木地看着那慢慢刺到自己左前臂上的编号：7—4—8—6—2。我听说曾有个党卫军建议把这些数字直接刺在我们额头，但柏林竟然没有同意！

这一天，我还没能把这事当成一个笑话……

刺青打垮了克拉拉。她呆呆地，依旧半信半疑地注视着她圆润洁白的手臂：

"为什么这样对我们？他们总不会也这样对待他们自己的工人吧？"

天真的克拉拉，她的灵魂就像她的面色一般清纯。对我而言，一切都结束了，我全明白了：一个阿尔萨斯姑娘把墙上刷的标语翻译给我听："营房就是家""偷懒就是找死""劳动是自由""这里不是疗养院"。

这些标语一句句狠狠锤在我的胸口。我如今一文不值，甚至还不如一个奴隶。对于我，不再有任何适用的规则和律条。我只剩了自己，被抛弃，丢给了屠夫。我们抵达了旅途的终点：地狱！

我们被赶入刺骨的冷水下淋浴，所有人都只能用手臂紧紧抱住身子；之后回到大厅，意志崩溃，瑟瑟发抖，带着文身，毛发剃净——很奇怪，但奇耻大辱莫过于此：被剥光剃净！

那些幽灵再次出现，打扫，收集，像找到宝贝一般带走了一地的毛发。[1]

淋浴后，塞给我们每人一双男鞋、一条包光头的头巾、一套连体内衣、一条长裙。我分到一条夏季花裙，胸口缝着块黄色的三角[2]。不用问我也知道这标志的意义：黄色，是犹太人的颜色。可实际上我以前从未佩戴过犹太六芒星！

随后我们被赶进一个阶梯会场般的地方，零零散散地坐到木质看台上。天非常冷。我身边有一个女孩，她低着头，双臂环抱着膝盖，用俄语低念着：

"魔鬼，魔鬼，他们会遭报应……全要遭报应……把他们一个个都杀掉……他们会遭报应！"

我用她的语言问道：

"你从哪里来？"

她抬起刚被剃过、棱角分明、血迹斑驳的脑袋。我的脑袋也和她的一样，现在要看颅相的话应该不难，但愿有一块预示好运的隆起[3]……其他的我都无所谓，但绝不能少了运气！

她回答：

"乌克兰，你是俄国人？"

---

[1] 我之后获悉回收的头发被用于编制电线的绝缘套、毛毡、织物。人骨转化成肥料、烟囱。有一套过滤系统回收人体脂肪用于生产肥皂或油脂。
[2] 一个用色布剪成的三角形，上面标着代表国籍的字母：红色为政治犯，绿色为刑事犯，黑色为反社会分子，粉色为同性恋。犹太人也是，衣服上要缝一个正放的、同样有国籍字母的黄三角，叠在另一个倒放的黄三角之上，这两个三角构成六角的大卫星。
[3] 19世纪欧洲流行的颅相学称头部不同部位的隆起是个体某些能力的反映。——译注

"不，法国人。"

她惊愕地打量着我，重新开始喃喃自语……

我压低声音，因为这里禁止交谈：

"我们去哪里工作？什么时候吃饭？我已经连续两天没喝一杯水……"

估计我问的这些根本不值一答，她继续用单调的声音重复着呓语，维持着幻想："这天终将来临，把他们全杀掉……把他们全杀掉……"

我们虚弱不堪地待在那儿，我估计大约有两个小时。克拉拉紧靠着我，低声重复着我们的誓言：

"你知道，我们永不分开。我们共患难。我们生死与共！……"

这平淡的话语在冰冷的圆形会场中怪异地回响。岗楼上的探照灯时不时地透过气窗，从我们周围的环境，从那些伏在长凳上冻得瑟瑟发抖的女囚身上一扫而过。

有时，从阶梯会场底部，从舞台区，射来一道手电筒的光束，沿着一排排看台往上扫，搜寻着不知道什么东西。听不到一丝外面的声音。不时响起一声呻吟，一声呜咽，一声祈求的叫喊，马上就会从看不见的地方传来看守的咆哮："肃静！不准说话！"然后又是绝对的、彻底的、墓地般的寂静。但是，我们竟然还活着。**活着！**

想活下去，我就必须反抗，但该怎么做？我要到后来才慢慢知道答案，每天都学到更多。

灯光大亮。下面，在舞台区，一群高大的女人，女勤杂工（Stubendienst），抬着一桶汤进来了。我们的饭盒被倒满——噗！我没有勺子，而且一想到要把这黏黏糊糊不知放了些什么的汤吞下肚子，就立刻恶心地想吐。

小个子俄罗斯姑娘命令我：

"吃下去，必须这么做，必须让身子暖起来。"

我们大声吞咽着这令人作呕、散发着臭气的东西。下面，在打着昏黄灯光的舞台区，勤杂工结束了她们的节目，无人喝彩。灯灭了，一个"领座员"用手电筒对着看台扫了一阵，随后一切又回到了黑夜和寂静之中。演出到此结束。

她们走后，仿佛不情愿似的，冬日的白昼渐渐露头，肮脏，阴郁。还要继续等。终于，门开了，各种命令抽打着空气。我们在哨声与棍棒中被赶了出去。刺骨的寒风扑面袭来，让人窒息。我光着的脚在巨大的男鞋里冻得蜷了起来：一只黄，一只黑，一只高帮，一只低帮没鞋带，这是两只 42 码的鞋，而我的脚是 34 码。脚上穿着这玩意儿，怎么可能跟上队列前进的步伐！我不禁再次恐慌起来：跟上，是活下去；掉队，摔倒，就是死亡。我愤恨地看着奥斯维辛让我举步维艰的泥泞，看着这片即使在盛夏也从来不干的烂泥地。深灰里杂着深褐，它就像一片熔岩，不断流淌，大风，雨雪，让它沿着自己滑行。它阴险地把我吸向它。我清楚地意识到我的生命取决于这段路的长短。幸运的是，它很短。我们在一座又长又扁，用浅色砖块搭建的巨大建筑前立定。队伍中传来低语："这是集中营的隔离区，没人能活着从里面出来！"

在红十字下

这是一座低矮、巨大、黑暗的棚屋。千名女囚堆挤在成列的三层木架床上,每个人的空间怕还比不上停尸房的储尸柜。说实话,某种程度上这里就是停尸房;阵阵腐烂的气味直逼我们的喉咙。

我和克拉拉最后进去。在门边逗留的那短短几分钟里,我突然莫名想起那个母亲和她带着的两个孩子,能在里面找到她们吗?我忍不住天真地问营管:

"女士,请问,那些上了有红十字会标记卡车的人呢?他们去了哪里?"

我的大胆让她惊愕不已。她打量起我,估摸着我。她会用手里握着的疙疙瘩瘩的短棒,就像在我们乡下人们带着防身的那种,一下将我打昏吗?我再次鼓起勇气问道:

"那些上红十字标记卡车的人呢,他们去哪里了?"

她喷出某种憋着的笑声,一把抓住我的胳膊,把我的肌肉捏得生疼,用力将我转向开着的门:

"看啊……"

她指着大约五十米外贴地而建的一处建筑，一根粗矮的方形烟囱非常醒目：

"看到正冒着的浓烟吗？那就是你的朋友，正在烧呢……"

"所有人？"

"所有人……"

这些人甚至连进隔离区的机会都没有；那辆带有红十字会标志的卡车就是个圈套。

营管抓紧我的胳膊，俯下肥胖油腻的脸，故作神秘地说：

"你也会去那里……"

毋庸置疑！

"都下床！"营管大吼。

"上茅房，都憋半天了！"红发女孩阿黛尔一边抱怨，一边爬下木架床。

我们排着队，在单薄的裙子下打着颤，踩着冰冷的泥浆，在营区里走了一段。

茅房专用营房……谁想出来的？[1]

一个屋顶架在一圈木板围墙上，当中是一个在地上挖出的巨坑，我估计有十几米深，用大石块围成高低不平的边沿。在这个巨型漏斗般的茅坑边上围着圈木杠。门一开，女孩们就迫不及待地冲出队列，争先恐后地坐到木杠上，翘起屁股。一些得了痢疾的没能抢到位子，顾不得茅房营管的殴打和辱骂，直接蹲在地上一泻为快。

我看着，目不转睛地看着，这令人作呕的场面，我一点一滴都

---

[1] 这是集中营指挥官克莱默的"创意"。(Joseph Kramer, 1906—1945，**纳粹战犯，曾先后担任比克瑙集中营、贝尔根 - 贝尔森集中营指挥官。——译注**)

不能忘记：五十多个女人挤在那木杠上，就像生了病、骨瘦如柴的老母鸡颤颤巍巍地站在它们落满粪便的鸡架上。个子高一点的，脚尖还能勉强触碰到地面，但其他人……像我这样的小个子，两脚悬空，只能用双手拼命抓住又圆又滑的木杠。掉进坑里会死得极其痛苦。[1]

我和克拉拉并肩而坐，我们还能因羞怯而涨红脸。克拉拉垂头丧气，精神几近崩溃。我怕她出事，对她呼喝道：

"一定要抓紧，绝不能摔下去。你听懂吗！"

对面床铺上的女人冷漠地打量着我和克拉拉。在这群头上脏得五花八门、只覆盖着丁点儿各色新生短茸的女囚眼里，我们什么也不是。她们的枯手如同鸟足一般抓着床架；她们的眼眶里，深陷的眼睛闪着幽光，仿佛是某种巫魔聚会上点在骷髅头中的烛火。我看着她们，惶惶不安：她们就是面镜子，照射出我的样子；还需多久我便会和她们一样？过去的短短几小时，我明白了许多事，也丢掉了许多幻想。重重捶你一下，你的汤，那口令人作呕的混合物，就被偷了；像我这样的小个子只能仰大个子的鼻息，强者凌虐弱者，弄死一个人不会有任何人关心。有人被差去干活，再没回来；病人进了医务营就音讯全无。但这里所有女人对此都习以为常。夜里，死人与活人同榻；早上，人们无动于衷地将尸体扔在地上。世上怎么竟会存在这样的地方！女孩们说话、哭泣、呻吟、喊叫。这是一千个成了行尸走肉的女人。

被这世界吞噬消化的恐惧再次袭来。如何才能逃离？我在上铺面朝下趴着，身边是克拉拉，她把我和其他人隔开。我想闭上眼，

---

[1] 这一"意外"在病体虚弱、无力抓住木杠的女囚身上发生过多次。

将头埋进臂弯，什么也不看，什么也不听。但这不可能，我们必须梗起头，才能远离那肮脏发臭、充当公用床垫的草褥。

克拉拉哭了起来。

她的哭泣声越来越响，必须阻止她这么做，我语无伦次，脑子里想到什么就说了出来：

"我来给你讲个童话。"

克拉拉不解地看着我，这提议太奇幻、太意外了。我迅速用开启每个童话故事的神奇咒语衔接下去："很久很久以前……"

所有童话元素我一个没落，这持续了很长时间，我还加了很多料：珠宝、长裙、美餐、爱情。阿拉伯熏香燃烧在神奇国度的各个角落。玫瑰花瓣如雪片般飞落，白鸽在湛蓝的天空中自由翱翔。白马王子炙热的亲吻就连大金字塔中的木乃伊都能唤醒。最后，我得意地宣布："从此，他们过上了幸福的生活……"

我看着周围，爆发出一阵大笑。

有人大喊："闭嘴！"时间估计已是凌晨5点。在巴黎，这是我结束表演离开酒吧的时间……

我不知道那是什么时候发生的，我陷入了黑暗。我该是睡着了……最后几个小时发生的事迷失在我的记忆里，我什么都不记得了，只记得各种声音：叫喊、咒骂、狰狞的笑、疯癫的笑……

而现在，我却被带去演唱、演出《蝴蝶夫人》！这怎么可能，这绝不是我正在经历的。可我的确在跟着这个恶魔般的波兰女人往外走。严寒狠狠撕咬着我的耳朵。她在我前头迈着大步，我光着的脚在发给我的男鞋里冷得缩成一团。我在冰冷彻骨的积雪中走一步陷一步，只觉寒气逼人。她却一点不冷，裹着大衣，穿着皮靴，头上围着围巾。雪泥死死拽住我的鞋，我举步维艰。她甩下我越走越远，头也不回地朝前走着。她不会把我抛下吧？我焦虑起来。我的一只鞋掉了，陷在积雪中。算了，我把另一只也扔了，光着脚向前跑起来，脚上像扎进了千万根冰刺。我们离开了Ａ区，进入"重要人物"待的Ｂ区。

终于，我们到了！

女巨人在一座棚屋前停下，扭回身，用怀疑的、不信任的目光看着我：我没有骗她吧？她用食指重重抵住我的胸口，那力道足以将我推倒在地，大吼：

"你……蝴蝶夫人？"

出于恐惧，我也大喊：

"是……是，我是，蝴蝶夫人！"

我突然莫名地有了一种想笑的冲动……

天使降临!

波兰女人给我开门,我走进了……天堂。明亮的光线,好几台暖炉。屋里热得简直让我窒息,我再也迈不出一步。谱架,乐声,一位女士站在指挥台上。我面前坐着一群年轻漂亮的女孩,穿着精致的百褶裙和毛衣,拿着不同的乐器:小提琴、曼陀林、吉他、长笛、竖笛……竟然还有一架三角钢琴,国王般地立在那儿。

这怎么可能,这一定是幻境!我已经疯了。不,我一定是死了!她们是天使!……准是在我踩着积雪踏着泥泞穿过集中营时发生的。我努力宽慰自己:"你的旅程已经结束,你来到了音乐天堂,一定是这样的,既然音乐是你的挚爱,你现在可以专心去干了!这里是你的第一站,你到了天上,这些曼妙的女孩,你将成为她们当中的一员!"

一个慈眉秀目的年轻金发女子向我走来,拿着块湿巾,轻轻擦去我嘴角和鼻下的血痕,擦净我的脸庞。多么温柔的天使啊!接着她递给我一小块面包:用以表示欢迎的面包和盐。我对她说"谢谢!"——这个已被忘却的词语让我浑身放松。我感觉自己微笑着就飘了过去，飘向那些女乐手。

没人说话，也没人动弹，这些可爱的姑娘全看着我。这是非同寻常的一分钟，太神了……我就像飘在一朵玫瑰色的棉花云上，腾云驾雾……随后，影像活动起来：指挥[1]，一个神情威严、正气凛然的高个棕发女子，用发音清晰、带着日耳曼口音的法语开言问我：

"你会弹钢琴吗？"

"是的，女士。"我高亢洪亮的回答仿佛是教堂中持久回响的赞美诗。

"那去钢琴那里，弹唱一下《蝴蝶夫人》。"

赤着脚，我走向钢琴。这是一架贝克斯坦钢琴，我梦寐以求的钢琴！我爬上琴凳，脚指头放在踏板上，手指虚触象牙键盘。这双手立刻让我无比羞愧。它们肮脏至极，污秽不堪。我多想合起手指，藏起它们。我有太久没洗澡了。随他去吧，重要的是我到这儿了！

一阵感激让我喉咙发紧，我并不信教，但就在这一刻，感激造物主的心情却油然而生。接着，现实取代了梦幻：我是来接受测试的，几分钟后，我还是有可能被拒，被扔回我来的地方。这些人并不是天使，而是打量着我的女人，有的温柔，有的鄙夷。为什么？我不知道。我抛下这新的顾虑。之后，我一定会弄明白，一定会知道……

我用双手深情地重温着与黑白琴键接触的感觉……我开始唱《晴朗的一天》[2]。普契尼能救我的命吗？接着，我用德语演唱彼得·克鲁德[3]的《当春天来临》，其中某几段带着浓郁的吉普赛风格。

---

1 乐队指挥左臂佩戴黑色臂章，上面画有白色竖琴标记。
2 普契尼歌剧《蝴蝶夫人》中女主角最著名的咏叹调。——译注
3 Peter Kreuder（1905—1981），德国作曲家、指挥，以为电影配乐、创作插曲著称。——译注

再也不分犹太人、波兰人、雅利安人，女孩们全都用手打起节拍。她们的脚也躁动起来。空气中弥漫着劲舞的欲望。

我的手停了下来，但没有离开键盘，只要它们与键盘相触，我就不会有事。我触摸着它，拥抱着它，这架钢琴，它是我的救命恩人，我的爱人，我的生命。在一片令人忐忑的寂静中，我听到德语的裁决：

"很好，不错！"

接着她用法语说道：

"我把你留在乐队。"

一阵暖意涌上心头，我踏实了，尽情地享受这种感觉：乐队要我了！但克拉拉呢？我不能丢下她，我差点忘了我们的誓言。

我激动得忘乎所以，竟贸然喊道：

"女士，女士，我还有个同伴，叫克拉拉，是我朋友，她有一副好嗓子。把她也找来吧！"

棕色的大眼睛直勾勾地盯着我，冷峻的目光中满是不解。我彻底没了轻重：

"没有她我不来。我要走，回我来的地方！……"

我根本没意识到自己在说什么，以及这样说有多冒失。只要她发出一声"不行"，就可能是我的末日！其他女孩比我清醒多了，惊恐地看着我，我在发什么疯？指挥的眼睛里没有任何表情，是个德国人没错了！然后她做了决定，叫声"佐莎"，女巨人驯顺地凑近前。

"去隔离区，找克拉拉，把她带来。"

我坐在高高的琴凳上，女孩们围上来，七嘴八舌地问我各种问题，但我听而不闻。万一这个佐莎找不到克拉拉？万一克拉拉被派出去干杂役，万一她掉进了茅坑，万一……在比克瑙，生命不堪一击，只需要几秒钟，一切就会无法挽回……

我看见克拉拉进来，我的克拉拉，像一只鸭子，摇摆着，蹒跚着，肥胖，臃肿……指挥对她的外表不感兴趣，看上去根本就没注意到；她想要的，是一条嗓子。克拉拉恰好就有，一副夜莺般的歌喉，梦幻、稀有的轻型女高音……为她伴奏时，我充满信心。我做对了。

"你们我要了。你们两个都来乐队。我会立刻通知女子营指挥官（Lagerführerin），再去帮你们领合适的衣服。"

女孩们欣喜若狂，冲上来紧紧围着我们问这问那，我们也问回去，像一群快乐的笼中小鸟，叽叽喳喳说个不停。我的耳朵筛选着各人的姓名、信息，我的眼睛记下一个个面容、一个个表情，或是瞳仁的颜色。爱娃，她在这群姑娘中年龄中最大，三十来岁，是波兰人，灰蓝的双眸饱含温情。她已经给我留下了一段印象，刚才就是她充满怜悯地用双手擦拭我的脸庞。

一只手把我用力拉过去：

"我叫弗洛莱特。我在巴黎见过你。"

她碧绿动人的大眼睛充满渴望与羡慕，焦急的眼神寻求着答案：

"我在'梅洛迪'酒吧听到的就是你吧？"

"有可能，我在那里唱过。"

"我就知道是你：有一天晚上我和我爸我妈去过那里，一年前。我那时十七岁。你看，我没忘记你。但通知指挥的是小伊莲娜。"

伊莲娜，身材比我还要娇小，几乎创造了新的纪录，估计年龄与我相仿。她的皮肤非常白皙，两眼乌黑，黑得几乎看不到虹膜。她自豪地在我耳畔低声说道：

"是我第一个认出了你，第一个！我在德朗西见过你，也听你唱过；所以昨天，我在隔离区队列里一看到你，就立刻告诉了我们的卡波。"

"她叫什么？"

"阿尔玛·罗泽（Alma Rosé）。"

"以前有个'罗泽弦乐四重奏'，领头的罗泽是柏林歌剧院交响乐团首席小提琴[1]。我记得在巴黎加沃音乐厅听过他。我想起来了，那支舒伯特的四重奏，美轮美奂，真是了不起的小提琴家！……"

"阿尔玛是他的女儿。"

"那她应该还是作曲家古斯塔夫·马勒的甥女，我记得他是那个罗泽的大舅子。"

"你记的没错。"爱娃确认，"她也是很棒的小提琴家。"

"他们把她也关这儿了？"

"你犯不着替她伤心，"弗洛莱特嘲讽道，"她的天赋绝不妨碍她的铁石心肠！你很快就有数了，这里不缺混账：我们的营管，柴可夫斯卡，是个禽兽，尤其对我们犹太人。至于'帕尼'[2]福尼娅，伙食长（Küchenführerin），另一个波兰人，那也是个混蛋！千万别抱任何幻想，你是在奥斯维辛，在比克瑙女子集中营，这里可不是天堂！"

这些介绍让克拉拉心慌意乱，仅有对音乐的热爱对她还不够。她忐忑地问：

"我们在哪儿？你们又是谁？"

"这里是乐队营房，我们是比克瑙女子乐队。你们呢？你们是

---

[1] Arnold Josef Rosé（1863—1946），奥地利著名小提琴家，维也纳爱乐乐团、维也纳国家歌剧院乐团成员。1882年起担任罗泽弦乐四重奏第一小提琴达半世纪之久。本书作者将罗泽一家误记为德国柏林人。——译注
[2] Panie：波兰语"女士"。集中营女囚对那些任职的波兰女人的称呼，不管她们是负责分发食物还是在厨房工作。

从法国来的吗？"

"是的，从巴黎。"

"你们来了多少人？"

"我数过，一共有 12 节列车。那是 1200 人。"

"50 个女的进了我们这里，比克瑙，50 个男的进了对面的男营区。剩下的 1100 人，全都化了灰。你看，很简单的算术……"

我连忙说：

"你们知道吗，要不是克拉拉对我说'和我一起走走'，我就也跟着那个喊我的女人上了卡车。是克拉拉救了我。"

没有人为此动容，果真，这里一切都很简单！

门口跑来一个女通信员（Läuferin），鼻子、眼睛都冻得通红，一进门就大喊：

"注意！曼德尔指挥官[1] 到！"

所有女孩立刻停下动作，僵硬地保持着立正的姿势，但更让我惊愕的是走进来的曼德尔指挥官：她还不到三十岁，很美，身材高挑纤瘦……穿着极为合身的制服。而我，就站在那儿，在她面前，双手垂在我那条夸张的连衣裙上——一条适合花园派对穿着的花裙子，大得一个劲地往下垂——赤着脚，光着头，还有一张被爱娃匆匆擦过后依旧污浊不堪的脸庞，身旁站着一样悲惨的克拉拉。伊莲娜从牙缝里低声提醒："快，立正。"我从没立正过；我还不会。我试图绷直身体。指挥官能看出来吗？她命令："稍息！"周围传来一阵踏足的声音，绷紧的身体卸下劲。女孩们松弛下来，但仍站在原地，等着接下来要发生的事。

---

[1] Maria Mandl（1912—1948），比克瑙女子集中营指挥官，绰号"猛兽"。战后被指控杀害了约 50 万人，主要是女性。1948 年 1 月被处决。——译注

阿尔玛，恭敬地站在玛利亚·曼德尔身后三步的位置，把我们介绍给她：

"这就是那两名歌手。小个子的那个钢琴弹得相当不错。"

曼德尔的两只手优雅地扶着胯，灰色的制服呢衬得它们雪白、细长、精致。她打量起我们，然后将那双淡青釉色的眼睛停在我身上。这是第一次有一个日耳曼种族的代表看着我，似乎注意到我的存在。她摘下船形帽，金灿灿的头发扎成几根大辫子盘在头上——我眼前瞬间浮现出我的大辫子在那个波兰女人手里挣扎的画面。曼德尔刺激着我的视网膜，给我留下无法磨灭的印象。我没放过这位指挥官的任何细节：她素颜的脸庞（党卫军禁止化妆）光彩照人，她洁白的牙齿略大但很美。她太完美。过于完美。这是个"统治者种族"的杰出样本。也就意味着她是个优秀的"母体"，她不去传宗接代来这里做什么？

她将头略微转向阿尔玛：

"唱《蝴蝶夫人》的是哪个？"

"那个小个子，指挥官。"

她漫不经心地下令，嗓音平静：

"让她们两个轮流唱。"

我先弹钢琴，为克拉拉夜莺般的歌喉伴奏，她很满意。随后，我唱起《晴朗的一天》，不时瞟一眼这个德国女人的表情。我明白这关乎我的生死。只要我的诠释不合她的喜好，只要她不赞成我对曲目的理解，哪里来的我还得回哪里去。

女党卫军曼德尔坐在椅子上，姿态优美地交着两条穿着丝袜的长腿。她扬起下巴，脸上带着一丝不易察觉的微笑：

"得给她们换身衣服！来！"

阿尔玛的话说得更明白："来吧，你们被录用了。"于是我懂了，把我们留下了。

女党卫军迈开长腿，轻松地走在前面；她一定很擅长跳华尔兹。阿尔玛毕恭毕敬地紧跟其后。我和克拉拉则松了口气，小跑步地跟在她们后面，保持着我们认为合适的距离。我们随她们进入一间明亮温暖的大营房——又是一处优待区。看来集中营里好地方还不少！曼德尔的到来让这里所有人都像是通了电一样立直身子。"向前走！"曼德尔指示我们，但因为她没说"稍息"，所以当我们走过去时，面前那些波兰女人继续昂首挺胸站得笔直。看着她们对自己肃立真是心情舒畅。指挥官若无其事地命令："稍息！"得了赦令，这些女的又忙起手中的活。她们站在柜台后面，分拣着堆如小山的衣物与各类物品，有些颇有价值，或是纪念品，或是储备的食物：那是抛别家园、奔向未知的人会塞进行李的所有物品。我们的行李原来都到了这儿……

"给她们换上合身的衣服。"曼德尔吩咐。

女人们立刻忙碌起来，拿过衣服往我们身上比。我期待她们会来询问我们的喜好，问我们是否会更心仪白缎镶边的玫红色蕾丝胸罩……就像在一家接待上流客户的时装屋里，简直太享受！她们给了我一个胸罩，一条内裤，一件睡裙，一副吊袜带，一双羊毛长筒袜，太美妙了！然后是一条海军蓝呢绒连衣裙，一件手感柔软的厚大衣。在最后这两件衣物上，那些波兰或斯洛伐克女人一脸嫌憎，用粗陋的针脚潦草地缝上标志我们身份的黄色三角。最后还给了我一块白布的三角头巾。

"让她们穿上！"

其实我希望能先去洗个澡；但算了，我服从命令。

曼德尔对克拉拉的服饰表示满意：

"不错……"

她将我从上到下仔细打量了一番,发现我的双脚游荡在爱娃借给我的 41 码大的鞋子里,便转身颇有风度地对这间营房的卡波说道:

"弗豪[1]施密特,您能给我的小歌唱家找双鞋吗?"

显然,她对我的身材和嗓子都很满意!

"当然可以。"对方热情回应。

一个波兰女人在一大堆鞋子中搜寻,我借机打量起弗豪施密特。她穿着极为精致:衬衫配裙服套装,剪裁合适。身材纤细,但不显瘦。她像是个厉害的主。双睛没有颜色,也分不出嘴唇。

我穿上她拿给我的黑色绑带短靴,这双得有 40 码。

曼德尔不耐烦了,换成生硬的语气:

"我是说合脚的鞋!"

这要求显然太过分了。从啥时候开始要为一个犹太人、一个黄三角操心了?

弗豪卡波没好气地问我:

"鞋码?"

"34 码。"

她顿时发作起来,以至于我感觉自己穿 34 码大错特错。

"我们没有这个尺码!这个尺码在这里不存在,指挥官大人。"

曼德尔大发雷霆,对着这些废物破口大骂。然后,她怒气冲冲地大步走出衣帽仓库。就这样吧,看来我穿不到合脚的鞋了;我会找些东西把给我的黑色绑带短靴塞紧。在弗豪施密特一伙人恶狠狠的注视下,我拖着脚,跟着阿尔玛朝外走去;她窝着火,催快了脚步;我一准又会把鞋掉在雪地里。还好这段路很短,我没出什么问

---

1 德语:女士,夫人。——译注

题就到了。

乐队营房不再让我目眩神迷，不再是某种我生怕一旦细究就会消失的幻景，它已经成了我可以好好打量的现实。这座木板房分一大一小两个空间。小的那部分，是寝室兼饭厅，里面沿着两边的白墙对面摆放着两列木架床。

"每人有自己的单人铺。"弗洛莱特对我说，"一条床单——天晓得为什么不给我们两条——和一条毛毯！自己的东西可以藏在床里或床垫下，那些'打点'来的货；不是很保险，但没更好的地方了。"

"'打点'，是什么意思？"

"设法从加拿大女孩那里弄些必需品。"

加拿大女孩，她们是谁？怎样，用什么才能买到东西？我压下脑子里冒出的一连串问号，因为参观还在继续。

两列床当中的过道上，摆着三张桌子，其中一张堆满餐具，应该是用来发放伙食的。

一面墙上钉着些木板，上面整齐地放着些硬纸盒。

"你看，"小伊莲娜解释说，"盒子用来放我们的'财物'。这里每两人合用一个，你选个与你合用的人——只是合放，不是共享！"她强调道。

共享什么？苦难吗？没什么可犹豫的，我当然和克拉拉合用一个盒子。

营房的另一侧更宽敞，约有八米长，六米宽，用作音乐室。沿着一面墙放着张大桌子，上面凌乱地堆满了乐谱和纸张。桌子周围坐着正在抄写乐谱的抄谱员（Schreiberinnen）。

房间中央有一个小型指挥台，在它周围，弧形排列着乐手们的谱架和座椅。室内有两扇门，分别通向指挥阿尔玛和营管柴可夫斯卡的单间。精心擦过的木地板发出绸缎般的光芒，雪白的墙面一尘不染，到处都亮着电灯，完美至极！

"这里一共住了四十七个人。你知道这意味着什么吗？从各个地方来的女孩，关在这狭小局促的空间，在这种条件下……十个国家，全挤在这沙丁鱼罐头里！你能想象……"

小伊莲娜欲言又止。爱娃替她把话说完，她的发音平稳清晰，一口法语一听就知道比我的还要标准：

"她们在自己的国度，往往被根深蒂固的盲目对立卷入祖祖辈辈的宗教冲突；我尤其指我那些波兰同胞。所有这些女人，她们来自多个文化、人种、民族，政治观念与宗教信仰截然不同。因此你明白，和睦共处在这里不存在，更何况每个人的教育和文化程度大相径庭。"

我静静听着，但比起几个小时前还在经历的那些，这一切让我觉得简直小儿科。在奥斯维辛及其附属营地组成的巨大多足综合体里，爱娃所说的这个世界既是沙漠里的绿洲，又是封闭的隔离区。后来，我将明白这也是一种"三明治"：一片音乐，夹在两片苦难的面包中间。

一个通信员喊道：

"姐妹们，去洗澡！"

"我们有权洗澡？"克拉拉不解。

"每天都要洗澡，这是规定。阿尔玛对此极为严苛。是德国鬼子要求的。所有侍候他们、能与他们近距离接触的女囚都必须保持整洁。我们和加拿大女孩、'黑三角'这些营地里的'贵族'，还有所有能接近党卫军的人，通信员、翻译……共用一座淋浴房。"

我渴求洗澡的愿望实现了！爱娃还给了我们块肥皂头，一块真的肥皂，完美至极！

我们刚回营房，就听到营管大喊：

"肃静！肃静！立正！"

因为她看见曼德尔指挥官又走了进来，一天之内第二次光顾这里，而且不顾出行的排场，没让通信员在头前开路。

一阵鞋跟划地的声音，大家纷纷直起身，绷紧身子，除了在抄谱的人有权坐着，所有人都立得笔挺。

指挥官拿着个很大的鞋盒，欣然走向我，把里面的一双皮鞋倒在木地板上：

"坐下！"

我执行。她竟像营业员般单膝跪在地上，对我说："把脚给我！"她要给我试鞋。

姑娘们都瞪大了眼睛注视着我们，桌边的抄谱员瞠目结舌。阿尔玛站在她的单间门口，仿佛石化似的看着这不可思议的一幕，看着营地长官，女子营指挥官，跪在一名女囚面前……

这一幕让我非常享受！

一双小巧、精致、温暖的翻毛皮鞋完美地穿到我脚上。曼德尔站起身，我也跟着站起来，她满意地说：

"我的蝴蝶夫人脚变暖了。这对好嗓子必不可少。"

阿尔玛向我示意，我试着摆出了一个近乎成功的立正姿势：

"非常感谢，指挥官女士！"

谢谢您带来的这份惊喜！

愿节日继续！

"真想不到，营地里竟然有，一支乐队……"克拉拉惊叹。

为了遮住光头，她把弗豪施密特给她的三角头巾包在头上，这打扮让她的脸看上去像个甜腻的布娃娃。她还是想不通，疑惑地问道：

"要乐队派什么用呢？"

"营造欢快的劳动气氛呗！"弗洛莱特挖苦道。

克拉拉急了：

"我意思是说：什么时候演出？为谁演出？"

"当然是给囚犯，那还用说！"

"你开玩笑？"

"没有，"伊莲娜赶忙说，"不是玩笑。女子乐队是奥斯维辛总指挥赫斯[1]的主意，在劳动队每天早上离开比克瑙营出工，还有晚上收工回来时，为他们伴奏。之前，只有男集中营才有乐队。赫斯可

---

1 Rudolf Höss（1901—1947），**纳粹战犯，曾任奥斯维辛集中营总指挥**（1940—1943），1947 年被波兰法庭判处绞刑并在奥斯维辛集中营旧址处决。——译注

能认为这样做挺好,头头们来集中营视察时会喜欢。"

我趁机打听:

"那我们每天要在室外演出两次?"

"在室外给囚犯伴奏,在室内给党卫军演出。"

"还要给他们演出?"

"你以为呢?"弗洛莱特嘲笑道。

没错,我以为呢?这些绅士们,他们热爱鲜花、月光、音乐!

弗洛莱特接着说:

"一开始,我刚来的时候,乐队就是一个笑话,简直还不如马戏班子的吹打!那时指挥还是混账柴可夫斯卡。她吹嘘自己是那位大作曲家的后代——可真能吹!那些德国混蛋信了她的鬼话,真是些蠢货,任命她来当乐队指挥。你们真走运,来得是时候,可我,我可真受了不少折磨。"

她倚着一根床柱,滔滔不绝地说下去:

"当我还在隔离区时,就有传闻说要建一支乐队。这消息太让人雀跃了;既然比克瑙能有乐队,那么,也许情况没有想象的那么糟。也许熬过隔离区后,大家的日子会好过点。那时听到什么我们都会信。当然啦,用不着和你们细说,你们刚从那里来。但是,我没你们这么走运,我在那里待了足足四十多天!……简直看不到头!我离开隔离区的经过和法尼娅差不多,不同的是,我不像你那么爱音乐。我以前被逼着学了七年小提琴,完全没兴趣,最近三年就没拿过弓子。那天早上,通信员走进营房大喊:'要是有人会乐器,就到我这儿来!'睡一个铺的难友都鼓励我:'快去!怕什么。'在营房门口,我遇到了另外两个乐手,从营房另一个角落来的两个比利时女孩,我认识她们,来的时候我们在同一列火车上。一个是小提琴手大伊莲娜……这样叫是为了把她和小伊莲娜分开。

看，就是那个正在练习的女孩。"

我看着她：十七八岁的模样，个子很高，很可爱，头上新长出的约一公分的头发为她镶了些金色的光芒。

"另一个，"弗洛莱特接着说，"她叫安妮，弹曼陀林，就是现在钢琴旁边那个又高又瘦的女孩。我们三个来到乐队营房。那时的营房在 A 区，挨着隔离区和医务营。大伊莲娜拿起弓子就拉了巴赫的《恰空》，她技艺精湛，只有聋子才不会被打动。安妮弹的曼陀林非常动听，也成功入选。之后就轮到我，毫无愧色地拉起歌剧《泰伊思》里的《沉思》。对马斯涅的无上亵渎没有持续很久就在柴可夫斯卡的一长串'狗杂种'里结束了。她可真好意思，这粗鄙的混蛋，对音乐一无所知，偏要摆出一副挑剔的面孔。听听她的指挥，那才叫滑稽！进行曲能变成三拍，华尔兹倒变成两拍和四拍。各种洋相多了去了！还不如低级乐队；只有敲锣打鼓还像回事！这蠢货一定觉得这样才有军乐队的气势！我真不知道党卫军怎能忍受这噪音，感情他们都不长耳朵！……之后，我被关到 B 区，就是现在这里，关过来第二天，他们又来找乐手了。我得知乐队刚换了指挥，就决定再试试运气。新指挥就是阿尔玛，柴可夫斯卡成了营管。新指挥给我的第一印象非常好。之后，我大失所望。她是一个不折不扣的德国女人。总之那天，我要求自选曲目，我不动声色地选了一首吉普赛风格的曲子——我之前瞥到过她们有乐谱，这种曲子最能掩盖水准的平庸。我相信我的匈牙利血统能把最后一段恰尔达什舞曲催上去，稍微营造一点幻觉。我不敢说我的演奏让听众动容，那太夸张，因为阿尔玛就冷冷地对我说：'我给你一周的试用期。之后我们再看！'"

"你被留下了？"

"这嘛，又是另一回事了。这是我见过咱们卡波办的唯一有人情味的事。你瞧吧，这个人的心就是个空荡荡的琴盒，里头啥都没有！还在隔离区那会儿，我生了一场病，但我熬了过来，没死成，还没到时候；可因为吃不下任何东西，我积存了一点发的面包，用它们'打点'了一双漂亮的木底鞋。可美啦！但好景不长，才穿了四天，鞋就被偷走了；气死我了！丧气透了！找谁抱怨去？在这儿就得接受小偷，就像接受其他那些事。奥斯维辛的路，你知道，就是一摊烂泥。两天后，我再次来到乐队——那时我们还没一起住在这儿——我光着脚。阿尔玛对一切都要求很严，尤其得整洁；所有人都得干干净净的，但我们没有东西擦鞋。柴可夫斯卡在门外放了个水桶，女孩们进门前在那里头洗鞋子。这个混蛋，看见我的光脚沾满污泥，竟强迫我在冰冷的脏水里洗脚。我号啕大哭。阿尔玛走出房间，看到我冻得浑身哆嗦，还在淌水的双脚站在水泥地上，已经变得发紫，她突然动了恻隐之心：'来，我去给你弄套穿的，你是乐队的人了！'她让我加入第三小提琴，这一组已经有两名乐手，都是波兰雅利安人：薇莎和'帕尼'伊蕾娜。薇莎的运弓软弱无力，她的琴几乎不出什么声响。帕尼伊蕾娜，阿尔玛一说她走音，她就咬紧嘴唇，后来索性拉得很轻很轻，根本听不见她在拉什么。我被安排在她们中间，给第三小提琴加点力量。结果，有力是有力了，失误也多了！从此，阿尔玛的指挥棒落在我头上的次数比她和颜悦色的次数更多！至于骂我的话，记下来得有词典那么厚！她眼中只有音乐。所以你想，摊上我们这帮人，她可真够走运的！在这个地方，真正的、专业的乐手屈指可数。可阿尔玛偏偏要靠我们来搞音乐。应该说她的到来改变了一切。集中营指挥官克莱默和曼德尔寻思：'有了这个高手，我们可以开音乐会啦。'为了取悦党卫军，她铆足了劲，可把我们给搞惨了。而且，因为她的野心，我们现在随时可能玩完。"

"为什么?"

回答我的是小伊莲娜:

"你会明白的。如果只是演奏进行曲,水准与曲目的多寡就不那么重要,我甚至觉得我们的闹剧还能逗党卫军开心。但现在一切不同了,我们成了一支交响乐队。克莱默和曼德尔很会欣赏音乐。一旦我们的演出不合他们意,他们就会解散乐队。乐队的成立全凭他们的兴致,除掉我们也在他们一句话!我们必须上各种风格的曲目,还要不断更新,可没人编曲叫我们怎么办?"

大伊莲娜旁听我们的对话已经有一会儿了。她大概才十七岁,新长出的金栗色头发让她看上去像戴了一顶漂亮的丝绒帽子。她叉起厚实、细长的手指,用略带比利时口音的法语温和地补充说:

"而且他们不可能在柏林给我们编完曲再送过来;世上没有一个音乐家为这种编制的乐队编过曲!"

她幽蓝的目光停留在我身上:

"你呢,你会编曲吗?"

"我可以。"

她们高兴坏了,大叫着,激动地拍起手,笑着。大伊莲娜对阿尔玛的"勤务员"瑞吉娜说:"快去叫阿尔玛,说我们有事要报告。"小姑娘飞也似的跑去。

我刚说了什么?我是学过和弦,做过赋格、对位练习,也知道乐谱中乐器的排列。但要说训练有素,有能力胜任交响乐编曲,那就言过其实了。我们的卡波疾步走出房间,女孩们顾不得行礼,全都围上去,告诉她这个消息。

阿尔玛微笑着看看我,但语气依然生硬:

"你能编曲?"

"是。"

"你跟我来。"

她问了我许多问题，报了一大堆曲目、作曲家、作品号、乐章。我没一次回答"不"。不管了，豁出去了。既然乐队的存亡全系于此，那我就什么曲都能编，什么都会，什么都能干！阿尔玛对我的回答表示赞赏："很好，很好，党卫军会喜欢的！"这态度令我吃惊，她不是逆来顺受，而是主动地想要取悦、迎合他们。难道她忘了自己是被党卫军逮捕、关进集中营的吗？

这消息一下传遍了音乐室："新来的小个子会编曲！"姑娘们都挤到我身边，她们喜悦的眼神和阿尔玛的满意证明了一件事：所有人都生活在一种极大的不确定中，而我所谓的才能让她们远离了这种恐惧。我的到来将这天变成了节日。阿尔玛决定这天不再排练，给我们一点自由时间。这是个奇特的节日，乐着乐着就会大哭，笑着笑着就会崩溃。但毕竟是个节日。

我不知道一直在我身边的克拉拉在想什么；新长出的头发侵入她不高的额头，让她看上去像个固执的浑小子。她似乎另有心事。当她突然抓起我的手，几乎喊着说"快，去拿晚餐！"时，我明白了她的关注点。

弗洛莱特嗤之以鼻：

"晚餐！你以为你在哪里，英国王宫？你吃的可是帕尼福尼娅用她肮脏的爪子扔给你的面包皮……"

帕尼福尼娅，我们的伙食长，五十来岁，一对尖利墨黑的小眼睛像插在一团猪油上的两个煤球，浑身肥肉，丑陋不堪，白头发扎成个泛黄的发髻。她在集中营得了斑疹伤寒，脸瘫了半边。她一边用波兰语大吼，不知道在说什么，估计半是命令半是脏话，一边和她的伙计玛丽拉，一个二十岁的姑娘，给我们每人发了一块约二百五十克的面包和半块多米诺骨牌大小的人造黄油。

珍妮是个巴黎姑娘，棕红头发，老鼠一样的小眼睛特别有神，嚷嚷道：

"这些哪够吃二十四小时！"

曼陀林手安妮，她和弗洛莱特同时参加的乐队面试，用比利时口音浓重的法语高声道：

"二十四小时，不可能，为什么，因为今天是个要好好庆祝的日子！我们要和法尼娅、克拉拉一起分享。"

我的心狂跳起来，想要裂开，我要分给她们每人一块。我走向一张桌子，珍妮一下抓住我的手臂。

"别傻！是禁止的，那张桌子我们不能坐。"

"为什么？"

"因为你是个犹太佬。"

我看着她，沉默了，我不想把欢乐气氛搞砸了。这时，克拉拉疑惑地转向我：

"你的人造黄油呢？你全都吃完了？"

"没有，对我来说，那是毒药，我不能忍受那味道。"

她起了疑心：

"那你把它放进我们的盒子了？"

这个"我们的盒子"刺到了我，我问道：

"你们为什么要两人合用一个盒子？我完全无法接受！每个人的就是大家的，应该谁都可以吃，没吃的时候就大家一起熬。"

女孩们瞪着眼睛，惊愕地看着我，觉得我一定在胡言乱语。克拉拉带头强烈地反对起来：

"不不不！我是再理解不过了！没有任何理由放弃自己的东西。"

她停了下来，因为想起别人刚分给她的食物，略感窘迫……接着她又说下去：

"我是指，除了特殊情况，我不会拿出我的东西分给别人……和你不一样，因为你是我朋友。分享什么的毕竟也和亲密程度有关吧……"

她的话让我目瞪口呆，但其他人似乎觉得这很正常。我做不到；父亲是我的榜样。母亲告诉过我："和你爸刚结婚的时候，我们的厨房和卫生间都在楼道里。家里没啥东西，不过你爸有两件衬衫。一天晚上回来时，我发现少了一件。我问：'你的衬衫去哪了？''我送人了。''你疯了，你一共只有两件，却送了一件给别人！''没错，可那人没有衬衫，这样我们就一人一件了。'"

我注视着女孩们；她们像快要饿死的饥民一般默默地、慢慢地咀嚼着。她们豪爽地同我们分享食物，可眼睛仍免不了瞄向邻座的伙食，就像猎狗一边啃着自己的肉块一边窥视着同伴的那份。她们永远无法理解我的经历，每个人都不同程度地被集中营的生存状态改造了。我不吐不快：

"但我，我会和所有人分享我拥有的东西！"

刚把自己的食物分给我们的安妮反对：

"总不包括那些波兰人吧，你看她们！"

她们坐在雅利安人一桌，支着胳膊，也不拿正眼瞅我们，只是不怀好意地瞟着走到我身边坐下的爱娃。这股似乎根深蒂固的兽性煞是瘆人。我坚持道：

"我为什么要区分对待？"

弗洛莱特忍不住了：

"因为她们是禽兽，是混蛋，全是反犹分子！"

这里，集中营的焚尸炉夜以继日地焚烧，她们亲眼看见发生的屠杀，怎么还会继续仇恨犹太人？是谁将她们带到这世上的？我开始反击：

"你呢，爱娃，你也反犹吗？"

"不，不，我没这想法。"

弗洛莱特讥笑道：

"胡说！她啊，集中营里的贵妇，会没有反犹思想？除非我瞎了眼！她和所有反犹分子一样，只认她眼里的好犹太人，剩下的、其余的人，都得送毒气室。"

爱娃温柔地反驳道："不，我不是这样。（她指向另一桌的波兰同胞）我和她们不同，没有被教唆根据种族去爱或仇恨……（她收回指头）或是根据宗教。"

我想弄个明白，追问道：

"你那些同胞的行为，是因为和我们完全没有交流造成的吗？她们听不懂我们的语言，导致她们很孤立。"

"你错了！"拉谢拉打断我，她是一名波兰犹太人，"我们也出生在这个国家，我们也说波兰语，她们远离我们，只因为我们是犹太人。"

"不止这些。"伊莲娜对我解释说，"那些女的知道，只有犹太人和共产党才会被送进毒气室，但这与她们无关，因为她们也反苏联。既然没啥风险，她们就自觉高人一等。她们相信，战争一结束，肯定就能回家。另外，有几个已经在这里关了很长时间，滋生出一种报复情绪：日积月累的仇恨就是她们的资本。再者，无论长幼，她们自小就被灌输，她们之所以贫困、受压迫，那全是犹太佬搞出来的。你想告诉她们，她们的反犹思想全是无知和愚蠢的结果，你以为她们一下就能接受？不可能的，没人教过她们。"

我听不进去，无畏地回答：

"那好，那就让我们来教她们！"

哄堂大笑震疼了我的耳膜，但并没有动摇我盲目的理想主义。

爱娃叹道：

"根本不用试，这注定会失败。没人会听你的，她们只服从暴力。"

坐在桌角的珍妮扬起满是雀斑的脸蛋打岔说：

"嗐，别说这些糟心的事了！和我们说说家里的情况，你是什么时候离开巴黎的？德国鬼子还在胡作非为？黑市上能买到吃的？还有时装，现在在流行什么？你家在哪个街区？我关心这些，因为我的男友是消防员，要是你住的那个地方着过火，说不定就是他去救的。他可有本事啦，而且，他不光能灭壁炉里的火……"

她笑啊……笑啊……仰天大笑。有人抗议：

"消防员滚回救火站！别再说啦！"

珍妮撇撇嘴：

"别听她们的，全是妒忌！因为我的男友，你不知道他有多火爆！"

大家七嘴八舌地问起来：

"巴黎有什么新消息？战争会很快结束吗？听说德国人用喷枪把埃菲尔铁塔给切割了，因为需要钢铁？"

我安慰她们：

"没有。他们只化掉了一些铜像来炼铜……芒儒[1]像，岱纳广场上的热气球[2]……"

珍妮对它们的命运感到惋惜：

---

1 Auguste Mangeot（1873—1942），法国钢琴家、乐评家，巴黎音乐师范创始人之一。——译注
2 法国著名雕塑家奥古斯特·巴特勒迪（Auguste Bartholdi）设计，为纪念1870年普法战争巴黎围城期间保持巴黎与外省联系的热气球飞行员而建。巴特勒迪同时也是法国赠送给美国的自由女神像的设计者。——译注

"我不常去那一带,但毕竟也是一段历史!"

她们渴望消息,但轻重不分:

"现在流行什么打扮?穿长裙还是短裙?最时髦的发型呢?还有人跳摇摆舞吗?爵士少年的装扮还没过时吗?赖伐尔[1]和贝当怎么样?你去过非占领区吗?听说在某些偏僻地方的餐厅吃得还和战前一样?"

我则有问必答:单肩包,运送食物的自行车,周日在巴黎小丘广场上作画的"鬼子",把发卷撩到头顶……

"哎,"珍妮伤感地摸着自己的光头,叹了口气,"回去时,要是还流行你说的那种发型,我们的头发可要长出来才好!"

"别担心,到时候将由我们来决定流行什么。最近人们穿什么呢?"

"去年夏天,是用色彩艳丽的印花布料做的齐膝短裙,带大花边,喇叭口非常大。姑娘们穿着像一朵朵鲜花,香榭丽舍大街上别提多美了!"

大家都沉浸在这画面中,我接着说:

"德军占领巴黎后,7月14日国庆节禁止悬挂国旗,巴黎的女人就变成了移动的国旗。你们真该看看那场面,蓝、白、红:蓝色的短上衣,白色的短裙,红色的围巾。单个走在路上并不显眼,走在一起就非常醒目,她们手牵手,成群结队,从协和广场走到凯旋门,从共和国广场走到巴士底广场,巴黎仿佛到处飘扬着三色旗……太美了!"

姑娘们热泪盈眶,接着问道:

"那德国鬼子呢,他们什么反应?"

---

1 Pierre Laval(1883—1945),法奸。二战初期法国投降后出任维希政府总理。战后被处决。——译注

"他们气得脸都绿了！"

所有人都大笑起来。

"鞋跟，有这么高……像高跷，女孩们都高了一截……没有丝袜，就在腿上画。"

珍妮说：

"说说最新的笑话！"

"有个党卫军每天早上去报亭买报，卖报人老用法语对他说：给，混蛋。一天，他问卖报的：'混蛋'是什么意思？卖报的说：是'长官'的意思。于是，那家伙得意地说：我，小'混蛋'，希特勒，大'混蛋'。"

我后来说的笑话再没取得过这样巨大的成功。大伙笑得眼泪都流了出来，我也如此。

反抗的、嘲讽的巴黎。法国的消息，对她们来说是一大口氧气，浓烈到让她们有些上头。动情，欢笑，哭泣，歌唱，人人都变得有点疯狂。

"新近流行哪些歌？"

我和克拉拉给她们唱了一首又一首，不啻一场演唱会：《视而不见》《这儿，我们钓鱼》《擦去的名字》《回来》《你把我的爱怎么了？》《我的爱人，你去哪了？》……她们拍着手，喊着"再来一首！"这是一场狂欢，没人想去睡觉，就连波兰人也没走；歪嘴的帕尼福尼娅，还有她的奴仆玛丽拉，也都安静地待在她们的角落，甚至当我们大笑时，她们也笑起来，显出一副参与并听懂了谈话的样子，可能觉得这样我们就会对她们刮目相看。

她们能理解《难友们，睡了吗？》[1]这歌对我们的意义吗？

---

[1] 1940年代法国歌曲，讲述俘虏在纳粹劳动营中的思乡之情。——译注

听到最后一句"难友们，法兰西在前方！"，姑娘们相拥而泣。

这是一个绝无仅有的时刻。一种姐妹之情油然而生，将我们团结在一起，我们成了一个牢不可分的整体，全身心地享受着这个不同寻常的夜晚。我们忘记了集中营的灯光、探照灯、岗楼、通电的铁丝网。我们忘记这里的天空被浓烟笼罩，也没注意到白昼令黑夜泛白，明日已成今日。

早上7点，一个通信员通知党卫军女看守长到。阿尔玛从她房间走出，柴可夫斯卡则大喊："注意，点名！列队，五人一排！"点名时间。我们就在寝室当间，以立正姿势站着，时间变得漫长，不知要站多久。但无论如何，我自觉还算幸运，因为此时此刻，集中营里，有数以千计被关押的男男女女，半裸着，奄奄一息，一动不动，石化般僵直地站着，有时甚至要在雨雪冰霜中站立好几小时。

克拉拉和我的出现立即引起了党卫军的注意。一个看守长不屑地问道：

"这是怎么回事？"

另一个问：

"这两个在这里做什么？"

阿尔玛纹丝不动，毕恭毕敬地回答：

"是两个新乐手，法国人，弗豪看守长。"

我们的穿着似乎让她不悦，要惩戒一下吗？她故作惊讶：

"这么快就换了衣服！"

"是弗豪曼德尔指挥官的命令。"

"好吧。"

点名结束，一部分乐队成员准备出发，纷纷换上某种制服：海军蓝短裙，黑色羊毛袜，条纹外套[1]，头上的三角形白布头饰让人想起德国女护士戴的那种小帽。这身装扮让她们看上去更像一群营养不良的孤儿而不是军乐队。这个早晨，我才意识到乐队的姑娘们有多瘦！鼓号队的构成与交响乐队一样令人惊讶：几把小提琴，几把吉他，几支竖笛，手风琴，当然还有必不可少的打击乐。党卫军一定认为"嗵嗵嗵"的鼓声加上"仓仓仓"的铙钹，如此鲜明的节奏足以让死人抬腿。乐队五人一排迈步前进，阿尔玛走在最前，我在最后，在负责铙钹的丹卡身边，她壮实得像个巨大的镜面衣柜。是我提出和她们一同前往，我要去看，我想知道——如果可能的话——我们存在的原因。

我们这支野鸡乐队一边走，一边演奏着欢快的蒂罗尔曲风的进行曲，令人联想起黑森林中的冰啤野餐。从乐队营房到我们每天早晚两次进行这场奇特音乐会的地方约有三百米。路边全是营房，女囚在外列队，僵硬地保持着点名时的立正姿势，等待我们就位后才会下达的出发指令。夹在左右两列悲惨的人篱中"巡游"让我极不自在。我不知道她们是否看着我们，我是不敢看她们。但她们的眼睛就在那儿，仿佛成千上万根触摸可及的芒刺，扎进我的身体，刺痛我的血肉。

在A区和B区交界处搭着一个有四级台阶的演出台，上面摆着几排椅子——何不直接搭一个音乐亭？我们在椅子上坐好。阿尔玛回头看了看观众，仿佛在目测人数，然后看回乐手，举起指挥棒，随着军官、卡波们齐声大吼的"立正"响彻集中营的每条道路，一首劳动进行曲铿然奏响，有力，节奏分明，几乎还有点欢快。

---

[1] 与人们所想不同，集中营里的犹太囚犯并不都穿条纹囚服——男囚外套长裤，女囚套头长袍。很多人很快会被送进毒气室，所以只给他们各种破衣服。只有担任职务的犹太人，或雅利安人，才有那样的囚服穿。

一、二，阿尔玛挥舞着指挥棒；一……二……三……四……卡波们喊着口令，劳动队伍出发了。从各条道路出来的女囚列队经过我们面前。此时，我才有勇气看她们。我强迫自己这么做，我必须记住这些，因为今后要向世人作证！

这决定瞬间变得如此清晰，它支撑我一直坚持到最后！

身形消瘦，衣衫褴褛，女囚们在烂泥里，在积雪中，挣扎着，有时为防摔倒互相搀扶着——这权利还没被剥夺，走向集中营大门。我要记住这场面，从全景到单独的个体；一道道仇恨或鄙视的目光在我身上刺出一个个贯通的伤口。有个女囚冲我们大喊"胆小鬼，婊子，犹大！"，仿佛一口唾沫吐到我脸上。也有人耸耸肩，破衣烂衫下——有些带有条纹，她们瘦骨嶙峋的肩膀轮廓清晰。我有多痛苦啊，看着有些人头也不抬地从乐队前面经过，她们身影模糊，既无恨也无爱，萎靡地走向死亡。但最让我无法忍受的也许是那些对我微笑的女囚，她们的理解，那种让我自觉受之有愧的信任，让我痛苦不堪。

直到这一刻我才真正意识到身在何处，以及这里有多疯狂。隔离区的淋浴、文身、剃头、饥饿、震惊、毒打，让我只意识到降临在我个人身上的不幸。此刻，在这个到处不见一棵树木的严冬的早晨，在这一排排被铁丝网和岗楼包围的低矮的营房前，在这滞空不散的黑色浓烟下，我看清了比克瑙灭绝营的真面目和它恐怖的闹剧：一名高雅女子，指挥着一支乐队，女乐手们穿着舒适，正襟端坐，为一群骨瘦如柴、面目全非、幽灵般的躯壳伴奏。

在这个如行刑日一般肃杀的清晨，劳动队（Arbeitskommando）出发参加可令她们"重焕活力"的工作，"快乐工作"！这是何种工作？我甚至不敢去想。她们只会死得更快而已。她们连走路都极其困难，却还要踩出行军的步伐。我痛苦地意识到，我们在这里只为加剧她们的苦难。

一、二……一、二……阿尔玛的指挥棒为这支望不到头的队伍打着节拍。一个党卫军用靴尖踏着节奏，直至最后一个女囚在最后一名士兵和最后一条军犬的押送下，走出集中营大门。

前进的面包……

我不知道现在几点，5点，或许6点……我再也无法入睡，一种焦虑涌上心头，我想逃跑，但愿这一切都从未发生。

我从上铺下来，尽量不出一点声响。窗开得很高，而我矮得像个孩子，只能从最下面一格玻璃窗望出去。探照灯和集中营闪烁的灯光穿透黑夜，让我恍惚觉得置身某个铁路编组站，约维西，圣乔治新城，特拉普[1]……

我想在这窗户外头寻找什么？眺望窗外，本是眺望人生，但在这儿，却是眺望死亡！……下雪了，懒洋洋的大片雪花，盘旋很久才落到地面。这时，在我们这条道的尽头冒出一支队伍，是些苏联红军战士。二十个汉子。褴褛的军装贴在背上，他们肩并肩，仿佛连成一体般，踏着整齐的步伐前进，赤脚踩在雪里，目光注视远方，脸上肌肉纹丝不动。他们很高大。而且在我眼中他们一定显得比实际更高。迎面走来一个党卫军。步履不停，目不斜视，他们齐

---

1 均为巴黎附近重要铁路编组站。——译注

刷刷地摘掉军帽，露出剃光的头。党卫军士兵抬手到帽檐，回以军礼。队伍为首一人唱起了歌，嗓音动听，饱满，浑厚，每句歌词都被清晰地送到我的耳边：

> 带我远离莫斯科的列车
> 不分昼夜，车轮隆隆……
> 从军装的口袋中
> 我拿出你的照片，
> 硝烟使它暗淡……
> 那只会让我越发珍视。
>
> ……
>
> 我想念你，我的爱人，
> 我相信我们会重逢。
>
> ……

衣不蔽体的俄罗斯战士齐步走在集中营主干道上，我饥渴地看着他们，眼前仿佛已经浮现出前来营救我们的部队。在我眼中，他们就是前进的苏联红军！

俄罗斯雅利安人布洛尼亚悄然来到我身边。她也注视着他们。一些微光落在她高高的颧骨和金色的发辫上——这里只有犹太人会被剃成光头。她对我笑着，她坚固的牙齿可真白。我可以想象在乌克兰广袤的平原，她站在大车上，强壮的手臂挥动长叉装载草垛的场景；简直一幅标准的集体农庄宣传画。

"布洛尼亚,他们是谁,从哪儿来?"

"这些好汉,我的小兄弟,我跟你说说他们的故事吧,那是1943年4月我进集中营时听到的。1941年,德军侵犯我国,俘虏了十五万名红军战士。他们被带到这里,奥斯维辛。当时这里还只是一望无际的沼泽地,零零星星地长着几棵弱不禁风的白桦树。党卫军强迫红军战俘建造关押他们自己的集中营。但他们说:'不,我们是军人,我们才不会给自己造牢房。'德国人对他们说:'你们要吃饭睡觉?那就去干活!''不干。''干活!干活!'党卫军气急败坏地吼。但红军战士坚决回答'不干'……他们就穿着军大衣躺在那儿,躺在沼泽的泥浆里,把沼泽都给盖住了。党卫军继续命令'干活!'没人回答了。饥寒交迫的红军战士一个接一个死去。没人知道德国人怎么处理的尸体。也许这些尸骸沉入了沼泽,奥斯维辛这片有生命的沼泽,也许他们就在这儿,就在我们脚下……活下来的只有二十个人,他们始终拒绝干活。彻底失败的党卫军给他们衣服和鞋子,他们也不要,因为那些本来是被送进集中营的平民的衣服。他们依然穿着自己的军装上衣,光着脚。只接受一大清早起来分发面包的工作。"布洛尼亚停了下来。谁能分清哪些是传说哪些是真相?她嘱咐我:

"看看这些好汉,这是我们的面包在前进……"

前进的面包,我们的希望,我们的信心……

7点30,乐队收工回来,我没有和她们一起去。

"哎哟嗬!里头比外面舒服多了!"

荷兰姑娘弗洛拉快活地说。这份快意听上去如此自私,如此玩世不恭,让我顿生嫌恶。珍妮的话打断了我的思绪:

"咖啡来了。快来喝。二十分钟后就该干活了。"

"来了。"女孩们边回答边在各自的盒子里翻找吃的。克拉拉用身子挡住我们俩的盒子，凶狠警惕的目光监视着别人的一举一动，好像她把守的是皇家食物柜！我们才来不久，存下的东西少得可怜，只有一块吃剩的面包和我那份人造黄油。克拉拉狡黠地问我，像个贪婪的农妇：

"既然你不吃，就把黄油让给我吧。"

可怜的小姑娘，我在她身上感觉到一种兽性十足的食欲，令我恐惧。

"当然可以，给你吧！"

她像一只受宠的猎犬，对我报以炽烈的感激的目光。

弗洛莱特双手捧着她那杯滚烫的咖啡，大骂：

"这东西越来越难喝了！还有这面包……是用什么做的？烧剩的骨头？真是受不了！"

叫我受不了的是在这儿听到"烧剩的骨头"这种话，但好像谁都没觉得有什么不妥。弗洛拉傻傻地微笑着，她听懂弗洛莱特那句话了吗？这女孩从头到脚都写着个"蠢"字，她那副呆样让我火大。"雀斑"珍妮用她那块面包敲了敲木桌，打趣道：

"嘿，听听这声响，以后钉鞋底都用不着榔头了！他们一定是弄错供应商了；送货的不是弗里茨[1]面包店，改了弗里茨五金店了。"

我接过话茬：

"一点没错，这面包硬得可以打碎希特勒的脑壳了！"

姑娘们爆发出一阵夸张的大笑。只有波兰人和德国人抿紧嘴；她们听不懂我们说的话，总以为我们在拿她们取乐。

---

[1] "弗里茨"是两次大战中法国人对德国人的贬称。——译注

安妮大笑着说：

"绝妙的主意！用希特勒自己的面包打死他。叫他尝尝老天的报应！"

大家咯咯咯地慢慢止住笑声，然后一个个走出寝室。

"干活！干活！"女乐手们各就各位坐到谱架前，开始给乐器调音。我坐到抄谱员那一桌，盘点我那些助手。情况不容乐观，坐在这里的全是淘汰下来的乐手。佐莎，二十五岁，就是那个把我带来这里的大个子，一个油腻肥胖、一身赘肉的乡下女孩，一头亚麻色的头发，她的小提琴拉得如此可怕，在阿尔玛到来之前就直接被她的保护人柴可夫斯卡安排在了这个位子上。另一个叫丹卡，魁梧得像个运动员，应该是她们当中最危险的一个，她的目光冷酷、狡黠。不抄谱的时候，她负责在乐队里打铙钹，打得震耳欲聋，她一定觉得光凭这些"顷顷仓仓"就能催动劳动队的脚步，只要表现积极就能让党卫军满意。坐在这两个大块头之间，二十岁、面色苍白、不爱出头的玛丽莎就像不存在似的，比起她们，她的愚笨黯然失色。桌子的另一头——和其他桌一样，在这张桌上雅利安人和犹太人也从不混坐——希尔德俯着她顽固的脑袋，刚剃过的光头埋在乐谱上。她聪明、专横，看到她第一眼我就觉得她准是我们营房里德国犹太人的"元首"。

把这些抄谱员派给我时，阿尔玛对我说由我来指挥她们！可是对于那几个明知我不能拿她们怎样的波兰雅利安人，或是自恃是德国人从而高我一等的希尔德，我能有多大的权力？一个没有鞭子的驯兽师，毫无保护，赤裸裸地被一群猛兽包围着。前景看好！

阿尔玛出现在她的单间门口。大家全体起立。我看着她走过来，她长相并不漂亮，但气场十足！仿佛正在款款登台。我想象着她站在门后的那一刻，她的手，美丽的手，放在门把手上，准备开门,凝神静气,集中全副精神,深吸一口气,然后无比骄傲地挺起胸膛,推门……指挥登场了。

她视若无睹地从其他乐手身旁走过,到我面前停下:

"你能给我编一下这支序曲吗?军官先生们很喜欢苏佩的序曲。他们早就给了我这本钢琴谱。你看下怎么处理。这对你会是个很好的开端。"

"好的,女士。"

阿尔玛对我满意地笑了笑。同桌的抄谱员们偷眼瞄我:要是我真有我所说的本事,那我就是乐队生存的保证。因此,不光我那些抄谱员紧盯着我,所有女孩,甚至连那个最愚钝的波兰女人也意识到了我的重要性。轮到我向她们一展身手了。我问阿尔玛:

"能给我些纸吗?"

"桌上有纸。"

"我是说抄乐谱的纸,画好五线谱的那种。"

阿尔玛摇摇头:

"我们没有。她们用尺画谱表。"

"那有蘸水钢笔和墨水吗?"

阿尔玛语气生硬起来:

"这里,我们只有铅笔。你必须学会凑合。这是战争。"

这话让我震惊。阿尔玛是想摆她德国人的威风吗?她个子非常高,不经意就会用一种居高临下的口气和我说话,这次也不例外:

"问完了?"

我扬起脸,回答:

"不,女士!"

她脸上的笑意一扫而空,变得跟她的指挥棒一样又干又硬。我身量太小,想要获得尊重最好马上确立自己的地位。

"你还要什么？"

"还要些抄谱员，这些人手不够。"

"好。我给你派人。这里绝不缺平庸的乐手！"

这太显而易见了，我心里其实一直在嘀咕：我们这样一支乐器搭配混乱、水平参差的乐队，能够奏出音乐来吗？

阿尔玛站上狭小的指挥台，习惯性地用指挥棒敲了敲谱架，然后举起手臂。我的一天就随着这个姿势开始了，就像我无法拥有的乐谱纸一样被一段段严格划分的一天。

这个苏佩，党卫军对他如此青睐，不仅无法打动我，更让我无法忍受。我觉得这支曲子令人生厌！但我还是仔细研读起钢琴谱，仿佛我正在改写的是普罗科菲耶夫的作品。尤其带着相同的不安，因为我从未给乐队编过曲。

和所有进行曲一样，这支曲子的主奏乐器是小号、长号、单簧管，但我手里的是十把小提琴、一支长笛、三支竖笛、两把手风琴、三把吉他、五把曼陀林，定音鼓和铙钹。任何作曲家都不会料到有这种组合！

我读着乐谱，心中有了安排：我用第一小提琴和长笛来替代萨克斯和单簧管等乐器，组成高音声部。吉他和曼陀林负责和声伴奏。用手风琴的基础和弦连接、支撑起整体。定音鼓控制节奏。

我很满意，我感觉我将做得比简单完成任务更好。我真不敢相信，一切就这样在我的脑海中组合起来了，那样轻松。各组乐器相互衔接，相互衬托，令人陶醉。从某种程度上说，我重新谱写了这支进行曲；我感觉已经听到了它，节奏鲜明，威武雄壮；我指挥着，我翱翔着……突然，我想到那可怕的现实，那支将在我的曲子的伴奏下移动的漫长而悲惨的队伍。我停了下来，呆呆地看着前方，手里举着铅笔，再也无法继续……为了活下去，我不但要像匈牙利谚语所说的那样把自己的心踩在脚下，还要把它踩烂，把它铲除。

三个波兰抄谱员打量着我，她们的想法很明确：在她们看来，我在犹豫，我在焦虑，兴许我吹了牛。她们摩拳擦掌：今晚，母老虎将吞噬驯兽师。我冲她们怀疑的脸庞笑了笑，伸手拿起已划好线的乐谱纸，数了数，厉声说道：

"这些不够，马上再给我划二十五张。得让指挥能尽快开始排练这支进行曲。"

她们阴沉着脸，一声不吭。我低下头，甚至有点快活地写了起来。

这项全新工作让我着迷。这是从事音乐的另外一种方式。多么幸福的逃亡！一个个音符在我笔下迅速流淌。学生时代练就的技能还在，不幸的是，我的耳音也还在。乐队那边错音不断，每一个都让我如坐针毡。至于节奏，阿尔玛完全无法让这些乐手贯彻作曲家的意图。这支乐队里，乐手的水平相差甚远。好的那几个：大伊莲娜，杰出的小提琴手，和其他人相比，堪称我们的耶胡迪·梅纽因。哈丽娜，依比——她的皮肤嫩如鲜桃，她们的小提琴水平也还不错。而说到差的，战前曾在电影院拉小提琴为默片配乐的珍妮可算是差到无敌！太可怕了！她运弓幅度很大，简直是在虐待琴弦，"噌噌噌""嘎嘎嘎""吱吱吱"，她还信心十足，特别用力，音量盖过了其他所有乐器。非小提琴手方面，还有三个不错的成员，都是专业出身：手风琴手莉莉，打击乐手赫尔嘉，以及长笛手"弗豪"克勒纳，三位优秀的乐手。至于曼陀林和吉他那一组，除了比利时姑娘安妮还过得去，我就没听到好的。最糟的要数第二小提琴和第三小提琴那些人，里头水平最差的无疑就是弗洛莱特。

我惆怅地注视着倚墙摆放的大提琴和低音提琴，琴盒上已落满灰尘。我问过了：大提琴手玛尔塔，我来乐队那天她刚进了医务营。大提琴我勉强可以不用，但低音提琴对我来说必不可少，我需要一个低音提琴手，我得和阿尔玛说说这事。

阿尔玛为音乐痴迷，却因为在操作中无法调教这些乐手而备受折磨。她毫不惜力地指挥，但无法控制乐队。很快我就明白，阿尔玛，这位出色的小提琴家，她不会指挥；她从乐手而不是指挥的角度来读谱。她焦虑、易怒，不停地骂人，用指挥棒抽打犯错的手指。她无间断地排练同一个乐句，遭遇同样的失误，又催生出新的失误。高水平成员练得精疲力尽，其他人越练越傻。而我，在这片喧嚣中，我必须编出一支与耳朵里听见的乐曲毫不相干的曲子来。这太累人了，但我做到了。

我们一天排练十七小时，这还不算——用弗洛莱特的话说——"夜间服务"。她指的是党卫军为了忘却他们"艰苦"的工作，可以随时来要求我们举行的演奏会。正是这些表演让乐队成员得以暂时幸存。

午餐打断了排练。阿尔玛放下指挥棒，对排练质量做了简要总结："作呕！作呕！"她止住我说：

"你留一会儿。"

她以为她是谁，竟叫我留一会儿？难道会有人帮我留一份汤，不让它变凉？隔着门，我望了望堆放餐具、分派食物的那张桌子，心里有了底：勤杂工玛丽拉和帕尼福尼娅——我已经替她彻底改名"歪嘴福尼娅"——还没从厨房回来。

"刚才说的编曲，"阿尔玛关切地问，"你行吗？"

我也不看她，回答说：

"我行，女士。"

"拿给我看！"

我拿出我编好的谱子。她放心了，高兴了，现在她确定我没骗她。但这个平稳的开局，并没有让我有多安心，千万不能让她对我要求过高。但沉浸在幻想中的阿尔玛恰恰不这样想：

"多亏了你，我们能开真正的音乐会了……"

我趁她欢喜，向她提出要个低音提琴手。

"可以，应该会有用。我会向曼德尔申请从男子乐队派一个乐手来教……（她顿了一下，看了下隔壁房间，挑选着合适的人选）伊韦特！我想她很快就能学会。"

阿尔玛不吃我们的"普通餐"，她的伙食应该更好吧？她回到自己房间，瑞吉娜替她把吃的端进去。我回到大伙那里，刚好赶上领午餐。"哗哗"两勺子倒入我的碗杯，溅出的汁水沾到我身上。

"衣服不会脏的，"安妮讽刺说，"里面没一点儿油。"

让人作呕的是，这里的伙食与其他营房完全一样：这一点上，没有任何希望。克拉拉坐在我身边，无法相信这一切，眼眶里盈着泪水，嗫嚅着：

"我饿了，我太饿了，可这里吃的还是一样……"

听到这话，弗洛莱特回应：

"你以为能吃什么？还会有鸡肉？"

"我当然没傻到这份上，但我们毕竟是在乐队啊！"

"嗬！"珍妮语带嘲讽，"咱们看出来了，你还以为在你的 16 区呢，你还想着特权。这儿正好给你上一课，让你适应适应，有粪大家吃，这才是平等！"

小伊莲娜忿忿道：

"我打赌，厨房那些贼婆娘又把土豆给贪污了！"

"你又亲眼看到过了！"弗洛莱特发作起来，"我来告诉你这些婊子往汤里搁什么：全是垃圾，那些被偷走的包裹、行李箱里腐烂的垃圾，上不了党卫军餐桌的、没法进贡给柏林的——变质的肉条、长霉的葡萄干、过期的果酱、蛋糕皮、糖蜜、香肠肠衣。她们全给下汤里，就这么搅巴搅巴扔给你！营养丰富，洗胃催吐！"

我觉着吃到点有形状的东西，有两指宽，可这儿当然不是英国王宫，于是我把这不明物体从嘴里拿出来，仔细端详。

"没见过？"珍妮笑着说，"这是土豆皮！现在可以证明今天汤里有土豆。吃了它！……"

她又略带羡慕地说：

"你真走运，汤里还有能嚼的！"

没人发笑。没人会拿食物开玩笑。我们可以嘲笑死亡，但无法嘲笑维持生命的一切。

我们回到音乐室。如同那些有活动小人报时的自鸣钟，我们一就位，阿尔玛便从房间走出。感觉她就待在门后听着我们的脚步声，等待出场。难道不是吗？

几个小时后，排练结束，乐队准备出发：继为劳动队出工"助兴"，现在要为她们收工"助兴"。女子乐队这才完成工作。剩下的就是忍受第二次点名，再次像牲口一样被清点。随后是晚餐，一点儿面包，今晚还发了一丁点儿奶酪——真是美味，它没有发霉！

这天从此被我当成标准的一天，之后所有日子的模板，长链的第一环。还需要多少这样的日子，我才能结清命运的宿债？

我们精疲力竭，极度饥饿……睡着，逃离着，忘却着……

"加拿大"女孩

一阵阵像是彼此呼应的哨声包围了营房,划破了黑夜。我身边没人醒来。但这刺耳的声音显然惊扰了女孩们的睡眠,她们辗转反侧,哼哼唧唧。我注视着她们,一种来自远古的、想要保护她们的柔情油然而生。这想法因何而至?论年龄,我可比她们大多数人都要小呢。

营房外,传来士兵沉闷的奔跑声。枪械撞击,哨声指挥着队列的移动。我心跳加速:将来集中营解放的时候应该也会这般沸反盈天吧?他们会疯狂逃窜,像没头苍蝇,死路一条! ……我烦躁起来。究竟发生了什么?谁能告诉我?

大伊莲娜嘟着嘴,睡得像个婴儿。爱娃平躺着,让人联想到古代贵妇墓穴上的死亡雕像。在波兰,克拉科夫或其他地方古代领主的家族小教堂里,应该能找到与她相似的女贵族雕像,躺在石板上。弗洛莱特含糊地骂着:"妈的!吵死了!"即使在梦中,她也满口粗话。

小伊莲娜直起身,向我投来疑问的目光。我不敢告诉她我的期望，反过来问她：

"出什么事了？"

"封锁营房。"

"什么意思？"

她满是睡意的黑眸中闪过一丝怜悯：

"着啊，你还不知道：关闭营房，禁止外出。"

"为什么？"

"因为他们要筛选。"

有些话不需要过多解释。我一听心里就有了数：筛选要处死的人。

"这要持续多久？"

"这得看送来了多少人，两小时到六小时。"

"总是在深夜进行吗？"

"不，但他们偏好深夜。夜幕下能进行得更顺利，更快，效率更高。人们反应迟钝，来不及喊叫、反抗……"

"所以封锁营房也就意味着运来了新的囚犯？"

"大多数时候是，但也会有其他筛选，也会把我们关起来：紧闭营门，严禁外出。"

我一定看上去非常迷茫，因为小伊莲娜继续为我解释：

"比克瑙集中营至多只能容纳二十万人。为了控制人数，他们就要对囚犯进行筛选。但平时不关我们禁闭、不打乱我们生活的时候也在随时随地进行着零星杀戮。没有五分钟是消停的，总得送一个人去 25 号[1]：病了的，犹太人，穆斯林……"

"'穆斯林'？为什么特别针对阿拉伯人？"

---

[1] 25 号营房关押着即将送入毒气室的女囚，等于是毒气室的等候区。

伊莲娜对我的误解并不吃惊：

"'穆斯林'在这儿是指那些奄奄一息的人。"

"为什么这么叫？"

"没人知道。发明这一称呼一定有原因，可是发明者应该早就死了，问不到了。"

我经历过抵达集中营时的筛选，但其他筛选是怎么进行的？筛选的标准又是什么？我很想进一步知道，但怯懦地忍住了。因为伊莲娜滔滔不绝地说着，她需要排解心中这令人窒息的恐惧。她还能向谁诉说这些？只有新来的人才会愿意聆听。

"我觉得，集中营里面的筛选更为恐怖。你知道，刚抵达的人，对这一无所知。但关在里面的人，对一切心知肚明，总是那一套：猝然响起的哨声——这里动不动就吹哨，吃饭时也吹，喝咖啡时也吹……哨声驱散那些正去其他营房串门的女人，让这些试图交换生活品、寻找食物的人像惊鸟般一飞而空！……只要两分钟，营地里就变得空空荡荡。卡车开进来，停在各个营房前面，准备装运选出的人。营房里面，党卫军士兵远远地站着，以躲开污浊的空气，用手指着他选中的人：那些企图躲起来的最瘦弱的、浑身哆嗦的、生了病的人；还有随便哪个营管、卡波、伙食助理——有何不可？——瞧不顺眼的人……枪托砸，棍棒抽，拳打，脚踢，头撞，她们被赶出营房。有党卫军撑腰，那些营管越发猖狂，就数她们打人最凶。有些女人会喊叫，会反抗；我曾亲眼看见有一个奋不顾身地扑向党卫军，奋力伸手去抓，但立即就被打昏过去，所有人被逼着从她一息尚存的身上踩过，把她踏成血泥……"

谁能让她停下，我不想再听了……但伊莲娜停不下来，她需要向人倾诉：

"法尼娅，你知道，这些场景都是我来这里之前在隔离区亲眼所见……有些人爬上卡车时已彻底麻木,有些则唱歌、大笑……上卡车的所有人都清楚地知道自己将前往何处。你能想到的,人类身陷空前浩劫时的所有反应,我都亲眼看到了。我看着党卫军悠然自得、神情轻松地从她们身边走过。当他们关上将这些人送去毒气室的卡车车门时,他们大笑着,互相重重地击打后背,仿佛刚听完一个笑话,刚做完一件好玩的事。那些关上毒气室的门、施放齐克隆B气体[1]的人也是如此。之后,他们各回宿舍,去军官食堂,喝上点酒……弹弹钢琴,操操女人,他们自己的女人——绝不会是犹太女人,这是禁止的——或是来这里听音乐,维也纳华尔兹,一曲彼得·克鲁德……你懂吗,事后他们全都要做些什么,其他事。这我就不明白了。你怎么看?"

"也许他们要忘却,无法独自面对这一切?也许靠狂欢来庆祝、延续快乐的屠杀?谁知道他们怎么想的。"

"乐队营房离这些相对远一点,让我们还不会崩溃,但那些事情,见过一次,就永远无法忘记……"

有人友善地大喊:

"闭嘴!睡觉!"

睡觉,我倒是想;但焚尸炉正升起浓浓黑烟。明天,死尸烧焦的作呕气味很快会弥漫到衣服上、皮肤上……而我必须表现得无所谓,甚至,就当没事发生……这样的恩典我该去求哪个神明?

我应该是睡着了,因为通信员的喊声把我猛地惊醒。她气喘吁吁地高喊:

"起床!快!快!曼德尔马上就到……"

柴可夫斯卡像从匣子中放出的恶魔般从房间冲出来。阿尔玛

---

[1] 用氢氰酸制备的毒气。

的"勤务兵"瑞吉娜跑去敲她的门。伊莲娜用力摇醒弗洛莱特，后者因为被突然唤醒而大发脾气。各个角落都有人在叫喊、呼唤。而盖过一切的，是营管的大声谩骂，往往她毫无缘由地就是一拳或一脚，幸运的是，大部分都走了空。这片混乱让人想起住宿学校的寝室。乱哄哄的场面只持续了几分钟。凌晨3点，曼德尔指挥官，戴着船形军帽，裹着军装斗篷，踏进音乐室，我们已经笔直地等在座位前，全体立正——包括我——目光正视前方，睫毛一动也不动，唯恐眨一下就会被送往25号。这个点，她找我们想干什么？

那时，我对集中营、对党卫军的行动还知之甚少，但已知的一切让我暗想：她从哪里来？她在筛选中扮演什么角色？是她选出那些不幸的人，是她将那些不幸的孩子送入焚尸炉的吗？她刚才是不是也走在将要被剃发、被黥号、被当成牲畜使唤的女囚当中，漫不经心，趾高气扬？

阿尔玛以近乎奴才般的口吻请示："请问指挥官想听些什么？"她战战兢兢，生怕曼德尔点中一支乐队已经忘却的旧曲子。

玛利亚·曼德尔是纳粹宣传所展示的德国女青年的出色代表，她像玛琳·迪特里希[1]一样，有一条低音浑厚的迷人嗓子。她指向我：

"让我的小歌唱家用德语为我演唱《蝴蝶夫人》。"

阿尔玛向我转述命令。

惨了！这叫我哪里唱得出来，我只会用法语唱啊。阿尔玛的眼神阴沉下来，转身向曼德尔赔了一大堆不是，后者不耐烦地示意她停止解释，阿尔玛几乎咬着牙命令我：

"用法语唱，我对她说你以后会学德语。"

---

[1] Marlene Dietrich（1901—1992），德国出生、好莱坞成名的电影巨星。——译注

还可以用俄语、摩尔多瓦语，只要能让她满意……

我感到我的喉咙和我的肺依旧睡意蒙眬。想想看，有些歌手会在开场前喝生鸡蛋润嗓子，而我现在连轻轻咳一下都不敢。乐队开始奏乐，我唱起指挥官女士喜欢的曲子。

卸下斗篷的曼德尔坐在一张椅子上，眼神里充满梦幻。她把自己当成了多情的日本艺伎？我痛恨自己让她如此享受。

她享受吗？一定的，但她的脸上没有微笑，最多显得柔和一点。我后来了解到，对于党卫军而言，把我们当作投币唱机听是一种格调的表现……她很满意，因为她让我又唱了一遍。看上去她对这部歌剧特别着迷，但我终究也没搞明白为什么。奇特的品味！我不能忘记，正是曼德尔聆听《蝴蝶夫人》的欲望，才促使阿尔玛派人来找到了我。

演出很短，指挥官女士心满意足地离开了。小伊莲娜对此发表评论：

"今天送来的人不多，筛选没花很长时间。"

"你怎么知道的？我们还没听到哨声！"

"很快就能听到了。往往党卫军来过之后就会解除封锁。对他们来说工作结束了，所以来我们这里放松。"

小伊莲娜的语气出奇地平静，除了略带嘲讽，她是怎么做到的？可能我不该这么苛刻，也许用不了多久，我就会明白只能这样做。

弗洛莱特大骂：

"半夜被叫起就是为了看这女纳粹的臭脸。"

"这话没错，但实际上，她还长得挺漂亮！"

"你有病吧你！就这烂货还漂亮！"

我坚持：

"作为党卫军,她是恶棍,但作为女人,她很美。"

弗洛莱特狂吼:

"听听,大伙都听到了吗!这傻瓜瞧上曼德尔了!"

乐队的人都恶狠狠地看着我,七嘴八舌地附和弗洛莱特,我惊愕地听到克拉拉不慌不忙地说:

"法尼娅被她选来唱歌,受宠若惊,就对她客气了……"

"何止客气!要我说,这简直是在舔屁股。"

我烦透了这些胡言乱语,估计再要向她们解释党卫军未必全都面目狰狞、承认她们长得好看并不意味着出卖自己的灵魂也不会有什么用。我转身爬上木架床最上层我的铺位。在那上头,我可以闭上眼,忘掉她们,好好睡一觉。

这是个极为糟糕的时刻,一个让人想要放弃的时刻。无论我怎么宽慰自己,但给刚刚完成筛选的党卫军指挥官表演这件事还是让我恶心得要吐酸水……

早上起来,我的嘴里全是苦味。我一边将铺盖叠成方块,一边憧憬:

"要是能有牙刷和牙膏就好了,天知道我会拿什么去换。"

"听着,这里有些姐们五人共用一支,她们或许愿意让你加入成为第六人。"

弗洛莱特插嘴说:

"她嘛,最好还是去'打点'。"

我还记得这个词,意思很明白。

"要怎么做?"

"比克瑙集中营有两个'加拿大'。小的就在我们旁边,大的稍远一些。在小'加拿大',你可以搞到牙刷、牙膏、小肥皂、香水这类东西，而在大'加拿大'可以弄到睡衣、连体内衣、鞋子、衣服、罐头……反正所有东西最后都被运到那儿！……"

我在做梦吧？她在说什么呀？商店吗？

"你说的'加拿大'是什么？这名字哪来的？"

"这我不知道，许是因为加拿大是个富饶的国家，一片希望之地。其实就是衣物仓库。"

弗洛莱特抢着说：

"来这儿的时候，我们都带着最值钱的家当，最保暖最厚实的新衣。有钱人的行李箱里装满了贵重物品：皮衣、首饰、钻石、黄金；塞满现金的皮夹，整箱的钞票。别以为我夸大其词，这些年，每周都有几千件行李运过来，不得了的钱啊。党卫军靠着犹太人发了大财。他们把不会腐烂的东西挑选出来，贴上标签，清点后打包，定时送去柏林。但更叫我恶心的，是他们偷我们的包裹……"

我太吃惊了：

"包裹，还能寄包裹来？那就是说家里人知道我们在这里。怎么可能，我们可以写信、寄信回家？……"

弗洛莱特笑了。珍妮放声大笑：

"她还想往家里寄小楼的彩色明信片，在自己房间的位置上做记号！"

爱娃解释说：

"有时候他们会把我们在劳动营的消息告诉我们的家人，允许他们邮寄包裹。当然，这些包裹永远都不会送到我们手里，只是他们搜刮更多物资的伎俩而已。"

弗洛莱特激动起来：

"没错。每天，无数包裹从欧洲各地送到这里，但只有一部分德国人和波兰混账能够收到。至于我们，犹太人，绝不会给我留。想要有人给你寄包裹，首先你得家里有人，还没被送进'高炉'的亲戚。但即使这样，包裹里的东西也都被送去党卫军的食堂，或是分配给享有特权的囚犯，那些'黑三角'、妓女、小偷、刑事犯，总之那些人渣！最可耻的是，我们死了家人也不会得到消息，他们会继续节衣缩食以便死人能衣食无忧：从黑市上买来的一夸脱黄油，一小罐祖母用自己的砂糖配额熬成的果酱，一根香肠，一份兔肉酱，啊，小孙女会多么高兴啊！……还有干面包，让吃不饱的小家伙能填饱肚子。父母们寄啊寄……让这些德国鬼子乐开了花……"

弗洛莱特愤怒得泣不成声。小伊莲娜扶住她的肩膀：

"别激动，一激动你又要惹麻烦。"

出人意料，弗洛莱特满怀感激地看了看她，骤然平静下来，不再说话。

安妮接过话头：

"你来的那晚，我正好收到一个包裹，43年7月以来第一次。鉴于他们先我下手，还能给我剩下些东西已经很走运了，不是吗？"

珍妮开起玩笑：

"这可不是什么特快专递，别以为会有邮差马不停蹄地给你送来，罐头里的食物会自己跑上门。蛆虫要是有你的地址，倒说不定会直接给你运来！"

"什么时候能去'加拿大'？"

我的问题引发一阵哄笑，尤其是珍妮：

"你真是让我们笑不够！你以为'加拿大'是二手商品市场还是豪华百货公司？你可没资格去那里，天真的小姐，那是禁止的。要是被弗豪施密特看见你在她的珍宝殿里晃荡，你就准备进焚尸炉吧！那里只对集中营的大人物、上等人开放。不过别担心，里面有我们自己人，特别是瑞娜特，就是玛尔塔的姐姐，虽然孤僻，但人很可靠。那儿没有法国人，从没见过。这美差，是集中营里油水最多的，只有德国人、捷克人、波兰人、斯洛伐克人之类才能干。她们知道你们刚来，很快会有人主动找上门。"

我很在意这事。别的可以没有，唯独不能没有牙刷。至少，在这一刻，我迫切需求。

"要是她们没得到消息，要是她们没来呢？究竟是谁去递消息？"

爱娃笑着说：

"放心！营地里各种消息会不胫而走。仓库同时也是大型消息站。每天都有党卫军去加拿大女孩那里挑选心仪的东西。营管、卡波也能去。她们会聊天，消息就这样传开。你忘了我们也可以外出；去上厕所就能遇到其他人。通信员也很愿意传递消息，又没啥风险。总之，你大可放心，一定会有人来。我甚至奇怪这次怎么到现在还没见到人。"

"想要什么东西她们就会带来？"

珍妮确认：

"送货上门，服务优质。"

我还追问：

"她们不会被抓？"

弗洛莱特摆出一副认命的表情：

"一旦被抓到，如果只是不值钱的小东西，剃光头；稍微高档点，劳动队；非常贵重的，比如珠宝首饰，就直接发落到25号。"

"这么大的风险！"

珍妮耸耸她尖削的肩膀：

"那又怎么样？风险对你也一样，但她们，她们像公爵夫人一样吃着油浸沙丁鱼！"

"还能搞来食物？"克拉拉问。

"算不上最容易。"

"用什么支付？"

"用面包，这是交换的货币。"

"可我没有！"克拉拉失望地叫着，她预想的美食一下烟消云散。

"你从下发的配额里省。"

克拉拉几乎悲怆地喊道：

"我做不到！那已经不够我吃的了……"

弗洛莱特被激怒了：

"那我们呢，你以为我们有多的吗？大家都一样，别把自己当公主。"

"你只需要找个男人；他们在这里不送花，送香肠。"珍妮建议说。

克拉拉的想法像孩子般幼稚可笑：

"怎样才能被挑去'加拿大'工作？"

"那你得取悦弗豪施密特，得有人给你介绍，或者你是特殊犯（Sonderhäftling），你得足够强壮，熬过了隔离区。"弗洛莱特笑着说，"当然，你还可以留意门口有没有招聘广告。"

这些讽刺对克拉拉不起作用。她的想法对我来说就像座钟裸露的机芯那样一清二楚。她让我担心，显然，她的血虚肥胖让她无法控制病态的饥饿感，这病可太适合集中营生活了。

正当我们准备开始排练，仿佛神话中从天而降的信使，一个两耳冻得通红的通信员推开门，在门口就喊：

"曼德尔指挥官为每人准备了一个礼包，快到'加拿大'去领！"

我们欢呼起来，喧哗声引出正打算让我们排练的阿尔玛。了解到原委，她也很高兴，原本平坦的胸脯因喜悦而挺起：

"这说明弗豪曼德尔对昨晚的小消遣很满意。"

消遣！多可爱的词语。满意的阿尔玛还冲我微笑了一下，我猜她的意思是说："你唱得很不错。曼德尔很满意，她还会来听。我会得到好评！"我们的卡波大度地批准我们前往"加拿大"（小"加拿大"，就在我们营房边上）领取这慷慨的礼物。大家一拥而出。

"只能去四个人。"柴可夫斯卡大喝。

四个人，去取四十七个礼包，在我看来这人数太少了。安妮、大伊莲娜、珍妮示意我跟她们一起去，但柴可夫斯卡改了主意：

"只能去三个，再带上玛丽拉。"

珍妮嘲笑说：

"要派人监视的话，还有更好的人选。倒不是因为她视力差，是因为她实在太蠢了。把她浑身涂黑，照镜子时，她就真会把自己当黑人。"

"法尼娅，你替我去！"安妮把我推上前。

我跟上另几个人。小"加拿大"只是个分号，没法同弗豪施密特统治的大"加拿大"相比，那里像个抵押品仓库，而这里气氛更随和，如同某个街角的杂货店。假如说我们这些"乐队的女士"是集中营贵族的一部分，那么在"加拿大"工作的女孩就是百万富翁，她们穿着光鲜，吃喝不愁，浑身上下闪耀着财富的外在信号。

她们忙碌着，在铺满桌子或成堆垒在地上的各类物品中拣选，分门别类放上货架。这里面既有用过的肥皂头，也有全新的马赛香皂——我猜想它们曾被珍藏多年，在壁橱顶层慢慢阴干。有各式各样瓶装的古龙水、淡香水、香水，有的豪华奢侈，有的就是普通药妆店的瓶子，旁边撂着胸罩。一大堆手帕紧挨着堆得过高、半向发梳那侧颓倒的女式拖鞋，发梳里还混着牙刷。我多想去偷一支，随便哪支，这支小的就行，哪怕刷毛已经泛黄、从中撕开、压平。带着它的人是买不起新的吗？还是觉得无所谓？

这支旧牙刷的主人……想到她，就是一步迈向这女人所经历的恐惧，今晨或昨夜，当她走进毒气室、看到天花板上对称排列的淋浴喷头的那一刻攫获她的恐惧；她带着毛巾、肥皂，也许就是这里的某一块……一旦有了这些想法，就会让自己变得无比脆弱，无论是面对其他人还是自己；不能无益地耗费体力，要省着用，这是能让我们坚持到最后，坚持到他们末日来临的力量！

加拿大区的女孩吃饱喝足，光彩耀人，对自己和自己的力量充满自信；她们的长发梳理整齐，衣着得体，浓妆艳抹，笑着，抽着烟。在集中营，假如说面包是交换的货币，那么香烟就等价于黄金，几乎无所不能。

这座营房的营管是个斯洛伐克女人，她冰冷地看着我们，小伊莲娜表明来意：

"帕尼玛利亚，我们来取给音乐营的包裹。"

"把这些全带走！"她答道，那语气仿佛在说"拿走你们这摊垃圾，快滚！""这些"，四十七个礼包，每个约是两个大火柴盒大小，包在皱巴巴的纸头里。而我竟以为就我们几个人拿不了，要用小推车才能把我们的宝藏运回去！

一笔宝藏。这正是我们把拿回的"礼包"放到桌上时制造的效果。女孩们跑过来围住我们，互相推搡着。"不用挤！"珍妮笑着说，"每人都有份！"气氛高涨到顶点：礼包里会有什么？

这时，柴可夫斯卡大喊：

"把东西都收进你们的盒子！快……！快……！"

瑞吉娜，阿尔玛顺从的仆役，也催促：

"快，快！弗豪阿尔玛快来音乐室了！"

让阿尔玛走进空无一人的排练室将会受到严厉处罚。于是，几秒钟工夫，我们便心脏狂跳着在座位上坐好，但心里全在琢磨礼包里究竟是什么。

晚上，我们冲向各自的盒子，从中取出这无比珍贵的迷你礼包。有些人拆封前先闻一下，比如弗洛莱特，她抱怨：

"太臭了！又是些垃圾！"

"你们看，里面，有糖！"安妮雀跃道。

"伙伴们，香肠，我这儿有从法国来的真正的香肠！就差干酪和红酒了！"珍妮欣喜若狂，眼里含着泪水。

克拉拉贪婪地用手指品尝着"包裹"纸上浸润的一丁点哈喇味黄油："这真的是黄油；要是能配上面包，就太……"她一下找不到合适的词，闭上眼，用她的胃想象这美味。每个人，要么不声不响，要么就大声地盘点着自己那份东西，然后瞅准机会迅速往离自己最近的同伴手里瞄一眼：或许她还领到了别的？在我身旁，我们的希腊手风琴手伸着舌头，像猫一般小心翼翼地舔着和四块方糖、一小片受了潮的香肠、哈喇味黄油、六块饼干和一小段面包包在一起的一汤勺果酱。对于我，这段面包是一笔巨资，代表着我尚未有能力支付的牙刷。太棒了，这个从天而降的礼包！大家全都兴高采烈，欢笑着。生活多么美好，开吃吧。正当我们一片欢腾，瑞娜特走了进来，美丽，冷漠，疏远。她看着我们的笑脸，一些人已经给面包涂上黄油、抹了果酱。能一口吃到这三样东西是何等奢华，何等放纵。这一切全被瑞娜特瞅在眼里：

"看来你们什么也不缺！"

"你来得正好,两个新来的要找你帮忙。"

她阴沉、遥远的目光如此冷漠,让我怀疑她是否看到我的存在。我向她要一支牙刷,她顺便推销起肥皂头、牙膏。我不确定有足够的筹码来支付所有这些,问她:

"这些一共要多少?"

瑞娜特不紧不慢仔细地算起来。我觉得自己肯定付不起那么多,准备放弃牙膏,反正用肥皂一样可以刷牙。

"听着,你是新来的,我给你个优惠价。"

这种商人话术并不让我吃惊,相反,它让我们的交易更正式。终于,她开了价:

"一份面包和两份人造黄油。这里很冷,大家对脂肪的需求很高!"

没有比这更让我快乐的事了!克拉拉用幽怨的目光看着我从我们共用的盒子里拿出我的两小块人造黄油。我真有一种把她到嘴的食物生生夺走的感觉。

瑞娜特接着说明物价浮动机制:

"我们没法保持定价,它们总是在变。一切都取决于到货量、新鲜程度和来源地。从法国来的最受欢迎,很受党卫军青睐,会被他们一下全都抢走,导致涨价。需求量也会影响价格。你听懂了?"

好极了,感觉和黑市差不多。怎么会是这样,就像小孩子在玩做买卖的游戏,她一准还会对我说:"就这些吗,女士,还需要什么?"果不其然:

"你还要别的吗?今天到货的东西里还有非常好闻的香水。"

我严词拒绝:

"不,我已经破产了。"

我的反应已经和几天前不一样了,因为几秒钟后,我才意识到方才的对话有多恐怖。

离开时,瑞娜特还顺手接了另几份订单。

女孩们把手肘支在桌子上,慢腾腾地吃着,尽量延长食物带来的快乐。她们不时盘点下盒子里的东西,或是再切一片薄薄的香肠,舔舔小指尖一点儿发霉的果酱。她们笑着,像疯子一样笑着,我也和她们一起笑着,即便内心深处觉得这场面颇为扭曲。

需要理解我们的反应:生与死,哭与笑,全都失衡了,放大了,一切都跨出了可信的范畴。一切都疯了。

小伊莲娜神情恍惚地说:

"我总是想,为什么除了他们发的,我们就从来没有吃到过别的面包,即使通过'打点'。来的人可都带着面包……"

一些女孩抬起头。

"就是。"安妮附和道,"你想,没有皮斯托雷面包[1],没有克拉米克面包[2],但是,这些都是家里一定会放进包裹寄来的。"

大家一动也不动,停下了所有动作,记忆中的面包涌到嘴边。

"我老家的面包,特长的长笛面包,过节时来一条金黄的巴黎长棍,天天都是那样松脆。"

"杂粮包,吃起来就像蛋糕……"克拉拉补充道。

"在我家,早餐能吃到无酵面包[3],或是罂粟籽燕麦包。"我的一个抄谱员,德国犹太人艾尔莎怀念地说。

"每人都有她最爱的面包,"小伊莲娜叹道,"面包能传递出故乡

---

[1] pistolet,比利时的一种小面包。
[2] kramik,一种比利时面包,类似加了葡萄干的布里欧修面包。
[3] matzo,犹太无酵面包。

的味道……我还记得一次,那是在来乐队之前,我们中的一个女孩发现一小块金黄色的面包头……大家把它捧在手中互相传递,哭着亲吻它,没人舍得咬一口,它填饱了她们内心……"

平静的小城

早上,党卫军看守长迈着大步,气势汹汹地走进营房,靴跟踏在我们的水泥地板上就像是走在人行道上。柴可夫斯卡立刻起身立正,绷紧了身子,多脂的胸部像坨牛奶杏仁糕似的抖个不停。只要打一个喷嚏,我们的营管就会把我们押去 25 号!在这里,谁都可以决定你的生死。

看守长站到音乐室正中,扬起下巴,声嘶力竭地大吼,仿佛传达的是直接得自元首的最高指示:

"犹太人站右边!雅利安人站左边!"

我正要机械被动地执行,但克拉拉猛地一下拉住我,把我拉到正在形成的两排队伍的中间。我们就这样挺着胸口的六芒星,突兀地站着,两头不挨,好不尴尬。

柴可夫斯卡的拳头攥得关节都变白了。

"你们在那儿搞什么名堂?"看守长大声呵斥。

"我们是一半犹太人一半雅利安人,长官。"

"什么?"

惊讶的阿尔玛为她翻译这令人震惊的消息:"混血!"我不由担心这出闹剧将会怎样收场。我没法从另一个角度看问题。但要说他们对我们这种情况没有预案那我会十分惊讶。我后来得知混血犹太女性被送到集中营的很少,尤其是我们这种母亲一方是雅利安人的情况。

看守长那对水泥灰的小眼睛紧盯着我们,那目光温柔、活泼得就像一堵混凝土墙;满腹狐疑,她不断自言自语:"混血!……"此刻,她一定在脑中疾速查阅规章附录,用细不可辨的斜体字印刷的那些。看来,她的上级从没提起过这茬子事,因为她将拳头叉在腰上,双脚分开——这姿势可不太符合标准——冷冷地说:

"行啊,你们只有一半犹太血统,行啊,那这样,我们核实一下!我派人带你们去奥斯维辛城里的中央行政办公室做个调查,我一定弄个水落石出!会弄清楚的!"

她离去的脚步同样带着一种复仇的快意。

阿尔玛一副若无其事的样子,耸了耸肩,回房去了,我们的举动还不足以改变她一惯的活动规律。波兰雅利安人幸灾乐祸地看着我们,柴可夫斯卡和帕尼福尼娅在边上对着我们指指划划。我放声大笑,被克拉拉一通呵斥:

"闭嘴!闭嘴!你真是不可理喻,瞧你的意思我还做错了!"

我严肃地回答她:

"这很可能让他们就给我们一半的伙食!"

"你完全疯了!"克拉拉怒了,"你对什么都无所谓!"

传来拉谢拉辛辣的声音,那是个隐藏在角落里的黑发棕肤女孩,她用一口混着意第绪语的波兰语激动地说着什么,令人费解,爱娃帮着翻译:

"拉谢拉说你们错了。只要高祖辈有个犹太人,你们就是犹太人。你们只会被更快送到毒气室。"

"我不这样想。"小伊莲娜发表意见,"为什么不？至少,这是事实。至于能不能改变什么,走着瞧呗。"

安妮浮想联翩:

"她们可以离开这里,去城里看看,或许还能逛逛商店。"

拉谢拉一下激动起来,她能听懂法语但说不好:"不,不！绝不会……"她把手架在脖子上,做了一个明确的手势。

"她说没人会听你们说什么,也不会把你们带去奥斯维辛城里,而是直接送去毒气室！"

弗洛莱特嘲笑说:

"走运的话,她们也许只会被毒个半死！"

爱娃最后说:

"我觉得你们做得对。就像你们法国人说的,就该让他们好好尝尝自己这泡种族主义的烂屎。谁知道呢,也许会让你们享受雅利安人待遇？"

话题很快就转移了,因为出现了一个小小的插曲:通信员通报从男子乐队来了个乐手。这可是件大事。柴可夫斯卡禁止我们接近他、与他交谈,她疯狂地呵斥,把我们赶得远远的。但他一进来,就立刻激发了我们狂热的好奇心。只见他个子很高,一顶无边软帽遮住光头,瘦得像开春的布谷鸟,身上的条纹囚服整洁干净。他有点手足无措,探问阿尔玛在哪儿。柴可夫斯卡疾步上前将他领进音乐室。透过敞开的门,我们紧紧盯着他的一举一动,对他评头论足:

"看,他拿了低音提琴。"

"是个乐手没错。"

"派他来教伊韦特的。"

阿尔玛传话叫伊韦特过去，并禁止其他人进入音乐室。营房里来了个男的，这简直是场革命。我们被明令禁止与男性接触，实际上也很少有男性来。只有偶尔来修理的电工、水暖工或木匠。包打听珍妮凑过来说：

"当真是单独上课！要是换了我，我可得把我这妹子给盯紧了。这老师，说不定裤裆里还有两把刷子，别把咱们的小花骨朵儿给糟蹋了。"

莉莉发着浓重的小舌音，用法语正色回答：

"在我们希腊，女人是讲节操的。"

"行了嘿，别吹牛了！法国女人也没比你更骚。我男人，我这花骨朵儿还真就给了他。这让你们发笑，但事情就是这样！"

我们高声笑着想让"他"听见，让"他"转身瞅瞅我们，让"他"意识到我们的存在。他的到来让我们忘乎所以地胡言乱语，就像饶舌的雌鹦鹉在进入鸟笼的雄鸟面前刻意整理羽毛。可怜的家伙，我看着他教伊韦特拉低音提琴，动作专业、精确。巨大的乐器衬得伊韦特格外瘦小。爱娃觉得此人面善，应该是一个著名的波兰演奏家。他很年轻，修长的手指温柔地抚摸着乐器，换作女人他应该也会这样抚摸。在阿尔玛严厉的眼神下，他将伊韦特的手指摆到琴弦上，托住她被沉重的琴弓带偏的手腕……

我们沉默了。我们注视着这男性的手，这已抬不直、驼着的、与伊韦特棕色的头颅齐高的肩膀，想象着。

次日一早，一个国防军士兵来到我们营房。他来找我和克拉拉。女孩们都说来的不是党卫军，看来是个好兆头。士兵很年轻，十七岁刚出头的模样，背着步枪；他示意我们跟他走。所有人一下沉默了。难道最终还是要将我们带去毒气室？柴可夫斯卡命令我们在大衣外边再套一件条纹外套,类似防尘外衣,但没有专门的名称!我们这一帮的姐妹、爱娃、大小伊莲娜、安妮、弗洛莱特、珍妮,没敢过来拥抱我们,只是冲着我们俩微笑。几个波兰婆娘咯咯地笑个不停,我无法判断她们究竟是更愚蠢,还是更邪恶。

我们步行上路。穿着合脚的鞋子和保暖的衣物,我们像是从集中营走出的高贵迷人的公主——当然,这只是我们对自己的想象。能在公路边走走真好。在一片冰雪中,我看到些发黄的野草:

"快看,克拉拉,这儿有草!它们还在……"

我差点就停了下来,但押送者的目光制止了我。他这么年轻,应该还没那么死硬吧,除非刚好相反,比其他人还要狂热?因为他那明亮的、金色的眼睛一落到我们身上,就变得同其他人、所有其他人一样冰冷,一样空洞。

令人舒畅的是,随着我们渐渐远离比克瑙集中营,那人肉烧焦的作呕气味也逐渐从鼻腔中淡出,我们开始闻到生命的气息。不知不觉走完了三公里,奥斯维辛小城出现在我们面前,看起来宁静祥和。坡度平缓的波兰式屋顶盖着积雪,在冬日寒冷清澈的天空衬托下轮廓分明。

"法尼娅!有房子,有烟囱,有炊烟!"

真的!这里的烟,是人们生活、取暖、做饭的烟。它们是轻柔的,泛青,泛黄,完全不同于从集中营焚尸炉里冒出的浓如炭黑、稠如沥青的烟柱。

人们悠闲地各忙各的,商店也有玻璃橱窗,但商品确实不多就是了。路上人很少,我们只遇到些妇女,步履蹒跚的老太太,上了岁数的老大爷。没有一个青年人,无论男女。他们去了哪儿?参战去了?这是一个幽静的小城,脚步声和其他声响全都没在了厚厚的积雪中。我们经过时,没有人转一下头,没有人看我们一眼,无论是出于好奇还是敌意,仿佛我们并不存在。我们何时才能结束这被当成空气的日子?

这些来来去去的人,他们干着正常的活计,正常进出家门,这些女人,她们出门购物,拉着稚童,小孩子红润的脸蛋像嫩苹果,他们知道他们所拥有的幸福吗?他们知道对于我们他们代表着生命,看到他们是一种享受吗?为什么他们拒绝看我们一眼?他们不会不知道我们从他们身旁走过,不会不知道我们来自哪里;我们的条纹囚服,用来遮住光头的头巾,羸弱的身体,都指明了答案。他们并未被禁止在比克瑙集中营外散步,集中营阴森的外观清楚说明它恐怖的功能。难道他们相信那五根喷着黑烟、臭气熏天的烟囱是为中央供暖而设?我究竟要什么?是要这个五六千人口的小城奋起反抗,是要这些自德国胜利以来就移居在此的德国人来解放集中营?他们凭什么会觉得要对我们负责?我突然把心一横,一股热血直冲顶门:负责,是的,他们所有人都必须负责!所有人,一人的冷漠就是我们的死刑书。

我紧紧注视着他们,我要永远记住这些鼹鼠般的嘴脸。他们对我们视而不见。这是何等省事!他们不愿看到我们的条纹衫,一如他们看不到小股"穆斯林"的队列在党卫军与军犬的押送下,惊慌失措地穿过他们这个异常平静的小城。之后,当战争结束,我确信,这些人一定会说他当时对这一切毫不知情,人们也会信以为真。

克拉拉拽着我的手臂:

"别闷闷不乐,别糟蹋了这散步的好机会。能在这儿太好了,这个德国鬼子不错,能让我们安静地走走;可比关在营房里强多了。"

她说得没错。现在应该好好享受当下,最大限度地愉悦自己。

"为什么不在集中营调查我们？"

"我猜我们的情况超出他们职权范围，需要民政部门介入。"

我们来到一座木构棚屋前，这应该是几座集中营设在奥斯维辛城里的行政总部的一个附属部门。我们走上三级台阶，押送我们的士兵闪到一边让我们先进——这礼数出乎意料。而意料之中的，则是迎面悬挂的那幅希特勒巨幅肖像。

在这个被布置成办公室的房间内，一名党卫军坐在一张大桌子后面。这让我放心了，他们还没完蛋。这家伙又老又肥又脏。他旁边有个法国战俘，旧军服上缝着的巨大红色"F"[1]非常醒目。我们心跳加速——他实在是其貌不扬，但让我们觉得可亲极了。我们被安排坐下，离桌子很远，问询开始了。

德国人问，法国人翻译。从我开始：

"母亲姓什么？"

"贝尔埃，玛丽。"

"国籍？"

"法籍雅利安人。"

"信仰？"

"天主教。"

"父亲姓什么？"

"戈尔德斯坦，法籍犹太人。"

"不要。"党卫军低吼。

每次只能回答一个问题。我们重新开始，我一一回答。

"他的职业？"

"工程师。"

---

[1] F是法国国籍首字母。——译注

"在哪里？"

"他死了很久。"

他歪了一下头，没能由他们干掉这个犹太人应该令他很不悦。

"你有姐妹吗？"

"没有。"

"兄弟？"

我有两个兄弟。大的在美国，小的是抵抗组织的成员。我平静地睁眼说起瞎话：

"我是独生女。"

接着是对家庭其他成员的调查，追溯家谱。说完父母的情况，我勉强提供了祖父辈的信息，问到曾祖辈，我直接承认：

"我对他们一无所知，也不知道祖辈的籍贯。"

我的破罐破摔让翻译极为震惊。他缓缓地把我的话翻给党卫军这条雪白的肥蛆听，后者攥着他那支笔尖咔咔作响的蘸水钢笔，吃力地用德语记录着。我忍不住推了推克拉拉的臂肘。我怀疑他不会写字。这油腻的书记员，能指望他点什么呢？

克拉拉对家谱了如指掌，对天主教信仰的那一脉表现出明显的推崇。但翻译与勤勉的书记员并未被她打动。趁着书记员继续文书工作、折腾他那些材料，翻译问我：

"说吧，你们为什么来这里？"

"为了让他们知道我们只有一半犹太血统。"

"这有什么鬼用，能给你们带来什么好处？"

"能让我们不被送往小工厂！"

他惊慌失措地问道：

"什么？"

"是啊，那个只能变成烟离开的小工厂！"

他脸都绿了：

"闭嘴！你们难道不知道应该对此一无所知吗？我们谁也不应该知道这事。别再提。这不存在！"

我讽刺说：

"焚尸炉里的尸体都是自然死亡，比如自己饿死的是吧。没人被屠杀，对不对？他们真把我们全当瞎子、当白痴啊。"

他吓疯了，却不敢提高音量：

"闭嘴！闭嘴！我不想为了你们搭上自己的命。"

他的害怕没让我产生丝毫同情，我从牙缝里笑话他：

"您身边的这个蠢货可什么也听不懂。"

"您怎么知道？"

"看看他，他几乎不会写字，他绝不懂法语。"

"你们太不了解他们了。也许有人在门后监听。看守也许懂我们的话。我还想见我老婆儿子呢！"

"而我们想活下去！"

党卫军用粗壮的手指捏起填好的文件，订好，抬起沉重的眼皮，喷着唾沫对翻译说了几个词，让他翻译：

"你们可以把六角星摘下一半，只保留带 F 的部分。"

克拉拉急不可待地执行了这个只令我感到苦涩的命令：大卫星就此损坏，只剩下那个带着字母 F 的黄三角。所以他们认可我们确实只有一半犹太血统。行政部门果然有预案！

工作完成，党卫军再没多看我们一眼，命令说："出去！"

回程变得非常疲惫，我们走得很慢。天下起了大雪，我如此矮小，更是觉得每一步都会在积雪里陷没至顶。我们已经不习惯走远路，三个月极度匮乏的伙食让我们回到营房时已筋疲力竭。

多么奇特的接风！我们一进营房，仿佛演戏一般，女孩们就分几拨站好。我们是要接受审判吗？弗洛莱特、安妮、大小伊莲娜、爱娃、珍妮、两个小个子希腊姑娘伊韦特和莉莉，都好奇且热情地询问：

"奥斯维辛城里怎么样？一切顺利吗？见到人了？街上有孩子吗？商店里有些什么？你们去了哪里？他们问了你们什么？"

"呦，还真是的嘿，你们真的是半瓶子的犹太人啊！"珍妮大喊着，用扁平的食指尖指着我们胸口。

这手势立刻吸引了其他人的注意。波兰雅利安人仿佛看到了笑话。福尼娅亢奋得直拍大腿——我们让她乐得不行，柴可夫斯卡右手比划成剪刀，作势从中剪断左手食指，随后剪刀上下滑动，她的动作神情变得下流。

在这两个恶妇身边，伊蕾娜笑得合不拢嘴，露出发黄发黑的残牙，大块头卡佳整个扑在瘦弱的玛丽莎身上，薇莎扶着佐莎的肩膀、挽着玛丽拉的腰，狂笑不止，真是温馨的一伙！只有哈丽娜脸上没有任何表情。这些波兰人笑得还不过瘾，开始冲我们大骂。丹卡扬起她壮硕得足以打死小牛犊的大拳头，用蹩脚的法语说出了这群人的看法：

"你们，臭婊子，很羞耻当犹太人！但你们永远是肮脏的犹太佬，休想成为雅利安人。你们害怕了，父母不认了。犹大！"

奇特的是，最后这句似乎令波兰犹太人拉谢拉、玛莎，甚至还有乐队里唯一的捷克人玛戈、一个受过教育的聪慧女子颇为赞赏。拉谢拉斥责我们：

"你们这事做得就像瓜依[1]婊子一样！你们竟说自己不是犹太人，你们让家族里的犹太人蒙羞！他们借我们的嘴朝你们吐唾沫，

---

[1] goï，意第绪语，指基督徒。

诅咒你们！"

处在中立者和其他人之间，我和克拉拉比当天早晨更为孤立……就像两个被告面对喧嚷的群众。怎能怨恨她们？时时刻刻的非人待遇，忍气吞声的屈辱，对主宰者日积月累的深仇大恨从她们的喉咙里喷涌而出，一股脑儿倾倒在我们头上——我们只是个由头，让她们可以义正词严地公开爆发罢了。直着脖子，仿佛一群记仇的斗鹅，十二个德国犹太人对我们展开围攻。有粗鲁野蛮的打击乐手赫尔嘉，吹竖笛、圆滚滚矮墩墩的卡拉，十五岁、只会盲从他人的西尔维娅，或许漂亮一些攻击性就不会那么强的吉他手洛特，只能用愚蠢来为她开脱的歌手洛特——另一个洛特，敏感脆弱的弗豪克勒纳，尖酸刻薄、可能是她们当中最坏的鲁斯。连平日里和和气气、从不主动出头的那几个也加入其中：原来想做皮具生意的小提琴手艾尔莎，阿尔玛的"女佣"瑞吉娜，还有我尚未听到开口说话的朱莉。为首的、带领她们鼓噪的是拉谢拉和犹太复国主义者希尔德，后者乌黑的双眸闪耀着宗教狂热，鄙夷地看着我们，大喊：

"你们竟让大卫星分成了两半。别以为你们能和我们断绝关系，要把你们轰出去的是我们……"

她搜寻着合适的措辞，德语法语并用，一通咒骂惊天地泣鬼神，连我们的七代子孙也全都骂进。但我对这种谩骂充耳不闻。

这一切在我眼中是如此可笑、夸张、无足轻重，仿佛是一出幼稚的牵线木偶剧，而在隔壁舞台上，此刻正上演着人类真正的悲剧。她们让我厌烦，我想转身不理，却听到克拉拉尖锐而自信的声音：

"我没料到你们会这样迎接我们。你们只是妒忌。我们没道理不说实话，我不明白这碍着你们什么了……如果可以逃过毒气室，为什么要放弃活命的机会！"

她的嗓门越来越大，招来更凶狠的辱骂与反击！我只能同她一起应付一下，但我们势单力薄，不占优势。除了俄罗斯人照旧不掺和，就连立场最温和的希腊犹太人朱莉、莉莉，还有只能和她们唱一个调的伊韦特，也都管我们叫"可怜的白痴"。其他人最后全骂我们"骗子"。

这和真假有关吗？我们就不可以当着"统治者种族"的面，尽量撇清和"上帝选民"的瓜葛吗？战斗、主张我们的犹太血统，那是之后的事，我们先得要活下来！当这机会就在眼前，凭什么就不能牢牢抓住它？

我沉默了，但如俄罗斯谚语所说，"我把这个绕在我的小指头上"，我不会忘记这一刻。

突然，如同一锅沸腾涌起的牛奶底下关了火，语声渐轻，渐止；我们的喧哗惊动了阿尔玛，她走出房间，冷冷地看着我们：

"你们回来了？"

她早就料到了这个结果？

"你们满意了？"

她嘲讽的眼神在我们胸口怪异的三角形上逗留了片刻，一言不发地走回了房间。我的脸可能一下红了，这让我觉得比刚才的一切更荒谬！

我听到身后暖炉旁又有人开始讨论了。

"真可笑，指责我们背叛犹太人。既然我们是一半犹太人血统、一半天主教血统，那我们不是也背叛了天主教！"克拉拉推论道。

"这就是混血的问题。"小伊莲娜一副很懂的样子。

这一切都被夸大了，小题大做。我坦然做了决定，把摘下的另一个三角形缝回衣服上。

"你为什么这么做？"克拉拉不解。

"我也不知道。我就是这样做了。"

我不知道……内心深处有什么东西驱使我这么做,我想大概和当时驱使我在警察面前主动承认真实身份的动机差不多。我宁可带着父亲的姓氏而不是用艺名去死。

过了一会儿,克拉拉一边冲我低声埋怨,一边也重新缝好了大卫星:"你荒唐逼着我也跟你荒唐,否则只剩我一个人算什么!"

奇特的大卫星,它那些"魔力"让它也被称为"大卫盾"!

大伊莲娜

暖炉隆隆作响。它的存在令人安心,当阿尔玛和柴可夫斯卡睡下或外出时,我们就可以围炉聊天。"帕尼"柴可夫斯卡会去找其他和善的"帕尼"串门,这是一群同她一样嘴巴大脑仁小的尤物——她们的脑子小到准会在脑壳里叮叮咚咚撞出声。阿尔玛则和她的挚友弗豪施密特有应酬。除了她俩一贯的冷漠,我看不出她俩有任何相近之处。这天,我在暖炉边聆听大伊莲娜的诉说,暖意让人有点昏昏欲睡。

她若有所思地叉着双手环抱膝盖,细长的手指圆滚滚的,就像孩子的手。她身子前倾,两脚踏在椅足间的横档上,双腿蜷在颌下。她看上去如此稚嫩,我禁不住问她多大,她像做错事般承认说:

"我今年才十六,但我知道别人往往给我加上三四岁。"她冲我笑笑,"因为这身高,我十五岁时有了一个二十二岁的男朋友!"

她清澈、湛蓝的眼睛窥探着我惊讶的表情。见目的达到,她便满意地说:

"虽然我还是个孩子，而他是个成年人，但我立刻就感受到了爱。"

我由着她沉默了一会儿，往事萦怀，她的眼眶里盈满泪水：

"是的，我第一眼看到他就感受到了爱，幸福的爱，温暖的爱。当然，我在家也很快乐。我家境不错，衣食无忧。我用不着闭起眼睛去想爸爸妈妈，他们现在就在我眼前……我看到爸爸将眼镜推上额头，身子俯在工作台上，手里拿着大剪刀，正在裁剪一件上衣，他微微眯起眼睛，这样能更好地看清粉笔道。他的裁缝手艺相当好，在布鲁塞尔非常有名。妈妈在厨房，正在准备犹太鲤鱼。听见爸爸叫她，妈妈将手在围兜上擦干，不慌不忙，边走边对我说：'你得知道，还没结婚前，未婚夫一叫你，你就得赶紧跑过去，结婚以后，你可以慢慢走去，要让他知道你是他妻子，是他孩子的妈。'但实际上是因为妈妈块头比较大，走不快。他们俩是手拉着手来到布鲁塞尔的。妈妈说她那时就怕在这座有好多有轨电车和汽车的大城市里迷路。为了逃避对犹太人的迫害，他们从克拉科夫逃到这里。爸爸有副好嗓子，他在朗格朗蒂耶路的犹太教堂里唱歌；他热爱音乐，从小培养我成为音乐家、小提琴手。多亏了他的愿望，多亏了他，我才得救。得救！但愿世上所有我不信仰的神明都能听到！……十五岁前，我的生活无忧无虑，后来，我遇到了我的白马王子。"

她松开手，我猜想她会用手捂住心口，她恋爱了，她坚信自己的爱情，世上最美好的爱情。十五岁！从她流畅、天真无邪的讲述中，我能感到与那个"男人"、二十二岁小伙的邂逅令她一见钟情。她用童话里的词语描述他，那些乖乖女的童话："我的白马王子""我的爱人""亲爱的"……这些词语温柔地划过她的舌尖，如此真切，没有丝毫夸张做作。

但她将手冷静地放回膝盖，垂下头，神色黯然：

"之后就是各种不顺；对犹太人的迫害开始了。我尤其和父母闹起了别扭，他们不停地念叨犹太人老早就受过迫害，远在逃亡埃及之前——爸爸是虔诚的犹太教徒。就是那时，我认识了让-路易。才第二次见面，他就向我求婚：'伊莲娜，除了你，我再也不会爱上其他女人了，我对你至死不渝。'"

铭记于心的海誓山盟从她嘴里脱口而出，男人的陈词滥调于她像宝石般珍贵。在这孩子面前，我这个从来没想过要孩子的人，竟也有了母性情怀，我想把她当成一个小姑娘，搂入怀中，哄她入睡。

她滔滔不绝：

"我丈夫出身比利时名门望族，家里非常富有。所以无论门第，还是家境，我们都相差悬殊。爸爸妈妈觉得不合适。爸爸说：'他和我们信的不是一个教。你们成长环境完全不同。他太有钱……'妈妈说：'你还太年轻，不说别的，你能给他做饭吗？'"说到这，她温柔地笑了，"妈妈觉得做饭是夫妇生活的灵丹妙药。但让-路易只用一句话就轻松说服了他们，他说：'伊莲娜嫁给我就有了保护，就能躲过大搜捕。'我们都信了他。爸爸妈妈同意了，可他家里人不同意。他母亲坚决不要犹太媳妇。但任凭他们怎么威胁、警告，我家亲爱的不为所动。他们剥夺了他的继承权，诅咒他，将他逐出家门。'我不在乎，我爱的是你，不是钱！'他离开了家，相识三个月后，我们结婚了。他父母没来出席婚礼，我婆婆气疯了，到处说我坏话，我知道这些因为我有个同学的母亲同让-路易的妈妈是密友。但我并不在意。我疯狂地爱着他，沉浸在幸福中；爱情真是太美妙了！"

在这间寝室，在这群睡梦里打呼、呻吟、叫喊、放屁的女子中

间,怎么可能不去相信她?在这偶尔有探照灯透入的昏黑中,伊莲娜让人重温十五岁纯情少女的梦中之爱。她深深叹了口气:

"这短暂的幸福只持续了一年!在我们发现与雅利安人结婚并不能改变我犹太人身份、我无法获得任何保护的那一刻,幸福戛然而止。于是,我丈夫在一个小城里找了份工作,我们离开了布鲁塞尔,带着我的弟弟。爸爸妈妈把弟弟托付给我,以为他和我在一起会更安全一些。因为我改用了丈夫的姓,一个显赫的比利时家族的姓。此外,我也没有德国人定义的那些犹太特征:肥胖、矮小、棕色头发、自来卷、鼻尖下垂、厚嘴唇、东方人的眼睛、黄褐色的皮肤。但我,高个、纤瘦、栗色头发近于浅金色、白皙的皮肤、蓝眼睛、不高不低的短鼻子。我没有一点口音,我出生在比利时,在那里上的学,我的记忆就是所有比利时小姑娘的记忆,我的国庆节就是她们的国庆节。根本看不出、听不出我是犹太人。除非是有人告发。但这种事,我完全无法想象……法尼娅,那天发生的一切依旧历历在目,仿佛就是昨天。在玄关,我的爱人和往常一样向我告别,他赞美我:你的眼睛蓝得像勿忘草,你的嘴唇叫人想亲吻!啊,他多爱我!我和他亲吻道别,把他推到门口:'要迟到了!'他出了门,走远了,消失在我的视线中……从此我就再没见过他。半小时后,我提着袋子打算出门买东西,我唤来弟弟,门铃响了,我打开门。来的是比利时警察。他们把我们俩都带走了,那天是周四,学校放假,弟弟正好在家。警察倒有些尴尬。我不太明白,但也不恐慌,我没做任何错事。"

她对肆意抓捕表示异议,但她的反抗是温和的、文明的:

"你知道,法尼娅,我没做任何危害占领者的事,我没危害任何人。我和伊莲娜不一样,小伊莲娜,她是因为参加抵抗组织而被捕的;我赞赏她的勇气,我敬佩她。但我和弟弟,我的弟弟只是个十岁的孩子，我们做了什么？为什么要把我从丈夫身边夺走？"

她摇着头，几乎要哭出来：

"不，不，我无法理解……警察也同情我们，其中一个对我说：'最好还是让你知道下真相，这样等你回来，你就知道该做什么。你是被你的婆婆告发的。'"

她绝望地重复着："我的婆婆！"没有咒骂，没有怒喊。我想象她当时一定被这消息彻底震惊，不解地看着警察，眼神与此刻同样无辜。我的眼眶湿润了。然而对于这起告发，她有着一些判断：

"我知道，我算不上很聪慧，父母常这样说我，可为什么有些人做了这样的事一到周日还能若无其事地去望弥撒？他们所信奉的耶稣难道允许他们这么做？"

耶稣应该绝不会允许，但他的许多信徒似乎对此满不在乎。

"我相信我的丈夫得知此事一定会诅咒他的母亲。他是那样爱我。我却无法通知他，见不到他，不能拥抱他，这太可怕了……一到集中营，他们就把我和弟弟分开，他上了一辆卡车，我再也没见过他。"

恐慌袭来，她的声音颤抖了：

"以后回去我要怎么向爸爸妈妈交代？他们永远不会原谅我！我没能保护好弟弟！"

可怜的孩子！敢问世间可会有足够发达的刑罚，叫纳粹分子来偿还这一切，偿还告发的罪恶，偿还小男孩的死？

爱情又使她振作，把她从痛苦中解脱出来：

"我并不惧怕集中营，为了让-路易，我要活下去。但我最担心的是他的母亲，恐怕她会重新控制他，把他攥在手心里，没有什么是她做不出来的。休弃一个犹太妻子太容易了；不需任何手续，一纸婚约便立刻作废，仿佛从来就不存在。但我相信我的爱人会等我,没有什么能把我们分开。"

暖炉隆隆作响,伴随着半梦中伊莲娜的呢喃情话,喋喋不休,犹如一篇爱的祷文。

解放后,伊莲娜得知丈夫另有新欢,婆婆对两个孙子宠爱非常。她的爱人,她的挚爱,连两个月都没等。幸福的无知!要是她当时就知道这结局,我相信她不会有勇气活下去,我们的大伊莲娜一定会向死神低头,那是如此简单……

躺回我的草褥,大伊莲娜的情话在我脑中回响。一到我的上铺,我几乎就成了一个人:在我左边是克拉拉,右边没人,是一段墙面,一个墙角,还挺让我放松。我在这里最受不了的是身边老有人。一切私密动作都暴露于大庭广众:你要么当着所有人挠痒痒,要么就屏住。我们时刻生活在别人的视线下,有时我甚至觉得连思想也变成公开的了。

今晚,这小姑娘纯情炙热的诉说让过往的各种场景、没有遗忘的画面浮上我的脑海,在那里奔涌驰突。它们本来一直被压抑着,因为不利于我的精神健康与心理平衡。爱情,集中营里不可企及的爱情,是禁忌话题之一,但这痴情的孩子触动了我,足以让我冒险打开记忆的阀门。

我刚满十六岁。我从音乐学院放学回来。正是晚餐时分,妈妈漂漂亮亮的——我经常羡慕她有一双长腿,她叹口气,不抱什么希望地说:"但愿你爸今天别再什么人都往家里带!"这是她常挂在嘴边的一句话。爸爸热情好客,见不得有人受苦受难:被老婆丢下的朋友,或是孤独、饥饿的陌生人都会被带回留宿一夜或几夜。

凭什么这顿晚餐会和往日不同?爸爸很晚回来,带着一个高大、瘦削、一头白发的陌生人："亲爱的，我带了个朋友。"他朋友？他和他带回来的这个鲍里斯做朋友才几个小时吧？我们边吃边聊。饭桌上，我和妈妈得知他是俄国人，和爸爸一样是工程师，刚移民，还没有工作。只这一晚，我们母女就被他的气质、魅力和殷勤所吸引。我陷入了幻想。妈妈没意识到她的变化，而我，我连基本的生活常识都弄不清了！我颠倒一切。我时喜时悲。我坠入了爱河！十五岁的我，真是太喜欢他了，这个三十七岁的男人，他冰川一般碧蓝的双眸看着我的时候就像化开似的。

鲍里斯每晚都来。爸爸在自己当厂长的工厂里给他找了活，一份体力活。每当我想到他展开修长灵活、钢琴家一般的手，小心翼翼，像拈花般握住扫帚，打扫车间和院子，我就痴狂起来：我的王子——他就是，高冷、泰然，扫着地，我的心都要化了。每逢发工资的夜晚，他总将其中三分之二换成花束送给妈妈。妈妈帮他偷偷补缝、改过的衣服，穿在他身上透出独特的高贵气质。爸爸不说什么，只是微笑，礼貌而疏远。我不确定他喜欢鲍里斯喜欢到和我们一样的程度。我了解了鲍里斯的一切：他在俄国被判了死刑，一夜间头发全白了——这难道还不够浪漫！他逃了出来，但老婆儿子都留在了那里，再无音讯。我的心碎了，想和他一起痛哭，最好是在他怀里，一边窃喜他的家人，尤其他妻子远在他方。鲍里斯会紧紧拥抱我、亲吻我。每天，从音乐学院一放学，我便一溜烟地偷偷跑去他住的旅馆。我一口气爬上五楼，敲门，进门。

他的房间很小，床头柜上，酒精灯取代了俄罗斯茶炊。房间近门一角的天花板下，挂着一幅黝黑的圣像，一到夜间，玛利亚的面容就变得仿佛幽灵一般。房间里总充满着烟味，我喜欢这种甜甜的东方烟草的味道，有一种诗意在里头。鲍里斯在等我，穿着他的丝质长睡衣，那是他昔日优渥生活的遗物。没羞没臊地——我才不在乎——我解开衣服,钻进他的被子。大部分时间,鲍里斯待在扶手椅上,吸着烟,喝着茶,给我讲故事,亲昵地叫我"法尼乌什卡""小勿忘草"……有时他会坐到床边,亲亲我,抚摸我,仅此而已。而我却如此热烈地渴望他。他向我解释,他不能做对不起我父母和我的事,他是个已婚男人,而且无法离婚。但我毫不在意。我广泛、多样、随机的阅读让我深信,男人最终会屈服于一颗炙热且甘于奉献的心。激情能够感染彼此,于是我带着猫一般的耐心继续不停地挑逗他。可怜的鲍里斯!我后来知道我给他带来的是怎样的折磨了。有时他受不了我,把我赶出门,几乎粗暴地喊"滚!"而我厌倦了投怀送抱,也会骂他:"你不是个男人,懦夫!"我竭尽全力地想拥有他。这对他是多大的折磨啊!

一眨眼到了音乐学院毕业考,多么戏剧性的一天啊!鲍里斯没有出现在演奏厅里,可他对我保证会来的。我哭得上气不接下气。带着一腔绝望,我弹了肖邦的一支叙事曲。走下舞台,奇迹发生了,鲍里斯就等在那里!为了不干扰我,他一直等在走廊。混蛋,他难道不知他不出现比出现更让人难以忍受嘛!他拥抱我,祝贺我,我这才得知我获得了钢琴第一名。

但我期待的最高奖赏他没有给我。几周之后,一切爆发了。妈妈撞到我和鲍里斯深情拥抱,惊愕之余,她一言不发地走出房间。一小时后,她威胁说要跳窗自尽:"我女儿嫁给老头,我宁可去死。"第二天、第三天,她很明显地躲着鲍里斯,不想见他,不想和他说话。爸爸依旧一副心不在焉的样子,但我能感到他并不赞同,因为比我年长二十二岁、深爱我的鲍里斯打算离婚来娶我。第四天,鲍里斯没再登门。爸爸也不提他。我们再没见过他。他自觉辜负了爸爸妈妈的款待?他去哪里忏悔了?我不得而知。那天我在床上哭了整整一晚。

很快，我又开始外出了，非常自由，这也是爸爸的意思。每晚回家时，妈妈已入睡，但爸爸总是等着我："玩得开心吗？"他的语气如此温柔，我愿意把一切秘密都告诉他，只是我没什么要说的。一天晚上，他把我抱到膝上对我说："你知道，宝贝，要是发生什么事，千万别犯傻，要告诉我！万一你有了孩子，你要知道，我的姓也不会比让你怀上的混小子差。"

为了尽快让我走出低迷，爸爸提议借出差的机会带我去西班牙。我出发了，带着这份悲伤，它在我眼里不啻让我真正成为女人的勋章。

卧铺车厢热得让人窒息。爸爸睡熟了。我把门拉开一条缝，闪身来到过道。那里站着一位英俊迷人的小伙子，我们聊了起来，不时爆发出笑声。不久，车窗外的景物已在拂晓中依稀可辨。

"你来过卡尔卡松[1]吗？"

"没有。"

"一起下车逛逛？"

火车刚刚进站，我觉得这主意妙极了。城市正从夜色中苏醒，第一缕阳光温柔地为它镀上一层金光，它看上去是那样梦幻、美好。一整天我们都在当逃学少年。晚上，我们坐火车来到了国境线，我既没带钱，也没有身份证件。如此单纯，毫无机心。我还记得我们在巴塞罗那的旅馆的名字，便打电话给爸爸。那一刻，我才意识到这一天他一定非常担心。"还好，"他回答，"有人看见你在卡尔卡松下车了，所以我知道你没有从车厢间掉下去！"没有一句盘问，没有一句斥责，这就是我慈祥的爸爸！我与旅伴告别，我和他之间什么也没发生，但我会将这特别的一天永远铭记在心。

---

1 法国西南部城市。——译注

我等了几个小时，其间在附近游荡了一会儿。爸爸终于来帮女儿过境了。他从一辆轿车上下来，身边陪着一个西班牙小伙子：头发像乌鸦的翅膀，一双安达卢西亚人的眼睛，撇着嘴，满是不屑。这是爸爸来谈生意的工厂的厂长，他亲自开车来接我们。我心中充满了对父亲的爱，但这傲气十足的家伙让我不悦。

爸爸其实很担心，只是不愿表现出来而已。以他一贯的直爽，他把事情的经过告诉了西班牙人。这家伙自以为幽默，装得很辛辣的口吻对我说：

"是不是所有法国女孩都像你一样，随便遇到一个人就会和他一起下车？"

"只要她也有这么个开明的父亲。而且，我没有和随便哪个人一起下车，因为是我选了他。"

"我们西班牙人可不这么看。我已经订婚七年，但和未婚妻单独在一起的时间从没超过五分钟。"

"要是我是您，我必定会为这种不信任而感到苦恼。"

他的轻蔑里也带着一丝关切，但只让我觉得好笑，并没有产生任何好感。

几个月后，这个已经被我忘在脑后的年轻人通知爸爸他到了巴黎。甚感意外，爸爸邀请他来家里吃晚饭。他盛装出现，手上戴着手套，捧着一大束鲜花，和爸爸单独会面，请求爸爸把我嫁给他。真是把我们笑坏了！

所有这些都是小女生的把戏，尤其当她面对漂亮的母亲时感觉自己如此渺小，急于证明自己的魅力。

此时此地，重新想起这些往事让我有一种异样的感觉。我可以放心地怀念父母，因为生活已无法再伤害他们。他们都已安然离世，没有被当成肮脏、可耻的猎物追捕。"犹太人猎人"，这写在名片上也不如"猛兽猎人"体面啊！

我疯狂寻找的爱情终于来了！我甚至还记得日期：那年9月6日。我的一个男朋友——前前后后我交过好几个——约我在圆顶啤酒馆¹见面。我略略晚到了些，一阵风地冲进转门，门却一下卡住了。玻璃另一边是一个高个子要出去，他长相英俊，明亮的双眼，高高的鼻梁，一条受伤的胳膊用三角巾吊在胸前。我用力推门，他笑了，没有硬顶，就待在转门里顺势转了一圈，跟在我后头又进了餐厅。我们相视而笑，眉眼里写满愉悦。他拉住我。我男朋友远远地向我挥手，示意"快过来，我在这儿！"。我也挥手，示意"再见！"。我和另一个走了，手挽着手。之后，十指相握，我们去了布洛涅森林，在雨中接吻——那天还下着雨！

姑娘们在我身边沉睡，凝滞的空气里，脑海中雨后树木湿润的气息让我精神一振。雨点不停地打在我的脸上，像泪珠一样沿着脸颊流下；他刮过胡子的下巴搓着我的下巴，太奇妙了。我从未被人如此拥抱、如此亲吻！它们起了决定性的作用，我下定决心要嫁给希尔万。

爸爸第一次坚决反对。他觉得这个小伙、这个颇有才华的漫画师不适合当我丈夫，这是一个错误，诱人但无可争辩的错误。我却深陷情网。我们于10月28日结婚，婚后第三天他就去服兵役了，丢下我依旧是处子之身。我对爱有着恐惧，我曾离它很近，但仍一无所知，而且不知何故，这个卡萨诺瓦²在我面前也莫名地拘谨。每个周末我都去看他，和他共度，这让我心中充满愉悦，但别无建树。这样足足过了六周，我带着担心和怀疑，和希尔万一起去看了

---

1 La Coupole，位于巴黎蒙帕纳斯的著名餐厅，1927年12月20日开张，采用了昂贵的装饰艺术风格，是当时艺术家和知识分子聚会的主要地点之一。——译注
2 Casanova（1725—1798），意大利冒险家，风流成性。此处调侃希尔万是情场高手。——译注

家庭医生。我直截了当地讲述了我的情况，痛苦地对他说："要是我有什么需要治疗的地方，请医好我。必要的话可以手术。"医生捧腹大笑，笑得怀表的表链在肚子上直蹦。他说话有南方口音，这让整件事变得更滑稽了："你丈夫要是真的这么蠢，那么，亲爱的，手术刀，我会用我裤衩里的手术刀！"他把我丈夫单独叫进去，长聊了一次。我不知道他们说了什么，但奇迹发生了。我觉得我们曾互相恐惧，他不敢亲近我，我也在退缩。

那天晚上，希尔万特意准备了香槟晚宴。我喝啊喝，微醺下，我们忘了曾有过的顾忌。我们做了爱。这是多么美妙！我丈夫喜欢给予快乐，他才不是个自私的人。完全不是……一个月后，他回来休军假，正好我的一个朋友，一个长相非常困难的小提琴手来家里吃晚饭。希尔万主动提出送她回去。一小时，两小时，三小时，四小时……他还没回来。我等不下去了，边哭边穿衣服：他一定是出了意外，我要去报警！一阵令人安心的开门声让我安静下来。希尔万微笑着出现在门口，理直气壮地埋怨我："啊，我算认识她们了，你那些朋友！把她送到家，她邀请我：'喝杯咖啡再走。'却之不恭，我跟进去。喝完最后一口咖啡，走不了啊，多没礼貌。于是我留下来，她只想做那事我还能不配合？啊，我算认识她们了，你那些朋友！下次选个漂亮些的。"

这算是拉比什[1]还是库特林[2]的剧本？我过快地把自己变成了已婚妇女。

痛苦让我痛哭不已。我甚至用不着去原谅他。很快，我就对他的处处留情无所谓了！

---

1 Eugène Labiche（1815—1888），**法国剧作家，以滑稽剧和情感、家庭速写作品闻名。——译注**
2 Georges Courteline（1858—1929），**法国剧作家、小说家，其反映婚姻、家庭生活的荒诞戏剧颇为流行。——译注**

几个月后，希尔万在敦刻尔克失踪了，我成了军人遗孀。有时我觉得他并没有死，但这并没有让我觉得有多快乐，他最多就像是某个我可能会喜欢上的远房表兄。我不会用"友人"这个词，因为我们从未有过友情，从未那样亲密、默契，我们只有肉体的激情。既然遗忘是那样容易，既然那些让我们痛苦的欢愉也会褪色……

了不起的希尔万，他被英国人救下，送到伦敦疗伤，伤愈后去了摩洛哥，在那里淡定地娶了一个后来为他生下好几个孩子的摩洛哥妻子。这一切他只用了三个月的时间，对我没有丝毫牵挂。他不需要一个严厉的母亲来强迫他与犹太妻子离婚，他自己就做了了断，没有任何思想包袱，甚至都没考虑通知我——那时我还没有被捕——这至少可以避免我在随后的四年里把自己当成寡妇。

但这一晚，我在聆听伊莲娜诉说的时候还不知道，只因是犹太人，我们作为新婚少妇的命运拐出了同一道曲线……我们都被抛弃了。

第七日……

这个周六，天迟迟不亮，女孩们更是赖在床上不想动弹。外面天气非常寒冷，室内纵使生着暖炉，窗玻璃上还是结了薄冰。这一夜，我们几乎所有人都不断从噩梦中惊醒，或是彻夜未眠。从昨天起，在离我们营房五十米远的地方，就在男囚营和女囚营当中位置，囚犯们开始了铁路延伸工程最后的施工。今后，专列将直抵集中营内部。奥斯维辛车站将变回一个普通小站。卡车转运将被取消，以节省珍贵的汽油。

弗洛莱特还在酣睡，让我满是怜悯。她曾对我说，她的睡眠就像孩子，全是梦，童话般的美梦，不是梦到仙女，就是梦到英俊的王子。梦幻的脱逃！所以每天早晨起床都是一场搏斗，她躲在梦里就是不愿醒来。我用力推她，她甚至都不抱怨，直接当我不存在。爱娃在对面提醒我：

"快叫醒她！柴可夫斯卡来了对她就不客气了！"

太迟了。柴可夫斯卡一边扯着喉咙叫"起床！"，优雅地要我们"统统滚出去！"，一边在从不缺席这场面的"帕尼"福尼娅的陪同下走进寝室,后者干这差事也熟门熟路,昂着头——弗洛莱特睡第三层——吼着她的波兰脏话。白叫唤。弗洛莱特还在睡。她面朝下睡着,双手抱头,颇有预见地堵上了耳朵。福尼娅转身离去,扬言让党卫军看守长亲自来收拾她!我想爬上床架最后再叫一下这个顽固的家伙已经来不及了。

"注意!点名!五人一排站好!"

督察长(Rapportfürherin)德雷克斯勒在天使脸蛋伊尔玛·格雷泽的陪同下进来,她那沉重的步伐在这个早上格外显得杀气腾腾。她先扫了一眼整理完毕的床铺,铺盖都已叠成整齐的方块,堪称完美。来到弗洛莱特这儿,她僵住了,嘴唇抿得更扁。她举起戴着皮手套的手,将被子用力一拽,一扯。露出一只毫无防备的光脚。她一把抓住那只脚,弗洛莱特被拖了下来,像一个四肢绵软的偶人,浑身都似乎散了架,我依稀看到她的头一下子栽到水泥地上。我的心跳到了喉咙口,我多想高呼"够了!够了!你把她的头都打碎了!"弗洛莱特直挺挺地躺在地上,睡衣掀起,身子露在外面:瘦弱的大腿,小小的屁股松松垮垮地荡着,不堪寓目。她挣扎着,挺起身,擦伤的地方淌着血,她站起来,立在原地,身上只穿着睡衣——这是绝对禁止的——目光茫然,努力摆出立正的姿势,一动不动。

德雷克斯勒盯着这颤颤巍巍的倒霉孩子,她那一脸鄙夷和厌恶看得我火冒三丈。在她身旁,梳着金色发辫的格雷泽似笑非笑,一对纯净清澈的眼睛好奇地打量着弗洛莱特,不易察觉地用精致的黑色皮鞭敲打着军靴。她有多大?才二十出头吧。关于她有许多传闻,都说她生性凶残,世上少有。女囚们知道被她瞧上没好事,最轻也得挨她一鞭子,在乳头上。据说她喜好女色,而野孩子般的弗洛莱特两眼绿得出奇,非常漂亮。万一被她看上就完了!我的想象力太丰富:两位看守长甚至都不屑于骂这可怜的孩子一声。她们走了，她们很忙，还得去其他营房"点名"呢。

她们一出门，阿尔玛就走向弗洛莱特，冷冷地扇了她两个耳光，正手一巴掌，反手一巴掌。这举动让我愤慨，但我无能为力，敢怒不敢言。作为处罚，她命令弗洛莱特把音乐室地板擦干净。阿尔玛转身刚走开，弗洛莱特就破口大骂，这一次，我站在她这边。随后她一下瘫坐在地上，趴在床脚，放声大哭，绝望地呼喊"爸爸，妈妈……妈妈！"我向她俯下身，将她抱在怀中：

"亲爱的，别这样，别哭了。你明知道要起床。让这群混蛋抓住你的把柄干不是。别哭了。明天我来叫你起床，我帮你叠……"

她哭得更厉害了：

"不，不用你叠，我也不叠。真他妈一群混蛋！"

小伊莲娜平静但严厉的声音止住了这场胡闹：

"你闹够了没！别再犯傻了！快穿上衣服，叠好毯子，你连喝咖啡的时间都没了。音乐室要在排练开始前打扫完毕！你这样不停地给自己惹麻烦有意思吗！"

弗洛莱特奇迹般地平静了下来，讪讪地说：

"对，你说得对，我不再乱使性子了。"

小伊莲娜是唯一能说服她的人。几分钟后，弗洛莱特，拿着拖布，跪在音乐室的地板上麻利地擦了起来，嘴里念念有词：

"婊子！杀千刀的婊子……"

"你看，"小伊莲娜向我示意，"真是本性难移。"

克拉拉愤愤地插嘴说：

"没错，她真让人受不了！净惹麻烦，搞不好我们也要一起跟着倒霉。"

娃娃脸的克拉拉，温柔的克拉拉，在隔离区里还紧紧依偎着我的克拉拉，她竟转变得如此之快！群狼会将她变成残忍的鬣狗。

突然她打量起我来：

"法尼娅……"

她注视着我，乌黑的眼睛因惊愕而瞪得滚圆。

"怎么了？"

"你的头发……"

"我的头发怎么了？"

"长出来的全是白发。你的头发全白了！"

屋外，点名无休无止。我替冰天雪地里的女囚们担忧。我们因为乐器的琴弦变脆，而且手指冻僵无法弹奏，暂时被豁免出场，但其他人，那些劳动队仍要出工！这些可怜的、消瘦的、憔悴的、肮脏的人挪动着，吃力地拖着仅剩的一口气……她们就像是失魂丧胆、喘息不定、半死不活的小动物……对我们来说，她们是"其他人"。这令人憎恶的称呼。我想到她们，她们的存在让我心神不安，我感觉她们否定了我像现在这样守着暖炉、洗漱整洁、穿着舒适的权利。我和她们只有饥饿是共同的，饶是如此，乐队营房里也看不到"穆斯林"，我们的幸存机会似乎也更多一点。

到这儿才十天，我却觉得度过了一段无法衡量的时间：一年，一小时？无疑，我还什么都没看到。目前经历的这些还不足以解答我心中不断产生的疑问。但我们与"其他人"的关系让我不安，让我心忧。小伊莲娜告诉过我，她曾试图联系集中营内的抵抗组织，但没能成功；男囚女囚，所有人都对"乐队的女士"有误解，非常警惕。我们和其他人之间的联系很少，也不持久。不过曾有一个女囚来我们这里待了会儿，冒着被处罚甚至处死的风险在椅子上坐下，靠着火炉取暖。正是通过她，我们才得知她们的状况：

"党卫军命令我们造房子，我们把石头一块块垒起来，石头上都结着冰，冻得我们的手火辣辣地疼。造得让党卫军不满意了，我们就得爬上垒好的墙，把好不容易堆上去的石头抛下来。但下面有我们搬石头的同事，还禁止她们撤离，所以我们只能竭尽全力把石头往远处抛。可我们中的一些人根本就抱不动这些石块，结果，昨天，三个姐妹被砸到了头，死了。看守我们的党卫军下士倒笑了，冲我们说：'哎哟，犹太娘们干活真不行，笨到能砸死自己人。'就让我们用这样的胳膊把石头搬到墙上，再扔下去！"

她向我们伸出枯瘦的双臂，骨头外面只垂着一层皲裂的皮肤……

她呆坐在那里，魂不守舍地喃喃自语："明天，还要继续！……"而我们，我们却住在这设施齐备的营房里，太太平平……她们怎么可能认同我们呢？

我陷入了深深的沉思。

随着封锁营房的哨声响起，营房里的气氛变得更为阴郁。

"有玛尔塔的消息吗？"

轻描淡写的一问，半晌没人回答。最后爱娃开腔说：

"阿尔玛应该有些消息。"

我急切地等待着这尚不相识的玛尔塔的归来，乐队中唯一的大提琴手。有了她，我们才能奏出更好的音乐，并从我们的主宰者那里赢得更多生存的可能。阿尔玛是否为玛尔塔的下落担心？她是否找过曼德尔过问此事？谁能去找阿尔玛问一下？

弗洛莱特接过爱娃的话茬：

"要指望她，我们一准全得玩完！"

我被她的言辞激怒了：

"你错了，每次阿尔玛要我编新曲子，总问我要大提琴谱，好像她知道玛尔塔随时都会回来似的。"

弗洛莱特依旧坚持：

"我几乎不抱希望。瑞娜特，她姐姐，最近都不来我们这儿了，这可不是好兆头。医务营绝不是治病的地方，那就是25号的边门。"

"那你呢，你不是从那里回来了吗？"

"我交了好运，再多待四十八小时我就完了！能捡回条命的太少了。医生那时对我说：'你得了蜂窝织炎，得住院。'送我去那里的柴可夫斯卡幸灾乐祸地说：'永别了。'她确信我回不来了。我在那里足足待了六个星期。太恐怖了，我宁可死掉也不要再去那儿：没有药物，没人照顾，没有食物。医务室就是一个筛选池，党卫军每天在里面挑人。死亡治愈一切！"

珍妮插话说：

"但没有玛尔塔，我们的乐队就是瘸腿乐队。集中营里，瘸腿可不是保命的上策！"

爱娃说的话总能让人安心：

"她才离开三个星期，我们的低音提琴能让我们再等一段时间。"

珍妮讥笑道：

"你倒试试，五堂课学会低音提琴！伊韦特就上了五堂课，她可从来没碰过琴弦……一夜之间成为巴德鲁乐团[1]，做梦！"

珍妮的冷嘲热讽常让我们发笑，但她尖酸刻薄起来也挺气人的。听到"低音提琴"这几个字，伊韦特的姐姐莉莉抬起了头：

"你的意思是我妹妹拉得不够好？"

我试着调和说：

---

[1] Concerts Pasdeloup，法国现存历史最悠久的乐团，由指挥家巴德鲁（Jules Pasdeloup，1819—1887）组建于1861年，因创建"平民音乐会"这一普及性的演出形式而影响深远。——译注

"珍妮太吹毛求疵。成为低音提琴手需要多年的训练。伊韦特拉得还不错,她现在学的拉伴奏音够用了。"

珍妮粗暴地反驳我:

"我才不在乎你怎么想!首先,你又知道个屁?万一哪天你那德国鬼子好朋友曼德尔不喜欢你那什么'伴奏音',就会把我们统统送去冲毒气澡!"

曼德尔不满意,这是我们的集体恐惧。所有人的脸庞都转向伊韦特。她姐姐莉莉连忙站到伊韦特身前护定,她又矮又壮,双手叉在还有一点脂肪的胯上,使劲挺着身子,想让自己显得高大一点,但不争气的圆脸破坏了她的全部努力。她开口反击,浓重的小舌音仿佛军鼓滚奏:

"你休想用伊韦特当借口!你满嘴都是嫉妒的毒液,我会保护我妹妹……"

"得啦得啦!"珍妮打断她,"你妹妹,你整天唠叨你那些蠢话,你把她的头都搞大了。别做这!别做那!她被你烦透了,我们也是。多亏了你,等这可怜的孩子一进天堂,圣彼得立马就会把贞女和殉道者的棕榈叶塞到她手上!"

莉莉气得喘不上气,但依旧端着她"长姐如母"的架子。她解释说作为曾经的音乐老师,只有她能判断妹妹的水平;她妹妹要是由于我们的失误而被送到那可恶的毒气室,那将是一场"巨大"的不幸,因为,她庄严地宣布,"我们家的太阳将从此陨落!"

"别担心,你们家还有你这个月亮!"珍妮说。

命悬一线,我们捧腹大笑。笑得像住宿学校的女生,哪怕死亡环伺。

凌晨4点,一天中最糟糕的时刻之一,就怕在这时醒来,思绪混沌，各种恐惧如野马脱缰般萦绕在头脑中。暖炉凉了，积满了炉灰，再无一丝热气。我正似睡非睡，只听"吱扭"一声透入黑暗的寝室，紧接着又仿佛是一声低吟：是伊韦特在练琴，她被珍妮的嘲笑和她姐姐的数落给刺激到了。我还没来得及从床铺上跳下去阻止她，就听到音乐室里传来一声惊恐的"啊"。我连忙赶过去，只见伊韦特站在低音琴盒前号啕大哭：

"上帝啊！这是谁干的？"

由琴盒巨大的弧形底部，散落出一堆污秽不堪的卫生巾。这场面如此荒诞，把我们乐得前仰后合。帕尼福尼娅不明所以地瞪着眼睛，嘴歪得比平时更厉害了，柴可夫斯卡照例咆哮着。阿尔玛怒不可遏地冲出房间——我们怎么敢如此喧哗！看到造成这副混乱的丑陋场景，她愈加光火：

"哦！混账！混账！……从哪里来的这些脏东西？是谁放的？"

她大为震怒，以至于怀疑起我们的精神状态，指责我们一丝一毫脸面都不要，就差骂我们配不上这个让我们容身的集中营了！

"你去把这些都扔掉！"她对柴可夫斯卡命令道，后者用目光找起了替罪羊。

是伊韦特。

"是你发现的，你去扔！"

这公正的决定让阿尔玛消了气，转身款步回屋。柴可夫斯卡带着福尼娅也跟着走了。

但这恶俗的插曲催生了的意外焦虑，唤醒了我们的恐惧。珍妮第一个说道：

"嗬，真行嘿！都到这儿了还能见着'英国人'[1]，这姐们可真有

---

[1] 法语里对月经的一种委婉表达。——译注

福啊！"

只有我为"英国人"的双关含义会心一笑。

"这些卫生巾，一定是费心'打点'来的。"弗洛莱特评论道，"我们还有谁有例假？"

大家把目光投向莉莉，因为她一直对淋浴极为恐惧，总是推脱说"我不能淋浴，我有例假"，于是波兰人老嘲笑她："她脏死了；那当然，犹太佬嘛。"对于这种可能性，小伊莲娜耸了耸肩，那是无法想象的，莉莉绝不会对她的妹妹开这样卑劣的玩笑，更何况她显然一直在说谎，她和我们一样都没有例假了，她只是不喜欢水而已，那又怎样？

大家的关注点转移了，恶作剧的作者是谁已不重要，她反倒成了所有人的妒忌对象。只能是俄国人或波兰人，只有她们还有人有例假，能逃过贫血的只可能是她们。

弗洛莱特和珍妮认为是纳粹往食物里下药导致了停经，但应该不是她们想的那样，因为我们遭受的精神折磨和生理虐待足以引起停经。这其实是件好事，因为那些一开始还有例假的人极为悲惨：没有卫生用品，没有条件清洗，只能像母狗般任由经血顺着大腿流下来，在两腿间滴滴答答。苛求整洁的营管对这些人大打出手，强迫她们擦洗所有的污痕。这不仅是羞辱，更是折磨！然而在这一刻，所有人都羡慕起这个未知的不洁者。捷克女孩玛戈说出了所有人感受："真希望那人是我啊。"希尔德也若有所思地说："没有这烦恼太糟了。我们感觉自己不再是年轻女人，而是成了老太婆！"

大伊莲娜吞吞吐吐地问："不知道'之后'，例假还会不会回来？"

她的话引发了一阵恐慌，仿佛给了大家当头一棒。那些听不懂法语的急着找人翻译。天主教徒在胸口连连画着十字，犹太教徒念起示玛[1]，所有人都忙不迭地想要驱散这德国人强加给我们的不育诅咒。

怎么可能重新入睡？身为女性，孕育生命的神圣特权遭遇危机，我们再也笑不出来。就算能够走出集中营，在此遭受的这一终结女性身份的隐形摧残是否仍会让我们付出代价？我们谁都没有足够的医学知识去解答这个问题。怀着这种恐惧，我们再难合眼。

黑暗中，一个女孩叫了声"妈妈！"。这呼唤让我们无比心痛，受伤最重的人高声抱怨：

"别这样！别叫了，别叫了！……"

今天，我"领到"三个新的抄谱员。一个德国犹太人，艾尔莎，性格还算友善，红棕色短发，一个长满雀斑的尖鼻子，一双黑色的眼睛，像极了可怜的小胡萝卜须[2]。另外两个是俄国人。艾拉，二十二岁，金色的眼睛总是躲着我们的视线——是羞怯还是不信任？她只和自己的同胞说话。索尼娅，特殊犯，这头衔不说明什么。她来自乌克兰，是个肌肉丰满的漂亮姑娘——这也不算加分项；不过她为人不张扬，和善乖巧。而对于我，最为重要的是，她音乐素养不错。艾拉和索尼娅在乐队里弹钢琴，但现在钢琴没有了。我进乐队没几天，一些士兵就把我们那架上好的贝克斯坦钢琴——估计是从某个犹太人家里抄来的——搬走了，搬去了集中营那些趾高气扬的军官先生们的食堂。我很怀念那架三角钢琴，但没能弹多久！鲜有的能触摸琴键的那几次，我不禁猜测之前弹奏这钢琴的是怎样的人：演奏家？钢琴神童？富家子？老人？……

阿尔玛笑着走向我：

---

1 犹太教日常祈祷的总称。——译注
2 法国作家儒勒·勒纳尔同名小说主人公。——译注

"你一定很满意，很快就能编出新曲。"

没等我表示同意，她便转向其他乐手：

"别忘了，明天我们有演出！一切都必须无—懈—可—击！我准备上《蓝色多瑙河》，今天我们先排练一下。"

耳边不断响起的错音让我头痛欲裂。阿尔玛不停地斥责："蠢鹅！蠢牛！屎脑袋……"她掌握的所有脏话顺着音乐节奏脱口而出。

"法尼娅，到我这儿来。怎么会有这个错误？再来！"

乐手们重新开始。我站到指挥身后，按规范的方式读谱——阿尔玛其实不会读总谱：应该从上到下，一眼就将各声部全收眼底。随后我核对每本分谱。分来的抄谱员大部分水平很差，她们不懂音乐，全无判断，抄写时，音符该点在谱线上还是谱线中全凭一时之兴。

于是，我在谱上纠正，我讲解，弄完后坐回来继续和彼得·克鲁德的音乐打交道，我得把他的《十二分钟》的钢琴谱改编成适合我们的乐队总谱，这是一支尤为轻松愉悦的集成曲。这任务相当紧急，因为爱娃、洛特、克拉拉和我要在近期的音乐会上演唱这首歌。《十二分钟》的旋律才在我的脑海中重新响起，又来了，阿尔玛又叫我了，她提高音调，或是大叫："你们以前奏过这曲子啊，你们应该会的啊！"之后又是一长串可鄙的动物名：猪猡、蠢牛，最后以掏粪工喜闻乐见的大量"屎脑袋"收尾。她的指挥棒不停地敲打着出错之人的手指，憋了半天的耳光最后照顾了珍妮。阿尔玛一旦被情绪控制，她身上那种大资产阶级的优雅很快就荡然无存！我始终无法习惯她对乐队成员的这种惩罚方式，尤其在这儿，集中营，我完全无法接受。

等气氛稍稍平静下来，我又开始了对《十二分钟》的改编，沉浸在音乐美妙、神奇的世界里。乐段在我脑中自然展开，一拍接着一拍，音符在我笔下迅速生成……我忘了一切，幸福的暖流涌上心头，我喜欢这段轻快的音乐，这属于节日的欢快的音乐！……

屋外响起一阵哨声，宣告筛选结束，营房解封。

一个通信员出现在门口：

"起立！快，姑娘们！克莱默指挥官到！"

阿尔玛一下变得面无血色，僵在那里。难以置信！克莱默人还没到，她就已经立正。柴可夫斯卡和"歪嘴"福尼娅又开始冲我们大喊大叫。我们有在指挥官面前出现的资格吗？可见范围内没有东西会冒犯到他吧？音乐室是否足够整洁？我们是否足够整洁？我估计她们会检查我的手，然后大吼："还不快去洗洗！"

约瑟夫·克莱默是比克瑙集中营指挥官。此时我对他还所知甚少，女孩们很少和我谈起他；而且他来这里听音乐时向她们展示的那张面孔和其他男女囚犯看到的肯定不会是同一张。只有爱娃稍微详细地和我说过一些："他喜欢音乐，正因为他和曼德尔我们才活到现在，我们的生死全在他一念之间。在这里，他的表现总是非常得体，但有个在医务营干活的波兰姐妹告诉我，党卫军把人'装车'送去屠杀时的那种集体歇斯底里，他也一样有份，而且数他最疯狂，为了做出表率，他会毫不犹豫地一棒打碎一名女囚的头颅。"

这禽兽——我无法称之为人——即将出现……我对他的到来充满好奇。我想与他攀谈，想将他弄个明白。这是我的毛病，我的为人。我坚信这一切必有缘由，一定有什么我不知道的事让他们如此热衷灭绝犹太人。没人会为了杀人而杀人，肯定另有目的，那是什么？这群甘受驱使的刽子手，无视人类的所有律令，施行这惨绝人寰的种族灭绝，用了什么借口，他们才不至于唾弃自己？是的，我知道他们被洗脑，有人向他们灌输说我们犹太人是劣等种族，在精神和智识上，将我们视为——白纸黑字写着——"由原始冲动所控制、破坏欲难以衡量、无耻下流的动物"；我知道我们面前党卫军的行为源自这句可怕的文字："忘却类人者未必是人的人必将灾祸临头。"[1]

但对于我，到这里之前，哪怕在巴黎见过大规模的逮捕，这些言论还只是停留在纸面，并非活生生的现实。此刻，我不禁自问：有些人，男人、女人，怎么就能如此冷酷地实践这套东西？

我们一动不动地保持着立正的姿势，等着克莱默；他来了，身后跟着两个党卫军军官。这个人可够威风的。从他身上，散发出一股令人不安的力量：一米八，公牛一般的脖子那么短、那么粗，让他长着两只巨耳的头颅看上去就像直接安在了一副铁匠的肩膀上。制服呢平贴在宽阔的胸部，略略隆起，仿佛一领胸甲。我感觉走进来的是一头野兽，它的步伐沉重但灵活。它的出现极具威慑力。

他走向为他准备好的椅子，坐下，摘下大盖帽，放到身边。剪得很短的栗色头发让他方脸的轮廓显得更为突出。他心满意足地倒在椅子上对我们说："你们现在都坐下吧。让我们听听你们的演奏！"

按照同长官说话时的规矩，阿尔玛保持着立正姿势问道：

"请问指挥官，您想听些什么？"

"舒曼的《梦幻曲》。"

他深情地说：

"这支美丽的曲子叫人心碎。"

低声给我翻译的爱娃嘀咕："就他也有心？"

---

[1] 作者意指德国党卫军北方出版社（Nordland Verlag）出版的宣传册《至上之人》（*L'Être suprême*），这本小册子被译成十四种语言。——原编者注（北方出版社在纳粹统治期间是隶属于党卫军的出版机构。这本充斥着反犹、反苏内容的宣传册于1942年德军入侵苏联后出版，原标题为《次人》[*Der Untermensch*]。——译注）

小提琴开始演奏，曲调优美，如梦似幻，继而音量提升，难以名状的惆怅徐徐流淌。指挥官双目合拢，任凭音乐将他浸没。我坐在抄谱桌后面，从这个方向，能够放心大胆地观察他。看到他这样松弛，远离艰巨的工作，何等地令人愉悦……大伊莲娜将凹陷却依然柔美的脸颊贴上小提琴，娴熟地拉起了独奏乐段。这是曲子的高潮，她用极其充沛的情感演奏着，投入了她对丈夫所有的爱，拉得如泣如诉，融化了克莱默的心。乐曲最后几小节快结束的时候，指挥官带着某种不舍缓缓地睁开褐色的眼睑，我惊愕地发现他那会说话的死鱼眼睛竟然湿润了。他将自己交付于内心深处的温柔，顺着他精心刮过的脸庞，滑下几颗如珍珠般珍贵的泪珠。那个头颅被打碎的女人，她的同伴要是见到这一幕会有何感想？

如同其他人借助手淫，他在音乐中释放了筛选带来的紧张感。放松下来的总指挥向阿尔玛颔首表示满意：

"多么动听！多么深情！"

但紧接着，他的眼神变了，眼中的光彩消失了，他看到了我们。他意识到我们也存在吗？不会，虱子的存在只是为了被消灭。

他冲我点了一下：

"她在这儿是做什么的？"

阿尔玛向他解释说我会唱歌。

"会唱什么？"

"《蝴蝶夫人》。"

我想等我从集中营出来，应该再也不想听到普契尼这部作品的任何一个小节了！

他点点头：

"让她唱一段。"

演唱于我是简单、平常之举。同样简单、平常的，是我扫视观众的那一瞥。但看着克莱默，我心跳加速；我感到向来干燥的双手反常地出汗了。这不是紧张，我怎么会紧张呢？现在的风险并不比平时更大，让党卫军看守长不悦和在指挥官面前唱砸《蝴蝶夫人》中的名曲一样危险。不是这样。对我来说，歌唱应该是一种自由的行为，但我没有自由。歌唱首先是一种给予欢乐和爱的方式，然而我疯狂渴望看到这三个党卫军像猪一样被宰杀。就在这儿，在我脚下……

站在这群屁股瘫坐在椅子上的男人面前，身后是这支滑稽的乐队，我感觉掉入了一个让人忍不住要大声尖叫的噩梦——这尖叫能救命，能助你逃脱那席卷而来的极度恐惧，但你张开嘴却发不出任何声音。头上悬于一线的厨灯和舞台台口的灯带以及那灼人的聚光灯能一样吗？灰蒙蒙的四壁，木板间还零星漏着缝，和那些光线朦胧、漆金绒面的座椅依稀可辨的演出大厅不啻天渊。我不禁想起另一些场面，那些我曾演唱过的酒吧。没错，那些地方塞满了德国人，一眼望去，一片灰绿色的军服，间或有几点黑色。但我是自愿前往的，而且是去给他们下套：唱歌只是掩护，以更好地迷惑他们，战胜他们。

很快，我记起一个人。那是经常在"梅洛迪"酒吧出现的丹伯曼中尉，高个子，棕发，长相帅气，他有一个更为人熟知的称呼：弗里德里希博士。每周五，他以这个名字在巴黎电台播音，煽动法国人仇视犹太人。他说话略带西南口音，因为这位原第五纵队成员是在一名波尔多情妇怀中进修的法语。他在酒吧有个更响亮的外号——大脚弗里德。丹伯曼迷恋着一个名叫苏珊娜的陪酒女郎，这个犹太姑娘是我的情报员，勇敢极了。

每晚，只要他一来，我们就一瓶接一瓶地给他灌香槟。犹太人是他最喜欢的话题。他色眯眯地搂着苏珊娜的肩，嬉皮笑脸地高谈阔论。有一次，我故意问他："您是怎么鉴别犹太人的？""我，小心肝们，啊哈……他们休想瞒过我……靠嗅觉……五十米外我就能闻出来。"我们和他一起开怀大笑，他，和两个犹太人！我们会记住他的每句话——喝醉的人话还真是少多了！

这一闪而逝的回忆与此刻无关。乐队开始演奏，我的耳朵跟上节拍，听出当下的段落，进入某种倒计时：三、二、一……舞台表演的习惯压倒了焦虑，我开口歌唱，自由自在，又不由自主。

有谁能知道这几秒钟里我的挣扎？绝不会是不动声色的克莱默。他只是将脸转向阿尔玛，说"不错"。之后，他又用同样的礼数指着克拉拉问：

"那她呢？"

"也是歌手，指挥官先生。"

我如释重负地回到桌子后面的座位上，一身冷汗，克拉拉迈步向前，浑身洋溢着能为指挥官演出的骄傲与自豪。是该羡慕还是可怜她呢？她用意大利语演唱了阿里亚比耶夫[1]的《夜莺》，这支曲子非常适合她的嗓子，她唱得很有水平。

克莱默与看上去也很满意的阿尔玛交流了一下，又指向弗洛拉，乐队的荷兰手风琴手，挺粗笨的大块头，身上剩余的脂肪一颤一颤。弗洛莱特从牙缝里低声给我翻译，他的裁决让我凉了半截：

"她音乐水平有限，不该在这。"

终日提心吊胆，我们自以为已为这类噩耗做好了准备。错……冲击来临，我们还是会被一下掏空。

"让她去我家，我妻子正需要个佣人帮忙照顾女儿。"

他从椅子上起身，迈着发条熊般的步伐，朝我的桌子走来，整

---

[1] Alexandre Aleksandrovitch Aliabieff（1787—1851），**俄罗斯作曲家。——译注**

个音乐室的气氛凝固了：阿尔玛和女孩们笔直站着，柴可夫斯卡、玛丽拉、帕尼福尼娅在门里立正；而我坐在乐谱前，我等着，也不起立，我这个犹太人。我尽可能地享受着这桌子给我的特权。其他人全屏住了呼吸。克莱默来到我身边，检查起我的工作；他的大腿差点靠上我的肩膀，我能感觉到他的体温。他真是异常高大，仿佛全部的暴力、全部的兽性都包在了这张人皮里面。他俯下身，巨大的骨架和强壮的肌肉让我有一种压迫感，我真想把他推开好好喘一口气。他的声音洪亮有力：

"你有什么需要吗？"

我能听懂这话，但没回应。他重复了一遍：

"你有什么需要吗？"

爱娃为我翻译：

"他问你还需要点什么。"

"是的，指挥官先生，喏……"

我递给他一支铅笔，不是随意拿的，而是明显标着"英国制造"字样的那一支；这样就算死在他手里我也不亏了。他接过铅笔看了看，深蓝色的眼睛没有任何表情。他把笔还给我，转过身去，爱娃把他的回答翻译给我听：

"他说会给你发铅笔。"

他又和对着他微笑的阿尔玛说了一会儿。我再也无法忍受她用来接待这个党卫军头目、最凶残的刽子手之一的那副奴才相。我想破口大骂，但忍了下来。何苦白白送死？毕恭毕敬，阿尔玛把这贵客一直送到门口。终于，他走了，带着两个一言未发、机器般的随从。

所有人顿时长出了一口气，像一群蝗虫般扑向我：

"你给她看了哪支笔？"

弗洛莱特拿起笔惊叫：

"你简直疯了！"

熟悉的咒骂不绝于耳：蠢货，傻瓜，笨蛋……她们的好奇心被激了起来，将那支铅笔传来传去。

"好嘛，看看上面标的！"

"这是挑衅！"克拉拉抱怨道。

一个波兰人一把抢去这个引发骚动的物品，给她的同胞看：

"就是这个，她竟敢把这个给指挥官看。"

弗洛莱特大叫：

"你真是彻底疯了！你想过没，他会把我们送去毒气室……"

她们全都变得歇斯底里，目光中充满怨恨：

"你没有权力拿我们的性命冒险！"

这让我忍无可忍，我也大喊：

"够了！反正不管怎样，我们都会去那里，那就索性好好玩玩他们！我觉得太可乐了，把'英国制造'塞到他眼皮底下。一样要去毒气室，还不能先找点开心……"

只有爱娃笑了笑，她冷静地点醒我：

"你该庆幸，他不够幽默，没理解你的用意。"

"今天是周日，我们有音乐会，得穿得像样点。"珍妮向我解释说，"周日也不让我们清静。小时候，我住昂维耶热街，一到周日，我家老太太，我奶奶，就烤猪肉，有时是烤鸡。瞧瞧她，守着那台小小的黑色炉灶，那灶台的四脚是向上卷的，就像路易十五风格的椅子。她非常用心地往烤鸡上浇汁水。她的大围裙担在两条腿的膝盖当中，像个摇篮。有时我们家的猫，那猫和她的围裙一样黑，会把围裙凹下去的那片当成吊床睡觉，奶奶就一动不动。浇汁水的间隙，她就去擦她那总是泪水涟涟的左眼。可她做的菜真是好吃啊，就是放在谁的瘌痢头上我们也会舔完……还要去做弥撒，因为我们那片的神父是个死脑筋：不做弥撒，不给庇护。他说周日是主日，在玩乐之前先要去感谢上帝。"

每个人心中都有一个让她们眼眶湿润的童年周日。爱娃温柔的话语略带反讽：

"第七日，神安息了。知道造物的功已毕，神赐福给第七日……"

"而我们，我们要去让党卫军把我们当猴耍！"弗洛莱特怒道，"主日，这里多的是'主子'！"

我的羊毛袜破了。一个手指大的洞在腿肚子上，这让我焦虑不已。怎样补呢？哪儿去弄毛线、棉线还有针呢？所有这些都需要"打点"，但我没有面包。找人去借？有一小团线可以借着用，但得排队，要慢慢轮。最后是安妮帮我解决了这问题。我刚谢过她，又冒出件麻烦事。昨天用小盆——我足足等了三天才轮到——洗过的衣服还没干，而且不光是我，至少有十几个人都和我一样。那就没法子了。"我们就光着屁股穿裙子吧。"小伊莲娜说。幸亏开的不是室外音乐会！

我们的鞋很脏，我们竭尽所能地用纸或小块抹布擦洗。甚至有几个，不顾我的喊叫，偷起了谱纸。为了把鞋弄干净，她们甘愿在其他方面陷入这样或那样的短缺。因为阿尔玛清洁检查的第一件事，既不是我们的脸，也不是衣着，而是鞋："把鞋擦亮！"——这命令掷地有声。她的规定极其严苛：鞋子必须每日清洗上光。用什么？对我们的主宰者而言，皮鞋是服饰中最重要的。我不知道对仪表这一部分的吹毛求疵是不是纳粹的意识形态，但这确实在他们的生活中占据了非常重要的位置。而且，他们的鞋靴总是又亮又臭，德国皮革的臭味我永远也不会忘记。即使这样，我还是想要一些他们的或是别人的鞋蜡，来集中营的人里一定有人会带，这很金贵。这里也没有足够的熨斗，但很多人的行李里应该是带着的。也许柏林也缺少这些？眼下，我们只能用手掌理直裙子，用力拉开皱痕，用指甲压平所有的裙褶。周日的一部分时间就这样被用来整理穿戴，切不可唐突了这些绅士的眼睛，必须把美好、特别是"得体"的仪容展现在他们面前。得体，他们就爱这个词。在巴黎，他们的宣传机器就一直在向我们吹嘘这种"得体"。

这些琐屑的要求因物品匮乏而变得极难达成，令人痛苦不堪。只要阿尔玛愿意，她找曼德尔解决一下就行了，我们的处境会改善不少，但她一直不开口。这是为什么？

某天晚上，她很少见地来到我们寝室，看到我正为克拉拉按摩脖子，便把我叫过去：

"你会按摩？"

"只会一点，但能让头痛好些。"

她浪漫地用她颀长、灵活的手指扶住额头：

"我头痛得很厉害。这在法语中叫……"

"偏头疼，女士。"

但她的心思已经不在答案上了：

"你和你的朋友克拉拉，对这儿还满意吧？"

令人惊讶的问题，尤其惊人的是她竟然会来问我。在她的生命里，除了音乐和德国人铁一般的纪律，还有什么？指挥所享的权利、尊重，以及所能要求的绝对服从？除了把我们视作可以任由她打骂、差遣的音乐蝼蚁，她还会把我们当作其他看待？

下午快 4 点的时候，阿尔玛带我们走进"桑拿房"（Sauna），下雨天或是冬季，我们就在这里演出。演唱员的身份让我可以先旁观一会儿。

这座建筑里怪怪的，让人很不舒服。名为"桑拿房"，但我们其实不太清楚它的真正用途：淋浴房？消毒室？运抵囚犯过多时的临时筛选地？粗糙不平的水泥地面和混凝土墙泛着尿黄色，和其他营房一样讨喜、宜人。电线尽头荡来荡去的灯泡光线昏黄。高处没有窗户，只在屋顶桁架的阴影中朦胧可见几处又长又窄类似气窗的开口。

登上我们的演出台，我感觉有了一个更高的视角，物理高度的变化仿佛为我看待事物提供了一定的缓冲。这场景太诡异了！那天走进乐队营房，我曾以为自己已经死去，升入了天堂；而此刻，我觉得自己来到了地狱的前厅。满目灰色，阴森，惨淡。

我闭上双眼，耳边传来各种响动：鞋靴划地，乐器调音，咳嗽，语声嘈杂，低笑，擤鼻涕……都是音乐厅里惯常的噪音，是我熟悉的声音，为我带来数秒的慰藉。我睁开双眼，环视观众。简直就像到了柏林爱乐音乐厅或是巴黎歌剧院。一排摆列整齐的座椅上，党卫军军官们蜷缩在厚重的军大衣里，有的还装饰着华丽的裘皮衣领。美艳的曼德尔指挥官一袭皮大衣，优雅地展露着裹着丝袜的双腿。

天冷极了。裙子下什么也没穿，我们冻得直发抖。连体内衣也就薄薄一层，可天知道我们现在有多需要它！

稍远处，是一排排类似阶梯看台的地方，坐着集中营里的上等人，戴黑三角的反社会分子。这些精致的物种留着长发，穿着舒适地闲聊着，各种装腔作势。我们和她们之间区别明显：她们被视为可挽救的对象，只受惩罚，绝不会被处死。

在她们边上隔开一段距离坐着另一群人：护士、医生，还有些瘦得尖嘴猴腮，瞪着大得出奇的眼睛，惊魂不定，全然不知到此何干的病人。一个党卫军军官回过头，看了看这些医务营来客，和邻座说了些什么，后者也向后看去，接着两人都点点头，一副满意的样子。他们满意的是病人也能出席周日音乐会。他们想骗谁？骗自己吗？明天，他们会以同样严谨的逻辑将这些病人定为吃白饭的废物送入毒气室。

再远些，单独一群人，挤在一起，站着——有党卫军在场时她们必须立正。那是被送至灭绝营的女囚。她们衣着灰暗，有一半都隐没在阴影里，我只能看清头几排的人。她们沉重的目光让我不得不移开视线。

音乐会在索萨[1]振奋人心、情绪饱满、轻快活泼的进行曲中开始了。阿尔玛全神贯注、灵巧地指挥着。不管乐曲的艺术水准如何，只要是演出，总得要全神贯注、严肃对待不是？

对我来说，真正的听众是那些双腿勉强支撑、保持着立正姿势的女囚。一早，营管打开她们的营房大门大喊："注意！有一百个人可以去听音乐会！"有些人是自愿报的名，她们尚有力气回忆起很久以前音乐带给她们的快乐。剩下的人则全是被指派而来。

洛特开始演唱，克拉拉用羡慕、紧张的眼神瞟着她。一些德国人起身离开。洛特发现了，急得用力搓手帕，把它在汗津津的手里绞成潮湿的一团。唱完坐下时，她又恐又怒。该来的终于来了，《蓝色多瑙河》携着浪漫的浪花翩然而至。"黑三角"们兴奋起来，开始微微地晃动身体。这音乐太美妙了，它给所有人都带来了欢乐！要是能跳华尔兹就太好了……

灭绝营的女囚队伍里猝不及防地响起哼唱声，想必是德籍犹太

---

[1] John Philip Sousa（1854—1932），后浪漫主义时期美国作曲家与指挥家，有美国"进行曲之王"之誉。——译注

人。一时间，乐队的姑娘们全都扭过头去看，因为这实在太不可思议了。几名军官也都伸长脖子，昂着头，转回身去，估计他们要大发雷霆，竟然有人擅自唱歌！然而不是！不是为了责骂，不是为了处罚，而是为了嘉奖。他们的目光这片灰色中寻找那几个敢于开口的人。他们没能找到，于是便向所有人展示他们的欣喜：党卫军对灭绝营女囚露出了赞赏的微笑！

小伊莲娜的评论一针见血：

"你看，他们多满意，总算得到了认可。他们为囚犯做了些事，而囚犯也享受其中！"

阿尔玛·罗泽

"他们那条该死的铁路修好了!"

姑娘们纷纷挪向窗边,还有门边。她们缓慢地拖着身体,仿佛不情不愿,但还是要去看一眼。我也一样,我也凑过去!

沼泽地中新修的铁路在石基上远远地闪着白光。现在是3月,白天渐渐融化的积雪到了夜间又会重新冻上。

"修就修呗!倒是我们现在看火车进站方便了,"珍妮调侃道,"头排包厢啊。有热闹可瞧啦!"

"这群混蛋!"弗洛莱特大喊,"混蛋!混蛋!我不想看这些,不想看……"

"千万不要去看!"爱娃建议说。

弗洛莱特像一只猛兽般地冲她发作起来:

"大概这不关你的事?你,高贵的夫人,你难道没有记忆吗,你是叫佣人抬着轿子把你抬到这里的吧?我们犹太人的死活不关你的事是吧,合着他们不会送你去毒气室!……但我是犹太人,我不能忘记……"

她的手神经质地在空中乱舞,一下抓住我的手臂:

"过来……瞧瞧这带着尸体焦臭的黑烟,你知道这对我来说意味着什么?"

女孩们从我们身边散开:是麻木,还是倦怠?

"我和爸爸、妈妈、未婚夫,还有全家人一起到的这里,全家二十一人。我们全给抓了。当时我对他们的去向一无所知。全家人被送上卡车时,我还懵懵懂懂。一到隔离区,我就问起父母的下落,无知无畏。那个营管就这样用力地抓住我的胳膊,拖我到门口,用肮脏的手指着那排烟囱,用可怕的德语切口说:'看见那些烟了吗?右边烟囱里冒出的是你爹,左边是你娘……'我没命地大叫,你明白的,像只疯狗,我歇斯底里发作……"

她平静下来,美丽的碧眼噙满泪水,低下头,一下没了刚才的气势:

"这就是原因,我想我一生都会这样冲所有人吼,一生都会疯疯癫癫……"

小伊莲娜坐在抄谱桌一头画着画。她向前探着头,专心致志,像个认真的小朋友。她的褐发又长了出来。的确,她已经有三个月没被剃头了。原则上,我们应该被定期剃成光头,这样捉起虱子来就方便些。这活由歪嘴福尼娅负责,她会用粗粗的手指在我们头上翻,用缝里永远是黑的指甲死命抓我们头皮,寻找虱子。

党卫军的先生们很娇气,受不了这些寄生虫。和他们有接触的所有女性,"加拿大"女孩、翻译、清洁工,以及我们,女子乐队的成员,绝不能让他们冒被虱子感染的风险,那简直是耻辱。

我同情地看着小伊莲娜因营养不良而凹陷的后脑勺。我向她俯下身去:她正在绘制周日音乐会节目单的封面。她的小提琴拉得比弗洛莱特还要糟，为了留在乐队里，她想出个让阿尔玛拍手叫好的主意：为党卫军的"女士们先生们"发放节目单。她画得很好，获得了他们的赞赏：啊，不错！真漂亮！为了多活上一天、一周、一个月……就要讨好我们的主人，讨好我们的刽子手。

纸上画了鲜花、长满嫩叶的树枝、鸟巢、小鸟……所有在这里不存在的东西。现在，她正充满感情地画着一串丁香花，落笔细腻：

"你看，法尼娅，春天给我带来了灵感。"

"你怎么知道春天来了？这里没一棵草，没一个芽！"

"白天变长了，离3月21日不远了，有些地方丁香花会开了吧……"

听到这话，珍妮也跟着做起了米米·潘松[1]式的美梦：

"这让我不由想起丁香门[2]，丁香盛开的时候那里一定很美……"

弗洛莱特扯断了这遐想的翅膀：

"现在应该没多少花了吧！"

"你怎么知道，又不是你家……我爷爷在旧城墙废墟上有个小园子，在圣热尔韦草地镇。你真该看看他种的生菜，长得可壮可肥了！他还有两棵丁香树，一棵紫丁香，紫的啊各位，一棵白丁香，复瓣。每年开出的第一支花，爷爷都为我留着。我丈夫和我一样，我们都爱极了丁香花。爱能让花更持久。"

"你那位消防员的纪录我们可听够了！"

大伊莲娜扑哧一声笑了起来。珍妮也乐了，冲她喊：

"你小孩子家，儿童不宜……"

---

[1] 同名法国电影中的女主人公。——译注
[2] 巴黎东北部地名。原是19世纪巴黎城墙十七座城门之一，位于巴黎19区、20区，以及圣热尔韦草地镇、丁香镇交界处，并因后者而得名。——译注

"肃静，肃静！"阿尔玛发话了。

太可惜了，让她们多笑笑，她们就没空去想饿肚子的事了。那晚，大伊莲娜在夜里惊醒。我睡不着，只听到她痛苦地低声呼唤："妈妈，喔！妈妈，我太饿了！"说着说着她就哭了起来。更让人不忿的是其实我们本可少受些罪的。曼德尔曾好几次当着我们的面对阿尔玛说："有什么需要可以向我提。"一点不错，我们需要进食！进食没有搞音乐带劲，但生命里更离不开！

尽管这"肃静"的命令依然严厉，但今天的阿尔玛看上去更容易亲近。她有着难得的好心情：从柏林发来了新的乐谱。

"你又有活了：苏佩的《轻骑兵进行曲》和两支序曲。党卫军很爱听这位作曲家的作品。"

我可没他们那么喜欢，在这儿，我把我这辈子的苏佩全听完了，就算让我活到一百岁我都不想再听了！

"我还想在我们的演出曲目里加上蝴蝶夫人和铃木的二重唱，你与洛特一起唱！这是普契尼歌剧中我很喜欢的一段，我觉得与拉威尔的作品非常像。"

将普契尼与拉威尔相比，这可太令人意外了。可怜的拉威尔！让我与洛特并肩演唱，这更叫我啼笑皆非。我站直了大概连她胸口都不到吧！德国人不怕坍台我还怕呢！我强忍住笑，对阿尔玛绝妙的主意恭维了几句，她露出了笑容，一个令女孩们宽心的笑容：它有时预示着一场相对和颜悦色的排练！冒着将指挥大人的好心情弄糟的风险，我鼓起勇气对她说：

"阿尔玛，能不能替姑娘们向曼德尔指挥官要一些吃的，就一小包？她们太饿了。"

她沉下脸，敛起笑，生硬刺耳地回答我：

"不！我不会为她们去要任何东西。她们搞砸了我上个周日的音乐会。我没脸去！"

说罢她背过身去。她的乐谱，她的音乐，我才没兴趣呢。我义愤填膺，怒言怒语在脑中横冲直撞，吵得沸反盈天。我在内心深处自言自语："'我没脸去！'怎么就没脸了，你这个虚荣的蠢货？没脸帮她们活下去，救她们一命？在这魔鬼般的地方，你有这么好的条件，为何不去利用它？你究竟是谁？弱小的德国犹太女人？魔鬼？你怎能如此事不关己？你不是那些原始的野兽。你有文化，你聪明，但你却表现得对一切都充耳不闻、无动于衷，仿佛你已经忘记自己身在何处：尸体焚烧产生的黑烟就没让你不安？你难道不怀念树木、鲜花还有飞鸟？你觉得这样的观众群正常吗——半死不活的行尸走肉、穿制服的刽子手、凶狠至极的悍妇？你是不是误把他们当成伦敦皇家阿尔伯特音乐厅里的观众了？你手下的这群女人，你有没有把她们当人看待？我们对你来说存在吗？你是否意识到这营房里、这密不透风的罐头里正在上演的悲剧？你想过你舅舅，作曲家马勒，想过你的父亲，还有那些你爱过的男人吗？对了，你爱过吗？你是否做梦？错音，这就是你仅有的、唯一的噩梦，凌驾于一切的噩梦！"

我自觉无力继续编曲，我预感这一天会是一场漫长的煎熬，我已经开始排斥它了……

我憎恨这个在指挥台上高傲自负、目空一切的阿尔玛。那是真实的她吗？她的"我没脸去"是骄傲和无能为力的表示？这句话一直缠绕着我，不知为何，我将它视为一把能真正认识阿尔玛的钥匙，能让我了解另一个她，那个将小提琴从琴盒里拿出时的阿尔玛。她迫切但温柔地扬起下巴，脸颊温存地蹭擦琴身，寻找着能把它幻化成诗人之琴的位置，就像寻找爱人的腰眼、肩窝，或是胯部与腹部的浅凹。这睡下的脸颊，这耸起的肩膀，温柔，自信，是那样迷人。她灵巧的手指稳稳地搭上琴颈滑动，手腕软软地折下，像从手臂上断开似的。阿尔玛演奏起来，如梦如痴。她美得无与伦比，浑身上下娇艳欲滴：放松的嘴唇半张，目光迷离，身体颤抖。她陶醉了。我们屏息不语，贪婪地聆听，忘怀一切。当阿尔玛浑身颤抖地拉完曲子，放下琴弓，我们有时会忘情地为她鼓掌。只是一支曲子很短，太短。很快，阿尔玛就又变得不近人情，又开始了吼叫、掌嘴、处罚。

她的话音将我从思绪中拉了回来：

"法尼娅，接下来我们一起排练《几滴眼泪》[1]，我希望这次会更好，你能唱好德语'微笑'（Lächcln）这个词。"

恐怕我做不到。弗洛莱特教我念了不下二十次，她训斥我："你必须会。你有万里挑一的语言天赋，已经能说德语，不可能学不会，你只是不想学。"我固执地为自己辩解："听着，我真学不会，我发不出德语中'ch'这个音。"

阿尔玛举起指挥棒，我唱起来，和上次一样，我又卡在"微笑"上了。她急了，我也急了：

"听着，阿尔玛，您可以给我换一个词：大笑，嘲笑，放声大笑，随您。但'微笑'我就是说不好。"

她听不进去：

"你能做到。必须做到。只要你再拿点意愿出来。"

"我不高兴！"

冲突爆发了。她身高压过我几个头，棕色的眼睛狠狠盯着我，简直要燃烧起来，指挥棒在她手里颤抖着。

"你知道你在说什么吗？"

---

[1] 1939年德国电影《沙漠之歌》插曲。——译注

我们周围鸦雀无声。

"是的,当着党卫军我说不出'微笑',以后我也不会说。我觉得这太不尊重。"

我做好了迎接一切惩罚的准备:被骂上一串"猪头!",吃一记耳光,头上被指挥棒抽几下。但出乎意料,她一言不发,转过身,耸耸肩,语调平静地向乐手们解释说,在这个位置她们必须放大音量盖过我的声音,别让这个刺激我的"微笑"给人听见。

洛特神气起来,这种麻烦事绝不会发生在她身上:"啊,这些法国人!一点不负责任!"克拉拉咬着瓷娃娃般的双唇。我知道她在想什么,不说我也能听见:"她自己的位子还嫌不够,还要抢我的位子!换别人已经很满足了,除了阿尔玛就数她最大!她明知我只会唱歌,但她才不管,她只想着自己!"

我们之间已无旧情。克拉拉变了,变得很快,非常快。来乐队一个月后,某天晚上6点,她对我说:"我自己准备了个储物盒。我把自己的东西都拿过去了,我不和别人合用了。"第二天晚饭时,我不慎开错了盒子,看到她的盒子里有一瓶果酱。她一下子扑过来:

"快放下,我禁止你碰我的盒子,这是我的!我的!听见没!"

"对不起,我没留意,我们的盒子看上去都差不多。我绝对不会碰你这瓶来之不易的果酱!"

她眼中涌出热泪,愤怒的眼泪,这是古老道德的最后挣扎、最后一丝尊严?给她果酱的很可能是男子集中营的某个卡波。只有卡波、营管,那些身份与柴可夫斯卡、福尼娅、玛丽拉相当的男人,全是波兰人、斯洛伐克人或德国人,才能来我们里。

克拉拉之前是处女吗?有可能,但那并不能阻止她。再者说,女囚怀孕的可能性几乎不存在,因为一进集中营,月经就与我们无缘了。

看着克拉拉晃着肥臀，几乎像洛特一样撩人但又完全不同，我心痛不已。洛特已婚，对男人的需求从没断过，没有男人，她会变得歇斯底里。而克拉拉和她很不一样。克拉拉原本只是个小姑娘，爱着未婚夫，做着幼稚的梦。她养在深闺，不谙世事，就像可爱纯洁的大伊莲娜。不过大伊莲娜保持着本色，克拉拉却变得如此迅速，让我看不到一点她原来的影子。她自私得令人恐怖，为了弄点吃的不择手段。在其他女孩瘦骨嶙峋的衬托下，她肥胖的身躯迷倒众生，男人纷纷拿出方糖、黄油来勾搭她。胜出者会向柴可夫斯卡或其他营管租用她们的单间，租金高昂，二十支香烟换一刻钟。

压抑、恐惧、饥饿毁灭着我们。在集中营，我觉得所有人都染上了一种麻风，一片片自我腐烂、凋落，而我们根本意识不到它们正离自己而去。克拉拉，她失去的是女性的尊严。而我，我又将失去什么？

"当当当当——"……这里不是伦敦，这是我们乐队正在排练我凭记忆重写的贝多芬《第五交响曲》第一乐章。这"当当当当——"让我很满意。通常，这四个音由巴松管、单簧管配合弦乐奏出。但我给我们乐队想了个妙招，用曼陀林的颤音来制造音量，辅以吉他增加厚度，小提琴负责第四个音的呼应。

阿尔玛一直想上贝多芬的曲子，我假装只记得《第五交响曲》第一乐章，怂恿她把这段加入演出曲目。我难得这般快乐，因为她没看出我的心思，更不用说党卫军了。他们根本没有把这曲子与自由法国在BBC播音时的呼号联系在一起。[1] 对他们来说，这是贝多

---

[1] 二战时，自由法国电台向占领区播音的开始信号就是贝多芬《第五交响曲》起始乐段。三短一长的节奏在摩尔斯电码中代表字母V，寓意胜利。播音的第一句话则是"这里是伦敦"。——译注

芬，是乐神，是德国音乐的丰碑，是顶礼膜拜、洗耳恭听的对象！他们是如此迟钝、缺乏幽默感，我几乎都要可怜他们！听到我们的乐队演奏这一段真是太高兴了。这是我最享受的时刻之一！

今天，女孩们准是超常发挥了，因为经我们这支七拼八凑的乐队演奏，曼陀林，吉他，略显稚拙的低音提琴，竖笛和弗豪克勒纳的长笛，以及阿尔玛和她的小提琴手，这支交响乐竟然甚是雄壮，感染了所有人，真是太不可思议了。一桌的抄谱员全都抬起了头。柴可夫斯卡、福尼娅、玛丽拉在门口驻足倾听。乐队的姑娘们都像换了个人，她们知道自己在演奏什么。我闭上双眼，任由思绪在音乐中翱翔，仿佛听的是柏林爱乐！

阿尔玛常让我给她按摩颈部和太阳穴，说这能缓解她的神经痛。我相信她的话是真的。我尤其相信，这位硬撑的独行者，对于这样像女王同女官说体己话一般喋喋不休地聊说自己感到很愉快。我们之间并不存在亲密关系。在她眼中，我的唯一好处只是一名有着权威学府巴黎音乐学院毕业证书担保的合格的音乐人。我知道很多关于她的事情，但并不真正了解她，总感觉和她隔着一层。可能是因为对于她，我没有那种能让人真正敞开心扉、彼此靠近的慈悯。

今晚，她用极为条理的方式向我谈起自己，面面俱到：童年，少年，职业经历。我感觉她提前打过腹稿，这是一场在她房间为我一个人上演的有关她的"独奏音乐会"。修道院般的屋子与她气质特别相符，她没花任何心思去把它变得更舒适。刷白的墙上空无一物。所有物品都像在军营一样整齐摆放。房间整洁，冰冷。这是"修女"阿尔玛的房间，住在里面的人忘却的不是奥斯维辛，而是整个世界。

阿尔玛坐在椅子上，我轻柔地按摩她的头部、颈部和太阳穴。她出神地看着自己的手，几乎静置于膝盖上的美丽、灵活的双手，这是她的一个常见姿势，然后开始诉说，声音不像平时那么干涩，显得更柔和而不那么生硬：

"母亲总和我说起，在怀我的时候，她夜以继日地听音乐、奏音乐，以给孩子一些熏陶。她想要个男孩，给他预备了一切，布置了房间，准备了琴谱。孩子还未出生就拥有了一把小提琴，放在琴盒里，躺在红色毛绒的内衬上。对全家人而言，孩子的未来已经注定：那会是个音乐家。一位叔叔早就这样预言了孩子的降临，所有人都对此深信不疑。但随着父母年事渐高，希望变得渺茫。他们婚后很久才生的我，结果还是个女孩！母亲看着我逐渐长大，甚至都不觉我漂亮。我能听懂他们说的所有关于我的话，那些习以为常的不屑让我痛苦，我觉得自己要为跟他们开了这样一个天大的玩笑负责：我并不是他们期待的天才，只是个非常有灵气但极度害羞的女孩，但发誓要成为他们的骄傲。笨手笨脚，我的大长腿让我绝望，我还把我的长手藏起来。（她又陷入思索，看着自己的手。）后来我改变了想法：我觉得这是我拥有的最好的东西。我的童年是孤独的，没法交到朋友，因为生活方式和他们不一样。那些令同龄女孩子着迷的玩意也不能吸引我。在一起我们又能聊些什么？我整天都在练琴，母亲始终陪伴着我，什么也不做，就是坐在节拍器前全神贯注地听我拉。日复一日，年复一年，没有例外。除了一年稍有不同，我考进音乐学院的那年。接下来就是拿到毕业大奖，也没人向我祝贺，那是意料之中的，与奖杯失之交臂的耻辱对于我和我们家族来说不可想象……从此我便开启了巡演生涯，所有时间都被音乐会占据。一天早晨，在卡尔斯鲁厄我下榻的宾馆房间里，一间白色的、由花环图案的挂毯装饰的房间，我坐在椭圆的梳妆镜前梳头,突然意识到我一晃已经二十出头了,那么些年的生命就躺在那里,在我身边,关在这把卧在黑色琴盒里的小提琴的琴腹里。我是个年轻姑娘,我没有男朋友,我自觉与其他女孩如此两样,我从不敢正眼看男孩。那个早晨,我为所有自己未能体味过的事情痛哭:柔情,友情,爱情……但随后我懂了,这就是青春的惆怅,这眼泪流的纯粹莫名其妙,因为音乐已经给了我一切。要全身心地投入音乐,我的生活就必须静如止水。我越来越多地去国外演出。我非常想去巴黎,几乎像着了魔。为实现这个梦想,我还学了法语。这并不难,因为音乐家都有语言天赋。但战争的爆发改变了一切。"

阿尔玛向我讲述了一种没有激情、隐含苦涩、单调乏味的生活。我也热爱音乐,但我和她差别太大了!音乐让我沸腾,让我亢奋,让我绽放……它是鲜花,是灿烂的烟花,它如同仲夏日的篝火在我体内燃烧。它是激情,它是爱!它让我升华,给我的生命带来巨变,但它并没有要求我做任何牺牲。我用新生的情愫和凋零的旧爱供养音乐,让它们在音乐中得到升华。阿尔玛被剥夺了爱与温情的青春年华让我深感可悲,却仍无法打动我。这是为什么?

室门外传来遥远、模糊的声响。这氛围也可以是医院、修道院……

此时,阿尔玛喉间意外发出一声轻笑,突然把我同她拉近了:

"不过我还是结了婚。一天晚上,结束了巡演回到父母家中,我遇到了父亲的一个学生,一个已经成名的小提琴家,很优秀。我们聊了好几天的音乐。有一天下午去克劳策咖啡馆喝茶,他说他爱我。"

她停了下来,脸上没有任何表情。

"您一定大吃一惊吧,开心吗?"

"吃惊,是的,很意外。"

"他还不错吧?"

"我不知道。"

"我是指他的长相。"

"现在想来,我从没仔细看过他,因为他很快就变得让我恶心。他拉琴时风度翩翩,一表人才。棕色的头发略有些长,但我并不喜欢,我喜欢干净利索。衣领上方,他的喉结老是在动。"

"那他的眼睛、嘴、手呢?"

"他的眼睛?灰色的。嘴,我真的不记得了。他的手?适合拉琴,难道不是……"

她不可能什么也没看到、什么也没感受到。我追问:

"您喜欢他吗?"

"喜欢……我不知道。"

"您爱他吗?"

"我不这样觉得。"

"那他呢?"

看上去我一连串的问题让她心烦,甚至有些窘迫。这不是她所期待的?那她期待的是什么?她要的只是名顺从的听众?

"这你叫我怎么知道?他没什么钱,他清楚对他来说我是一个机会。和我结婚,便可依靠我父亲显赫的地位进入许多核心圈子。怎么能说不?反正我听父母安排。女孩就得服从,这是我们家的传统,古老、可敬的传统,我尊重它。家里头对这婚约挺满意。我母亲觉得我运气不错。我长得并不出众,年纪也不小,这样想想,我觉得她的意见挺对。"

她引以为傲的顺从真叫我泄气,我们之间的距离又拉开了。这门理智的婚姻能给她带来什么?

"那您呢?他吸引您吗?"

"我没什么特别的感觉,既不高兴也不反感。一切都平平淡淡。接触到爱情,我并不觉得多有意思,但也不讨厌就是了。"

她思索着:

"我觉得,一开始我对丈夫是心存感激的。我很惊讶他竟会想要娶我,这让我放低了身段。"

也会放低身段,这块高傲的石头!她接着说:

"在他身边,我觉得自己相貌不如他,知道的也没他多。我几乎不读报,对政治不感兴趣,我认为那是男人操心的事。我感觉成了他的累赘,让他厌倦。我们几乎不说话,只有些日常交流,说说天气,说说工作,要份面包递份盐都客客气气:'劳驾!''谢谢!'我觉得我们之间无话可说。婚后,我的生活没有任何变化:我们还是住父母家。差别仅在于我不再一个人外出巡演。我们的关系开始变糟就在这时候:他是独奏,我也是。我的丈夫成了竞争对手。"

阿尔玛想起往事,依然心有不甘,她鼻孔翕张,因愤怒而浑身发抖。这才是她的本性,只有音乐能将这本性揭示出来。

"你想得到吗,这个音乐暴发户一心想超越我,阿尔玛·罗泽。只要报纸上关于我的报道比他长,他就点着行数恶狠狠地冲我叫:'你要不是罗泽的女儿,哪来的成功!罗泽四重奏家的女孩,马勒的甥女,否则你哪来的成功!可恶的一家子!你们堵了年轻人的路。'一旦我获得的掌声更热烈,他便跟我大吵大闹,说我花钱雇了——你们法国人怎么说的来着,雇来鼓掌的人……"

"托[1]。"

这个词让她震惊。

---

[1] 法语 une claque,本义指用手掌猛击发出响亮的声音,因此也有"耳光"之义,所以引发了阿尔玛以下的回忆。——译注

"他扇过我一记耳光,有一次,我无法接受。工作中可以扇耳光,那没问题。但这不一样,我没犯错,凭什么要挨打。我们的冲突变得越来越暴力。哦,天啊,天啊!"

阿尔玛用力绞着自己的手,又开始在房间里来来回回走来走去。梳理齐整的头发变得凌乱,绝望的怒火让她更好看了。

"你能想象吗,他冲我吼,凶相毕露,恶言恶语。他说我毫无天赋,说我的演奏像一台机器,是干巴巴的,没有灵魂,没有……(她顿了下,寻找合适的词语,之后继续说。)没经过肚子!他竟敢说我在演奏时没有快感!"

我可以向她保证那是胡说八道,但我不响。这些回忆让阿尔玛精疲力竭,她喘了口气:

"他的暴力让我恐惧。而在我们家,离婚是不可能的。那天早晨,在返回柏林的火车上我们爆发了冲突,比以往都要激烈:他决定禁止我登台演出!他打开卧铺车厢的车窗,夺过我的小提琴,一把扔了出去。我急忙扑到窗沿,我急疯了!我向外看去,鼓足勇气:小提琴被甩出琴盒,落在铁道旁的斜坡上,碎得像遭遇了一场轰炸……我可怜的小提琴!"

她两眼含泪,伤心得就像失去了孩子。她牙关紧咬,面容抽搐,绞着两只手:

"我对他说:'我们结束了。'他又吼又叫,威胁我。我甩下他走了。"

她重新坐下,平静下来,思索起来:

"那是一次非常糟糕的经历。要不是战争初期,在阿姆斯特丹遇见了一个比我年长、非常温柔的男人,我差点以为此生与男人无缘。和他在一起,情况完全不一样,他让我心安。他喜欢听我演奏,他鼓励我。他听我拉琴,几小时几小时地听,一直听!他的爱宛如一件温暖的大衣把我包裹。在他怀里，我感到无比安全。和他在一起，我才意识到直到三十六岁我还对爱一无所知。对他，我不知道我是否有爱……但我确实非常喜欢他。我相信假如我能离婚嫁给他，时间长了就能产生爱情。我们被分开时，我伤心极了……"

阿尔玛的高傲原来只是掩饰她内心痛苦的遮羞布？如果有了爱情，她的心扉就会向别人打开？

"但你们为什么会分开？"

"我被捕了，因为我是犹太人。肯定是被人告发的——谁呢？我们这圈子里妒忌的人太多了。但猛然说我是犹太人，我毫无心理准备。"

她交着过瘦但仍然很美的长腿，双手抱膝，身体放松地向后微微仰倒：

"我几乎不记得自己是犹太人了。对我来说，那只是一种不同于其他德国人的宗教，甚至都不是一种哲学。我们全家一直生活在德国，从没人提这事，也从不去想。我们和德国人一样思考。父亲是柏林歌剧院乐团的首席小提琴，那是世界上最伟大的乐队。他地位显赫。元首阿道夫·希特勒上台也没把我们怎么着。（她微微苦笑了一下。）我们属于少数被纳粹留在身边的犹太人。我父亲的四重奏组合很有名，很受欢迎，驰誉全欧洲！……那些逮捕、流放一直是离我非常遥远的事。它们与我无关，我也毫不关心。我唯一关心的只有音乐……我拥有的只有音乐！他们抓了我，骤然将我和音乐分开。而失去了音乐，我就失去了一切……"

回想起被捕情形，她浑身颤抖。关在这间屋子里的她，仿佛一匹牢笼中的纯种马，怒跳挣扎，惊恐万状，再也不能如醉如痴地奔向那万众欢呼的胜利。

卡波阿尔玛

雷欧，我在德朗西的男朋友，给我写了信。几句话，写在一小片破损的、皱巴巴但他一定用手掌用力捋平过的纸片上。

这天早上，嘴歪得比任何时候都厉害的帕尼福尼娅一醒就闹得鸡犬不宁。她的床垫湿了，谁干的？她一会儿破口大骂，一会儿自言自语，一会儿又向柴可夫斯卡和她的奴才玛丽拉诉苦。

我们强忍住笑，因为，正如珍妮说的那样，"那会招来雨点般的暴揍。能抵挡这种暴雨的雨伞还没造出来！"

事件以恶作剧开场，极有可能以悲剧告终。福尼娅宣称，要是干了这件事的混账王八蛋不在五分钟内向她——帕尼福尼娅——自首，那她要找的就不是阿尔玛而是更上头的人了！

"五人一排站好！"双煞咆哮道。福尼娅像个将军似的从每个人面前走过，停下，颠三倒四地把一长串连波兰人也听不明白的波兰语喷到我们脸上。我正在为极有可能成为替罪羊的弗洛莱特担心，哈丽娜拉住福尼娅，向她指指屋顶。福尼娅将臃肿的身躯吃力地朝床边挪去，抬起头，又开始破口大骂，但这次和我们无关，她骂的是那胆敢往她床铺上漏雨的屋顶。

早餐还没吃完,通信员跑来说来了一名修理工。这人很高,还戴着眼镜。这很少见,因为视力差的人极少被留下。见他瘦骨嶙峋的样子,珍妮说:

"行,这家伙可以上房,绝不会踏穿屋顶掉下来,但得小心别被风刮走!"

来人若有所思地望了下屋顶,点点头,然后用清澈但近视的眼神四下打量了一番。

"他像是在找什么人。"大伊莲娜说。

"近视成他这样,八成找不到。"

在福尼娅的监视下——男女囚犯禁止交谈——他爬到木架床最上头仔细检查屋顶。

排练的时间快到了,我们来回忙着做准备。就在这时,珍妮凑过来对我说:

"那个男的,他给你带了东西,你快过去看看。"

我一秒都没耽搁,立刻走到他身边。他迅速把纸片塞给我,还给了我一个名字:

"雷欧让我转交的,一封信。"

雷欧这样写:"法尼娅,我也在集中营,我能应付。我在工厂干活,我没忘记你。要是你需要我,就对自己说我就在这儿。我心里永远都装着你。我知道你进了乐队。拥抱你。你德朗西的男朋友,雷欧。"

可怜的家伙,他又能为我做什么?我眼前浮现出他典型的巴黎人模样。他那时瘦得像根铁丝,现在少不得已经透明了!无疑,我们永远不可能走到一起,可他把自己弄上我们那列火车的举动太惊人太疯狂了!他可能以为能和我一起旅行,我们会做爱,两人彼此紧紧依偎。都成年了还做着小孩子的梦。这是属于另一个时代的行径,公主、义妓、无畏的冒险家的时代。美丽城和梅尼尔蒙当[1]的人爱得真地道!一股暖流涌上我心头。我飞快地写了回信,我告诉他一切都好,我还挺得住,他的小纸条让我非常快乐,我也很牵挂他,祝他安好。我拥抱他。在那一刻,我多么期望能与他谈情说爱!

他的难友一口温暖浓郁的法国南方口音:

"听说你在这儿,可怜的家伙,他一下脸色煞白,我差点以为他要翘辫子。之后,他不断地说着你们的事……这纸条,他写了几个礼拜了,就是一直找不到人带给你。他的事听得我耳朵都生茧了,当我知道能来这里,就替他给带了过来……"

我看着他,鼻梁几乎要将他的皮肤顶破,头上的条纹帽让他看上去像个苦役犯。他并不英俊,应该也从来没英俊过。他带来了我所思念的一切:男人、爱情、祖国。我多想拥抱他!泪水湿润了我的眼眶。对这眼泪,他当然会有不一样的理解,但今晚,当他把这事告诉雷欧,雷欧一定会幸福无比。

这里,爱情也不例外,非常稀有。这里,没有爱,只有性:克拉拉自甘堕落,成了专陪卡波的女人;洛特挺着肚子、张着双腿,用身体做着不堪入目的交换,让所有人恶心。薇莎、佐莎和玛丽拉假凤虚凰的鬼混令我作呕。在这种氛围里,雷欧的小纸条意义不同寻常,对我尤其珍贵。我多想留下它,但不行,这会给女孩们带来极大风险……我打开暖炉炉门,在销毁之前,把它揉成团握在手心,这已带着我体温的雷欧的来信……我扔出纸团,它几乎瞬间就消失了。不知为什么,这画面突然让我毛骨悚然。这太像焚尸炉了!

---

1 巴黎的两个非常平民化的街区。——译注

阿尔玛狂怒的吼叫把我从思绪中拉了回来。发生了什么？阿尔玛又一次左右开弓狠狠扇了弗洛莱特两耳光。弗洛莱特站着，气的脸色发白，牙关紧咬，挑衅地瞪着她。我们的卡波恼火地说弗洛莱特的愚蠢和无能让她头都要炸了。说罢，她疾步回屋把自己关在了里头。

弗洛莱特脸上挂着阿尔玛的指印，又红又肿。在几乎整个乐队敌视的眼神中，她孩子般抽抽噎噎地哭起来。所有人都怪她一大早就坏了大伙心情。

阿尔玛把我叫去。看起来她的头痛又发作了。这该是很严重的偏头疼，因为我进屋时她已经躺在了床上。我一点不想为她缓解痛苦，反倒想把她这令人无法承受的、不公的耳光扇回去。但我忍住了，用指尖给她轻轻揉起了太阳穴。

"是谁教你按摩的？"

"我妈妈，她有严重的头疼，这样我就能让她舒服些。"

她合上眼，双手贴身放在体侧，给人一种放松的假象。几天来，阿尔玛变得特别古怪、暴躁、心不在焉。我们向她立正，她就长时间让我们站着，好像忘了我们的存在。当我将新编好的乐谱放到她的指挥台上，她先是视而不见，然后木然地拿到手里。乐队的姑娘们才刚开始视奏，她就已经举起指挥棒大喊："安静！够了！再来！"结果糟糕透顶。她的听力似乎有延迟，总是过了几拍之后才想起喊停。而当她终于不再走神，就又开始骂骂咧咧，用指挥棒抽人——今天则是扇最差的人耳光，之后便大喊头痛，草草结束排练。她究竟有什么心事？

"没有纪律，就搞不好音乐。我不明白这女孩为什么不愿接受这应得的惩罚。"

"她为什么要接受您给她的这个惩罚？"

阿尔玛坐起身，惊愕地问道：

"你说什么？这是规矩，我在行使我的职权。我来这里是为了搞音乐，不是来照顾你们的情绪的。你们法国人，对待工作从不严肃。你们似乎不懂每件事有每件事的时候。你们可好，工作时也嘻嘻哈哈，把所有的事情混在一起，尤其是把情绪浪费在那些没用的地方。被指挥扇耳光或挨他的指挥棒，这不丢人，反而应该对他心存感激。这不是羞辱，这是教导。在我的孩提时代和青年时代，我也因为拉错挨过很多打，但我都能欣然接受。我们德国的音乐传统就要求乐队指挥体罚乐队成员。伟大的富特文格勒[1]也打乐手。我就见过一次，事情还闹得很大。乐队的首席小提琴病了，由一个法国人来顶替。富特文格勒先是说了他两次。当同样的错误第三次出现时，他扇了法国人一个耳光，法国人居然扇了回去。怎么能干出这种事？太匪夷所思了！我和其他乐手都不理解。（今天说起这事她依旧义愤填膺。）同样的错误连犯三次，难道不应该用指挥棒教训一下？这个法国人却不服，该怎么理解？要知道，音乐水平最高的是我们。没有纪律，你们的乐队永远不可能达到我们的水平。没有服从，就搞不出好的音乐。而在这里，要让这群笨蛋听话太难了，这群没有爱的女孩！"

她当然指的是对音乐的爱。她知道自己在说什么吗？她火气越来越大，激动地握着双手：

"总之，我们应该干好我们的活；必须让军官先生们满意。我们在这儿就是为了这个，不是吗？"

不，阿尔玛！我们在这里只是为了等死，我们所有人、我们的乐队只是被判了缓刑。我尽力克制自己才没有喊出来。我感觉她变

---

[1] 著名乐队指挥。

得那样狰狞。我咬着牙，把话咽回肚里。

阿尔玛下了床，焦躁地走到房间另一头，又转身回到我身边。难以置信，她深色的眼眸里燃烧着绝望，竟有几分动人：

"坐下听我说。你真以为我什么都没有看见？不，你错了，我不想看！我拒绝看。"

她向我俯下身，抓住我的肩膀，又放开，直起身。她会沉默还是继续说？她开口了，一贯极为流利的法语此刻却变得极糟，要么前言不搭后语，要么词不达意：

"你不懂！你们不懂！我不能和你们一样，你们的心可以柔软，但我必须铁石心肠……啊，下地狱！一旦我为了那些被送往毒气室的人伤心痛苦，一旦我想起你们，我乐队的姑娘们，我的姑娘们，你们也可能这样（她打了个响指）灰飞烟灭，我就会坐到你现在这把椅子上哭。一切变得漆黑，我称之为死亡。上帝！上帝！你们脑子太小了，太笨了。要是我每天都担心着筛选，那我就完了，再也无法专注于音乐了！"

她消瘦的手指痉挛地扣在一起，指节勒得发白。是什么让她绝望，筛选还是乐队消失？还是两者皆是？我惊讶地看着她变成现在这种状态，控制不了思想，控制不了语言。她在床沿上坐下，跟我膝碰膝、面对面：

"我们门前的这条铁路太可怕了！他们怎么能这么做。他们应该尊重我们的营房，尊重音乐。那些火车让我紧张。一旦我和你们一样，去看那些人从车厢里下来，一旦因为看到那么小的孩子而哭泣，我就再也带不好乐队了！昨天早上，筛选的时候，我回了房间。而你们全都扑在窗口，像苍蝇一样贴在玻璃上，太变态……你们全都在看！"

轮到我激动起来：

"是的,我们还敢看,我们被彻底震惊了。四分之三的人在路上就死了,他们是用铲子把尸体铲出来的,取面包用的木头铲子!还有些小孩边跑边喊:'妈妈!……奶奶!'我们心如刀绞。但我仍然看着,为了不要忘记纳粹的罪行!为了把这罪行向全世界大喊出来!为了诅咒他们!"

她冷冷地对我说:

"我关注这些专列,但我只想知道新来的人里是否有优秀的女乐手。你和其他人一样愚蠢!……要是我和你们一样情绪化,我就再也带不好你们,我们的音乐就会一塌糊涂,不堪入耳。克莱默指挥官和曼德尔就会取消乐队。现在,让我来回复你对德国人的评价。当我来到集中营,我便明白国家社会主义出了问题,我是说它在这方面出了问题。我的国家无法承受混乱,它需要一个首领。我对你说过,我对政治一无所知,但希特勒上台时我是支持他的。只是当他们开始驱逐犹太人,我才担心起来:为什么要消灭我们?我们与其他德国人并无差异。我后悔对政治了解太少。但那时纳粹也没怎么管我,我还能自由演出,所以才能去荷兰。我是在荷兰被捕的,几乎立刻被送到集中营,没能回德国,也没能通知父亲。他也许还在继续演出。

"进集中营对我打击很大!我没有被送去隔离,而是被带到了实验营。起初我并不知道这意味着什么。我被带进那个非常宽敞、非常整洁的大厅,就像医院一样,看到很多女的躺在床上。我不懂,我又没有生病。他们脱去我的衣服,给了我一张床。我并不怎么担心。有什么可担心的,我没做错任何事。有一件事让我在意,那就是文在手臂上的号码。这让我觉得,该怎么说呢,有点屈辱。我很内向,不敢向这些女人打听。从她们看我的眼神中,我知道我并不受欢迎(她垂下头),我从来没能让自己变得受欢迎……我右边床上的女人又矮又胖，没等我开口，她就主动告诉我：'每天早晨会有一个党卫军拿着一张单子喊号，被叫到的人起来进那扇门，看到没，大厅尽头那扇。很少有人回来，我是从没见过，但还是有人说起。据说她们全死了，实验时或实验后。净是些可怕的手术，难以想象的操作，麻醉都不打……'什么手术？她不知道。所有人都等着，就怕轮到自己。我也是。不过我还是不敢相信她说的是真的。党卫军走后，这一天就算是躲过去了。我记不清在那里待了多久。总之非常漫长，让人崩溃。整天都得躺着。禁止交谈，有些人就说悄悄话。嘀嘀咕咕，单调得像个漏水的龙头……我想念我的小提琴，我多希望它就在我身边，它就像个孩子。一天早上，来了个陌生的党卫军，他四下张望，最后将目光停在我身上：'是你，阿尔玛，小提琴家？''是的，长官。''跟我来。'我跟着他。我离开了那个大厅，没再回头多看一眼。我跟着他进了一座棚屋，里面生着暖炉，女孩们穿戴整齐，拿着乐器看着我。我们沉默地对视着，这感觉很奇怪，出乎意料。我不知道这儿有支乐队。一个身材魁梧，臂章上有着白色竖琴标志的女人用糟糕的德语命令我：'过来。我是乐队指挥，我是波兰人，是伟大的柴可夫斯基的后代。'我惊愕地反问：'您说您是什么？''乐队指挥。'说到底这并不奇怪。作为德国人，我们喜爱音乐，对音乐都很精通，这里为什么不能有乐队呢？党卫军军官又来了，拿来一把非常精美的小提琴，放到我手里……法尼娅，我一碰这琴……我眼泪都下来了。就像那天进来后奔向钢琴的你……"

我很吃惊，她竟然注意到了这个细节，而且还记得。

"他命令我：'拉吧！'我拉啊，拉啊，拉啊，我忘却自己身在何处，幸福涌入我的心脏、大脑、全身。我远离了野蛮人的国度，我又有了小提琴，他们还让我演奏。不断有其他党卫军军官、女看守进来听。这群听众看上去很喜欢我的演奏，是个好兆头。'太棒了！太棒了！'指挥官说道，'你来当乐队指挥。我让你当卡波，柴可夫斯卡当营管。但你既然来了，乐队就不要光演奏进行曲了，要给我们和囚犯开音乐会。我们要真正的音乐！'要我当指挥！你明白我有多害怕吗：我从未指挥过，我不会读总谱，我没学过，我该怎么办啊？党卫军军官离开了，柴可夫斯卡将臂章递给我。我就穿着衬衫上了指挥台。女孩们等着我的指令，我得做些什么。她们都这样年轻！我命令她们奏一支会的曲目。太可怕了！太糟糕了！我真慌了，我心说：这些女孩，该拿她们怎么办？她们大部分不会视奏，连蹩脚的业余乐手都算不上，专业的太少了，才四个。现在要把这群半吊子打造成一支乐队。我的命，她们的命，全都在此一举。我决定用铁一般的纪律来要求她们。她们想来乐队，声称自己会音乐，那她们就必须用实力证明！我绝不允许她们亵渎音乐！"

她深色的瞳仁里闪耀着斗士狂热的眼神。对音乐的激情让她六亲不认，光彩照人：

"我不允许任何人拿音乐开玩笑！我无法容忍，无法接受！这就像往我脸上身上吐唾沫、践踏我的灵魂。我将一生都献给了音乐，它从不背叛我。与音乐为伴，以音乐为桥，我获得了幸福。即使在这里，我也为音乐做了牺牲。你觉得我到这儿的时候和你们有着很大的不同吗？他们给了我这个小房间，我选了水平很差的瑞吉娜来给我铺床、擦鞋、送饭。你就没想过我或许也想和你们坐在一起聊天，而不是被孤立？问题是，那样一来，我就没法做规矩。'指挥'就该一个人，天生就得孤独。要让别人尊重。"

"还有爱，阿尔玛。"

她吃惊地看着我，优雅地略略歪了一下头：

"先要尊重指挥，然后才谈得上爱指挥。而且你知道，爱，在这儿……从来的第一天起,我就发现这些女人简直像有不共戴天之仇。只要我一转身,关上我的房门,她们就开始争吵、喊叫、偷窃、哭闹、大笑、扭打……一群疯子。所以我喊得比她们更响,我定下各种纪律:穿着,工作——每天十七个小时,排练必须严肃认真。错一个音,就必须惩罚,扇耳光。我告诉过你,这是正常的,必须的。我调教她们,做我该做的,当然我优待优秀的乐手,这也是正常的。玛尔塔,出生在布雷斯劳[1]的德国姑娘,她被带来时,我发现虽然她只有十七岁,但已是位非常杰出的大提琴手,这让我很满意。她受过良好的教育,会说流利的法语。与我一样,成长于德国式的教育环境,守纪律,是个极好的榜样,让我非常省心。我保护了她,还帮她姐姐瑞娜特去了加拿大区:要让她心无旁骛,这样才能发挥好。"

我无暇赞赏这一人性举动,便意识到这只是为了音乐,为了她自己考虑。阿尔玛不说话了,陷入沉思。我是不是该悄悄退下?或许她就在等我离开?但这个痴狂的女子却有一处吸引着我。她的讲述让我产生一个疑问:或许比起犹太人,她更是一个德国人?莫非这便是她内心挣扎所在?

"法尼娅,你看啊,相比克莱默,曼德尔指挥官对我们更加呵护。我们没法向克莱默提任何要求。但曼德尔更喜欢乐队,乐队对她的虚荣心比对总指挥的虚荣心更重要。'比克瑙,'她对我说,'是唯一拥有女子乐队的集中营,在德国和占领区的所有集中营里独一无二。'"

我不知道我们是否满足这些党卫军的虚荣心,但肯定满足了阿尔玛的虚荣心,指挥"德国唯一"的集中营女子乐队让她膨胀、沾

---

[1] 今波兰弗罗茨瓦夫。二战前属德国。——译注

沾沾自喜。这骄傲让她失去判断。她对我转述的这些话令我恐惧，却让她能够忍受这里的生活。我仿佛看到在欧洲地图的一整片区域上，密密麻麻的集中营正像蛛网一般扩张。一想到它们的数量，我就魂飞魄散，止不住地恶心。甚至觉得，若能对自己说"奥斯维辛是仅有的死亡工厂"，那几乎就是一种安慰了……

阿尔玛的思想究竟经历了怎样的历程？

"看到所有这些姑娘的糟糕表现我非常震惊，她们纪律涣散，心不在焉。无论是在这里还是其他地方，人总得把事做好，最起码要对得起自己。曼德尔曾问我姑娘们饿不饿。她们自然很饿，我当然可以提出要更多的面包。可她们演奏得如此糟糕，缄口不言不也是我的责任吗？"

她虽然这样问，但心里早就有了答案，她对责任的理解让她无法产生任何恻隐之心。既然这样，她为什么还要如此激动地与我争执，就好像要为自己开脱辩解？

"她们什么也不会得到！这样，周日她们才会更投入！……我是为她们好：我们绝不能扫主人的兴！"

她沉默了一会儿，是我的沉默让她犹豫？她对自己不再那么有把握？

"不是吗，法尼娅，我难道不该如此吗？"

前进，音乐！

"不干了！不干了！"弗洛莱特大喊，"我再也不干了！我恨音乐，它让所有人都疯了！疯了！……"

女孩们刚刚结束了晚上的工作回来。是出了什么事吗？还是弗洛莱特又习惯性地情绪失控了？我看着她们，预感一定发生了什么。通常出工和收工都在冷漠中进行，她们一言不发地离开、返回。这是一天中最后的工作，一般来说回来后会相对比较放松。但今晚，她们全都拖着沉重的脚步，铁青着脸。阿尔玛面无表情地穿过外面两间屋子，径直把自己关回房间。弗豪克勒纳把长笛放回音乐室，她的脸色从未如此苍白。跟在她身后存放乐器的另几人失魂落魄的样子也惊到了我。小伊莲娜望着远处。珍妮面无血色，星星点点的雀斑红得更加明显。大伊莲娜看上去十分紧张，她鼻翼紧绷，担心地看着弗洛莱特。

"不干了！不干了！我做不到，我再也不去了！就让他们杀了我好了，我无所谓。本来就该是这样！我们全逃不掉！"

恐惧明显让所有人不寒而栗。大部分女孩转向弗洛莱特，目露凶光，随时准备给她一巴掌。

"我不想再看到她们，不想再看到她们的眼睛……法尼娅，两个人被狗吃掉了！两个女的，她们只想去尿尿，或者捡几块冰舔舔……党卫军就放狗咬她们……把她们撕得粉碎。这些狗娘养的混蛋还强迫她们的同伴去收尸，把尸体扔进死人堆。我全看见了……我全看见了！女人的尸块，喂狗的碎肉……她们就这样怎么方便怎么拿，扛在背上……而我们，就在那儿吹啊拉啊敲啊……乓！乓！真是惨不忍睹！她们就像驮着肉块的肉铺伙计，被压得喘不过气来，筋疲力竭。而我们的演奏还催着她们跟上节拍……这些女的，她们眼睛里全是仇恨……我再也不想看到这些。我再也不去……"

希尔德和赫尔嘉突然一人一边，默契地架住弗洛莱特的肩膀，在小伊莲娜的配合下把她向外拉去：

"到外面来，这会让你好受些。"

希尔德野性毕露，咬牙切齿地向她保证：

"我们会放他们的狗咬他们，撕碎他们……我们要好好欣赏，我们要把狗吃剩下的渣渣踩个稀巴烂……饶不了他们……决饶不了他们！……"

她们把因为啼哭和恶心而不断打嗝的弗洛莱特向外拖去。我问小伊莲娜：

"真的吗，真的每天都放狗去咬她们？"

"是的……每天都有一两个人这样死掉。我们以前就听说过，但今天才第一次亲眼看到这恐怖的一幕……"

我从未如此庆幸能不用随乐队出工。幸亏党卫军变态的头脑还没动过往这滥竽充数的鼓号队里加歌手的念头！

现在，我躺在自己铺位上，竭力想把她们的讲述从脑中洗掉，从中逃离。然而，这些我未曾目睹全凭想象的场景，死死印在我的眼底。今夜，我感觉岗楼上的探照灯格外躁动，光束更频繁地扫荡着营地，射入我们的寝室。弗洛莱特精疲力尽，疲惫不堪地蜷在她喜爱的姿势里熟睡。我感到我们的夜晚正变得越来越不平静，只有福尼娅鼾声如旧。

冰雪渐渐融化。4月的奥斯维辛，狂风卷动雨水和泥浆，不断打在我们身上。一无所有，我们须得不断擦拭污迹，既疲惫又厌烦。

整个集中营都处于动荡不安之中。是春天的到来让我们像欲求不满的小动物般焦躁？我们不断听到传闻：德国人在俄国与意大利节节败退……甚至还说盟军已在法国登陆……音乐营成了某种情报中转站。冬季在一定程度上庇护了我们，就像是冬眠，我们自觉受到了保护，远离了这一切。但现在，人们又开始在营地里走动。我们这儿人来人往，一刻不停："加拿大"女孩，厨师，医务营的人，翻译，特殊犯……我们的营房就像闹市，人头攒动，带来各种传言。不断有事发生，令我们寝食不安。我们在音乐室，看着专列一趟趟运来新的囚犯，只觉毛骨悚然。筛选频率加快，死亡工厂满负荷运作，我们的皮肤都粘上了一层油腻的烟灰。来音乐营的人告诉我们，其他营房周围尸体堆积如山，焚尸炉都来不及烧。因为他们优先处理新到的、还活着的囚犯，营里头已经死掉或半死不活的人可以再等等。听说那些尸体中，偶尔还能看到一只手或一条腿在动。我们想堵上耳朵，但仍旧带着某种病态的贪婪听着。

我们从未像现在这样高负荷地演出：每周日都有两三场音乐会。平日每天，往往连续好几个夜晚，都会有党卫军前来要求为他们演奏。没完没了的音乐……对我们来说，音乐成了某种形式的地狱。但我依然感激这让我暂时活着的音乐，感激它在我重新编曲、写谱时，能让我忘却，能让我振奋精神，获得仅有的几小时在高山远足时才能呼吸到的新鲜空气！甚至为我带来愉悦，就像我刚改写好的《乡村骑士》[1]选曲，开头几小节颇像我们喜爱的《我会等下去》。这首为1939—1940年离家的战士所作的歌曲，对我们来说象征着所有人回家的希望，他们的，我们的。所以每当乐队演奏并由我演唱《乡村骑士》里的这支曲子，我们内心就无比畅快。当着党卫军的面唱一首充满希望的歌，这是绝好的玩笑。欺骗，是弱者的反击。我还给自己找了其他乐子。我将《约瑟夫！约瑟夫！》这支著名的狐步舞曲——原作者是一名美籍犹太人——改编为进行曲；通过我的手笔，这支犹太乐曲在劳动队的女囚们出工、收工时响起。个别女囚听出了奥妙，但没有一个党卫军发现这点，他们还快活地打着拍子。更带劲的是看到他们异常投入地享受门德尔松——一位在德国及德占区被禁掉的作曲家——《E小调小提琴协奏曲》第一乐章。那天我将自己凭记忆重新编好的乐谱放到阿尔玛的指挥台上，她看着我：

"你觉得这没问题？"

我答道：

"当然没问题，没有人会发现。"

"行！那节目单上就写：小提琴协奏曲。"

每次她指挥并主奏这支曲子，我们都会得意而会心地相视一笑。诚然，危险近在咫尺。但能看到党卫军傻呵呵地陶醉于这支违禁曲目是多么大快人心啊！这美妙的时刻太短了，太短了……

"前进，音乐！"随便什么话题，珍妮都会用这一句来打趣！

可这话说多了让人生厌。音乐确实是比克瑙集中营里最好但也是最糟的事物。说它最好，是因为它吞噬时间、制造遗忘，如毒

---

1 意大利作曲家马斯卡尼谱曲的歌剧。——译注

品，让人麻木、精力耗竭……说它最糟，是因为我们的听众是他们——刽子手，还有她们——受害者……为刽子手所用，我们不也成了他们的帮凶？

周日的音乐会并不只在"桑拿房"举行，我们要奉命前往各处。最近有一次，我们在疯人营演出。那里关押着在抵达时精神失常的女人，她们要么因为集中营的恐怖而崩溃，要么被她们所遭受的人体实验变成了疯子。我不知道我们在那里的音乐会是否也是一场实验，这些不幸的人的反应是否成了比克瑙及奥斯维辛医生们的一项研究课题，总之来了很多医生。

我们在营房入口处的主通道上演出。病人们姿势不一地卧在她们的木架床上，或仰或俯。个别人半裸，像骨瘦如柴的母猴，从音乐会开始到结束，就一直像猴子一样紧紧攀住床架。她们盯着我们，伸出手，或许在乞讨我们无法提供的面包。另一些人神色木然，似乎看不见我们，更听不见我们，以至于我暗想："这怎么可能，她们被变成了聋子！"还有些人不住地扭着、舞着，不知羞耻地掀起破烂的衣裙，露出身子，大喊大叫。

阿尔玛走运，可以背对她们，但我们必须看着她们。尤其是我，我只有两支曲子要唱。第一支唱完，一些女人疯狂地拍着手。她们必是真疯才敢做出这样的举动！我们给集中营囚犯进行的所有演出中，只有她们为我们鼓过掌……鉴于这久违的喝彩，我想象阿尔玛一定会以她的方式，神情高傲、极为礼貌地向观众致谢。

一个可怜的女人站起来，冲我们做起各种令人捧腹的鬼脸，滑稽地模仿阿尔玛指挥和赫尔嘉打鼓的样子。她的样子太可笑了，我不禁怀疑她是真疯还是装疯。这突如其来的一幕让我们绷紧的神经再也无法支撑，我们大笑起来……像疯子一样。

我想说服自己停下来，但我控制不住——我们平均年龄仅为二十上下——我对自己说：在集中营，笑可以瓦解恐惧。笑让我们保持健康，我却觉得这笑有些不健康。笑让我们变得麻木，我担心它会让我们越来越漠视每个人的生命价值——这种败坏已经开始了。

几周前，阿尔玛让我为我们的第一小提琴手大伊莲娜谱一下莫扎特《A大调小提琴协奏曲》第一乐章里的华彩段落，我照做了。看到乐谱，大伊莲娜露出退缩的表情，皱紧眉头：

"这太难了，我拉不出这水平。"

"别担心，阿尔玛还没看过，我来对她说我没写成。"

爱说闲话的珍妮又插嘴：

"她觉得太难，换了我就不一样！"

她那乌鸫鸟般尖锐的嗓音吵得我们脑袋疼：

"你们俩是不信还是怎么着？小提琴，我拉的时间比她久！每晚，我都在里亚尔托电影院拉，我的听众，那可全是行家！"

结果谁也没料到，阿尔玛竟面不改色地同意让珍妮来演奏这段华彩。连着好多天，她的练习把我们的鼓膜都快撕破了。我的曲子把她折磨得筋疲力尽，痛苦不堪。但她把我折磨得比她还要痛苦。那真是糟得惊天地泣鬼神！阿尔玛怒吼，发飙。可珍妮还嘴硬，一个劲地打包票："我会，我能拉好！"

周日上午，她得意地朝我扬扬下巴尖，吹嘘说她已熟记乐章，一切易如反掌，只可惜给她的时间不够，细细打磨她能拉得更好，今天下午我们就等着瞧好吧！我甚至都懒得耸肩。我不在乎，我只关心在哪里演出。疯人营那种地方我是不想再去了。直到听说上午到医务营，下午在音乐室招待党卫军，我才稍微松了口气。

这是我来乐队后——快四个月了——我们第一次去医务营演出。我觉得这还差不多：给病号演出，这听上去确实是我们这支乐队存在的完美理由。我天真地憧憬着，纵情想象那些温暖俗套的画面：为病人带去安慰，暂时缓解他们的痛苦……我完全沉浸其中，片刻之后才突然意识到只有我对这场演出感到欢喜。阿尔玛一反常态，情绪暴躁，并没有她演出前惯有的兴奋。而且除了珍妮，乐队所有成员状态都很低落。

爱娃叹了口气：

"我想立刻就到晚上，我讨厌去医务营唱歌。"

"为什么？那不挺好，我们或许能给病人带去些快乐，让他们忘却……"

弗洛莱特粗暴地打断我。

"我们早上演出，她们下午就会被送进毒气室。"

我差点被口水呛到，结巴地问：

"那她们知道吗？"

"不，但阿尔玛知道，我们也知道。"

我心虚了，真希望她们什么都没告诉我。

我把医务营想象为正常的医院，洁白，有病床，条件一般，简陋，但还干净。我来到一座臭烘烘的营房，没有暖气，为了迎接我们，地面刚被冲洗过。一座座木架床，床顶隐没在黑暗中。床铺上的女人宛若幽灵，半裸着，在没有床单的草褥上瑟瑟发抖，有些还没有盖毯，都瞪着高烧的眼睛看着我们。

营房门开着，我们就在近门的主过道上，不紧不慢、小心翼翼地支好谱架，摊开乐谱，校准乐器。这次我只有一首歌要唱，但凡能让我拿一样乐器，占据我的全部精力，避免去看、避免看到这些女人，叫我做什么我都认了。她们有几个从床上起来，病得比较轻的凑上前，打量着我们。我们给她们带来了什么？她们有人知道自己在劫难逃了吗？我们是临刑前的香烟与朗姆酒？

阿尔玛向乐手们示意开始，乐队奏起《蓝色多瑙河》。有的女病人开始低声哼唱，有的如吃痛的牲畜大叫大嚷，有的露出笑容，堵住耳朵，跟着音乐左右摇摆。我看到一些人对我们听而不闻，合掌祈祷。只有极少数专心听着我们的演出。叫声、哭声刺破我们的乐声……

女孩们奏着轻歌剧选段、狐步舞曲、华尔兹……仿佛眼前的场面与她们无关。敞开的大门近旁，医生、党卫军走来走去。一个我从没见过的党卫军军士长引起了我的注意。他个子非常高，消瘦，平头，亚麻色的头发，两眼呆滞，毫无表情地嵌在深陷的眼眶中，如尸体一般深陷的眼眶。他审视着我们，那副皮笑肉不笑的样子让我瘆得慌。紧挨着我的是爱娃，我问她：

"那是谁？"

"陶贝尔，最混蛋的就是他。他不喜欢音乐。"

这显而易见，他用深陷眼眶、凶光毕露的小眼睛来回打量着我们，无唇的嘴皮正堆砌出一个极端厌恶的表情。我问爱娃：

"那他来这里做什么？"

"找些事情消遣消遣呗。"

我被他丑恶的嘴脸勾起了兴致，目不转睛地盯着他，哪怕我知道盯着党卫军看是被禁止的。他身旁来了个高级军官，一名高级上校（Oberführer），身材高大，气质非凡，像穿着矫形背心一样挺在制服里，金发，两鬓有些斑白，戴着单片眼镜，仿佛是埃里克·冯·施特罗海姆[1]和《华尔兹之梦》[2]里扬·凯普拉[3]的混合体。他将鞭子夹在腋下，手里拿着一根带金色过滤嘴的香烟，在金质烟盒

---

[1] Eric von Stroheim（1885—1957），美籍奥地利裔电影演员、编剧、导演。他在1937年的法国电影《大幻影》中扮演的一战德军战俘营指挥官就是一个身穿矫形支架、戴单片眼镜的人物。——译注
[2] 奥地利作曲家奥斯卡·施特劳斯（Oscar Straus, 1870—1954）谱写的一部轻歌剧。——译注
[3] Jan Kiepura（1902—1966），波兰男高音、电影演员。——译注

上轻轻磕着。他是哪来的？他喜欢音乐吗？爱娃一无所知。据说来了批新的党卫军，他应该就是其中之一。这通分神放松了我的心情和嗓子；幸亏如此，因为正轮到我演唱《微笑之国》[1]的第二支咏叹调《两人单独喝个茶……这是多甜蜜！》。我无可奈何地分裂了。此时此地，当着这些女人演唱这一曲，于我是一种无法承受的幽默！

还没等我唱完，"时装画"上校和陶贝尔就转身走了。有几个女人一边听我唱，一边嘻嘻哈哈，其中一个试图与我一起演唱副歌部分。估计她不久前还唱着歌，但现在她嘶哑的嗓子全然寻不见往日的光彩。令人痛心，令人哀怜，可我还得继续把爱情与热茶唱下去……

轮到珍妮了。一上来她就战战兢兢，乱拉一气。她把曲子全忘了。虽然天气寒冷，但她涨得通红的脸上不断渗出大颗汗珠。阿尔玛放弃了，她没法指挥这琴弓所发出的猫叫一般的、没有任何节奏的声音。她死死地盯着珍妮，辛辣的目光中尽是嘲笑，如同扇向珍妮的一记记耳光。终于，指挥棒果断地一划，结束了这酷刑。珍妮羞愧至极，大哭起来。而我们一时忘了身在何处，笑得流出了眼泪。被我们的笑声感染，女病号们也纷纷大笑。我们无法控制自己，即使我们都意识到珍妮犯了足以要她性命的严重错误！

当我挣脱了它的掌控，这令我们前仰后合的笑，这抑制不住的、歇斯底里的笑让我心忧。因为笑过之后，我们精疲力竭，麻木不仁。仿佛在某种程度上，它将我们与所处之地隔绝，让我们变得冷酷无情。

我们收拾好用具离开医务营，就像雇员下班一样。待我们离开，这些女人中的一百个、两百个，甚至更多，将被送进焚尸炉。

---

[1] 奥地利作曲家弗朗茨·莱哈尔（Franz Lehár, 1870—1948）作曲的轻歌剧。——译注

我们也已变成禽兽？该如何解释我们的这种麻木不仁？我想起最近两桩毫无联系但接连发生的事：玛尔塔的归来与佐莎的挥霍。

午餐送到，金属饭盒发出惯有的碰撞声，上午结束了。我们围坐在两张桌子边，喝着黏稠的汤水。屋外，雨不停地下着。门开了，风涌进来，在音乐室里打了一转，一个浑身湿透、不断有雨水从头上滴落的女孩出现在门框里。她非常瘦，几乎像个"穆斯林"——我估计她连二十五公斤都不到，个子很高，基本没有胸，差点让人分不出是男是女。弗洛莱特和珍妮惊呆了，齐声高喊："玛尔塔！"原来这就是我们盼望已久的大提琴手。但她脸上一点笑容也没有，冷冰冰地打了声招呼，像个从别处来的陌生人……其他人的反应也不怎么热络。她摇摇晃晃地走向她的床铺，在床沿上坐了下来。

"你得了什么病？"珍妮远远地问道。

"斑疹伤寒。"

"现在没事了？那你可真走运嘿！"

接到瑞吉娜的报告，阿尔玛立刻从房间里走了出来。玛尔塔还是坐着，但挺直了身子。她们体格不同，却都属于那高傲冷漠的种族。她们用德语迅速、简短地说了几句。我已经能比较流利地说德语了，以我的水平，我感觉玛尔塔使用的语言非常优美。她深陷的眼眶让那双金栗色的眼睛显得更大更酽。待阿尔玛离开，她沉思片刻，用极其流利的法语低声说道：

"阿尔玛希望我和你们一起在音乐会上演奏……但我所有的衣服都脏了。"

我们的小盆正好空着，我用它在暖炉上热了些水，对玛尔塔说：

"把衣服给我，我来帮你洗。"

她看上去吃了一惊。我没等她回答，就拿起她的衣服洗了起来。玛尔塔疲倦地在草褥上躺下。我把她的衣物晾在靠近暖炉的地方："我希望4点之前能干！"她稍稍点了下头，好奇地看着我，但没有笑。玛尔塔，她太骄傲了，她不需要任何人。乐队的其他女孩莫名地发起火来，对我指指点点，她们竟无法理解这在我看来最基本的互助之举。她们冲我兴师问罪：克拉拉、珍妮、弗洛莱特、赫尔嘉、艾尔莎、安妮。她们身后是警惕的德国人、波兰人。俄国人总是置身事外。大小伊莲娜与爱娃只是瞅着我。我被批判，被谴责：

"你完全疯了，你竟开始帮别人洗衣服？"

我辩解说：

"她刚从医务营回来，虚弱得站不起来。我不懂为什么不能帮助她。"

珍妮的解释很明确：

"因为这里没这做法！不管生不生病，她都只能靠自己。"

克拉拉也掺和进来：

"要是你指望别人也会帮你，你就大错特错了。"

"我没有要求任何回报。不是为了回报才做的，我这样做只是觉得这很正常。"

她们在那里，用斥责、怀疑的眼神看着我，一群狭隘、愚蠢的家伙！她们认定我要么彻底疯了，要么自负得不知天高地厚。

珍妮成了她们的发言人，指责我：

"见鬼！你以为你是谁，你以为你是'元首'吗？谁都休想给我们上课，尤其是你！"

她们太愚蠢太自私，我忍无可忍：

"可怜的姑娘们，如果你们继续这么想、这么做，你们将无法回归正常生活，你们完全迷失了。要想共处，就得拿出最起码的互助精神来！也许你们能活着离开，但你们的内心是死的，比这里每天烧掉的那些不幸的人死得还要彻底。"

玛尔塔闭着眼睛，蜷缩在虚弱的身体中，对因她而起的骚乱无动于衷。

其他人看着我，笑话我，毫不怀疑自私能令她们获得保全。我才是个狂人，蠢货，说着无人理解的疯言痴语。我感觉她们对我的嘲讽离仇恨只有一步之遥。为什么这次又是这群波兰人，雅利安人也好，犹太人也好，让我觉得最为狂热、最为可憎？难道我也要搞种族主义？我们都这样了还要搞种族主义，这太可怕了！

我不再理睬她们，转身走到窗边，鼻子抵在窗玻璃上向外望了一会儿。雨停了，天空中似乎有几缕阳光正试图穿透营地上方的朵朵烟团。风向变了，不再把烟柱吹向我们这边。我看到佐莎膘肥体壮的身躯出现在离营房几米远的地方，几乎堵住了我的视线。她做了一个动作，乍一看到我还没有反应过来：她抬起胳膊，从她手里的饭盒向泥泞的地面泼出一道……牛奶！吃饱了，喝不下了，于是这个一米八的大块头就把剩下的牛奶倒了！

在离奥斯维辛二十公里的地方，佐莎的父母——他们没被关进集中营——有一个农场，她每周都能收到家里送来的包裹。她高大，丰满，油腻，如男人一般强壮，是个猛兽！她身上还有人性吗？这里哪里还存在人性？

这一天，爱娃可能和我想到了一起，因为当天晚上，在暖炉边，灰色眼睛里总有梦想升起的爱娃对我说：

"出去后，我要去的第一个地方是巴黎，而你，你要来克拉克夫，我会让你爱上我的家乡。（她浅浅地微笑了一下，像是有些不好意思。）你对我们肯定没啥好印象！我也是，今天早上佐莎倒牛奶的时候我也看见了！我太惭愧了，有些同胞的行为让我无地自容。我承认我原本并不喜欢犹太人。（她做了个抱歉的手势。）但到了这里，还能有谁会像这些傻姑娘一样继续仇恨犹太人？看到那么多女人、老人、孩子这样受难、被无情地屠杀，她们怎么还能恨得起来？当我们之中存在佐莎那样倒牛奶的人，我们有什么资格去鄙视其他种族？她的行为太让我震惊了！她才二十一岁，不愁吃喝，有多余的食物也不肯周济更不幸的人，太恶劣了。还有大块头丹卡那个粗人，把铙钹打得震耳欲聋。当我们给劳动队伴奏，强迫她们'跟上节奏'，她的铙钹总是打得那些可怜人一惊一乍，我注意到，这时，她凶残的眼睛里闪耀着快感。伊蕾娜邪恶、虚伪、阴险，可怕得很……卡佳，二十一岁，粗鲁笨拙的农民——就是去隔离区找你的那个——她可能是所有人里最坏的，也是宁肯让面包变质也不分享的那种。还有谁能比她们的保护伞、安排她们进音乐营的柴可夫斯卡更恐怖？用一个从来不属于她的姓氏招摇撞骗，喜怒无常，她能一边赔着笑脸说好话，一边大打出手，赤手空拳，欺压那些无力反抗的人，犹太人，甚至在洗澡时攻击她们。她的血管中流淌着愚蠢、歇斯底里，还有恶。一想到这些女人是我的同胞，我就无比难受！并不是所有波兰人都这样，我知道！但在这里，她们控制了一切！"

"确切地说因为她们是卡波和营管我们才注意到……"

"是的，但为什么会是她们？"

"她们体格更强壮。为了控制其他人，让她们服从，就必须使用武力。党卫军深谙此道，而且只教她们这个。这些女人，有些在41、42年就来比克瑙了。任何人被突然扔进这魔鬼之地都会本能地做出反应。她们很快就明白，要活下去就得讨好纳粹，而要让他们满意，就必须像他们一样残暴，只有这样才能获得信任。这是这里唯一的生存法则。柴可夫斯卡、福尼娅和玛丽拉们全是这样。她们最终像纳粹一样思考，感觉自己也成了高等种族的一员！……抹去囚犯的所有人性，利用每个人最低劣的欲望，挑动他们对立，唤醒一切形式的兽性，践踏弱者，保护那些变得和他们一样残暴的家伙，这就是党卫军实现纳粹主义目标之一——摧毁人的尊严——的手段。一些出身贫苦、没受过任何教育的大老粗特别容易受摆布，只要轮番使用棍棒和蜜糖，就能把他们变为帮凶。"

爱娃思索了一下说：

"估计你说得对。对于我，她们永远是波兰人，我很想知道她们从这里出去后会变成什么样，她们的幸存机率肯定比别人更高。她们能适应新的生活吗？能像正常人一样生活？社会又将如何对待这些踩在别人尸体上活下来的人？让她们去监狱当守守？她们会结婚生子吗？她们还能变回实实在在的人吗？她们能在挣脱纳粹魔爪的新波兰找到一席之地？也许这并不全是她们的错？是我们的错？富裕阶级的错？一想到我对她们的沉沦也部分负有责任让我痛苦不堪……来这儿之前，我从来没有这种感觉，绝不会说这些话！可是我之前对社会、对世界又了解多少？我了解的、接触到的只有我所属的那个阶层，我们是波兰贵族。但那又是另一种'犹太城'！我三十岁，已婚，有个儿子叫米洛克，今年九岁，我非常爱他。我是克拉科夫最受欢迎、人气最高的女演员之一，我演过季洛杜、皮兰德娄的剧作。我的一生和其他门第相似的女孩一样。我的父亲是伯爵，丈夫也是贵族。我在庄园中长大，会说法语，学过音乐，我还学过当时所谓的'人文科学'[1]。我所受的教育让我投身于抵抗运动，像我们这样的贵族女性还能有其他做法吗？我根本想都不会想。侵

---

[1] 指古希腊语、拉丁语经典。——译注

略者就在眼前，我做了我认为对祖国有用的事。所以被关到了这里。我不后悔。我的波兰……水深火热……在信仰上帝之前，在爱母亲之前，我首先是波兰人，我憎恨德国人，憎恨俄国人。是他们让我们成为永远的反抗者。"

凶狠让爱娃变得美极。我们这位贵妇，鼻翼颤抖，呼吸着浴血疆场的肃杀之气，那是将英雄带向死亡的气息。即便在这里，死亡没有光环，只有污秽。她双颊通红地接着说：

"当我看到这些烟囱夜以继日地喷着烟，我确信我对自己所做的一切绝无后悔，给我机会我还会再做！就算沦为苦役犯，就算被关进25号，被送去毒气室，我还是会这么做，因为我坚信，这噩梦将以纳粹的最终失败而告终……只有这一种可能。到那时，我的祖国将变成什么模样？我不停地思考这个问题。我还能活着看到这一天吗？我对此一无所知，但这并不重要。只要我的儿子能看到解放，只要他能够自由地生活在我的波兰，我一点不在乎自己能不能看到这一天！"

玛尔塔

我们五人一列立正，笔直地昂着头，表面上看向远处，实际都盯着党卫军女督察长德雷克斯勒，她向我那排中的一张床走去。这不是我第一次经历床铺检查，但感觉这次会格外难熬。德雷克斯勒一把扯掉盖毯，殷勤的柴可夫斯卡和福尼娅不等命令就掀开草褥，露出藏在下面的东西：一条毛巾，一件连体内衣，肥皂，一只白铁小碟，一把叉子，一把勺子，全是煞费苦心"打点"而来的物品。"全部没收！"德雷克斯勒咆哮道。这是扫荡。所有铺盖都被掀翻，扔在地上。她一边搞着大扫除，一边大声吼着"该死的犹太人！"，她的话不是说出来的，而是唾出来的。这场大搜查让所有人欲哭无泪，只能茫然地瞪着双眼，唯恐眨一下就引起德雷克斯勒的注意而招来死亡。

这摊子杂货让德雷克斯勒沉浸在丰收的喜悦中。她不可能不知道它们代表了几个星期的节衣缩食。能成为这里最强大的人让她欣喜不已。难道她——据说她在家乡施瓦本只是个女侍应——不是这里最聪明的一个吗，凭借圣父般统治着所有弱小、强大之人的元首的恩泽？敬爱的元首借由党卫军奖赏她，把她调到这座规模最大、效率最高的集中营，那是因为她当得起。她的眼神、举止无不透露出这一点。但这种强烈的正义感并不妨碍她丧心病狂，尤其是在这严冬，因为这严寒，因为她无聊，因为每日、每月都那么漫长，因为世上还有那么多犹太人，她永远也无法将他们斩杀殆尽！再者，她怕长虱子，它们无处不在，除了我们这里。

和所有女党卫军一样，她活在永不停歇的暴怒中。在我们这儿的发泄很有可能只是因为昨晚或今晨挨了某个长官的剋或受了委屈。要知道在男性党卫军眼中，调职奥斯维辛集中营往往不是什么愉悦的升迁；这种对他们高度责任感与服从精神的信任远远满足不了他们，能让他们心甘情愿欣然就任。因为只有集中营指挥官、高级头目、屠杀的天才组织者，或是希姆莱的心腹，才有希望在希特勒集团中谋求进一步的晋升。

德雷克斯勒以胜利者的姿态用靴尖拨弄着那一堆战利品：睡衣、毛巾、胸罩，所有违禁物。她报复性地用靴跟将一块块面包、饼干，还有一个小巧的香水瓶碾得粉碎。我们当中待会儿谁去清理这一地鸡毛？她幸灾乐祸地走了，后面紧跟着福尼娅和玛丽拉，拿着我们财富的残骸。

她们一走，绝望、愤怒的女孩们终于爆发了。幸运的是，我最主要的财产躲过了这场浩劫：牙刷和宝贵的笔记本我都贴身携带。无从知晓这本破烂小册子的来历。它原本是派什么用的？登记家庭开支？给孩子涂涂画画？这里所能打点到的所有东西都有一段最好不要探究的过去。我现在已将这笔记本看得比其他任何物品都重。几天工夫，我便感觉与它相亲，须臾不可相离。我的手恋着它，抚摸它，如同抚摸一只相熟的、感情深厚的宠物，它的皮毛丝滑、温煦。

这本藏匿下来的笔记本后来对帮助我记忆发挥了巨大作用。

洛特火冒三丈，德雷克斯勒"竟敢"没收她那些手帕。我还从来没有像那天那样仔细端详过我们这位头牌（这个三十六岁强壮的女性曾是布拉格歌剧院演员，中音极为出色，据说颇受欢迎）。她丰满的胸脯剧烈起伏，雷鸣般的咒骂震耳欲聋。坐着腰，岔着腿，腆着肚子，我感觉她不是要把一肚子的咒骂唱出来，就是要投入某个露水情人的怀抱。因为一到愤怒或喜悦的时候，她都只有这一个姿势。据说她在性方面欲望很强。这个好战的女武神长着一头暗淡的金发，一张德国婆娘扁平的面孔，一双浅得惊人的淡灰色眼睛。见她反应如此强烈，我忍不住宽慰她：

"你知道，在这里，缺了手帕也没什么大不了的。"

她瞪大眼珠看着我：

"你说什么？你说什么？"

有人替她翻译了一下，她更是暴跳如雷。珍妮冲我嘀咕：

"你竟没发现她唱歌时手里得抓一块手帕？"

"这只是歌唱演员的怪癖罢了，难道少了手帕，她的嗓子就一字不出啦！"

"还不止这些！"珍妮笑着说，"这些手帕，她管它们叫'爱的信使'。她会往你知我知的那个地方塞上一条，塞到最里面，放上二十四小时，之后送给她情人，一个德国卡波，就跟一头大猩猩似的！你说这春药刺激不刺激！"

损失的这些物品，女孩们又得花几周时间靠省下的面包去"打点"。饥饿将变本加厉，这让她们情绪低落、心烦意乱。

高冷的玛尔塔提着一个水桶从我们面前走过，走进重又开始在屋外肆虐的狂风暴雨。我们得去外面接水，水龙头在对过的厕所。她又带着一样冷漠的表情回来了。盛满的水桶向下拽着她精瘦的手

臂,把它变成一根竖着的晾衣杆,一根另一头荡漾着一桶水的骨头棒子。我下意识地说了句:

"哟,怎么轮到她来清洗音乐室?是谁在罚她?为什么?"

"你还挺关心她?"弗洛莱特悻悻道。

"是啊,你看,她都站不起来,拎着水桶,一副木然的样子。"

"别为她瞎操心。有她'加拿大'姐姐的眷顾,她很快就能恢复。"

"你看上去不太喜欢她?"

"假清高的家伙!看到她自以为是说着高雅德语的样子就烦。让她来搓地板还真让我解气。她是家中的掌上明珠,估计连抹布都没拿过,这种人就怕把手指弄脏……"

跪在地上的玛尔塔看上去很是笨拙:没能拧干的拖布在地上留下大摊水渍。她雕塑般美丽的脸庞上写满了倦意。我很想帮她,但其他人不会答应,我完全不想同她们再次陷入该不该发善心的争论。

通信员大声通报一名看守驾临——这个早晨我们真是被关怀备至——大家立刻一动不动地立正站好。来人我从未见过,一个不掺假的女德国鬼子:棱角分明的颧骨,厚实的下颚,眉弓如斧凿一般的眼眶里一双惨绿的眼睛,金色头发干硬、没有一点光泽。她来我们这儿做什么?她的视线停在依然跪地同积水搏斗的玛尔塔身上,仿佛锁定猎物的一只巨鹰。一丝得意从她瘦削的脸上掠过。她离玛尔塔一米立定,两腿跨立,双手叉腰,居高临下地看着,从头到脚都透着不以为然。她的眼神如此不屑,我们都为玛尔塔捏了把汗:她不会大喊"起来!滚!"并直接把玛尔塔带去 25 号吧?她有这个职权:玛尔塔不会擦地板,没能完成任务,故意搞破坏,这就是死罪。对这个纳粹而言,显然,会擦地远比会拉大提琴更为重要。

悬念没有持续多久。她飞起一脚把玛尔塔踹到了音乐室的另一头。我看见小伊莲娜脸色苍白。玛尔塔冷冷地站了起来。

女党卫军咆哮道：

"让我来给你上一课！"

惊人的一幕出现了：这悍妇拉起制服裙，跪到了地上！她趾高气扬地昂着头，有力的双手抓起拖布就着水桶拧干，极其熟练地擦掉地上的水渍。随后，她抡圆了拖布，教科书般地擦起了我们音乐室的地板。必须承认，这婊子挺有一手！

阿尔玛——她站在自己房间门口，还有柴可夫斯卡、福尼娅、玛丽拉，目瞪口呆地看着这颠倒秩序的一幕。营房里鸦雀无声，只有拖布蘸水擦洗地板的声音。我们惊愕地看着这个能决定我们每个人生死的女人跪在玛尔塔面前，而玛尔塔就那样平静地站着，也不立正。我在这个只有十七岁的小姑娘的脸上看不到一丝恐惧。相反，她肆无忌惮、半是好笑地注视着匍匐在她脚下、趴在地上的这名党卫军。她的神情令我惊叹。不只是我，小伊莲娜眼中也充满了赞赏，一种我从未想过会在她身上出现的带着柔情的赞赏。

擦完音乐室最后一个角落，最后一次拧干拖布，女党卫军站起身来。气氛更紧张了。她整理了一下身上，拉直裙子，扬起下巴，直勾勾地盯着眼神毫不回避的玛尔塔说：

"擦地得这么来，现在你会了！"

"是，看守大人。"

这回答如此轻蔑，我估计阿尔玛的心得提到了嗓子眼：她总说别去找党卫军麻烦、别和他们对着干。偏偏这个看守什么反应都没有，转身便离开了，留下一个从未如此干净的音乐室。

恐惧瞬间消散一空，憋了半天的笑愈加强烈地爆发。这远不止可笑，这一幕太不同寻常了！不仅仅是因为一名党卫军跪在我们面前将地板擦得一尘不染,并对自己圆满完成如此"美妙"的任务得意不已,还因为在玛尔塔与她之间一定发生了什么。究竟是什么呢?高傲得仿佛一名普鲁士女乡绅,玛尔塔冷冷地揭开谜底:

"她以前是我们家里干粗活的女仆。"

说完,她平静地拿起大提琴,坐到自己位子上。

这惊人的消息按惯例引发了众议。珍妮惊诧道:

"你看,我就想知道,她之前的佣人为啥没把她送去吸炉烟呢!"

"不可能这么便宜。"弗洛莱特耸了耸肩,"那婆娘准会报复,她只是去想歪主意罢了……"

"天啊!"克拉拉打断她,"她会把我们所有人都送去25号!所有人!就因为我们这位白痴!"

"你别胡思乱想!她的脑子被他们那些宣传给彻底搞坏了,以为我们对她出色的擦地功夫景仰万分呢……"

珍妮耸着肩说:

"你不觉得你这话完全不靠谱吗?她会以为玛尔塔眼睛里的也是景仰?那她就比她现在还要蠢!"

"我敬佩玛尔塔的勇气。不卑不亢地面对那个党卫军,哪怕比起其他人,她本该更担心自己的处境。这胆量!"

随着小伊莲娜的赞叹,弗洛莱特的眼中现出一丝嫉妒和担心。

对这件事的讨论并未结束,它成了一起事件。晚上,我们一边嚼着面包,一边打造各自的版本。珍妮的版本仿佛一幅诙谐的英雄主义彩绘:玛尔塔以胜利者的姿态,如同贵族航海家一般,接受党卫军败酋伏地乞降!我和大伊莲娜的版本是大团圆爱情小说风格:旧日女仆挺身搭救她暗中崇拜的故主。莉莉的版本则是一出暂时只演完前两幕的悲剧,第三幕将是报复的戏码,我们会死好多人。

玛尔塔

我观察着坐在我对面的玛尔塔,我们七嘴八舌的评论一定让她不胜其烦。沉默,高冷,自我封闭,她明显心不在焉。我试着想象她用高墙圈起的个人世界,在那里,她是否渴望有人陪伴,还是只愿沉浸在孤独的浪漫中?

玛尔塔对自己生活圈以外的世界戒心很重,因而无法与其他姑娘打成一片。"人家不要咱们这样的狐朋狗友"——弗洛莱特如是说,玛尔塔的态度让她忍无可忍。但我觉得这种行事风格很大程度上也是因为羞怯,她害怕我们这个纷乱的世界,那让她焦虑不安,不合她那个阶层规范的一切都让她焦虑不安。即使在同长她两岁的姐姐瑞娜特长时间聊天时,她也还是比较冷淡。我观察过,她们的对话场景活脱一幅英国画派名家作品!标题可以叫《聊天的上流社会少女》。瑞娜特也很美,但玛尔塔身上有某种道不清的、随时会燃起的火花。她是那种内心炽热的贞女,就是会成为友弟德或夏洛特·科黛[1]的那类人。

在她身边,小伊莲娜很少见的一言未发,没作任何评论。我期待她以马克思主义理论,思路清晰地聊聊奴役的概念和无产阶级的复仇,对这次事件做个定论。但她似乎心不在焉,甚至于笨手笨脚地将玛尔塔的面包碰落在地:

"哎呀,对不起!"

"没关系。"玛尔塔一边说着一边弯腰去捡。

但小伊莲娜动作更快,抢先捡起来递给她。

"谢谢,伊莲娜。"玛尔塔红着脸说。

玛尔塔头上长出一层棕色的短发,让她显得更像男孩。黄褐色

---

[1] 友弟德是《圣经》中的犹太女英雄,诈降斩杀了入侵的亚述军队统帅,挽救了犹太民族。夏洛特·科黛(Charlotte Corday,1768—1793)是法国大革命时期人物,因不满雅各宾派的革命恐怖,暗杀了马拉。——译注

的皮肤，浓密的睫毛，深邃的眼睛，丰满的嘴唇，傲然昂首的神情，她像极了北非某些伊斯兰古城窄巷里自负的柏柏尔少年，他们倚门而立，若有所思。

她抬头看向我，思索的目光不再茫然。她是要对我微笑吗？看来是的。这让我想起我还从未见过她微笑的样子。奇特的女孩。那一刻，我得以瞥见隐藏在她内心的脆弱。

我一个人待在暖炉旁。刚才像往常一样，我和爱娃背了几首诗，魏尔伦，波德莱尔，这是我们同另一个世界保持联系的方式。听众有弗洛莱特——她把下巴杵在膝盖上，安妮，还有大伊莲娜。克拉拉站在角落，拿着块碎镜子排练她的歌，借着镜子设计自己的表情。背完诗，我给她们"讲述"了《道连·格雷的画像》中的一章。每天晚上，我都会凭记忆"读"一段。然后她们各自上床。整个寝室都睡下了，不时传来一声叹息，一声呻吟，一声幼稚的呓语。暖炉的热气让我昏昏欲睡。而一旦离开这温暖的火炉，就会很冷，我恐惧这一刻。

音乐在我心中回荡，一部我想写下的交响乐。我怎么会在这里产生创作的欲望？我不知道。在这里怎么可能有任何欲望？

"我没打扰你吧？"

是玛尔塔，穿着她姐姐给的长睡衣，看上去像个寄宿生。天啊！她怎么这么瘦！她的胸小得几乎撑不起这轻薄的衣物。

她怎么从铺位上下来了？

狂风卷着雨水，拍打着我们的窗户。

"能想到吗，几天前，小伊莲娜还画了丁香花，还对我们说春天来了！……"

玛尔塔兴奋起来：

"她画得很好,不是吗?但我还是更有音乐天赋,琴弓更适合我。"

"远超过拖把。"

她隐隐地、飞快地笑了笑。我接着说:

"你那天太了不起了,局面彻底倒转啊!你成了女王,她成了奴隶。"

"哦!在我家,她可没被那样对待过。我记得我们对她不错,非常不错。家里有厨娘、保姆和侍女。我认不出她倒是正常的,她并不直接服侍我们,只干一些粗活。"

她那不易察觉的浅笑又出现了:

"她说得对,我确实对家务一窍不通,我没学过这些。父亲怎么能想到这些事会对我有用呢!我学了其他的。我的时间在大学和音乐学院度过。音乐占掉我白天的大部分时间。父母经常招待宾客——父亲是知名的律师。我们感觉受到保护,是安全的。我们也戴六芒星,但从未有人找我们麻烦。我和姐姐是在一次大搜捕中被捕的,就在大街上,非常意外。因为我们是犹太人,所以被送到了这里。"

一个浅浅的微笑将她僵硬的脸庞变得柔和了。我完全能想象她修长、纤弱的后颈上垂着一个巨大发髻的样子。有人开始抱怨:"小声点……还让不让人睡了……"歪嘴福尼娅也从盖毯下发出几声低吼。

"玛尔塔,该去睡了,否则我们要挨揍了。"

她不很情愿地同意了,向我道"晚安"。我以为她会像大户小姐那样向我伸出手,突然意识到这属于文明社会的举动于我们已不复存在。我躺下,心里还牵挂着玛尔塔:今夜,谁还能认出她就是早上的英雄?不知怎的,套用珍妮的说法,我感觉她仿佛"掉了魂"。

一个人影飘过，木架床吱扭了几声，我身边露出了玛尔塔的头：

"法尼娅，你睡着了吗？我没打扰你吧？"

"没有，醒着呢，快到我边上来。"

她爬上这个所谓的床，在我脚后跟坐下：

"我睡不着，想来和你说一会儿话。"

"来吧，躺在我身边，这样我们可以低声说话，没人能听到。"

她又高又瘦，在我身边几乎不占什么地方。接受这个建议似乎不符合她平日冷漠疏远的态度。她一定有事想跟我说。她轻叹口气：

"从医务营回来，我很高兴看到这里多了几个法国人。你们看待生活的方式比我们更轻松，笑对一切。我心想我可以说说法语了。我非常热爱你们法国文学，很熟，尤其你们那些诗人。"

她爬到我身边只是为了与我谈论诗歌？她略显僵硬地用一种场面上的口吻说道：

"我非常欣赏小伊莲娜，我觉得她非常聪明，可以和她交流非常多的话题。相比之下，我不太喜欢弗洛莱特，她那粗鲁的性格让我很难认同。她冲动，做事没有分寸感。我也欣赏爱娃，也很聪明，有教养。但她的聪明与小伊莲娜不同。小伊莲娜更积极，更脚踏实地。爱娃有的只是诗意的想象，而小伊莲娜更具建设性。这种头脑正是战后我们所需要的。"

我由着玛尔塔东拉西扯地把话说完。一阵沉默。她不易察觉地动了一下，呼吸变得有些紧张，随后柔声问我：

"我没让你觉得无趣吧？"

"完全没有。"

"我想听你聊聊伊莲娜。"

我故意反问：

"哪一个？"

她一下愣住，嗔道：

"你明知故问。"

又是一阵沉默。她又把自己封闭起来了？她要离开了？不，她又开腔了：

"你认识她很久了吗？"

我将我对伊莲娜的所知告诉她。我告诉她伊莲娜是共产主义青年团的一员，她在抵抗组织里与保罗并肩战斗。我告诉她，他们两人当时双双被捕，被关在罗曼维尔要塞等候枪决，伊莲娜经历过死牢，经历过生死难料、有可能牢门一开做临终圣事的神父就已候在外面的清晨。我感觉玛尔塔被深深感染了，她体会到伊莲娜的恐惧，政治殉难者们陌生的信仰让这位大资产阶级女孩心生憧憬。我向她详细描述了伊莲娜的积极性格，她充满辩证马克思主义思想的使命感，她在这座营房中堪称表率、从不受情绪波动和集体歇斯底里影响的表现。

玛尔塔满心欢喜，这人合她的意：

"我想象她就是这样的性格，完全符合。我也喜欢她对付党卫军的方式。她虽然人不高，不像我，但她却能不卑不亢、平静地直视党卫军，应对有节，凛然不侵。他们尊重她。我也很喜欢她的脸庞，那么美，比我漂亮得多……"

"说些你不喜欢她的地方吧。更省时间。"

被我猜中了，她忸怩起来：

"说得没错，可你看，法尼娅，我很困惑，很担心，发生了一些我无法理解的事情。"

夜仿佛在为玛尔塔的叙述做铺垫。风渐渐平息，屋外轻柔的雨丝忧伤地敲打着屋顶；没人呻吟，没人哭泣，这是平静的一刻。

"我深爱我的姐姐瑞娜特，但她并不会让我像想起伊莲娜时那样产生那些矛盾的心情。那天晚上，她碰掉我面包的时候，她的手轻轻触到我的手，我一下产生了想抓起来亲吻的冲动……对我姐姐，我绝不会有这种想法。"

她的声音变得梦幻：

"我从未对别人有过这种感觉。每当她与弗洛莱特说话，倾听她的胡言乱语，安抚她，劝解她，我就生气，就讨厌她。如此优秀的女孩为什么要在那个性格冲动、头脑简单的人身上浪费时间？她是如此出色，伊莲娜……自从我发现她，我的痛苦减轻了，我满脑袋想的全是她！知道她睡在离我不远的地方，知道明天她还会在这儿，这就让我幸福不已！你知道我梦想什么吗？伊莲娜与我双手相扣，我们从此再不分开……那天，有一瞬，她的手握了我一下，如此温柔，但又如此强烈，我真希望自己就此消失。我整天都回味着她皮肤的温度；那天夜里，我把脸颊贴到手上，贴在她碰过的那个地方……"

对我来说，这太明显了：玛尔塔爱上了小伊莲娜。我意外吗？并不完全，很多细节已经让我察觉到她们之间存在某种亲近感，只是没料到会是爱情。假如是一对男女，那我早就心里有数了。我震惊吗？一点也不，尤其因为这是玛尔塔，她只有十七岁，对爱情充满渴望再正常不过。在这个年龄，相比肉体的满足，女孩子更渴望精神的寄托，她们梦想温柔的拥抱、永不停止的亲吻。对于爱，她们在意场合、气氛。可这里能为玛尔塔提供什么？这里的爱是何种面目？和那些体格更像野兽而非人类的卡波、牢头做无耻堕落的皮肉交易？

在比克瑙，我没法对无处不在的同性恋视而不见，那是女囚们排解性幻想、摆脱孤寂、缓和性需求的一个渠道。虽然大部分人只是画饼充饥，但也有人真正发现了自我，玛尔塔应该是其中之一。在音乐营，我知道有一个挺恶心的怪异三人组：薇莎、玛丽拉和佐莎。我是通过一场精彩万分的活人大戏了解到她们之间这种亲密关系的，回想起来依旧让我捧腹。

某晚，7点左右，从波兰人的角落传来声嘶力竭的喊叫，我们连忙跑过去。只见玛丽拉气得鼓着脸，岔着两条粗腿，一只手紧紧搂着薇莎的胳膊，一只手向佐莎扬起拳头。珍妮快活得眉飞色舞：

"要打起来了，有人要挨揍了。千万别错过。争风吃醋！她们三个有一腿，不过不是一起。薇莎是老大，来带把的！"

但此刻的薇莎并未显出多少雄性风范。些许苍白的脸色，外加又直又硬的棕红头发，让她看上去像个放荡的老男孩。她一边想把自己的手臂从玛丽拉的桎梏中挣脱出来，一边想要推开吊在她脖子上的佐莎。珍妮继续向我讲解：

"玛丽拉这头胖得不成形的母牛是原配，佐莎，她也没漂亮到哪里去，是情妇！这个佐莎，为了薇莎，你叫她从土豆压泥器的洞里钻过去她都愿意。这可是真爱啊，姐们，你懂吧？"

"大致懂了。但玛丽拉为什么要这样扯着嗓子喊？"

"因为她不知道情人有了新欢。咱们这儿所有人都知道这事，就她还蒙在鼓里，受打击了呗，正常。可惜呀，咱对波兰话一窍不通，否则有得乐了！"

玛丽拉不停地嚎叫，直叫得口吐白沫，两眼上翻。

"该怎么办？"福尼娅口齿不清地问，猪猡一样的小眼睛里露出一丝担忧。

我出主意：

"把她放到桌上躺平。"

玛丽拉向后弓着身子，仰着头，面红耳赤，继续发出杀猪一样的惨叫，一道白沫从被她用作嘴的体窍里汩汩冒出，挂在下巴上。突然，她的身体软下来，眼一闭，休克过去。我抓起她肥腻的爪子用力拍打，她那些指甲黑得像是服了多少代的丧。我很想再抽她几个耳光把她唤醒、直面这场情变，但这个动作会被恶意曲解。这时，我有了个疯狂的主意。我问：

"谁有方糖？"

这个主意有点促狭，因为我不知道她们有没有。这里没人有方糖。我态度坚决：

"糖，对她好，非常好！"

鉴于我在曼德尔和阿尔玛那里正当红，柴可夫斯卡和福尼娅都依了我。我就是那个无所不知的人。惊恐万状的薇莎递上一块糖，我命令："掰开她的嘴！"糖的效果立竿见影，玛丽拉又开始叫唤，我手疾眼快地给她塞下她那几个同伴源源递来的第二、第三、第四块糖，与此同时，薇莎温柔地、情意绵绵地摩挲着她粗壮的双腿。这些糖就被这样可耻地浪费了，但把波兰人的秘藏挥霍进这个流着唾沫的人形扑满，这多痛快呀！我们笑得流出了眼泪。她那些不知就里的同伴也放心地傻笑着。玛丽拉呛得喘不上气，我们则大笑，拼了命地笑！

她们三人这歇斯底里、没羞没臊的勾当怎能与玛尔塔正在向我袒露的纯洁、忐忑的爱相提并论呢？

只听她喉间咯咯一笑：

"我睡不着，脑子里一直想着她。法尼娅，我太喜欢她了！……"

"可怜的小姑娘,你爱上了她。"

我感到她靠着我的身体颤抖了起来,她感到不安,这突如其来的发现颠覆了她对于爱情的认知,挑战着她所受的教育,打乱了她循规蹈矩的人生。她以前知道这种事吗?也许我当时说得太实、太直接。不管怎样,这种她还不了解的爱成了现实,给她带来了困惑。

"哎呀,法尼娅,这不可能,这不可能!"

"没什么不可以,这不是什么灾难……"

我向她解释洁净之人凡物都洁净[1]。她太需要这粒定心丸了。

"所以这样的爱没什么不好喽,法尼娅?"

"在这里,它不啻一种恩赐!"

我们说话声太响了?又有人抗议了。帕尼福尼娅——她的鼾声于我们是安全信号——用波兰语抱怨:"混账婆娘!"

玛尔塔小心翼翼地爬下我的床铺:

"谢谢,谢谢,我感觉好受多了……"

在集中营里恋爱有什么错?如果我信仰上帝,那么我会回答,能够在这个被恶统治的地方,体验到如此纯净的情感,一定是得到了上帝的眷顾!爱不是坏事,但在这里要怎样才能获得足够的空间独处?集中营已经完全掐灭了我在这方面的需求。它还会回来吗?应该会吧……

"法尼娅,我又来了……"

她又爬上了我的床架。

"我还想跟你说会话。我没有把一切都告诉你。我并不像你可能认为的那样纯洁。没错,你是对的,我爱上了她,这太可怕了!

---

[1] 出自《圣经·提多书》"在洁净的人,凡物都洁净"。——译注

这还不止，法尼娅，我还想睡在她身边。"

我敢肯定，黑暗中，她的脸一定涨得通红。

"我多想让她的嘴唇紧贴着我，将我的嘴唇紧贴着她……"

"这是爱的一部分，亲爱的，这并不可怕，这种欲望太正常了。"

"但我们有权这么做吗？"

"听着，你看到那天发生在你身上的一切了吗？那个党卫军满不在乎地跪在了地上，但她完全可能像抓一只小狗一样提着你的后颈，把你送去焚尸炉。今天没发生的事不等于明天不会发生，她会改主意，我们根本不知道她那天是怎么想的，也许明天她就会后悔：'我给这个女孩的爹妈干过活，那天我当众跪在她面前，她会告诉所有人我是她家的女仆，我绝不能轻饶了她和其他人！……'生命如此脆弱，有些问题早已不是问题。珍惜这一切吧，明天也许你就死了。我向你保证，你做的绝非坏事。如果这爱让你幸福，如果伊莲娜对你有同样的感觉，那就尽情投入其中吧。"

我感到她放松了，身体松弛了，如同世上所有陷入爱河的恋人，带着憧憬，她问道：

"法尼娅，那她呢，你觉得她爱我吗？"

次日，当我那些抄谱员在暮春的暖意里懒散地磨着洋工，我偷眼观察小伊莲娜：她拿着铅笔，抬着头，眼神迷离，在想心事。这太令人惊讶了，因为这个娇小的姑娘性格积极，做事缜密，手头总有事情要完成，就像一切都计划好了似的。估计她在青年团里也以效率著称。离她不远，玛尔塔若有所思地往琴弓上擦着松香。我耳边仿佛又听到她焦急地询问"你觉得她爱我吗？"。我试着想象自我中心、强迫症般有条不紊的唯理性主义者小伊莲娜陷入这场爱情的模样。不走寻常路的爱情！一个马克思没有定义过的模糊地带！小伊莲娜从未掩饰自己的人生规划，对自己的判断充满自信，那绝对就是最正确的。她会和保罗结婚。他们会从青年团员成长为党员，一如既往地为共产主义事业奋斗。她会有个孩子——成为母亲对女性来说是必须的，但就要一个，她不想有很多孩子。在这一点上她也深思熟虑，保罗和她意见相同：党的事业需要他们全身心投入。她会作画、写作，考出一两张文凭——她很聪明——德语，经济或政治。她将成为建设新社会所需要的受过教育的、有能力的人才。她不担心未来，那不是个问题。她的人生道路早已定好，她将凯旋而归。她会与保罗重逢，和他一起回法国，并将受到英雄般的礼遇，对此她从未有过怀疑。当时听着她平静地和我说着这些，我心想，她是怎样爱保罗的？她究竟爱保罗吗？对她而言，保罗首先象征着堪为其俦的党的战士，而这就够了。

在一直要靠爱情滋养的我看来，这样的婚姻观念反倒极富资产阶级色彩，与巩固大族高门的那种联姻制度异曲同工。对小伊莲娜来说，它能巩固共产主义的未来。她是个毫不怀疑的人："从走进比克瑙集中营的那一刻起，我就明白了，比起外头，在这里更要靠自己，靠自己的智慧、自己的威望，尤其要树立起权威。因此，我一听说这里有支乐队，马上就去找了克莱默，我告诉她我能拉小提琴，结果就成了这里的乐手。"

她是怎么接近克莱默的？我无从知晓。她精练的叙述方式杜绝了所有提问的可能。对于她我知之甚少。她父亲是裁缝，也被送进了集中营。她曾冷静地对我说："他很可能消失在了焚尸炉里。"从她的语调中听不出任何情绪，但冷峻的眼神让我确信她什么都没有忘记，相反，她恩仇分明，生活和其他人欠她的债，她都会一笔一笔追回来。父亲的死，她肯定会让纳粹偿命。她身材玲珑，面对那些党卫军却极有威严："我告诉你，法尼娅，他们鄙视走狗、懦夫。而我出生以来，从未任由别人侮辱过，不论是党卫军、柴可夫斯卡，还是阿尔玛。比克瑙没人敢吼我。他们大概感觉到我坚信自己死不了、能走出这里。也许是因为从抵达的那一天起，我就下定决心决不自我沉沦，决不让这里的恐怖、苦难，以及其他一切得逞。我坚信，纳粹一定会失败，我们最终将摆脱他们，迎来一个社会主义的新世界。"

乌托邦式的空想？绝非如此。和她一样，我相信，一旦全世界得知他们的暴行，一定会粉碎他们，唾弃他们，直到最后一人。

如此缜密的头脑里，还有爱的位置吗？她的肉欲旺盛吗？似乎看不出来。她唯一一次性经历很理智，服从于冷静的思考，与"欲火焚身"完全无关："我被关在罗曼维尔要塞，后来得知不会被枪决——估计他们拒绝给予我们犹太人这种荣誉——但会被送到集中营。我和保罗还没发生过亲密关系，我们不愿冒险，万一有了孩子会妨碍我们在抵抗组织中的工作和反法西斯斗争。只是，我对接下来会发生什么一无所知，我担心在劳动营或集中营里遭遇强奸，我不想毫无准备。从罗曼维尔，我先被送到德朗西，在那儿很容易实现我的计划。你了解我，你知道我做事有多周详，万一怀孕，我不愿生一个身体或精神上有残疾的孩子。因此我非常谨慎地找了一个人，与他做爱。我什么也没感觉到。毫无乐趣，更多的是反感。难道这就是爱？我不信，我要等下去。"

现在玛尔塔出现了。伊莲娜会怎样看待这种爱？她会有何种反应？冷傲的气质，前者孤高、后者波澜不惊的抗争态度，是她们仅有的相似点。除此之外，我觉得她们差异甚大：玛尔塔热烈的情感会不会在伊莲娜精密的理性主义面前碰壁？她们的长相完全不同。玛尔塔拥有贵族般的美。而伊莲娜……我定睛看了看，仔细端详：

圆圆的脸，结实的下颚，明亮的肤色，一双乌黑的、挑剔的大眼睛，纤细的双腿平平无奇，上身反而显得有些长，但她胸部可人，说是这座营房里最完美的胸脯也不为过。她在玛尔塔眼里一定又不一样，我仿佛又听到玛尔塔的赞美："她真漂亮……与她相比，我什么都不是！"

伊莲娜是否料到自己催生了如此的情感？我之前并未特别关注她们俩，只注意到玛尔塔对伊莲娜表现出一种崇拜，伊莲娜对玛尔塔也有一种令人始料未及的照拂。而这天早上，了解了玛尔塔的爱之后，我认为伊莲娜应该也注意到了，并正在考虑。

晚间，我和小伊莲娜两个人坐在暖炉边闲聊。平素，她总会滔滔不绝地说起她那些重建社会、重建世界的政治观点，这天却向我说起她的家庭，仿佛突然需要同我怀怀旧。我得知她从未谈起的母亲已经去世很久，她姐姐婚后生了一大堆可爱但吵闹的孩子……接着她话锋一转：

"在这儿，有些话我没法和任何人说，只有你能懂我，能帮我出主意。发生了一件我没有料到的事，因为之前从未遇到过。"

这可真是破天荒！微略迟疑，她又把话题岔开到弗洛莱特身上：

"你知道弗洛莱特像个孩子般崇拜我。她行为莽撞冲动，我是这里唯一能让她平静与服从的人。她对我简直是五体投地。这不奇怪，我非常能理解，我身上有她没有的品质。但玛尔塔不同，她一点不比我差，她聪慧、有修养，还是杰出的乐手，水平比我高出一大截。她是那么美……你注意到她有多动人吗？我们在政治上应该是对立的，她的出身会让她恐惧并反对共产主义，她至少不会来亲近我。但从医务营回来后，她老是盯着我看，总是想办法在我身边转悠，我一靠近她就脸红。那天晚上，我试探了一次，很快地摸了一下她的手，她明显激动起来，我都有些难堪了。于是，我试着分析她对我产生的情感，结论是：她的情感和弗洛莱特的不一样。那是其他的什么，超出了好感和友情……"

她犹豫了，向来坚定自信的伊莲娜。我暗觉好笑：这两个小姑娘，居然相隔二十四小时排着队找我说悄悄话，这真是又有趣又带劲。她们让我彻底忘了自己身在集中营，我总算听到了死亡、吃饭、睡觉之外的其他话题。叉着有力的小手——她有着方形的指甲，环抱着膝盖，伊莲娜垂目思索，努力寻找合适的词语。她音色甜美的低沉嗓音愈发柔和、朦胧，和夜色化作一体：

"我感觉她是那样纯洁，那样无邪，估计还没意识到这份情感，等她意识到，很可能会困惑、会害怕……我不觉得自己是同性恋。我知道有这种女的，但从来没觉得会发生在自己身上。不过这里环境不一样。我承认我和她一样心动，只是囿于她的教育、她的资产阶级道德，她会不会拒绝接受？"

我本可以告诉她，玛尔塔已经爱上她，她已经做好面对这种爱的准备。我忍住了。伊莲娜的理性主义在某些方面让我不适、让我厌烦，我受不了她那种"本小姐什么都想到了"的自信。些许担心、些许疑虑能让她更有人情味。

"说实话，我确实注意到她对你很感兴趣，但也可能是我误会了。她这个年龄在情感表达方面容易过头，太浪漫，可能到头来也就是一般的友情。"

"确实有这可能。"

自从认识她以来，我第一次在她眼中读出了担忧，一丝焦虑黯淡了她的目光。

"你知道，我真担心自己弄错。对另一名女性产生感情，这叫我太意外、太不适应了。单相思太折磨人了。法尼娅,我的感觉,连我自己都惊到了:我爱她……我渴望她,我想抚摸她少男一般的身躯,也想被她抚摸……我渴望……"

"和她做爱,那又怎样?"

她哑口无言,不知所措。我的现实主义让这位清教徒有点震惊。她努力组织着自己的思想,寻找准确的措辞。她会像个资产阶级小姐般同我大扯善恶问题吗?

"我能这样做吗?我比她大……"

"才大四岁。别傻了,别前怕狼后怕虎的。我爸老对我说:人要总对得起良心的话,那就什么也做不了。如果她是真诚的,如果你也……"

她抗议:

"哎呀,法尼娅,你怎么能这样怀疑呢?"

"那你还等什么?如果你能在这集中营里,在这个恐怖的地方,争取到一些幸福的时光,我不觉得有什么能阻止你的……"

"可法尼娅,我怕我弄错,我怕她不要我!"

死亡簿记员

门被一下推开，通信员一阵风似的冲进来。跑得太快太急，她上气不接下气地歪倒在我们的长凳上，手里挥舞着一团皱巴巴的包装。一个包裹？好不容易喘上气来，她报出了大伊莲娜的名字。非同寻常的一刻。原件只剩了这张满是污迹、油腻粘手的牛皮纸，从纸的大小可以推断出这包裹原本很大。大伊莲娜颤着手捧起这团纸，看到上面的字迹忍不住哭了起来，亲吻它，把它紧紧贴在脸上，那是让-路易寄来的。

珍妮好奇地凑上前去：

"好嘛，就剩了这团蔫儿吧唧的了！看看她们给你留什么了。这味道可真冲！"

大伊莲娜颤抖的双手怎么也解不开系在包裹外的细绳。

"让我来吧。"随时准备助人为乐的安妮提议。

她迅速拆开纸封，里头一条烂透的鲱鱼躺在一个被油浸得皱皱巴巴的信封上。伊莲娜简直不敢相信眼前所见，喃喃道："一封信！"我们惊奇而又克制地看着她急切地把信夺到手中，热泪滂沱：

"是他的字迹，我的爱人……"

珍妮的评论风格一如既往：

"你这封情书的香味不够撩人。我家男人会在信上喷点'夜巴黎'香水，让人抓心挠肺的！"

女孩们簇拥着大伊莲娜，羡慕地看着这场奇迹的主角：那是一封信啊！大伊莲娜走到窗下，侧着她稚气未脱的漂亮脸蛋，读起信来。我们没再跟过去，只是兴味浓厚地在旁观望。谁都不打算重新开始被这起难以置信的事件打断的排练。

背光的大伊莲娜在漫天烟灰的衬托下化作一个剪影。她读着，一遍，两遍，之后久久沉思，眼神空茫，一大颗泪珠顺着她的脸颊滑落下来。

珍妮终于代表所有人问道：

"信里，都是好消息吧？"

大伊莲娜将洋溢着爱的脸转向我们。

"太美好了！他说他仍然爱我，他说：'为我活着，我等你。'[1]（她神色坚定）为了他，我要坚持到最后！"

但随后她的表情就变了，焦虑、颓丧地问：

"我能活着回去的，是吗？"

就像一个问"我会痊愈的，是吗？"的孩子，她强烈的眼神中满是祝祷。我和爱娃异口同声地回答："一定能。"

她叹了口气：

"每天晚上，为了让自己睡着，我会想象重逢的场景！幸亏我对他有完全的信心……毕竟时间在一点点过去。你们知道这封信是半年前寄出的吗？半年里会发生太多变故！你们觉得我还能收到另

---

[1] 这封给伊莲娜带来鼓舞与希望的信寄出三周后，她丈夫就申请了离婚。

一封吗？"

珍妮调侃道：

"真有你的，还把邮差当圣诞老人了！"

大家饥渴地伸手去摸那封信：

"让我们摸一下……也让我们沾沾喜气……"

讨论异常热烈：他从哪里获得的地址？负责包裹的党卫军怎么就让信通过了呢？这是否说明仍可保留希望？每个人纵情想象：也许会轮到我？……

直到离开时，通信员还在为自己传递了这么一件不同寻常的东西而惊讶：

"这事可真不简单。我从来没给哪座营房送过有信的包裹，看来对你们这个音乐营还真是够优待的！"

"优待"！这标签立刻激起一连串强烈的不满，连带着冲淡了对那封信的关注。我们一直知道有许多关于音乐营的传言。

珍妮忍无可忍：

"'优待'！这是什么意思？"

莉莉嘴皮子都不抬地回答：

"他们说我们是克莱默和曼德尔的宠儿。"

弗洛莱特把矛头对准"加拿大"女孩：

"就是这些蠢货到处嘀咕我们收到了包裹！说就说呗，上次收到的那个，那是第一次，是三个月前，是给安妮的。"

玛尔塔平静地转述她在医务营听到的谣言：

"她们说'乐队的女士'每天都有'额外供给'。"

女孩们都气得简直要窒息了，但安妮接着说，劳动营有人传，每次演出后，我们每人能得半份面包的奖励！这事听起来如此奇幻，以至所有人都静了下来，众人的怒火在那一瞬延烧向这不可能的美梦：半份面包！

克拉拉嗓音激动地喃喃道：

"要是我每天能多得半份面包！……"

这话一下打开了宣泄的闸门，尖叫、挖苦、怒骂接踵而至。珍妮对涨红了脸的克拉拉说：

"那你就再用不去操那些卡波了！（然后她开始攻击克拉拉）你不说我倒忘了！我说，肥婆，不会就是因为你腆着母马一样的屁股她们才这样诋毁我们的吧？其他人看到你的肥臀怎么会想到我们什么吃的也没有！"

没有人为克拉拉解围。在众人敌视的目光中，她摇着肥腻的屁股独自躲进了音乐室。爱娃的话转移了注意力：

"有一说一。我们是得到了优待。"

一片反对声中，她成了焦点。

"就是这样。我们每天都能用温水淋浴，而其他人要想尽法子，冒着被毒打的危险在刺骨的冷水中洗浴。我们穿着舒适，不用挨冻，房间里有暖炉，还有盖毯和床单，而她们在褴褛的衣服下瑟瑟发抖。我们想上厕所随时都能去，但其他人……还记得隔离区的大茅坑吗！"

我真希望自己不记得了！

"想想看，这些现实的、心知肚明的优待，某些还有目尽睹，其他人，她们怎么会相信我们和她们吃得一样差、一样少？尽管事实就是如此，我们不仅吃得和她们一样，而且可以说还不如她们。正因为我们从不出营地，所以就没有机会从田里顺一根胡萝卜、一粒土豆或其他的什么蔬菜，也就没什么可以跟别人交换的。而她们每次出工总能想办法带些东西回来。"

"我同意你说的。"小伊莲娜附和道，"但我相信这种区别是党卫军有意为之：分裂我们，从而更轻松地践踏我们的尊严！……只是其他人会一直那样想，将来出去之后，她们还会继续仇恨我们……"

小伊莲娜把这事提升到政治的高度，又开始不知第几遍地展望起一个消灭了纳粹、法西斯，处处充满社会正义的光明的未来。我不再听下去，因为有四个词语占据了我的大脑："她们""其他人""我们""将来"。将来，我们与她们之间的鸿沟会被填平，还是加深？也许都不会。我们的乐队会有足够的成员幸存讲述它的真相吗？还是只会有集中营里曾被我们震惊的另一些幸存者的版本流传，一些想必无比真诚，但仅仅折射出她们震惊当时心情——羡慕、嫉妒、愤怒、苦涩或消沉——的主观印象？[1]

在比克瑙，一切瞬息万变，集中营人生之跌宕起伏，超过在世上任何一个开放城市。这里会传来各种各样的消息：巴黎解放了！苏联胜利了！莫斯科陷落了！伦敦——当然是和迦太基一样——毁灭了！可能全是假消息，但都会被短暂地信以为真。所有或真或假的消息只有一个共同点，那就是它们在集中营里的传播最终都伴有一场筛选。早上这封信送到不久，传来一个惊人的消息："姑娘们，筛选从此与我们无关啦！"还有这么美的事？我们全都愣了几秒钟：

"你这话是什么意思？"

"只有火车新运来的人才会被送去毒气室？"

"这是谁说的？"

"一个医生，门格勒医生[2]。"

"这是个什么家伙，打哪儿来的？"

---

[1] 这些猜想已得到证实：许多幸存者回忆录中对女子乐队的描述整体而言带有偏见且不准确。
[2] Josef Mengele（1911—1979），**纳粹战犯**。1943 年就任比克瑙集中营医官。——译注

"奥斯维辛集中营。"

"有人了解他吗？"

我们对他一无所知，但很快就会领教到！

就像狐狸小心地嗅探一块毒饵，我仔细琢磨起这条消息。当然，传播者称这个变化只涉及集中营内部的筛选，尤其是原先针对病人的筛选。但由一个医生来宣布这事，我觉得算不上终极保证。因为纳粹正是打着科学的旗号对集中营里的犹太人开展最无人性的实验的：他们把我们和吉普赛人一道归为劣等种族，只配给他们当实验鼠。可德国人里头不光有恶魔，这位医生或许更像个正常德国人而非纳粹。假如他的话是真的呢？

就在我为了更好地享受这一消息而思索的时候，其他女孩已经雀跃不已，她们笑着，唱着，就差没跳舞了。

接下来的几天，通信员和玛尔塔的姐姐瑞娜特给我们带来的都是好消息：门格勒医生派人全面清洗、消毒并重新粉刷了一处棚屋，安排了真正的病床，铺好了床单，病人会被送到那里等待康复！

要不是玛丽向我确认了这一切，我还会继续怀疑下去。

玛丽是我刚结识不久的一位年轻医生，二十七八岁，法国犹太人。我在医务营的一场音乐会结束后认识了她，我们立刻互生好感。她身材娇小，偏瘦，很短的金棕色头发，动人的双眸像极了米歇尔·莫冈[1]。病人们都很喜欢她。她与门格勒医生共事，向我吐露了他的计划，承认这位医生的高效令她惊喜，还说他很有魅力：他学过拉丁语，会说法语，非常有修养，懂音乐，甚至对女囚们也彬彬有礼。有什么理由去怀疑玛丽说的话呢？

1　Michèle Morgan（1920—2016），**法国著名电影女演员**。——译注

连着三天，我们心情欢畅，好消息接踵而来：所有病人会被、正被、已被送进新的医务营。真该去看看她们，洗得干干净净，躺在雪白的新床上！……得趁早去！因为就在第三天，转运结束后，门格勒，慈祥的门格勒医生，把这四百名病人一股脑儿全送进了毒气室。

我们还没从这个消息中缓过神来，党卫军就到了，所有头目都来了。为首的是克莱默指挥官，身后跟着两个我们不知道名字的军官——一个中尉和一个少尉，后头是曼德尔和她的左膀右臂——德雷克斯勒和伊尔玛·格雷泽，还有那个曾在医务营见过的奇特的高级上校——我脑子里立刻冒出一个绰号来：格拉夫·鲍比（Graf Bobby）。这名字在德国家喻户晓，它来自德意志第二帝国时期一名漫画家笔下的人物。穿矫形背心，戴单片眼镜，这个形象代表着精致、风雅。同我们这位风度翩翩、同样戴着单片眼镜的格拉夫·鲍比站住一起，虎背熊腰、毛毛糙糙的克莱默简直就是个杀猪的。

陪着他们的，但保持着一定距离，有一位个子很高，纤瘦而美丽的女子。我感觉、我猜她是犹太人：她就像《圣经》中的友弟德，带着"雅歌"里新娘温柔的目光。她穿着得体，没戴六芒星或三角形的标志，只戴着个标有"首席翻译"字样的臂章。她脸色苍白。刚才把那四百名女囚送进毒气室时，核验她们名姓的或许就是她？在集中营，首席翻译做着"死亡簿记员"的工作……他们协助党卫军军官行动，从名单上划去死囚的名字。

党卫军一直采取分化瓦解的策略，强迫囚徒监管囚徒。他们设立了名目繁多的职位：营房总负责人（Blockälteste）、营房主管、营房行政主管（Blockschreiber）、卡波、营区总负责人（Lagerälteste）、营区总卡波（Lagerkapo）、勤杂工（一座营房里会有多名），充任的囚犯办事稍有差池或不够积极就会被打回原点，甚至被送进毒气室。此外，还有一批在毒气室工作的囚犯，没人指派他们，全都是自愿的，大部分是波兰人，一共五十名，他们帮着把新来的人带进毒气室。

因为他们的在场让这些人放心地想："不是士兵，是和我们一样的囚犯，由他们带我们去洗澡应该不会有事。"对这些人来说，他们伸出的是友善之手，这些手接过衣服鞋子，协助孩子与老人脱衣服，递过毛巾和香皂。同样是这些手拖走死人，将成堆的尸体扔进焚尸炉。拒绝这差事会被当即送入毒气室。

为了招募这群人，纳粹承诺让他们过得更舒适：他们的营房更清洁，吃得更好更多，衣服更体面。但禁止他们与其他人——所有人都鄙视他们——有任何接触。周日，只要天气允许，总能看到他们在踢球。

一天，这些特遣队（Sonderkommando）中的一名波兰人正好看到他的妻子、女儿、儿子被送往毒气室。他发疯一样地跑去找克莱默，和他说上了话，于是大家目睹了惊人的一幕：克莱默在前面跑，波兰人在后面跟，他们穿过营区闯进毒气室，在千钧一发之际将他的妻子儿女带了出来。克莱默为什么这么做？这是党卫军众多令人费解的举动之一。不过死期一到，这个波兰人同样没能躲过毒气室！为保命而接受这项工作的人本就是死囚，他们知道太多，只能多活两个月。

现在看着这位不卑不亢、傲骨尚存的翻译，我不禁暗想她这个职位会给她压上多少负担。她怎么就受得了陪同陶贝尔那样的恶魔，跟在他后面？我们刚听说他最近的一次暴行。约两个月前的一天，晚上 6 点，大雪纷飞，他从营房里赶出千名女囚，命令她们赤身裸体地在漫天冰雪中列队站好。随后，他走到队列中，用鞭梢托起每个人的乳房。乳房下垂——"去左边！"，这就意味着要进焚尸炉；乳房仍然挺拔——"去右边！"，这些人这天就逃过一劫，如果没被冻死的话。

听闻这种筛选方式，我们忍不住比了比各自的乳房。除了小伊莲娜——她可爱的乳房挺着蔷薇花蕾般的乳头，除了克拉拉——她肥硕的胸脯倒因为吃不饱而坚挺起来，我们的乳房全都瘪得像摊平的手掌。但这安全仅是暂时的。备不住什么时候陶贝尔又会把这一女性特征的消失定为缺陷。

我有足够的时间去想这些，还有其他一些事，因为我们一直肃立在阿尔玛身后，等着军官们入座下达表演的命令。他们没注意到我们都站着吗？问题是他们会对一群行军礼的猴子感兴趣？差不多就是这么回事，说起来行军礼的猴子还更逗呢！

通常他们不在我们这里久留，但今天情况明显不同，他们竟然还聊开了，仿佛在等什么人。曼德尔转过头严厉地看着乐队，迅速把我们挨个检视了一遍。人人惴惴不安：我们的鞋子、裙子都够干净吧？他们在等谁？

曼德尔生硬地命令阿尔玛：

"你们一会儿表演《蝴蝶夫人》里的二重唱、舒曼的《梦幻曲》、《黎明》[1]和《轻骑兵进行曲》，中尉医官（Oberarzt）门格勒医生要来听音乐。"

她应该加上"等筛选结束后"，因为我只当他又一个刽子手，大刽子手！

在这番为他的出场做铺垫的等待之后，门格勒医生出现了。他真英俊。天啊，他怎能这般英俊！英俊得让所有女孩本能地拾起了

---

[1] *Mattinata*，艺术歌曲，意大利作曲家莱翁卡瓦洛（Ruggiero Leoncavallo，1857—1919）的名作。——译注

昨日的动作,濡湿手指沾亮睫毛,咬紧嘴唇嘟起嘴,抻抻裙子和上衣……在这个男人的目光里,我们感觉自己重新成了女人。与他相比,精致的格拉夫·鲍比不免有几分造作。一身戎装,神采奕奕,他是如此俊朗,简直就是夏尔·布瓦耶[1]亲临。双唇翕颤,一抹微笑倏忽即逝。他举止悠闲,怡然自得,谈笑风生。当洛特——她唱铃木——和我——唱蝴蝶夫人——的二重唱登场时,他竟然礼貌地停止了说话,更重要的是,他没有因为我们俩这对滑稽的组合而发笑:洛特那么肥壮,我则那么娇小。但其他人依然故我,尤其是伊尔玛·格雷泽,她天蓝色的双眼盯着我,用一种评论猴子"瞧啊,它居然会说人话!"的语气说道:

"她这个犹太人怎么能有这么一副金嗓子?……"

《轻骑兵进行曲》大约不怎么合门格勒的胃口,因为音乐刚一响起,他就离开了音乐室,身后跟着格拉夫·鲍比。这让阿尔玛脸色惨白。她的服务有什么不周之处吗?克莱默也站起身,简短地说了句:"够了!"党卫军全走了。最后出门的是那位高大、棕色头发的女翻译,我感觉那一瞬她似乎有些犹豫。她究竟是谁?

阿尔玛大可暴跳如雷,破口大骂,朝我们扔指挥棒,甚至把它踩到脚下,只要这能让她平静下来,我们全都无所谓,因为现在我们满脑子都是一个名字,那名翻译的名字:玛拉。

这不只是个名字,这已然是个传奇,就算我对她所知甚少现在也察觉到了。小伊莲娜看出我的无知,对我说起她的故事:

"玛拉是我们所有人的希望。她是比利时抵抗运动成员,是最早几批从布鲁塞尔运来的人之一。她一到这儿就和五名战友一起被筛选出来:'去左边!'毒气室啊!但那晚焚尸炉来不及烧。已经好

---

[1] Charles Boyer(1899—1978),也译为查尔斯·博耶,著名美籍法裔电影演员。——译注

多天了，他们不停地用长长的木铲，就像面包房里用的，把尸体送进炉子，可尸堆的高度一点没有降低的迹象。玛拉和战友们被暂时关进了 25 号。没人活着从那里出来过。25 号对面棚屋里的难友讲过她们目睹的可怕景象：'如果往那里看的话，你能隐约看到一个女的，没有两次是同一个人，就在那些窗户的铁栅栏后面盯着你看，眼睛像发了疯似的，让人不忍看下去。'她们被赤条条地——为什么要浪费衣服的开销，她们反正要死？——扔在散落于地、臭气熏天的草褥上，党卫军偶尔想起，才会丢些吃的给她们。她们在那里一关就是几天、几周，或者几小时……你知道，那地方甚至不是地狱，没有任何词语可以形容。当运送死囚的卡车停到 25 号门口，营门打开，她们如果还活着就被拉去毒气室，已经死了就直接进焚尸炉。一晚，趁着夜色，玛拉和那五个女孩成功从气窗逃生。她们一直跑向集中营大门，出了门，闯进我们称为'前头'（Vorne）的地方，紧挨着党卫军的宿舍——他们住在营区外边。一些人正坐在门口，聊着天，抽着烟，嘻嘻哈哈，有一个还吹着口琴。夜色清凉而美好。霍斯勒[1]指挥官正和手下聊着天，突然这五个全身赤裸的女子就出现在他们面前。这意外的场面让他们爆发出一阵大笑。霍斯勒问：'你们从哪儿来？你们是谁？'玛拉以惯有的沉着无畏地回答：'25 号营房，指挥官！'他们大吃一惊，面面相觑。慑服于这股勇气，他们接着问：

'你叫什么？'

'玛拉。'

'从哪里来？'

'布鲁塞尔。'

---

[1] Franz Hössler（1906—1945），纳粹战犯，曾担任比克瑙女子集中营指挥官，贝尔根-贝尔森集中营副总指挥。1945 年被英军军事法庭判处死刑。——译注

'做什么工作？'

'没有工作，但我会说德语、法语和波兰语。'

'你多大？'

'十九岁。'

一阵沉默。霍斯勒想了想，命令给她们穿衣：'安排她们去干活。这个（他用鞭子指着玛拉）当翻译。'但玛拉没有只顾自己苟且。她立刻意识到可以利用这工作帮助其他人。很快，她获得重用，当上了首席翻译。令人不解的是，她从未向党卫军表过他们乐见的那种忠心——出卖别人、筛选时为虎作伥……却能博得他们的信任。也许是因为她勇敢、寡言、冷静、高效。总之，不知不觉中，她让党卫军仰视、敬服……所有女囚都崇拜她，爱戴她。所有人，对她都是无条件地信任。我们知道，一有机会，玛拉就会从筛选名单上故意遗忘一个名字。女囚们遇到任何困难、任何问题都会去找她。她虽是犹太人，但就连雅利安人也尊敬她，不敢嘲笑、欺侮她……不光如此，她还有个恋人：艾迪克，一名英俊的波兰抵抗战士。他们能够见面约会，因为两人都担任着职务——艾迪克是行政秘书（Stubenschreiber）——营房关闭的时候也能在外面自由走动。对他们的爱情我就知道这些，不过撞见他们的人说绝对没错，他们都爱着对方。"

外面，雨势磅礴。雨点重重地打在屋顶，敲击窗户，仿佛冰雹一般。暖炉烧得通红，寒风的低吼变成了咆哮。乐队大部分人，波兰人、德国人、俄国人，都已躺下。只剩下我们几个坐在炉边继续夜谈。

小伊莲娜最后说：

"我从没和她说过话。我知道她，因为以前见过她昂首挺胸、冷若冰霜地走过营区，我能感受到她内心的炽热。而今天她来了我们这儿……也许她还会再来?"

我抑制不住地想要见她,和她说话。她是我眼中的女英雄,从历史故事画里下来的女英雄。

安妮更冷静:

"这谁能知道呢!再说了,为我们,对不对,她又能做什么呢?"

玛拉

后来的日子里，玛拉时常来看我们。不是出于对音乐的爱。她生命中只有两种爱：对自由和对艾迪克的爱。他们有时在我们营房见面，每次都是一个独一无二的时刻。她进来，过一会儿，他也来了。他们对视着，相互走近，但不靠拢，就这么隔着一两米远，仿佛融在了一起。没有身体接触，没有话语交流……然而在他们周围，空气开始颤动……他们相互凝视，爱情的火焰点燃了一切……他们的爱让世界之美瞬间重现。

这天晚上，一场特别漫长的筛选过后，玛拉满脸疲惫地出现在我们面前。苍白的脸庞上，深锁秀目的黑眼圈似乎更重了，现出一副戚容。小伊莲娜与爱娃询问道：

"你怎么了？不舒服？"

"是的，每次筛选之后，恶心、愤怒，记下的每一个送进毒气室的难友编号都让我痛不欲生……不能再这样下去！我再也受不了了。必须要采取行动。要让全世界都知道，阻止这些恐怖行径！"

我关切地问：

"那要怎么做？你要做什么？"

"我还不知道，但艾迪克会有办法，他一定会有办法！"

她的目光饱含信念，让我对此深信不疑。如果有人能成功，那一定是她，是他们。

"我们一起把真相大喊着传递出去，人们一定会相信的！"

所有人都看着她，心中燃起火焰。这主意不赖：如果外界能知道这里发生的一切，就一定会来制止。这是那么显而易见，我们纷纷赞同："没错，他们会相信你的！"怎么可能不相信她呢？我们开始天真地猜想：集中营之所以还在，是因为没人能从这里出去公布真相！我还听见不知谁说："等到罗马教皇知道我们的存在，他一定会发动整个基督教世界，来一次史无前例的'十字军东征'。"我们越想越对，越想越真，于是问玛拉：

"你准备怎么做？"

"我不知道，但我一定会做到！"

这答复足矣。对我们，这是确定无疑的事。

一天早晨，传来盟军登陆的消息。据说发生在法国。珍妮和弗洛莱特闻言耸了耸肩：

"又是胡扯！"

"这次不是，这次是玛拉传来的消息。"

我们焦急地等待她的到来，因为时事新闻全都靠她"补给"。翻译的身份不仅让她能在营区内自由走动，而且还能借着从早到晚跟着党卫军的便利，从他们那里听到各种消息。我们还不敢喜形于色，但每个人都在注意德国人的动静。是我们的心理作用吗？不管怎样，他们看上去比往常更焦虑，更紧张。

几天后，玛拉向我们确认了这条消息。当夜，我们这一小群人久久难眠，低声唱着歌。次日清晨，我们仰望天空，朝着喀尔巴阡山脉的方向眺望。有些日子，当风向合适，焚尸炉的烟柱没那么浓密时，我们便能望见那些庇护着波兰游击队的山峦，我们坚信游击队员很快就会来解放我们。

之后，日子一天天过去，迫切的心情逐渐被一种现实的无奈所取代：这也太慢了。

一天早上，点名持续了很久。乐队本该在点名结束后去为劳动队伴奏，但等了一个小时也没等到结束的哨声。只听到党卫军来来回回清点女囚的人数，随后警报响起，士兵开始奔跑。发生了什么？是我们的解放者来了吗？不，是有人逃出去了！谁？随着时间推移，有消息传来：玛拉逃走了，很可能跟艾迪克一起，因为在男子营也一样，囚犯们已经站了好几个小时了。

当点名结束的哨声终于吹响，人人都紧张得精疲力尽，神经一触即发，各种消息不胫而走。每个人都说自己知道，冒出许多说法。有一点可以确定，玛拉和艾迪克逃出了集中营。他们是怎样做到的？那天晚上，我们将搜集到的所有消息拼凑在一起，大致还原出一个后来得到证实的版本。艾迪克贿赂了几名德国和罗马尼亚党卫军——所有集中营里都流通着一些纳粹掠夺来的、可以"打点"到的黄金，通过他们为玛拉搞来一些男装，给自己搞了套党卫军制服，并准备好了两人的假证件。玛拉穿着毛衣和长裤，外套蓝色工装，头顶一只倒扣的陶瓷水槽，在穿着党卫军制服、腰间佩枪的艾迪克的押送下混了出去。他谎称要把修理工带往另一处营地。他的证件看来没出问题——原先的名字被抠掉，填上了新的名字。他们践行着许下的誓言，携手奔赴自由。

所有人都沉浸在狂喜中。我们的想法有些简单，却振奋人心："他们逃出了营地，我们即将被解放！"我们兴奋至极，但依然战战兢兢，生怕恼羞成怒的党卫军兽性大发。万一他们发作起来，把整个营地所有男人和女人都送入毒气室，谁来阻止他们？

我们悄悄地、小心翼翼地、轻声细语地享受、培育着希望。整个营地彻夜不眠，无人入睡。每座营房、每列床铺、每个人都在等待……等待奇迹发生。时间一天天过去，四天，五天，也许更长，也许更短。有时我们竖起耳朵，耳畔似乎传来奇怪的声音，炮声，枪声，真的假的？我们天马行空地想象，仿佛已经看见艾迪克和玛拉引着百万大军冲入营区，砸烂党卫军的脑袋，捣烂他们的肚子。血腥的快感让我们迷醉。这希望就像是一股新鲜空气，让我们在集中营里头一次喘上了气，我们又开始呼吸，又开始活。我们从未如此快乐地歌唱、演奏。何况，我们是为自己演奏，为自己歌唱，因为那些"女士"和"先生"要事缠身无暇前来。每天早晨与傍晚为出工、收工的劳动队伴奏时，当姑娘们欢快地拉起《约瑟夫！约瑟夫！》，相当一部分女囚向我们投来会意的眼神，集中营里的气氛变了。虽然焚尸炉还在吐着浓浓黑烟，遮挡住夏天的脚步，但我们已经无所谓：夏天带着它的胜果已在我们心中唱响！

传来一些消息：严格的搜查席卷了集中营，审讯在党卫军的营房里进行，以期找出同伙。没人知道，确实如此。因为策划逃跑的人事先谁都不会告诉，连自己的母亲也不会。党卫军冰冷的目光无孔不入，他们审视囚犯，审视自己人：他们当中出了一个、两个、三个甚至更多的叛徒。

这天清晨刚起床，就有一条消息在私底下传开："玛拉回来了！"

在此起彼伏的怒吼、哨声和棍棒中，党卫军、卡波、穷凶极恶的营管将所有女囚赶出营房，也包括我们。成千上万的女囚挤在广场上、通道里，没人敢动，都屏住了呼吸。当中一片空地上，站着玛拉，半裸着，浑身是血。我们得知她受尽酷刑，但没有泄露一个字。她挺立着，高傲地昂着头，面带微笑看着我们。我们含着深情、感激的泪水注视着她。她就是我们想成为的人，骄傲，勇敢。

一个党卫军军官用力提高嗓门冲她说道——我能清楚地听到每一个字，永远不会忘记：

"你看，玛拉，没有人能从这里逃走。我们才是强者，你要为此付出代价。"

他掏出手枪，上膛，说道：

"但你勇气可嘉，给你个枪决吧。"

"不用！"玛拉大喊，"我要去毒气室，我要像我的父母，像成千上万无辜的人那样去死。我们没能实现的，其他人会接着做，一定会成功，让你们偿命！……偿命！……"

军官狠狠地扇了她几记耳光。我离她只有十多米，只见她手里多了样反光的东西，是一枚剃须刀片。她割开了自己的手腕。

一群党卫军立即冲上前去将她推倒，踏上几脚，给她扎上止血带。他们不想让她就这样死。她的手被反绑在背后，整个人被拖着，摔倒了又站起来，向我们高声疾呼：

"反抗啊你们！反抗啊你们！你们有成千上万，去打他们啊！他们这些懦夫，就算被他们杀了，那也比现在强，自由地战死！反抗啊你们！……"

押送她的党卫军连连暴击，她倒在血泊中，血肉模糊，仿佛一个坏了的人偶……但她的眼神，她的眼睛，我将永远铭记在心。她被拖走了。她还活着吗？

营地里一片寂静。那儿，焚尸炉后面，赤霞满天，红得如同玛拉的鲜血一般。

另一边的男囚营竖起了一座绞架。由于离得比较远，我没能看清所有细节。和我们一样，男囚们也被聚集起来，他们一动不动，鸦雀无声。艾迪克·加林斯基出现了。他双手被反绑，原本英俊的面容肿胀扭曲、鲜血淋漓，已经完全不像一张脸了。我们看着他登上一条长凳。传来宣读判决的声音，先是德语，接着是波兰语。不等宣判结束，我便看到艾迪克做了些动作：他自己把头套进绞索的活结，把长凳踢开。营区总卡波尤普连忙冲上去从他头上摘下绞索，把他重新扶上长凳。宣判重启，但艾迪克不等判决宣读完毕就朗声大叫："波兰还没……"他的喊声戛然而止。营区总卡波尤普，这位艾迪克的好友，一脚踹翻了长凳。一声令下——用的是波兰语，几万双手举起，脱下头上的帽子。这是最后的敬礼：全体男囚向曾给他们带来希望的艾迪克行脱帽礼……

究竟发生了什么？他们是怎么被抓回来的？根据私底下偷偷了解到的点滴信息，我们逐渐拼出了事情的全貌。

他们两人足足徒步走了五公里。玛拉头上顶着沉重的白釉水槽，走得双腿打颤，筋疲力尽。艾迪克跟在她后面，假装押送。他们就这样一直走到附近一个叫科齐（Kozy）的小镇。在那里，一个来接应的波兰人把他们带到一个朋友家，他们在干草堆里躺了一晚。

我眼前浮现出他们相拥而眠的身体，爱流让他们结合。他们一定忘却了恐惧，第一次拥有彼此，第一次结合……这无疑是他们共度的第一夜，也是唯一一夜。他们去镇上接头。玛拉脱了蓝色工装，露出长裤与毛衣。出于我们尚不清楚的原因，她去了一个咖啡馆等艾迪克接头回来。许多德国人，大部分都穿着军装，在咖啡馆进进出出。一个盖世太保军官就坐在她附近。是因为觉得她美丽或怪异？又或两者皆是？总之他就直勾勾地盯着她看。玛拉即便再冷静,也被他看得不安起来。她决定离开,站起身,但德国军官先她一步抓住了她的手臂,撸起她的袖子:手臂上的刺青暴露了真相。咖啡馆里一阵大哗。此时,艾迪克出现在门口,他穿着党卫军制服。他预料到了这一幕,事实上,进门前他就猜到了,因为门口聚集了很多人。他原本可以混在德国兵当中,若无其事地转身离去,但他却走向了被捕的玛拉。没有玛拉,他也不想逃了,没有玛拉,就算自由了他也活不下去。玛拉绝望的眼神没能制止他的脚步,他走到玛拉身边,束手就擒。

之后的一切,我们都目睹了。

是怎样的疏忽,他们的,或是他们朋友的,导致了这悲惨的结局?日子一天天过去,集中营里对这一事件的讨论渐渐平息,但在我们心中种下的希望仍时时萌芽。

"他们在外头待得够久了,一定有时间见朋友,把这里的一切、把我们的处境告诉他们。外边的人一定都知道了,但为什么还不来救我们?"

"我不明白,盟军还在等什么?"大伊莲娜抱怨道。

弗洛莱特苦涩地说:

"这不并难理解,我们对他们来说无足轻重。多救或少救几千个犹太女人又怎样,他们有仗要打,要巩固他们的霸权,对他们而言,没有什么比这更重要了。他们的目标是抢地盘!"

我有所保留:

"苏联人和其他人不一样,他们没有这种盘算。姑娘们,我确信,救赎一定来自喀尔巴阡方向……"

我的热情没能说服任何人。集中营的日常把她们变回原样。又一次,自私淹没了她们。恐惧主宰了一切。那些恶魔还在,甚至变得比任何时候都强。一想到逃亡事件可能带来的报复,刚刚挺起的腰杆又弯了，到处有人抱怨："付出代价的是我们，没有出逃的人！"玛拉和艾迪克受到非议，被指为不负责任、轻率，甚至还有人说他们干了件"蠢事"，说他们是空想家、疯子、自私的人……

我、爱娃，还有小伊莲娜，我们一次次反驳、争论：她们错了，玛拉和艾迪克为我们做出了杰出的榜样，活着不应该苟且，要反抗，要相互扶持，要团结一致，要坚不可摧……

我们说啊说……但有谁听呢？

生活又恢复了原样。

在奥斯维辛集中营纪念馆，参观者能看到两团紧紧缠绕的头发，分别是玛拉·齐梅特鲍姆（Mala Zimetbaum）与艾迪克·加林斯基（Edek Galinski）的。这是他们所有的遗物。[1]

---

[1] 据记载，玛拉和艾迪克于1944年6月24日从比克瑙集中营出逃，7月6日被捕，9月15日惨遭杀害。——译注

我们最亲爱的党卫军

格拉夫·鲍比坐在栏杆上，跷着二郎腿，拿着鞭子，准备"开工"。火车车厢一打开，就从里面滚下一堆男人、女人、孩子……几乎没人还能站起来。车上下来的其他人一边尖叫，一边跳过这些尸体。据说是为了让军车先行，这趟专列在编组站里停了好几天。这些人足足花了十二天才抵达这里。十二天没有呼吸新鲜空气，没有喝过一口水，没有吃过一点儿东西。

格拉夫·鲍比将脸庞优雅地转向太阳，尽情地享受着阳光。良辰美景不可辜负。他笑着，他看起来总是很满意，对自己，对生活，少不得还对工作。其他人都板着脸，表情僵硬，但他不。他会更仁慈？他两腿交叠，擦得锃亮的靴尖在阳光下如玻璃一般耀眼。党卫军士兵命令专列的幸存者五人一列站好。格拉夫·鲍比叼着长长的烟嘴，动作潇洒、漫不经心地挥着鞭子，开始了筛选。谁下集中营的地狱、谁上死亡工厂的天堂全在他一念之间。党卫军军官，多么高尚的职业！

外面又响起更密集的哨声。柴可夫斯卡一边粗着喉咙连连"禁止",一边穿过音乐室关上了门。这次的筛选有什么特别,竟不许我们开门?

今天,我们排练《弄臣》里的四重唱。这个节目声部组合比较别致,而我们的角色分配更是滑稽:洛特,女中音,唱吉尔达的女仆;爱娃,唱男高音,饰爱上女仆的曼图亚公爵;弗洛莱特,唱男低音,饰弄臣;我,女高音,唱吉尔达!党卫军很喜欢这个节目,所以我们经常排练。刚唱完最后一个音,就听到一阵爆笑,霹雳一样,我们忍不住不顾禁令挤到窗边,又偷偷把门拉开一条缝:只见一个高大瘦弱、长鼻子的小伙子,全身赤裸,在一节车厢敞开的车门前又唱又跳。他用手模仿着木偶,在阳光里舞动,逗乐了党卫军自下而上所有人,包括格拉夫·鲍比。

这疯子快乐地大喊大叫,胡言乱语。我们听不清他说的话,只听见几声"乌拉!""太棒了!""太精彩了!""你好!你好!"。

牺牲者的队伍从他面前缓缓走过:妇女,老人,孩子。有个当妈的招呼她的宝贝:"跟上,跟上,孩子们!"许多人扭回头看着疯子,有几个也笑了起来。队伍渐渐远去,走上通往毒气室的斜坡,火车旁只剩下疯子和从车厢中抛出的尸体。来自集中营内穿条纹衫的囚犯把尸体堆上手推车,疯子则在一旁哈哈大笑,拍着手,笨拙地模仿起芭蕾舞里的击脚跳。清空的列车在倒车状态下缓缓驶离,配上疯子的手舞足蹈,显得格外怪诞。其他列车停入轨道。疯子继续表演他那快乐的节目。党卫军们笑个不停,欢快地拍打着同伴的后背。又过了会儿,估计是觉得消遣得差不多了,格拉夫·鲍比一摆烟嘴——这姿势是那么优雅——示意将疯子也送入正在登上斜坡的那支队伍。

娱乐结束了,但筛选没有结束,直到晚饭时分仍在继续。炙烈的阳光连续几个小时的照晒让音乐室里闷热不堪,趁着去取晚餐的机会，帕尼福尼娅和玛丽拉索性就让门敞着。我们几个人不自觉地朝"站台"方向望去：铁丝网那边，长长的队伍令人绝望地挪动着，都是被筛选去毒气室的人。我们是怎么知道这批人来自比利时的呢？应该是某个通信员说的吧。大伊莲娜、安妮，还有比利时莉莉牢牢注视着他们，仿佛这凄惨的景象多少仍能带给她们一丝家乡的气息。

"看啊，"安妮说道，"这群人，他们比利时派头十足啊！"

突然，她像被割喉一样发出一声无法控制的尖叫：

"妈妈！那是妈妈！还有我的姐姐们！"

她向外扑去。那斜坡上，她的母亲和姐姐什么也没听到，更没有回头看一眼。弗洛莱特死命按住安妮的嘴。爱娃、小伊莲娜、莉莉用力将她向后拖。我关上门。安妮挣扎着，扯开弗洛莱特的手，尖叫道：

"放开我……让我过去，我要过去，我要见她们，和她们一起去死！妈妈！妈妈！……"

弗洛莱特瞅准部位，猛地一下将她打昏过去。我们把她抱回床铺，轮流看护着她。她哭了一整夜，天快亮时才终于睡着。

排练时间到了，她呆呆地坐到椅子上，眼神空洞。大伊莲娜轻轻地、几近温柔地把曼陀林递给她：

"快弹，要不一会儿就轮到你了，快弹。"

从那天起，安妮彻底变了一个人。原本就寡言少语的她变得更为封闭；她的想法更为极端，毫不通融，尤其对一切都极其麻木。

一小时后，这出悲剧就成了历史。传来一条消息："克莱默和曼德尔离开了比克瑙！"他们去了哪里？他们为什么离开？他们还会回来吗？我们最担心的就是这个。他们喜爱乐队，以此为荣，不仅是我们最忠实的听众，更是我们的保护者。他们不在，我们的未来绝不只是不确定。

我惊讶地看到阿尔玛仔细巡视我们的营房，她担忧的神色让我能猜出她的想法：我们的营房整洁、舒适，暖意融融，没有寄生虫，会被分配给别的部门。因为集中营里地方总是不够用，大量囚犯让各处人满为患。党卫军可以决定收回这里，到了那时，等待我们的是什么，毒气室，还是劳动队？

阿尔玛没有接到正式通知，只当不知道克莱默和曼德尔不在。我们一如既往地排练。周日演出时，也许他们就回来了，要准备得完美！

我们将所有节目都过了一遍，有他们喜欢的维也纳华尔兹，他们爱听的德沃夏克作品串烧——他们不知道这曲子来自一个被禁的作曲家，勃拉姆斯《匈牙利舞曲》第五号，《舒伯特与三少女》[1]《托斯卡》《白马客栈》选曲，以及莱哈尔的《伏尔加之歌》。我们的保护者口味很杂呢！事实上对音乐，他们喜欢归喜欢，但一点也不懂。

这场排练让我们看到了希望，大家都很卖力气，太卖力……早知道还是保持低调为妙：一个通信员跑来向我们传达了停止一切排练的命令，所有音乐会均被取消，仅早晚两次，在劳动队出工、收工时伴奏的工作不变。

阿尔玛神情沮丧地放下指挥棒，走回自己房中，又迅速走了出来，大步穿过音乐室走了出去。她去哪里？找人说项？能找谁呢？我当时被痢疾折磨了好几天，疲乏不堪，回到床铺上躺下，能否成功就让她去试呗！……

再走进来时，阿尔玛的样子出乎我们意料：她怀里抱着一堆毛线团，后面跟着一个同样抱着毛线和毛线针的通信员。她们将五颜

---

[1] *Das Dreimäderlhaus*，一部根据舒伯特恋情传说改编的轻歌剧。——译注

六色的线团堆在我的抄谱桌上。音乐室改编织房了！

"你知道，"阿尔玛对我说，"我必须向他们证明，除了搞音乐我们还有其他用处。要是他们进来看到你们穿着靓丽却无所事事，就会觉得我们是废物。所以我去征求了弗豪施密特的意见。她建议我去服被营看看有什么活可干。但她们没什么活能分给我们，她们自己也怕没事可做，不敢把活分出去。后来我瞧见这些毛线，就要了回来。来吧，我们织毛线吧，不管织什么，但一定得多织些！"

一小时后，除了不会织毛线的阿尔玛、小伊莲娜和我，所有女孩都变身为织女，织得最多的是长围巾和套头毛衣，据说这两种货最紧俏。就让党卫军来检查好了，他们会被我们感化的。难以忍受的腹痛逼得我只能又回去躺着。从我所在的上铺，我看着这幅画面，还有心情欣赏。只见我那些抄谱员围坐在桌边，乐手们坐在自己的位子上，人人针飞线走。阿尔玛在她们中间往来巡视，弄烦了自己也弄烦了她们，因为她对这活一无所知，没法指导她们，而她那副"监狱工厂看守长"的样子又叫人气不打一处来。弗洛莱特埋头飞快地干着活，爱娃则不紧不慢，不时检查一下自己的产品，数数针脚，用手捋平拱起的地方。几个波兰犹太人动作敏捷，仿佛她们的生命就悬在这一针一线上，或许真是这样？陈词滥调此时也有了一种奇特的意味。波兰雅利安人慢条斯理地干着自己的活。克拉拉不断将织好的东西拆了返工。德国人的运针节奏就像一台机器。

两天，三天，织女们就这样或快或慢地干着活。我们无时无刻不在担心，担心陶贝尔突然闯进来。克莱默不在的这几天，他好像接手了很多事，在我们看来太多的事。他有这权限吗？我们不知道，反正弄清他杀人是否需要批准也改变不了什么。

陶贝尔长得又高又细，是个多愁善感、百无聊赖的家伙。他需要奇思妙想，需要创新，每日例行的筛选、单调的"左边！右边！"让他厌倦、烦闷。他对筛选集中营专列运抵的新囚犯不感兴趣，没有施展想象力的空间，而想象力，他有的是！让他来劲的是集中营里的筛选。

看样子他暂时还威胁不到我们，因为他正忙着完善他的新点子。他把所有女囚赶出营房——除了雅利安人，以及加拿大区、服被营、音乐营等特定营房的人。所有女人，全身赤裸，列队站好，他检阅一番，从中挑选五十名体力不支、晃得最厉害的——待会儿她们会更快报销——命令这些半死之人去挖一条沟。这条沟讲究的不是深度，而是宽度，必须宽窄合宜，要让它难以跃过，但又不是完全不能。挖好这件艺术品，他便命令一直裸体立正等候的女囚们从上面跳过去；跳不过去、跌到沟里的人有特别待遇[1]。

有时，陶贝尔因疲惫而缺乏想象力，他就索性赶出一千人，让她们百人一组列队，他一组一组从头点过来：一！二！三！最后一组进毒气室！一！二！三！毒气室！第三组被点到的人有一丝希望，他会根据当时心情决定是把她们送进毒气室还是暂时留着。他想怎么来就怎么来！一！二！三！……直到最后一个人。这气焰，多享受！

明天，我们可能也会成为他消遣的对象，他会在我们身上将想象力发挥到极致。我们做了最坏的打算。我们知道他讨厌曼德尔，很可能会将一部分恨意发泄到我们这些无用的人身上。他已经对演出与排练下了禁令，还会有其他动作吗？

很多女孩都说编织很快乐！说这让她们想起了从前的日子，织一件毛衣，一条色彩鲜艳的围巾，一顶绒帽，一双厚厚的毛线袜，不是织给自己的男人，就是织给孩子们。有几位夜里也织，围着这

---

[1] 送毒气室。

个季节已经熄灭、但依旧充满象征的暖炉。

周日,所有人的忧惧变得更为强烈。没有音乐会。这异常很快就会被其他党卫军发现、评说,包括格拉夫·鲍比——真格的,那天突然出现的这名高级上校究竟掌握着多大的权力?还有和他同为比克瑙仅有的"爱乐人"的门格勒医生,能指望这位吗?绝无可能。他有什么必要为一小撮已经占足便宜、多活了那么久的犹太女人出头?他每天干的,不正是戴着科学的面具,以净化种族的名义屠杀她们?

那晚,每个人都开始祈祷,祈祷各自的神明保佑克莱默和曼德尔归来!谁也不觉得这祈求有何不妥,这惊人的悖论,悲哀的幽默:受害者渴求刽子手……

在我们营房,公开的宗教活动一般都会引来嘲笑或痛骂,在混乱中收场。例如,一个雅利安人跪在木架床上,连连在胸口画着十字,另一个也照样施行。她们才开始祷告,闲话就来了:"她们可真蠢!看看她们,向谁祈祷呢?上帝不存在,否则她们怎么会在这儿!"两人不搭茬,继续祈祷,闲话变本加厉:"我也信过上帝!信过我们的主耶稣基督!但他竟然允许有集中营、毒气室、焚尸炉存在!他没有消灭这些魔鬼,他看着我们被折磨、被屠杀……我唾弃耶稣基督!上帝不存在!"有人反驳:"上帝知道自己在做什么,人类就是需要惩罚。"通常,在教的犹太人会赞同:"没错,这是赎罪。上帝降罪是为我们好!"基督徒附和:"为了让我们得到救赎!""一群可怜的笨蛋!"弗洛莱特和珍妮会嘲笑,"无辜的人被烧成了灰,这就是你们得到的!""这是原罪。"基督徒们坚持。"父亲吃了酸葡萄,儿子的牙酸倒了!"犹太人引用《圣经》里的话。"见鬼去吧!上帝不存在!""那你们的犹太长老呢,可怜的笨蛋,"弗洛莱特叫道,"他们全是混蛋,所以才被扔进了焚尸炉?长老挺能烧吧,烧得比谁都旺,是不是?他们那一身肥膘,能做上好的肥皂呢!你们的上帝真是太了不起了,放任自己的教士被焚烧!听懂了吗,上帝不存在,不存在!"

犹太人激动起来,一边前后摇晃身体,一边拍打着胸口,诵起哀悼亡者的祈祷:"感谢我们的主,我们的神,你以公正创造了我们,你以公正支持我们在这尘世……"或是《圣经·诗篇》91:

你避难于他的翅膀底下;
他的忠信乃是盾牌圆楯。
你不怕黑夜中的恐怖,
白日间的飞箭;
不怕幽暗中流行的瘟疫,
或中午间灭人的毒病。
虽有千人仆倒在你身旁,万人倒毙……

这也许值得敬佩。但不信教的人,她们一听到这些,就会因为这种在她们看来背信、欺诈的行径勃然大怒。不过犹太教徒们的非凡美德确实令人称颂。哪怕饿得要命,她们也会因一段香肠不符合犹太教规而拒绝食用,堪称坚贞。为了能有一截蜡烛过赎罪日,我见过她们不惜拿出自己的配额面包去换。在劳动营,践行犹太教很快就等于某种形式的自杀。我时常想:"难道这就是耶和华要的吗?"

在这些用于祈祷、投身于主的时刻之外,所有人以宗教之名表现出的那种狭隘,无疑会把我彻底变成无神论者——如果我不是早就是了的话。雅利安人身上毫无基督徒的仁慈,顽固的犹太人贬斥非犹太教的一切。而犹太复国主义者非巴勒斯坦无以为家!不管是德国犹太人还是波兰犹太人,她们论调一致,容不得质疑:"犹太人是世界上最伟大的民族……犹太人没有杀人犯,因为犹太人见不得流血……同样也没有妓女、弑父者、杀婴者。"她们把陈词滥调当成事实,动辄就拿这两句作结:"犹太人是地上的盐,犹太人是被上帝选中的民族!"而弗洛莱特总要损她们:"被选中去毒气室的吧!"

这些狂热的信徒最让我受不了的是她们的宗派主义。我从未——即使在比克瑙——走向这个极端:因为几个人的恶行而怪罪整个民族。天知道这样做有多诱人!但这样做的前提是无视那些希特勒上台后便被投入监狱、在多个集中营颠沛的德国人,他们是雅利安人,共产党,抵抗分子,纳粹制度的反对者;当着这些牺牲者,怎么说得出"所有德国人全是凶手"这样的话?

因为存在柴可夫斯卡、佐莎之流,我们就能断言"所有波兰人都作恶多端"吗?我承认,我也不是一直都能保持公正的立场,我也经常诅咒波兰婊子不得好死,我也非常理解弗洛莱特的反应。一天早上,她被柴可夫斯卡极为粗暴地从铺上拽起来,她炸毛了:

"那丹卡,你就随她打呼噜!"

柴可夫斯卡不吭声。弗洛莱特窝着火,拉好毯子,又不小心在床角磕了一下,骂了句脏话,而此刻,丹卡依旧在离她几米远的地方沉睡。又气又恨又恼,弗洛莱特大叫起来:

"波兰臭婊子!为所欲为的臭婊子,也没人说她们!波兰女人全是贱人!……"

她还没骂完就被爱娃狠狠扇了一个耳光。这举动和爱娃素日形象的反差如此之大,竟让弗洛莱特毫无反应,只顾呆立原地盯着她看。这又引来波兰帮的一阵嘲笑。吵嚷声惊动了阿尔玛,问清缘由,她命令爱娃向弗洛莱特道歉——又是一个让弗洛莱特目瞪口呆的决定。

通常，涉及民族主义和宗教问题的争执会以另一种方式收场：当大家吵得不可开交时，柴可夫斯卡会惩罚犹太人，声称她们无可救药，是破坏营房秩序的罪魁祸首！

那晚，没有恶语与嘲讽，不论信仰，所有信徒都平静地做完了祷告，仿佛暗中，每个人都在想："管他呢，万一有某个神能听见呢！"只有与往常一样刻薄的弗洛莱特和咄咄逼人的珍妮骂她们添乱，说事情已经够糟糕的了，现在还要忍受她们愚蠢的祷告。真是客气！

大伊莲娜试着劝慰："可能你们是对的。但要理解，宗教对她们有用，能让她们更舒坦。要宽容一点。当我看到我丈夫初领圣体的照片时，我没有嘲笑他，我想听他讲述这个仪式。他虽不像我婆婆那样参与各种宗教活动，但也是信徒。我相信，在当下的情形里，宗教对他是一种实实在在的支持，信仰能帮助他等着我回去，能让他承受这分离的痛苦。"

为了转移焦点，我趁机向她们讲起我小时候的宗教狂热：

"我妈是天主教徒，但我对初领圣体仪式一点也想不起来了，甚至不记得当时穿什么样的裙子！但两年之后，十二岁上，我想进修道院……"

爱娃、大小伊莲娜、弗洛莱特、安妮、珍妮全都抿起了嘴，锁紧了眉头。对她们来说，我是犹太人，我居然领过圣体，甚至还想去修道院，这可太让人震惊了。有意思的是，她们没一个搞宗教活动，没一个信教。她们那抵触表情快把我逗乐了，我接着说：

"每年夏天，我和父母都会去谢夫勒斯[1]的别墅度假。妈妈很好

---

[1] 巴黎西南部小城。——译注

客，会邀请很多人，所有想去的人，他们可不少呢！经常是二十五个人，而不是十个人。十二岁时，我只想做一件事：弹钢琴。我们有一架三角钢琴，放在一个客厅里，正对着阳台。虽然是绝佳的位置，但每次练琴时，总有人打断我。比方说：'来，弹这个曲子！''别弹了，快过来帮忙！''弟弟没人管，你去看看他！'没完没了。那时，我的钢琴老师是个上了年纪的可敬的老爷爷。他是虔诚的天主教徒，给我灌输了很多天主教的东西。他非常慈祥，用虔诚、纯净的语言说着他那仁慈的上帝，让我觉得上帝太神奇了，感觉就像一个留着雪白胡子的魔法师，在圣母玛利亚这位光芒四射的仙女的帮助下创造出各种奇迹。我被他打动了，也虔诚地信起上帝。我不管干什么都要画十字，我去做弥撒、唱赞美诗，祷告时把念珠拨得嗒嗒作响。对此，爸爸妈妈完全无动于衷。一天，我被他们搞得又没能坐到心爱的钢琴前，我忍无可忍，从家里跑了出去。我打定主意要进修道院，这样就能从早到晚、不受干扰地弹琴。修道院里的各种功课在我耳畔就是练习音乐的美丽借口。不过，作为离家出走的惩罚，作为某种与仁慈的上帝和解的代价，我光着脚走到了十二公里外的修道院。我冷得直打哆嗦——那时已经入秋，拖着满是鲜血的脚，精疲力尽。修女们完全没给我应得的招待，也就是说狠狠剋我一顿，相反，她们友好地让我睡到放了热水袋的床上。院长嬷嬷温柔地问我：'你从哪里来？你是谁？'迟疑片刻后，我对她说了实话……躺在暖洋洋的床上，我正睡得踏实，爸爸到了：'宝贝儿，你为什么要离家出走啊？'我将缘由告诉他，他点点头：'我懂了！'慈爱、体贴的爸爸！……三天后，探索完归隐与祷告的所有乐趣，我回到家中：一架华丽的立式钢琴已经摆在我的房间，房门上，还插着一把钥匙。我可以关起门，尽情弹琴！多么幸福！这场在我看来神奇的经历让我坚信是上帝眷顾我，是他从天国帮助我，让我有了自己的钢琴。好多年，我一直虔诚地信仰着他。一个慷慨仁慈的上帝！只是，当我看到在德国发生的一切，我明白了，上帝不存在，因为没有谁会放任这一切发生，上帝若在，早就把那些罪人给天打雷劈了！没有上帝！于是，我转向了马克思主义，转向反对战争与纳粹主义的共产主义。而我们在这里经历的一切让我的想法更坚定了。"

听众们一副不敢苟同的表情，她们看起来并不觉得这个故事有什么好玩。

"我去了修道院，你们难道不觉得有趣吗？"

弗洛莱特粗鲁地回答：

"一点也不，蠢透了！你是犹太人，有什么必要去学他们那一套？"

她们就那样看着我，顽固不化，固守着另一种宗派主义。我理解她们。在比克瑙，她们为其他人能光明正大地当犹太人付出了极大的代价。她们不能容忍我拒绝全身心地、无条件地支持她们。她们需要我向她们看齐，尤其在此刻，今晚，恐惧就在我们身上弥漫的时候。安妮把手里的毛线活搁在腿上，摇着头说：

"党卫军不会一直不管我们的，他们会醒过来的，到时候……"

一周来，和弦声、吱吱扭扭的运弓声、叮叮咚咚的拨弦声、咿咿呜呜的竖笛声、顷顷哐哐的锣鼓声让位于毛线针清脆忙碌的撞击声，偶尔穿插着经典的抱怨声："我收错针了，真见鬼，我漏了一针。"外面，不断传来令人担忧的流言。毫无疑问，现在管理营地的党卫军不喜欢音乐，那要是他们也不喜欢编织呢？大家几乎不再说话，再也没有争吵、嫉妒、发脾气、谈情说爱，什么都没有。人人变得宽容，信徒们在和平的气氛中祷告。我们的营房谨慎地呼吸着。我们隐藏自己。我们害怕。

她估计刚满十五岁，推门进来的这个气喘吁吁、欢欣雀跃的女孩：

"姑娘们！他们，回来了！"

我们乐疯了，互相拥抱着，叫着，跳着，拍着手。我们感到幸福。没错，**幸福**！我们最亲爱的党卫军回来了！

这就是克莱默和曼德尔回来时我们的状态！意识到这一点，我深感焦虑：要靠这类事件我才注意到我的判断力在渐渐瓦解。我已坦然接受集中营中挥之不去的死亡、恐惧，其中的荒谬，我的反抗意志被消磨，需要鞭挞，才能将它唤醒。我将以何种状态离开比克瑙？但愿我在这里不会再待很长时间，但愿我不会被这些迫害心灵的铁丝网剐得体无完肤！

因为我从未，没有一次，即使在最糟糕的时刻，怀疑过自己将获得解放。

曼德尔来看望她心爱的乐队了。我们织毛衣的场面让她大吃一惊：

"这是怎么回事？"

阿尔玛向她解释。她叫起来：

"统统给我放下，我会派人来收！立刻重新回去排练！我要一整天都听到音乐……"

她把阿尔玛拉到一边激烈地说着，惯常的冷漠一扫而空。哦，弗豪曼德尔！这场面让我们心潮澎湃。她走后，阿尔玛开心地评论起她的反应，更是让我们心里热乎乎的：

"我对她说我们收到了停止一切排练的命令，她居然发起火来，真是难以置信。她简直被气疯了：只要她活着，谁也别想碰一下她手下的人……"

阿尔玛也注意到了我们的"虔诚"之夜，不失幽默地接着说：

"我觉得我们该为她祈祷！"

为党卫军领袖海因里希·希姆莱演出！

夏天到了。几天来，天气真的很好，焚尸炉上空浓密的烟团在温热的空气里纹丝不动。我们觉着有点闷，但有时能瞥见几缕阳光。营地里人来人往，一派忙碌，犹如一个让人踢过一脚的蚁穴。党卫军动辄大骂，不过这一次并不是冲我们，而是冲他们自己人：高级军官骂下级军官，下级军官又依惯例把怨气撒到士兵身上。至于非军事管理人员，有的是囚犯，有的不是，也都紧张异常，从劳动总监（Arbeitsdienstführer）到劳动队监工（Kommandoführer），人人奔来走去。这股令人费解的紧张也弥漫到了乐队。阿尔玛显得尤为焦虑，不停地给我们排练，把我们折腾疯了。我们拉啊敲啊吹啊，发出的噪音远多于音乐，简直是一场走音、错音的盛典！我的头脑累昏了。编曲时，我不知道自己在写什么；歌唱时，全是下意识的反应，完全没有感情！一有机会逃过这场苦役，我们就去"购物"。

一处营房里开着某种类似路边摊的黑市，出没着"加拿大"女孩，带着她们从"到货"中偷来的各种物品；还有劳动队的人，带着她们出工时从地里偷来、随后躲过了门口搜身夹带进来的胡萝卜与芜菁。这些新鲜蔬菜价格昂贵，对她们、对我们都极为可贵。我们全都缺少维生素，与肉相比，蔬菜更是维持生命的必需品。这里的繁忙程度与市场氛围都令人震惊。卖家席地而坐，买家站着，交易在漫长的讨价还价里进行，以极其敏捷的支付结束，眨眼工夫，一块面包、一根带泥的胡萝卜就换了手。几个通信员替市场望风，一旦发现党卫军的军帽，她们便来报信，大伙儿就会像惊鸟般四处散开。一秒钟不到，全都消失了，买卖双方，交易的商品——立刻被藏到裙子下，或塞进上衣，夹在两乳间。当然，党卫军并不愚蠢，但是，也不知道为什么，只要证据并没有直接暴露在他们眼皮底下，他们便对发生的一切睁只眼闭只眼。

同样大规模的交易也在厨房周围进行着，那里也发生着各种交换。我们对这些动静习以为常，它们是日常的一部分，如同那些运送死尸、垂死之人、死囚的卡车，如同筛选。所有这些日常的、常规的恐惧……不寻常的是我们这几天感受到的，来自我们主宰者奇特行为的紧张感。一队队维修工在劳动总监的命令与咆哮中奔往各处。从未打扫过的营房里里外外冲了个干净，大批穿条纹囚服的人修理着屋顶、疏通、铺设管道、检查电路。这些古怪的活动在空气中传播着紧张、焦虑的花粉。陌生党卫军的到来引发评论。"他们总不至于把原来的人给换掉吧！"女人们嘀咕着，"新来的也绝不会好到哪里去，只会更嗜血！"与不断出现的陌生的党卫军相比，更令人担忧的，是那些身着黑色制服的盖世太保和安全警察，他们在营区里晃悠、检查……

在市场、加拿大区、厕所周围，人们纷纷传言："我们将迎来一位高官，一个党卫军大人物！""一个超级混蛋！"弗洛莱特骂道。在晚上的排练前——三天来，在每天例行的十七小时排练外，阿尔玛又在"晚餐"后加了三小时——我们一边吃一边讨论这个令人不安的消息。

"有个人一定知情，弗洛拉！"大伊莲娜说。

"我们可有些日子没见到她了。自打去了克莱默家当老妈子，人家现在抖起来了。"珍妮睁圆了她那双小得如鼠目一般的黑眼睛说道，"哟嚯，说到谁，谁就到！瞧瞧这是谁来了：大胖子弗洛拉，穿着英国保姆服。乖乖，你这一身太正了！"

只会一嘴跟荷兰奶牛学的法语，弗洛拉对法语的精妙一无所知，只道珍妮在夸她。她得意洋洋地说她没有忘记我们；但她实在太忙了！有很多活要干！

"指挥官先生的别墅，一尘不染！指挥官夫人，闲得很。但这里没什么消遣，她只能做些钩织，漂亮极了。还在枕套上绣字：晚安。窗帘是纱做的。孩子们都很有教养。指挥官的小女儿真是太可爱了！我还给他们上音乐课！"

女孩们忍俊不禁。

"他那些小崽子要是有你的水平，指挥官可就有福啦！"

弗洛拉没听懂珍妮的言外之意，自顾自地接着说：

"房子前面有个花园，有花，这对孩子不错。我们不住营区，生活在铁丝网之外感觉好多了……"

小伊莲娜打断她：

"花园前头，就在房子的窗户下面，是不是有条能通焚尸炉的小路？"

"是的。"弗洛拉答道，没明白她的用意。

"那你一直看得到抬运尸体的队伍，对不对？"

弗洛拉大声抗议：

"可我要工作，我忙得没时间看！"

理直气壮的回答！我们竟无言以对。她知道自己在说什么吗？她接着对我们解释：

"尤其现在。我们在准备一次视察，一个极为重要的人物，指挥官忙得不可开交，会在奥斯维辛党卫军军官营房（Blockführerstube）举行欢迎式，可能还要来我们家。太太非常焦虑。这里，不是吗，条件无法和柏林相比，她什么也没有！或许那人最后只去霍斯勒指挥官家。"

"谁要来？"

"不知道，没听说具体名字。"

接着，她滔滔不绝地为她高贵的主人唱起颂歌：

"看到克莱默指挥官的样子，谁能想到他竟是那么好的父亲，绝佳的丈夫，那么体贴。"

"够了，你都要把我们说哭了！"珍妮反讽道。

弗洛拉一门心思显摆她的优越感，不管对幽默还是讥讽，她都毫无感觉：

"为了庆祝结婚纪念日，他让人给太太做了个精美的皮包，非常别致，上面刻着一支玫瑰花！我问弗豪克莱默：'多么漂亮的皮革，这是什么皮？''人皮，'她回答说，'亲爱的，带文身的人皮，很少见的！'"

我一阵恶心，差点要吐出来。艾尔莎憎恶地看着弗洛拉。她父母就是皮匠，还好及时逃到了比利时；她自己也学过这门手艺。她勃然大怒：

"营地里竟然会有皮匠接这种十恶不赦的活？"

父母也是皮匠的安妮附和道：

"我可做不出这样的事！"

她们能这样想固然好，但她们也可能迈出这一步。服从！服从！用同伴的皮来做人皮包又算得了什么？把"筛选"选中的人送去毒气室的是一水的志愿者。一脚踢翻艾迪克脚下凳子的，是他的朋友，尤普，那个受艾迪克托付、保存他与玛拉头发的人。尤普甘当刽子手，只为保留这一线希望：活着出去！为了活下去，除了服从，还能有何选择？

我们极度虚弱，饥饿不堪。现在的汤越来越稀，里面什么都有：纸板，纸片，烂绳子，臭得难以下咽。一闻到那味道，胃就往上翻。马上就是今天最后一场排练了，我们麻木地等待着。日头久久不落，入夜的时间越来越晚，记忆赋予我们各种胡思乱想的素材：抬头仰望星辰，沿着开满鲜花的小路慵懒地漫步……总之，一切无法企及的东西，我们中的一部分人也许再也看不到、再也无法享受这些时刻了。

"肃静！"

阿尔玛威严、生硬的命令一下把我惊醒。疲倦的女孩们手里拿着乐器，抬起头。

"你们都仔细听好。我要宣布一个重要消息。"

如果这时蹦起一只跳蚤我们也能听到。

"一位党卫军首脑人物，高层领导，将来集中营视察。你们务必用心表演！他是德意志最重要的希特勒主义者之一。他对我们极为关心，柏林也知道我们的乐队了！演出必须完美！无懈可击！我绝不容忍一点错误。"

乐队，她的乐队！可是女孩们被这威逼出来的音乐搞得精疲力尽，阴郁的眼中只有仇恨的目光。

这位重要人物会是谁？总不会是希特勒吧。

希特勒，我曾在一个早晨偶遇这个指手画脚的小矬子。那是德军占领巴黎后不久,我去一家酒吧面试,刚从瓦格拉姆地铁站出来,便被卷入一股灰绿、浅灰、黑色军服的洪流,都是各样的女兵、女护士,正一窝蜂地赶往星形广场。前一天就有传言说"希特勒来巴黎了,希特勒要上凯旋门"。从满大街摩肩接踵的德国士兵来看,这消息是真的。又恨又奇,我不想错过"那东西"。

"那东西",就是那个站在凯旋门顶上,板着脸杵在一身纳粹制服里的小男人。站在大本营衣甲鲜明、密密层层、如人形模特般僵立的大小将佐前,只有他像个活人。

7月的烈日照耀着成千上万个印在军旗、臂章上的阴森的纳粹十字。空气是如此纯净,我能看清各种细节:他额头那绺短发,带着轻蔑的嘴角,令人恐怖的黑色小胡子。但我没能捕捉到他的眼神和目光,都隐藏在阴影里,让我颇感遗憾。我想看清"完整"的阿道夫·希特勒,以更好地唾弃他。那时我对惨绝人寰的集中营一无所知。在巴黎,"正确,合作——法兰西未来"行动才刚刚开始。但我无法忘记《我的奋斗》里写的:"日耳曼种族是最优秀的种族,与犹太人、斯拉夫人,以及所有劣等种族的斗争是神圣的。"

突然,这个我偶然加入的人群,这些人,他的人,变挺了,变高了。伸出了第一条手臂,发出了第一声呐喊,来自一个女人:"胜利万岁!"这激动的呼喊就像一个信号,成千上万条喉咙开始发泄他们的狂热。欢呼声震天动地,就是在这美好夏日,也让人脊背生凉,不寒而栗。

凯旋门上,阿道夫·希特勒迎合地摆出那被历史照片定格的姿势。他们狂热地、无休止地嘶吼着。满脑袋都是这震耳欲聋的喊声,我艰难地在这片行着纳粹礼、嘴巴大张的日耳曼丛林中寻找回家的道路。二十岁,身高一米五,困在垓心,我感觉自己就像格列佛,被大人国里的巨人挤得喘不上气……而且还是一群邪恶的巨人!

来人身份揭晓，不是希特勒，而是一个对我们来说更恐怖的名字：海因里希·希姆莱。阿尔玛惊叹道：

"你们能想到吗，希姆莱来这里，一个无所不能的人。"

这语气，仿佛戈林、戈培尔之流突然全倒台了似的。

死敌希姆莱，集中营的创造者！恐惧、仇恨、徒然的义愤猛烈地冲击着我，震撼着我内心每一个最隐秘的角落。死亡的组织者，我们的死亡的组织者，要到这里来。刽子手要来享用他的受害者。时至今日，我仍难找到合适的语词来表达。就像对于爱情，对于仇恨也该发明一些全新的语词，只属于我们的、从未被他人用来描述其他仇恨的新词！

我看着同伴们，她们被击垮了。连俄国人、大部分波兰人也脸色大变。得要无知无觉到阿尔玛一样的高度，才能如此轻描淡写。大家努力消化这个恶心的消息，无孔不入的恐惧暗中蔓延。希姆莱，他是怎样的人？我们对他知道多少？一个貌似小官僚的狂热分子。种族主义的清教徒。反犹主义的萨伏那洛拉[1]。这个党卫军全国领袖——纳粹最高领导人之一——是现已成为纳粹运动精锐的党卫军的缔造者，就是他设计并打造了这个庞大的、以灭绝犹太人及其他"劣等种族"为目标的邪恶组织……在奥斯维辛，人们还记得他 1942 年的那次视察。口口相传的回忆从各种渠道传到我们耳中：他亲自出席了对一车刚抵达的犹太人的屠杀，下达具体指示，以提高筛选效率，减少"损耗"——言下之意就是清除那部分杀掉比养着更经济的人。听说，在行动各阶段，他一直在暗中检查参与执行的大小军官，看他们是否做到了让快乐、厌恶等各类情感从脸上、

---

[1] Girolamo Savonarola（1452—1498），意大利多明我会会士、宗教改革家。1494 年建立佛罗伦萨"基督教共和国"（1494—1498），实施神权专制。1497 年 2 月 7 日，萨伏那洛拉及其追随者点燃"虚妄之火"，焚烧收缴而来的所谓可使灵魂堕落的物品，包括大量文艺复兴杰作与人文主义作品。——译注

从行为中消失。党卫军，纳粹党的精英队伍，必须精诚履职，党卫军所有的个人情感，应保留给元首、帝国和家庭。他们是明日彻底摒除了劣等血统的新社会的基础。赫斯指挥官当时是奥斯维辛集中营群总指挥，他向希姆莱抱怨说手下某些军官太"感性"，希姆莱于是提出大量使用冷酷无情的军犬。

他还坚持观看了对一名女囚的鞭刑，离开时，他命令以后鞭子要抽在绑在长条凳上的男女囚犯裸露的腰上，要加强以管教为目的的处罚，无法工作的囚犯就"特别待遇"。他还对现有设施的处理能力——实际已经非常高效——表示不满，批评日灭绝人数没能达到六千以上！这个过于保守的数字，在他看来，可恶地拖慢了欧洲纯洁化进程！这位灭绝大业的官僚面面俱到，高瞻远瞩。

我们要当着这个人的面演出。

我们迎来了地狱般的折磨。有些日子，我们连续二十小时不间断地排练，练到神志不清、有气无力，练到眩晕的边缘。阿尔玛的指挥棒让我们昏睡，它无情地紧紧催着节奏，我们再也无法跟上的节奏。我们来回地练着演出曲目：开场是《风流寡妇》选曲串烧，我觉得其中那支《美妙乐声》选得尤其合适！之后是彼得·克鲁德的《十二分钟》。反复练习练得我嗓子生疼。我要是能失声该多好！演出以洛特演唱的《布达佩斯的尤利什卡》[1]作结。若全国领袖听得满意还想听下去，那就由克拉拉演唱阿里亚比耶夫的《夜莺》，田园情调，正当时令！我们还准备了一支苏佩的进行曲。这样的节目安排让克拉拉对洛特一肚子怨气。她喋喋不休地强调说她才该被列入正式的节目单而不是当返场备选，但那个"德国女人"当然护着德国人。这番怄气让我们本已绷紧的神经接近崩溃。

---

1 1937年首演于柏林的轻歌剧《蓝色面具》选曲。——译注

阿尔玛把一切抛诸脑后：集中营，环境，毒气室。她的音乐会必须无懈可击。她是德国人，而希姆莱是这个国家最高首脑之一。她以这场演出为傲。我们全都和弗洛莱特一样想：

"啊，见鬼！天晓得她会为希特勒做到什么分上！"

阿尔玛于我们从未如此陌生。

终于，这隆重的一天来了！集中营焕然一新，所有道路洒扫干净，某些位置在最后时刻铺上了砾石——铺早了又会陷到从未完全干透的泥浆中去。一大清早，我们就开始卖力地拾掇，把自己搞得像等待船长检阅的甲板一样光可鉴人。正忙着清洁衣服、鞋子，阿尔玛又把我们召集起来：

"一会儿，你们要为党卫军全国领袖演出。我必须提醒你们，音乐方面他是行家，他会弹钢琴。所以你们绝不能出纰漏，绝不能玷污他的耳朵，让他不悦。不准直视他，不准交头接耳，全都站直了，他极为重视得体的仪态。尤其是，给我好好演，不准出错！"

"我要吐了，我要吐了！"弗洛莱特重复着，"为了给这恶魔演出，瞧她这个巴结劲儿！"

女孩们怒气难抑：

"如果阿尔玛的目的是为我们争取更好的伙食，那我们还能理解。可根本不是这回事！这一切只是为了她自己，为了得到嘉奖、得到赞美，因喜悦而颤栗。真是可悲！"

柴可夫斯卡在歪嘴福尼娅的陪同下把我们检查了一遍。阿尔玛再次确认无虞，我们就带着乐器、乐谱和谱架出发了。昏沉的头脑麻痹了我们的怒火。我们登上演出台，在毒日下等候。阿尔玛颤抖着，我们也颤抖着，甚至已经忘了为什么。党卫军同样在颤抖，但他们一定知道为什么。军犬喘着粗气，打着哈欠。空气被烤得发抖，我们腋窝下变得湿津津的。但愿汗水别透出来，希姆莱这个处处要求"得体"的人，绝不会容忍汗渍。他会为了比这还小的事就把你送去毒气室！

一小时过去了。我只觉喉咙发干，黏稠的唾液粘在口腔天花板上。洛特赤红着脸。克拉拉汗流浃背。只有阿尔玛冷傲地保持着干燥，她简直不是犹太人，她应该是彻头彻尾的"高等种族"，大自然开了一个大玩笑！从我们所在的高台向周围看去，空荡荡的集中营——囚犯都被关回了营房——如此整洁，我都快认不出来了。若不是焚尸炉冒着浓烟的烟囱——这些死亡的高炉，夜以继日，一刻不停——这里完全就是另一个世界。

不知等了多久，集中营主路上出现了一群大多穿黑色制服、戴骷髅帽徽军帽的人。希姆莱在军官们的簇拥中若隐若现。他身材矮小，更确切地说是瘦弱，微微有点驼背。肤色苍白，棕褐头发，这位日耳曼种族高级性的狂热捍卫者，真是极好地诠释了金发、蓝眼、高大的雅利安人……看来大自然又开了个玩笑！这让我觉得颇为有趣，但很难笑得出来。这威严的"领袖"，绝世的屠夫，混在人堆里面完全就是个毫不起眼的普通人，戴着他官腔十足的夹鼻眼镜，在过时的镜片后头目光飘忽。

此刻，我们与他相距二十米左右。阿尔玛一看见他，立刻原地立正，就差没"啪"一下猛击脚跟了！她一挥指挥棒，我们开始了《风流寡妇》串烧——在这烈日底下，在这演出台上，挨着岗楼，围在铁丝网当中，面对这些穿着制服的军官，这场景让我觉得难以置信、滑稽可笑、荒诞无比……爱娃公然将头转向喀尔巴阡山脉，那里有我们的波兰救兵……小伊莲娜毫不避讳地盯着来访者一个个看，带着一种令玛尔塔提心吊胆的蔑视与放肆。阿尔玛要是看到她这样准得倒吸一口冷气。但阿尔玛什么也没看到，她全身心地指挥着乐队为党卫军全国领袖海因里希·希姆莱演出！我在脑中记下了他那张路人脸：一撮学自希特勒"同志"的小胡子，但为表敬意修剪得略有不同，挂在并不单薄的上嘴唇上，下嘴唇颇为圆润，倒是他的眼睛令人生畏，犀利、诘问的目光，不带任何表情。

他们这群人就一直站着，演出台前并未摆放座椅，他们不是来听音乐会的，估计这让阿尔玛挺担心的。希姆莱似乎有些无聊，但他还是站在那儿，顶着烈日，一定是为了"得体"。当我在彼得·克鲁德的《十二分钟》里演唱我的段落时，离希姆莱不远站着的曼德尔看向我。但愿她不会突发奇想让我演唱《蝴蝶夫人》，我觉得我今天没法独唱，我不会屈服于淫威！幸运的是，我们这一曲一结束，希姆莱就对军官们说了几句话，他们"啪啪啪"并击脚跟立正，所有人转身离开，同时，一名党卫军向我们示意停止演出。这结果让阿尔玛很悲观，不等我们长出一口气，她就骂起来：

"你们真是糟透了，简直不堪入耳！你们惹他不高兴了。他会把我们全送进毒气室！"

她就差像个发怒的孩子那样再加一句"该！"了。

玛尔塔，带着某种幽默，说道：

"这样的探监不来也罢！"

"肃静！"阿尔玛喝道。

我们垂头丧气地穿过空荡荡的道路，回到营房。一进门，便骂声四起。洛特大叫全是乐队的女孩害得她痛失演唱的机会，要是她们好好演奏，希姆莱绝不会离开。毕竟，她是德国人，为德国领导人献唱是她的权利。克拉拉抱怨说如果这样的场合都轮不到她出场的话，那她在乐队的地位就岌岌可危了，天知道等待她的会是怎样的命运。女孩们互相责难，都说是别人犯了错，才惹得希姆莱转身而走。她们究竟在想什么，难道以为他会喝彩，会欢呼"再来一个"？我震惊于她们的天真，怒不可遏：

"真是够了，你们动动脑子，毒气室是他发明的！他是党卫军的最高首脑，是他们的缔造者，所有人对他惟命是从。是他提出替希特勒扫清一切'劣等种族'，是他发起的对我们所有犹太人的大屠杀。而你，克拉拉，可怜的蠢货，当面为他献歌你还能乐得出来？"

克拉拉傲慢地答道：

"我又不是为自己，我是为乐队。要是把他唱满意了，说不定会给我们每人发一个'礼包'。"

"一个'礼包'！为了一点吃的，你就什么事都做得出。你和多少人睡我不管，反正你出卖的东西毫无价值。但你一个犹太人，对这个贼眉鼠眼的家伙奴颜婢膝，这完全不可接受！"

"你怎么不去对阿尔玛讲这些？那家伙没夸她，她还冲我们大发雷霆呢！"

我一下子泄了气，只剩了恶心与深深的厌倦。阿尔玛确实无比渴望得到党卫军领袖的嘉奖。与数以百万被屠杀的人相比，这些事是如此荒唐、幼稚，让我只想远离她们一个人待着，再也别听见她们，死去活来地恸哭一次，把自己彻底倾空……

这一天还差一个结尾。现在由阿尔玛补上了。她把我们叫去。她的声音意外地明亮愉悦：

"我想对你们说我很满意。"

我们面面相觑。她是不是疯了？珍妮偷偷比了个肯定的手势，用手指点了点额头。

"让我来为你们拉一曲萨拉萨蒂的《吉普赛之歌》，大家放松一下……"

我们被她完全弄糊涂了。为我们演奏是她特有的感谢方式。她拿起小提琴，然后，就在将拉未拉的当口，漫不经心地，蓄足了悬念，说道：

"我刚得知他对乐队非常满意。希姆莱笑了！"

第二天早晨，大事不好。赫尔嘉，我们的打击乐手，出工回来就瘫倒了。她病了，被直接送去了医务营。送她去的柴可夫斯卡向我们宣布了诊断结果：斑疹伤寒！这意味着，在最好的情况下，乐队将在几周内没有打击乐；而万一不巧，打击乐将永远消失。阿尔玛脸色惨白：少了打击乐有可能意味着乐队的末日。没有打击乐，怎么演奏进行曲？别了，深受党卫军青睐的苏佩的那些序曲。别了，《轻骑兵进行曲》！

我们是在音乐室得到这一消息的。阿尔玛，深受打击，手里的指挥棒掉到了指挥台上：

"我们该怎么办？我宁愿用三把吉他和六把曼陀林来换回打击乐！"

吉他手与曼陀林手顿时脸色煞白。

"我们该怎么办？"

她其实更应该担心"我们会怎么样"。我们沮丧得一句话都说不出。曼德尔到来的通知加剧了我们的焦虑。

"她又来添什么乱！"弗洛莱特抱怨道。

我们全体肃立，木然地迎来了曼德尔。她没想到我们情绪如此低落，遂向阿尔玛问起原因，一边听一边点着头。看上去她明白了我们的担心并深有同感。她说了句话，企图证明在任何情况下她都不会考虑解散乐队。但她的保证没能说服乐队里每一个懂德语的人。

她下定决心，宣布：

"要找一个人来代替她。"

没人叫我们"稍息",我们一动不动原地站着。曼德尔如同一名将军,昂着头,目光从每个人身上扫过。我们毫无反应,只是注视着她的一举一动。人人自危,包括波兰人,包括福尼娅与玛丽拉。所有人都窥察着她脸上的表情。突然,她眼睛一亮,视线停在了我身上:

"我的小歌唱家,可爱的蝴蝶夫人,你来负责打击乐。"

这近似儿戏的决定费了一番周折才抵达我的大脑。

阿尔玛含蓄地表示担忧:

"可是,指挥官大人,她从未学过打击乐。"

"那就学呗。"曼德尔冷冰冰地说,"这样她还能多一门本事。技多不压身,不是吗?"

阿尔玛审时度势,无奈地答了句"遵命"。

"今天我就会找人来教她。"曼德尔轻飘飘地说,"反正对搞音乐的人来说,敲锣打鼓也不是什么难事!"

只有我和阿尔玛充分意识到这事有多棘手:一来我完全不了解这组对手的灵活度要求很高的乐器,二来赫尔嘉本身就是专业的打击乐手,我从未给她写过任何分谱,现在等于要我在脱谱的情况下演奏一组全然不会的乐器……

姑娘们担心地看着我,再没人跟我争,她们的命运现在全系在我身上。但我感觉不到任何骄傲,只有极度的焦虑!她们打量着我,衡量着我:我如此矮小,能胜任吗?

弗洛莱特开起玩笑:

"他们又要从男子乐队派人来了,小心克拉拉会替你上!"

珍妮反驳说:

"你做梦呢,和我们一样的倒霉鬼,克拉拉才不会感兴趣!她要的是男人,真正的男人,能扇耳光、挥拳头的男人。她要的是身上青一块紫一块，那才能让她梦想，梦想盛开着长春花的田野！……"

她冲克拉拉喊：

"真格的，你那男人，揍你一只乌青眼，付你多少罐果酱？……"

我无法适应这种能把克拉拉气疯的玩笑，但她默默"吃进"，她深知自己不受欢迎，谁会为她挺身而出？我吗？我和克拉拉一起踏上这旅程，一起来到这里，我们曾起誓当一辈子的朋友："生死与共！"像无知的小姑娘。不过就我来说，这誓言还是种下了一份牵挂。我心怀忐忑：自己是否应该为她的堕落负一小部分责任？难道我不应该更警觉吗？克拉拉从一个知书达理、与她所爱的小伙订了婚的小姑娘，变成了专陪卡波的女人。她晃着胯，自负地摇着白净的肥躯，投入价高者的怀抱。她现在只关心两件事：吃和唱。有事有人，无事无人，她不时缠着我，拿旧日的友情感化我，奉承我："想法让我演唱吧，法尼娅，阿尔玛对你言听计从。要是我不能经常演唱，就会被说成没用……然后……"她的焦虑在这些省略号里展现无遗。她仇恨所有抢了她歌手位子的人：洛特，爱娃，一定还有我。

当她说自己可能会被踢出乐队那是在卖惨，其实她并不这样认为。那是她争夺首席歌手位子的一种手段，她要出风头……晚上，小伊莲娜、爱娃、玛尔塔和我常围坐在暖炉边，谈论诗歌、文学、政治。弗洛莱特爱在一旁听我们聊。克拉拉没法成为我们圈子里的核心人物，就自己待在一边习学新歌，谋夺主力歌手的位子——她不肯接受这已经没有可能了，因为她原本绝佳的嗓音由于食物匮乏而失去了光彩，不再空灵。她可能不得不放弃她成为巴黎歌剧院歌唱家的抱负，这令人唏嘘，因为她本来很有希望。她的条件真的很好。她有嗓子，其他素质也是样样不缺：很有天赋，形象出众，以及绝对的自私、唯我独尊——这能帮她扫除前进道路上的所有阻碍。只是在正常生活中，还是会顾及体面。而集中营放大了各种需求和欲望，犹如一剂显影液。许多正常情况下中规中矩的普通人，到了集中营就成了恶魔。

克拉拉最新的相好是个粗野的巨人。这个扁脑袋的德国人在男子营臭名昭著，据说暴戾得连党卫军都自叹不如。他来我们营房的时候，他深陷在两团肉褶中的小灰眼，捣衣槌一般巨大的双手，让我顿感不适。这个阴鸷的人除了干他卡波的活，还在集中营公开执行绞刑时，提供义务、专业的协助。我曾提醒克拉拉：

"你知道他是谁吗？你知道他关进来之前是干什么的吗？刽子手，专门杀人的。而在这里，他杀人不再是为了钱，纯是为了取乐。克拉拉，别这样做，别跟他走。等你离开集中营，你会再也不敢面对自己，面对你的朋友、未婚夫，还有家人。对这个畜生的回忆会毁了你一生。别去，现在还不晚，就算饿死也不要去当婊子！"

她的眼光变得冰冷：

"闭嘴，他给我带了副胸罩来，你懂吗？一副胸罩！再说，总得有人当刽子手，他不做也有别人做！……"

为这个礼物欣喜若狂并不奇怪。胸罩在集中营是被禁的稀罕物，克拉拉把它看得很重，尤其在得知陶贝尔最新的筛选方式之后。那天，她盯着自己略显沉重但依然坚挺的乳房喊道：

"我丝毫不担心，它们还挺着！"

"我说大妹子，你也不瞧瞧这里的伙食，当心，你的咪咪很快就会垂到肚子上了，包你又快又糟！"

估计正是珍妮这话让克拉拉当时无比渴望得到一副胸罩。可惜这玩意儿已经遭了一场大罪。可怜的伊韦特得了痢疾，打点了一只夜壶，每天早晨她总是悄悄地去对面厕所倾倒污物。她与克拉拉睡在同一个木架床上，她睡在第三层，克拉拉睡在第一层。一天早上起床时，就听克拉拉大叫："臭婆娘，恶心死人了！"夜里，伊韦特的夜壶掉到了她的胸罩上。太悲剧了！女孩们发自内心地大笑，克拉拉破口大骂，我不停地安慰她："这没什么，洗干净就行。"但珍妮的怪话火上浇油："不义之财败得快。"

曼德尔离开两小时后，一名戴着乐队臂章的党卫军出现在阿尔玛面前："我来教打击乐！"这里发生的一切往往让人匪夷所思，一名党卫军教官！我享受着这待遇，但完全高兴不起来。首先，他没一点齐格弗里德[1]的样子。他相貌平平，毫无特征，从头到脚裹在灰绿色的军服中，浅蓝的眼睛里没有表情，只有那双手是有生命的，带着天赋，仿佛从属于另一架躯壳，一个机器人：迅速，高效，利落，这双手从大鼓跃向小鼓，从小鼓跃向镲片。

我不知道他得到了什么指示，连续七天的"培训"，他没对我说过一个字，哪怕是"对"或"不对"。若不是我亲眼见到他与阿尔玛说话，我真会以为他们派了个哑巴。他用指尖帮我摆手形，纠正姿势，或坐到我的位子上为我示范。

第一个动作是双槌轮击，这还容易。之后，就有点复杂了：二、一、一、二。但只要不用上脚，都还不算什么，手脚并用，并在一个节奏里各自分工，这得长时间的练习才能打好，而我没有这个时间。必须很快学会，马上。曼德尔永远理解不了她的小可爱——就是我——学不会打击乐。每晚六点半，我的党卫军鼓手像一台精密仪表一样来给我上课，我则像个疯子，尤其像聋子一样不

---

[1] 中世纪日耳曼史诗中的屠龙英雄，纳粹宣传中超人的象征。——译注

分昼夜地敲着，但其他人并非聋子。福尼娅压着火不敢言语，憋得难受。女孩们被折磨得歇斯底里，神经接近崩溃，商量着要杀了我。但我对这一切浑然不知。我的头成了一面大鼓，我敲啊敲，我也变成了一个机器人。每当我想躺下休息几小时——大伙以为总算能清静一会儿——鼓声总是在我脑中响起；于是，我起身，跑去打鼓，不停地练……我慌神了，我意识到，虽然我明白了滚奏的打法，但手里头打不出来，而滚奏太重要了，那是打击乐的基础！

周日来临，所有人的黑眼圈都扩散到了脸颊，没有一只眼睛不充血，仿佛整个乐队毫无节制地狂欢了好几天。

《轻骑兵进行曲》已列在节目单上。天气出奇地晴朗，演出在户外一个广场上进行，某种十字路口，在 A 区和 B 区铁丝网之间宽敞的通道上。演出台四周已放好了椅子。空气里洋溢着周日的气氛，党卫军们腋下夹着鞭子，军靴闪亮，神色轻松。这就像是一场在某个有驻军的副省会[1]城市公园音乐亭中举行的音乐会，只是周围拉着电网！今天，我没空东张西望，我得打鼓，在大大小小的定音鼓、小军鼓和镲片之间一刻不停，手忙脚乱，从不出汗的我大汗淋漓。幸运的是，我的节奏都对，这拯救了我，我其实在胡打一气。我放下鼓槌就站到歌手队列里，唱完又回去尽我所能地打鼓，但节奏没问题。接着是《蝴蝶夫人》里的二重唱——这周日还给我安排这个曲目真是个馊主意！我又去唱歌。这是一场名副其实的马拉松，而我的表现应该还不错：那么小的小个子，像耍猴一样跑来跑去。女孩们都忍不住想笑。党卫军们微笑着，他们有站有坐。格拉夫·鲍比兴致勃勃地用鞭子敲着皮靴，扶正他的单片眼镜。曼德尔乐开了花，她选对人了，她的小歌唱家什么都会，就连扮演小丑

---

[1] 法国行政区划，省之下为专区，专区治所又称"副省会"。——译注

也不在话下。门格勒散步路过,站着看了会儿,似乎也被我的表演感染了。克莱默开怀大笑,我相信他最后一定会为我鼓掌。只是,在集中营,没人能提前预测故事的结局。

阿尔玛拉起小提琴——这是一场大音乐会,所以有她的独奏。我终于能在最后一个节目之前休息片刻。来了很多女党卫军,德雷克斯勒、格雷泽全都到场,甚至还有鲜少出席音乐会的弗豪施密特,以及许多女护士、各部门的女秘书。她们无疑听到了这美好天气和夏日氛围的召唤。阿尔玛的确技艺高超,让我陶醉在音乐中。美妙的一刻……

铁丝网后,适当距离外,站着女囚们,她们人数很多。夏日的暖阳理应比冬日的寒冰更仁慈,然而强光之下,她们却越发显得羸弱、悲惨——我当时还不知道这阳光导致她们某些人三度烧伤。乐队的位置离电网比较近。我看见一个女人从队列中冲出,奔跑,爬上电网……巨大的电流让她剧烈抖动,整个身子拧得奇形怪状。她就挂在那里,逆光中,不住痉挛的四肢让她看上去仿佛一只狰狞的蜘蛛在蛛网上起舞。另一个女人疾步上前想把她拉下来,被电流吸住了手臂,从头到脚抽搐起来。音乐继续,没人离场。党卫军一边听一边交谈。又有一个女孩带着凳子飞奔上去,试图用凳子腿把那两个还在抽动的身躯扒拉下来。没人上前支援。我们照常演出。党卫军看着那场面,嬉笑着,有几个乐得用力拍着同伴的后背。格拉夫·鲍比摇着脑袋,整整单片眼镜,盯着她们看,嘴里似乎发出阵阵表示异议的"啾啾"声。下一个节目赶快开始吧,我要打鼓,用力地打……明亮的天空背景前,两个女人扭曲的身体搭成了龇牙咧嘴的黑色纳粹十字。终于,第三个女孩将她们从致命的电流中拉了下来。她们摔倒在地,一动不动,浑身僵硬。她们死了吗?党卫军转回头来,再最后笑一声,说几句耍小聪明的俏皮话,好戏结束了。我们的音乐会也接近尾声。我愤怒地打着鼓。女囚们抬手扛脚地搬走两具受尽折磨的躯体，如同一群蚂蚁搬运同类的尸体……一场由《风流寡妇》选曲伴奏的葬礼。

正如珍妮所说："这种事够猛！"我们没人被惊到，都觉得她的反应很正常。但在这里，有什么会让人觉得不正常呢？

我们垂着头回到营房。歪嘴福尼娅露出一个大大的微笑——可惜这笑容没能让她的嘴更正一点——递给我一只鸡蛋，爱娃为我翻译她的贺词：这礼物不是奖励我一个人，而是给我们全体的奖励！她这么做是为了感谢我们献上了一场精彩的演出！

一只鸡蛋犒劳整个乐队！当我剥开鸡蛋时，珍妮发现"里面全糊了"！我很想笑，却笑不出来。

对于我，方才这两小时在一定程度上概括了集中营生活。一出击鼓的低俗喜剧，铁丝网中、面对穿着制服的阴森人偶的音乐会，决意自尽的女人，英勇相助的同伴。最后，还有帕尼福尼娅的奖赏：一只烂鸡蛋。

笑吧，笑到筋疲力尽，有何不可？

幸运的是，几天后，赫尔嘉就归队了，她得的不是伤寒。我松了口气，把鼓手的位子还给了她。

斯人永在

是希姆莱的视察导致了如此的加码运作吗？筛选接连不断，仿佛一根香烟被不断地用于借火。这个火炉般的7月令人窒息。从匈牙利驶来大量专列，毒气室、焚尸炉不堪重负，来不及消化投入其中的庞大人群。我们被一层厚厚的浓烟笼罩，它遮天蔽日，散发出焚烧腐肉的呛人恶臭。我们透不过气来，甚至无法吞咽食物。为了呼吸一点新鲜空气，晚上，我们都站到门口。天还没黑。弗洛莱特陶醉地说：

"多壮丽的落日！"

她弄错了，我向她指出：

"这红的不是霞光，是别的东西，会是什么呢？"

夜幕终于降临，没有带来一丝清凉，地平线尽头的天空依然火红，浓烟像盖子般压着我们。爱娃叹息道：

"这是魔鬼的锅盖，我们在魔鬼的锅子里。"

夜已深，但未到拂晓，还不是日出的时候，天空中的红色越来越浓。究竟发生了什么？集中营着火了？不，我们后来得知这烈火的来历：他们挖了个大坑，把在毒气室里屠杀的匈牙利人的尸体丢在里面，倒入汽油点火焚烧。天亮后，空中红光不散，他们烧了整整一个晚上[1]。

列车仍在不断抵达，就停在我们营房前，仅仅相隔五十米。站台处的土坡渐渐成了一条直通毒气室的坡道，因而我们可以看到筛选出的人走上斜坡，然后走出我们的视线。简直不可想象。我们与火车上下来的人只隔着一道电网……我们可以看清他们的一举一动，想的话甚至可以和他们说上话……我们心如刀割地看着这些安静的人，大部分极度疲劳，整齐地排着队，茫然不知地等着，等着死亡。弗洛莱特无法将目光从他们漫长的队伍上移开，她的部分血脉令她对这些人有一种亲近感。她出生在匈牙利的一个小村庄，那地方后来被划给了罗马尼亚。她喃喃地说：

"你不觉得我们该告诉他们他们这是去哪儿吗？"

"为什么要这么做？这又能改变什么？他们不知情，还算有福。"

一位母亲平静地推着童车走上通往死亡的斜坡。我们真想大喊，叫住她。我们悲痛欲绝，泪眼婆娑。

这些匈牙利人随身带着各种东西，有穿的有吃的。这下可把"加拿大"女孩忙坏了。她们在堆成小山一样的服装和杂物中分拣，动作迅速，标准简单：值钱的东西先拿上再说。中饱私囊的战果从未如此丰盛。好东西实在太多，她们要和朋友们有福同享——她们居然破天荒"送礼"了，不可思议。瑞娜特送了我们一大包睡衣，那晚我们一个个穿得跟寄宿生似的。仅在几小时之前，我们还在悲伤流泪，而此刻，却穿着玫红的睡衣、踩着带绒球的缎面拖鞋！大

---

[1] 1944 年夏季的这些日子里，约有 25 万匈牙利犹太人在比克瑙集中营被屠杀。

伊莲娜感慨道：

"要是有人经过，从窗口瞧见我们现在的模样，他会怎么想？"

一会儿是顶级豪华，一会儿是人间地狱，我们吊诡的处境真是太不和谐了……

从拂晓开始，又是一场筛选。整整五个小时，营区处于封锁状态。我们寝室一侧的门关了，不过音乐室一侧的门可以开着，算是网开一面。回响的乐声会传到火车运来的那些人的耳朵里吗？很可能会有一阵阵缥缈的旋律吧，因为他们有时候朝我们的方向转过头来，他们应该是觉得到了某个充满人性的地方，鉴于有人在这儿演奏音乐。尽管我们避免转向他们，尽管我们不断告诫自己不要去看，但依旧忍不住向他们望去。如何解释这种观看的需求？是病态的好奇？担心？担心看到某个朋友或亲人？

筛选结束解除封锁的哨声响过一个多小时后，格拉夫·鲍比也不差人在前通报，就从音乐室开着的门里悄然走了进来，他经常这么做。姑娘们一下子全都站起立正。他微笑道：

"不，不，坐下；姑娘们，坐！"

他坐下，优雅地用鞭子示意我们接着排练："继续！"他又用法语重复了一遍："我的意思是：继续！"他说一口完美、堪称讲究的法语。他关切地问向阿尔玛：能不能排点莫扎特的曲子？他很想听莫扎特，并强调说这是唯一能给他带来工作所需的放松的音乐家！他的工作：左边！右边！留着！杀掉！这份替命运主宰生死的活计多么辛劳。听到阿尔玛的答复，他妥协了。这没关系，既然我们还演不了神圣的沃尔夫冈·阿玛多伊斯·莫扎特的曲目，那他就下次再来听吧，今天，他无法忍受其他音乐，他的神经一定是太脆弱了！

他漫不经心地起身走向我,俯身察看我的工作,拿起乐谱,调整一下单片眼镜:"有意思!太妙了!有趣!……"显然,他读谱很熟练。"您做得很好,这真是太好玩了!"接着他大笑起来。阿尔玛从指挥台上看着这令人不安的场面,一位党卫军上校的笑声意味着什么?他接着说:

"您竟让这样一支乐队奏出音乐来了,您做了这些音乐上行得通的编曲!可喜可贺!"

他又对小伊莲娜说:

"您画得真不错,您……(我觉得他本来想说"进来前")……很专业啊,您进过美术学院?"

他注意到小伊莲娜看他的眼神没有?他保持着他那礼貌的社交表情。接着,他又转向我:

"很奇怪,我派人问了今天从匈牙利运来的人,问他们有谁是搞音乐的,竟然没人回应。一个那么有音乐天赋的民族,这不是很奇怪吗,您怎么看?"

单片眼镜后面的那只眼睛略显犹豫,但没有镜片阻挡的另一只眼睛盯着我,撩拨我。他可真烦,我回答:

"您知道,也许他们以为自己听错了。他们刚到一座劳动营,结果有人在找乐手,他们一定觉得匪夷所思。他们没明白您的意图。"

"有这可能,但我还是很惊讶,犹太人不是都很擅长音乐嘛。我们都知道这一点……所以,究竟是为什么?"

他机械地用鞭子敲打着擦得锃亮的皮靴:

"也许之后,等他们被送到营里,他们会明白过来,想碰碰运气?"

我什么也不能说。我本就不应该知道他们会被送去毒气室。只是他如此恬不知耻，我有点按捺不住情绪：

"或许他们就再也不怕了！"

我唤起了他的兴趣。他用鞭子随手推开桌上的乐谱，问道：

"说实话，要是我们互换一下，您在我们这个位子，而我们在您的位子，您会像我们一样把您的敌人送去那些地方吗？"

整个乐队都在听，我周围那些女孩全都听到了这阴险的问题。明目张胆的挑衅！所有能说或能听懂法语的女孩全盯着我，我平静地回答说：

"毫无疑问，上校先生，我会将敌人送去那里（这回复真让人痛快）。但肯定不包括女人、孩子、老人，他们不是我的敌人！"

他在桌上点了几点，露出一丝微笑，对我说：

"有意思，有意思的回答。很好，您挺有想法！……"

他一边嗫弄着嘴唇一边走了出去……

他才一出门，女孩们就冲我骂开了："疯子！傻瓜！蠢货！自负的家伙！你知道你刚才都对他说了什么？用不了多久，卡车就会停到我们门口，下一站毒气室！"

"肃静！肃静！"阿尔玛大喊。

比阿尔玛的命令更有效，一个可爱女孩的到来打断了她们的指责和批斗。

真是个美人，二十岁，身材苗条匀称，细长的双腿，好标致！她打卷的头发披散在肩头，微笑时露出整齐的牙齿。她令人赏心悦目，这一点她也知道。

"这女孩，她打哪儿冒出来的？"珍妮问道。

大家很快得知她从匈牙利来，叫爱娃，有一副轻型女高音的美妙歌喉，纯净剔透，简直可以入选巴黎歌剧院。她怎么就直接进了乐队，她是怎么做到的？我们无从得知，因为这个匈牙利爱娃鄙视我们，不怎么搭理人。

新来的女孩靓丽迷人，难道是因为这个她才没有被送去隔离区？她还救下了她的母亲，把她弄到了我们这里：曼德尔决定厨房需要增加一个人手，就让她母亲来帮福尼娅。要是这个爱娃长相丑陋、身材走样，空有同样的歌喉，她也早就在焚尸炉里化成灰了！厉害，现在不管怎么说又有两人得救！即使只是暂时的。

并不是所有人都同意我的想法。形成了一条针对母女俩的统一阵线。她们的存在威胁着他人的舒适与安全。因为这里地方并不大，也没有多余的铺位，要是不断有"新人"，是不是就会淘汰些"旧人"？

洛特与克拉拉毫不掩饰她们对漂亮的爱娃的敌意。她们恐惧，因为爱娃更年轻，唱得更好。在这里，嗓子坏掉是很快的事。洛特的嗓子就不行了，所以现在，她很多时候都在硬努，与其说是歌唱不如说是嘶喊。克拉拉则拒绝承认自己音色变得沙哑。两人都妒火中烧。克拉拉后来还怨上了我，因为我凭记忆为爱娃编了《塞维利亚的理发师》的谱子，由她用意大利语演唱，很精彩，很成功，爱娃的歌喉、美貌、自负都很讨党卫军喜欢。

两位新人引发的群情激愤几乎立刻就随排练中一名通信员的闯入而被忘到了脑后：

"姐妹们，快准备准备，要带你们去散步！"

我确信我没听懂，其他人一定也是如此，就连阿尔玛也让她再说一遍。小丫头用愉快响亮的声音确认：

"今天天气不错，弗豪曼德尔说你们应该出去散步！一会儿就会带你们去！"

散步，也就是说出去，跨出集中营大门。这主意让我们晕晕乎乎的，一个个傻坐着，像老太太一样歪着头琢磨。"怎么会！怎么会!"大家还是将信将疑。

"立刻准备,穿戴整齐,穿上演出服,快!"阿尔玛命令说。

一眨眼工夫,营房里就闹腾起来,大家纷纷从床垫下——这是我们平整衣服的方式——取出海军蓝的裙子、白色上衣,霎时乱做一团:

"给我针。"

"糟了!我的衣服上还有污渍。"

"天啊,我袜不见了。"

我们的营房一下变成喧闹的鸟笼。正在手忙脚乱,走进一名党卫军士兵,金发碧眼,非常年轻,看着并不凶恶,腰间配着武器,还牵着一条狗。我们立刻安静下来:

"哟,还有保姆。"

"给我们派老妈子来了!"

门外等着另一名士兵,与他风格一致,两人仿佛一对孪生兄弟。

阿尔玛叮嘱我们:

"禁止与看守说话。别提问题,保持队形!"

就这样,我们出发了,没有卡波跟着,也没带上波兰人,为什么?管他呢,我们才不想知道。我们的双腿急不可耐,很难保持稳定的节奏。两个德国兵一头一尾押着队,带我们离开了B区。骑着自行车经过的德雷克斯勒不敢相信这是真的。路上遇见的女囚看着我们,惊讶地发现这队伍去的不是焚尸炉——那反倒还正常,而是走向入口,接着又穿过A区,在集中营大门稍停后,竟走了出去。所有女囚目瞪口呆。我们也不例外!

我们走上营门左侧的一条小路。没人说话,谁也不敢相信我们正在经历这一切!路变窄了,队形乱了。向前看,是党卫军士兵金色的后脑勺，理得很短的头发，一双大耳托着军帽，灰绿色的后背，挎着的冲锋枪与伸着舌头的军犬。向后看，是他的同伙。我们不到三十人，交头接耳窃窃私语："这是真的吗？不是做梦吧？用力拧我一下，让我有个准主意！"我们既不敢大笑，也不敢微笑，或是唱歌。可当怀疑消失后，我们的心情变得沉重起来，因为幸福是沉重的，尤其在这种条件下！天出奇的好，还有草地！我们有多少日子没看见草地了？

"草地！"珍妮欣喜若狂，"就像在巴黎文森森林！不，更像是在旧城墙绿地！"

"还有草地。"大伊莲娜喃喃道，眼中映出天空的颜色。

我们背对焚尸炉，呼吸着没有烟灰的空气。这空气对于我们因渴望清洗而呼吸急促的肺部来说气味明显。弗洛莱特怯怯地说：

"这气味……这是……"

走在最前面的一个女孩停了下来，是伊韦特：

"吸气，用力吸气！太好闻了！"

安妮激动不已：

"是草地的味道，我们闻到的是刚割过的草地的味道！……"

"这味道，这清香，这是自由的气息。"

说这话的是玛尔塔。所有人都热泪盈眶。因为我们的驻足而停下的党卫军士兵重新迈开步子。

我们像撒欢的小狗一样你追我我追你，奔跑在这美妙的、开着雏菊和铃铛一般的蓝色花朵的草地上。

"瞧哎，我还以为自己再也看不到这些了！"

"我没这样想过。"小伊莲娜坚定地说，"但我没料到能在回去之前看到这些。"

"回去"，这个词瞬间像一根刺一样扎在我们心上。但今天我们不愿去多想，我们要好好享受当下的快乐。走了大约三公里，我们路过一群正在干活的营外劳动队（Aussenkommando）的女囚。我们不能和她们说话，也不能看她们。但她们看着我们，先是惊奇万分，随后，从服装上认出了我们，眼神里满是羡慕。对于我们，她们的反应一如既往的复杂：嫉妒，仇恨，不解，理解。以后她们会如何描述我们，在她们看来拥有她们想要的一切的我们？她们会如何向他人评价这次散步，说起时会带着怎样的厌恶与仇恨？这仇恨将是我们经过时这些女囚所体会到的痛苦与折磨的标尺……

我们又见到一队劳碌的男囚。他们眼中并没有更多宽容，也没有仇恨，取而代之的是鄙视。其中一人朝我们吐唾沫。我真希望没有遇到这两拨人。原有的欢乐成了一根让我像反刍般不停咀嚼的苦草。

走了将近一小时，我们来到一个小池塘，纯净、透明、蓝得仿佛天空一般。池水，草地，还有几棵细弱的树木，不算很好看，但毕竟是树：这简直就是个天堂！我们在草地上坐下，两名党卫军站在稍远的树荫里，军犬蹲在他们脚下，而不是趴着——它们仍在执勤，咧着嘴，露出象牙色的尖牙，仿佛嵌着的大个白杏仁。我生出一种怜悯：它们不该为人类给它们安排的工作负责。它们再不是那些爱叼树枝、用力摇尾表示快乐、还能不听话、耍耍狗脾气的幸福的小狗，它们现在只会服从命令追逐猎物。它们必须时刻保持警惕，哪怕有时想撒欢或睡觉。人类将它们变成人性之暴的奴隶，它们却将自己温柔的眼神献给这些恶魔般的主人。在它们看来，犹太人不属于人类，不属于发号施令的种族，只是介乎人兽之间、可任由它们撕咬的杂种。

珍妮羡慕地看着它们：

"瞧喂，这些狗，它们一定顿顿大肉，才会有这样漂亮的毛色！"

她一定产生了什么联想，因为她接着说：

"他们真该附送我们一顿野餐！"

小伊莲娜对她说：

"我们不会妨碍你做梦，但对我们来说，现在这样就足够了！"

珍妮向后倒去，躺在了草地上：

"舒服。姑娘们，我看到的草都倒着长啦！"

我们哈哈大笑，现在任何一点事都能让我们乐开花。弗洛莱特出神地看着池塘：

"能下水游泳吗？"

大伊莲娜附和道：

"我不会游泳，但水应该不太深吧？"

安妮兴奋地说：

"一起去吧？我们去问问看守？"

"不，不是我们，得让一个德国人去说。"

玛尔塔和小伊莲娜并排坐着，贴得那么近，肩膀、手臂都靠在一起，手指若即若离，身体的每一部分仿佛都在倾诉衷曲。她们自以为做得非常谨慎，没人会知道她们的感情，但其实已经有人在背后指指点点了。因为她们浑身上下、眼睛里散发出的光彩岂是藏得住的？虽然沉浸在两人世界的绵绵爱意中，但她们还是听到了弗洛莱特的发言。玛尔塔站起身，去找我们的看守。"行！行！"其中一人回答。

"可以游泳。"玛尔塔宣布。

"要怎么游啊？没有泳衣。"

"那就不穿！"

我这不成体统的提议让大家颇觉踌躇。她们看看党卫军：在他们面前裸泳？他们毕竟是男的啊！她们最终穿着内裤，像孩子般跳入水中，畅游着，嬉戏着，欢笑着……夏日阳光下，我们的躯体是那样瘦弱！

我一个人待着。不知为什么，我无法下定决心加入她们。我感到一丝忧伤，她们的喜悦让我欣慰，但这快乐离我如此遥远，与我毫无瓜葛。几乎才下水，小伊莲娜就上岸回到我身边。我们相视无语，无法解释这心头的惆怅，说不出原因。也许这样更好些……

游泳、阳光、清新的空气，女孩们如醉如痴。游完泳，她们如同出来放风的寄宿生一般跑啊跳啊，然后在党卫军漠然的注视下，在草地上跳起了轮舞。

"我们能采些花吧？"

玛尔塔将这问题翻译给党卫军，大耳朵士兵点了点头："行！行！"说罢，他把狗牵去喝水，后面跟着他的同伴。

采花：真叫人难以置信，我们简直忘了还能有这样的闲情逸致。女孩们把采来的小花束紧紧握在手里，就像星期天外出郊游的小姑娘。有几个还折一根树枝，给花束配上点绿叶。

大耳朵兵与同伴起身，不约而同地耸耸肩，调整好冲锋枪的背带，我们开始往回走，一路上手挽着手。弗洛莱特忍不住唱道："枪上插着花，嘴里哼着歌……"[1] 我们跟着她一起唱了起来。

一个弯腰劳作的农民直起身来，手握镰刀，吃惊地看着我们。他以后一定会说："她们看上去并不像很惨的样子，有点瘦，但穿得不错。她们散着步，笑着，唱着！"这定会让很多人心安理得。而有些证词确是如此。

应该已经挺晚了，因为在回去的路上，我们再没有遇到劳动

---

[1] 1930年代法国童子军歌谣，原词是"帽上插着花"。——译注

队，光线也已染成了金色。地平线上浮现出一团浓密的黑云：比克瑙。越向前走，恐怖的气味就越令人作呕。我们沉默不语，排成一队，拿着花，进大门，又横穿 A 区。

我们遇见许多难友，她们鄙夷地盯着我们走过，仿佛随时准备骂上几句。但为什么有一个人在冲我笑？她向我伸出手，我把我的花束递给她。她迟疑地看着小铃铛一般的蓝色花朵在她手中微微颤动，握住手掌，飞奔而去……或许这个画面将成为这次散步令我印象最深的一幕？

两名始终寡言少语的士兵监视我们走进营房后便转身离开，带着他们的军犬。多么美好、神奇的一天！

帕尼福尼娅的迎接极为喧哗。她对着我们破口大骂，说我们回来晚了。我们有什么办法？还不是全听的党卫军的安排！再说我们才不在乎时间呢。筋疲力尽，姑娘们倒在床铺上蒙头就睡。就像喝醉了要醒酒，我们也需要从这一天的经历中恢复。

半睡半醒间，我听到小伊莲娜与玛尔塔窃窃私语、轻轻叹息，娇怯的呻吟表明她们又在追求其他享乐。她们哪来的力气？这爱对她们来说似乎很顺利，她们彼此开启了一个新世界："法尼娅，我当时一点都不懂，玛尔塔也一样，可那些动作自然而然就来了，自然而然就连下去了。我们之间发生的一切都那么简单、轻松、和谐……我们相爱了，是那样愉悦。能被她拥在怀中，在她的爱抚下和她一起获得满足，这是多么美妙啊……在玛尔塔之前，我对爱一无所知，我想她也和我一样；我说'我想'，因为她是如此神秘，让人难以了解……"

崇拜伊莲娜的弗洛莱特仰慕她的完美，把她当作导师，但不理解她对玛尔塔的这种友谊：

"她究竟看上那假正经什么了，那自以为是的富家女，平得和男孩一样？老和她黏在一起，却把我踢开，我老觉得自己是个多余的人！"

我自然无法对她解释这并不只是一种感觉，她们确实不需要她，她们正在探索爱情，并陶醉于她们的发现。弗洛莱特思想保守，对此一定无比震惊，无从理解。她是否知道有这种事存在？肯定知道，因为这里的人说话都挺露骨，而且薇莎、玛丽拉和佐莎那点破事无人不知，她们一闹起来我们就无法入睡。但伊莲娜和玛尔塔完全不同，她们彼此慰藉，彼此温暖……享乐于她们只是附带。

一切又静了下来。我睡着了，梦见了鲜花、绿树、池塘、阳光……

第二天早上，我努力在点名、吹哨、叫喊、恶臭、浓烟的日常中延续清澈池水和青草芳香的记忆，直至这梦境被弗洛莱特的怒吼击碎："贱人！婊子！混蛋！去死！"她扯住拉谢拉劈头盖脸就是一顿老拳，后者用德语骂着一连串的脏话。弗洛莱特气得声音都变了，听不清楚她在喊什么。玛尔塔脸色苍白，想去制止，小伊莲娜拦住她，自己上前将扭打在一起的两人分开。虽然我没听清每句话，但我明白了她们为什么打架。弗洛莱特气得涨红了脸，两眼含泪，嘟嘟囔囔地说：

"伊莲娜，你就该让我好好教训教训这个乱嚼舌头的！她污蔑你！她刚才说……她刚才说……"

"够了，安静。"

弗洛莱特一脸凶相：

"她要给别人扣屎盆子就该先把自己屁股擦干净！"

"住嘴！说粗话也不管用。这事你别管了！"

弗洛莱特用她那双迷人的碧眼望着伊莲娜，泪光闪闪，就像个孩子，不敢相信，也无法理解大人为何如此曲直不分：

"她在污蔑你，我是替你出头！……"

"我说了叫你别管！我是大人了，我自己能处理，她们不敢对我再说一遍。"

小伊莲娜斩钉截铁地厉声道。

音乐室里，一个通信员来找阿尔玛，要她立刻前往党卫军中央办公室。

"在我回来之前你们接着排练。"我们的指挥叮嘱说。

我们心不在焉地排练着。去中央营（Stammlager），这道命令悬置了我们的生活，让它变得脆弱而不可测。通常，管理我们的是克莱默，特别是曼德尔。一个来自比他们更高的、另一指挥层的决定，纵然参考了他们的意见，还是让我们惴惴不安。这是希姆莱视察的后续动作之一？先让我们散个步开心开心，然后送进焚尸炉？这很符合他们的作风。人人心神不定，个个愁眉苦脸。最担心的依旧是歌手，因为她们自知在乐队中重要性最低，随时可被替换。

时间一点点过去，还不见阿尔玛回来，我们的担忧眼看就要转为焦虑。这时，她容光焕发地出现了，脚步轻盈，像驾着一朵云……她会宣布什么消息？什么也没有。她将自己锁进房间。我们坐在原位，满是狐疑地将头转向她那间房的木门。门又开了，阿尔玛叫我进去。

"我想让你第一个知道这消息。"她深吸了一口气，陶醉在喜悦中，"是这样：我要离开这里了……"

现在轮到我吃惊得喘不过气来。

"是的，你没听错，他们刚才告诉我会放了我。"

我懵了，喃喃道：

"释放……这可能吗？这是为什么？"

她迅速地微微一笑：

"当然不是完全释放，想去哪就去哪……不是那样。他们说：'像您这样杰出的音乐家待在集中营太可惜了，您加入国防军吧。'我会调去军乐队，为前线士兵演出。你能想得到吗，我能随心所欲地拉小提琴了！法尼娅，我可以离开这儿了……"

"您将离开这儿，您要去为那些同前来解放我们的人作战的德国兵演出。"

她充耳不闻。

"阿尔玛，我知道，可以离开集中营让您很高兴，但那不是释放，您还是被他们控制着，他们仍然把您当奴隶使唤。他们派您去取悦前线军人，那些士兵是您的敌人。他们每到一处，带来的只有战争、苦难与死亡。他们是纳粹主义与种族主义的工具！而您竟以为他们表演为乐！"

她不解地看着我，但在我所代表的集中营的现实之外，她看到的是满座投入的观众，看到自己站在舞台上，脸颊摩挲着小提琴，琴身的珍贵木料被她的体温捂热。她的美梦胜过了我的悲哀。她的思绪已经飘远，几乎听不见我说的话。

"他们依然控制着您，把您的命捏在他们手中，因为您是犹太人。这'污点'永远都抹不掉，任何才能都无法抵消。"

她含混地笑了笑：

"别担心，死亡并不重要。重要的是我可以自由地去追求正真的音乐。"

"但您不会是自由的！"

阿尔玛露出埋怨的目光：

"你不理解我，我获得了这个机会，你却不为我高兴：我再也用不着在监狱的围墙里演出了！"

突然，她激动起来：

"我是德国人，他们是德国国防军。你难道认为他们全都是纳粹？"

是的，也有善良的德国人，但他们大部分不是进了集中营就是关在监狱里。剩下的那些振臂高呼的人，难道就全都是败类？能因为一部分败类就诅咒整个民族吗？这是我今天的想法。但在比克瑙，除了力图保持客观的理智告诫我要这样思考，我浑身上下都燃烧着怒火，我仇恨所有德国人。

阿尔玛越说越急：

"在这儿，在这片天空下，为党卫军演出，这才是耻辱；但为那些可能会捐躯沙场的战士演出不一样。为什么要扫我的兴？"

她的心已在别处，到了另一个世界，那个她成长的世界，会为了一个好消息请客庆祝的世界！

"我一告诉弗豪施密特，她就邀请我共进晚餐。她为我高兴，这才是朋友。"

朋友？弗豪施密特？这个加拿大区的头儿看管着刽子手们的财富，掌握着手下女囚的生杀大权，把她们喝来呼去，就像妓院里的老鸨——听说她以前就是干这个的。1933年进的集中营，据说她一手创建了这个看上去由她铁腕统治的部门。朋友？这个枯瘦得还算精干的高个子吗？油水会让她显得猥琐，瘦瘦的倒还能骗人。灰白的双眼如鸟类般呆滞，令人不悦；白发被精心拉直，编成一个不起眼的发髻，隐约泛出的黄色诉说着曾经的金发岁月。她从哪里来、为什么被捕？没人知道。关于她有各种传闻，分别说她是刑事犯、皮条客，这些猜测皆有可能。她喜欢阿尔玛？但那更多是显摆吧，显摆她——十有八九出身普通——成了这位演奏家唯一的朋友？施密特有时会来听音乐，她一来我就很不自在，姑娘们也很厌恶她。珍妮说"她直勾勾地盯着你，就像一条随时准备发起致命一击的毒蛇"。

阿尔玛的解释没法说服我：

"是的，我觉得弗豪施密特是一位真正的朋友。她来这里后，向历任指挥官提出过释放的申请，她告诉我他们没有任何理由把她关在这里；更何况，比克瑙的女囚难道不是数她最老？他们根本不理她。现在他们把我放了，她本应觉得委屈，对我心生怨恨。但她没有，反而向我祝贺。"

不知为何，这位"加拿大"总管的仁慈之心始终无法感动我。

晚上，阿尔玛去她好友那里赴宴，但封锁营房的哨声响起的时候估计她还没走到。

"她怎么了？"

"她和你说什么了？"

"没什么，说她的音乐会得到了表扬。"

"这就让她骨头轻得像个虱子了，可怜的蠢货！"

我为什么不如实回答姑娘们的提问？我不知道。我不想告诉她们这消息，然后听她们嚼舌头。

封锁持续了很长时间。阿尔玛很晚才从晚宴归来。我听到她穿过音乐室关上房门。这是我入睡前听到的最后一声动静。

瑞吉娜叫醒了我：

"法尼娅，法尼娅，快！阿尔玛找你。"

虚荣！她一定想向我炫耀这顿晚餐，我真想打发她见鬼去！

面前的阿尔玛脸色煞白、鼻翼紧绷、前额沁满汗珠、痛苦地呻吟着：她不但头疼欲裂，而且胸口疼、四肢疼、腹部疼。

她滚烫的手上全是汗，一定是发着高烧。我替她按揉太阳穴，一层冰凉的汗水粘在上面。剧烈的肠胃痉挛让她上吐下泻。她病了，病得非常严重。

"快把柴可夫斯卡叫起来。"

瑞吉娜立刻执行。营管的脸庞因睡意而浮肿。她迷迷糊糊地出现在门口，只瞥了一眼就判断出形势的严峻。

"我去找弗豪曼德尔。"

这一刻钟的等待对我来说极其漫长。在痉挛的间隙，阿尔玛像恐惧的孩子、受惊的动物般看着我，她说话都很吃力：

"法尼娅，我是不是没法离开这里了？"

"没事的，这只是暂时不舒服。别担心，镇定。明天您又会活蹦乱跳的。她们去找医生了……"

我听到曼德尔急促的脚步声。她走进这难闻的房间，身后跟着一名党卫军医生。他弯腰抓起阿尔玛的手，迅速搭完脉搏，放下，盖好，对曼德尔说必须立刻送去医务营洗胃。几分钟之后，我们的卡波被抬上扛死人的担架，因为在集中营，你只要活着，就得自己走。她被从音乐室那一侧的门抬了出去。

其他人似乎什么都没察觉。到了早上，我通知她们：

"阿尔玛病了，由我来负责排练。"

"那给劳动队伴奏的事呢？"

"就由大伊莲娜指挥。"

"这样啊，行！"她们应道，没再追问下去。阿尔玛生病意味着她加诸我们的"强制音乐"的日常会有些许松动。可以不必担心被她骂、用指挥棒抽、扇耳光了。营房里弥漫着一种淡淡的度假般慵懒的气氛。

次日，气氛变了。小伊莲娜指责我：

"你明知阿尔玛病得很重，为什么没有告诉我们？"

"我以为只是小毛小病。"

玛尔塔不太客气地说：

"你的小毛小病让她被抬去医务营，住单人病房。瑞娜特说看到好几个党卫军医生给她会诊。"说到这她压低声音："他们不惜一切代价救她！"

"也许是斑疹伤寒？"

"不是，没人知道她究竟得了什么病。"

我无法让姑娘们安心排练，她们心神不定，从座位上站起、离开，又回来，漫无目的、魂不守舍地在两间房中游来荡去。

"阿尔玛不是躲懒的人，"弗洛莱特说道，"这一定很严重。"

"她要是玩完，我们该怎么办？"珍妮哀叹道。

晚上，从瑞娜特那儿得知，阿尔玛从早上开始就不省人事。次日，点名前，一名通信员跑到我们门口大喊：

"姑娘们，阿尔玛死了！"

我们的营房从未变得如此寂静。少顷，哀声四起："那我们怎么办？他们会怎么处置我们？"通常，姑娘们对死亡已见多不怪、相当麻木。死亡是集中营生活的结局，是旅程的终点。但她们无法理解阿尔玛的死。弗洛莱特说出了所有人的想法：

"死了？！我真不敢相信，她看上去那样坚不可摧。咱们乐队，那就是她啊！"

很快，就有消息称她的死亡不同寻常，党卫军下令验尸。

珍妮不抱幻想：

"验不验的，反正他们会把她像所有人一样送进炉子，给她剖开了估计都不会缝上。这里可没有善待尸体的习惯！"

这话说早了。下午，曼德尔走进音乐室，向我们正式宣布：

"你们的指挥阿尔玛·罗泽死了，你们可以去医务营做最后告别。"

我们默默穿戴整齐，擦亮鞋子，所有人一起出发，一个不落。屋外，艳阳高照。

我们原以为阿尔玛的尸体会被安放在医务营的某张草褥上，但等待我们的是一个隆重的仪式。在紧挨诊室的一处凹进去的角落，党卫军派人搭起了一个堆满白花的灵台。满满当当的花，大部分是百合，香气逼人。这些花一定是党卫军特意驱车前往城里的花店买来的——奥斯维辛有花店。一切让人难以置信；震惊、激动之下，我们呆立原地。曼德尔发挥德国人营造场面的本领，把乐队成员分为两组。我们从两边簇拥着灵床——好一张指挥与乐队的全家福。大家挤在一起，我挨着你你挨着我，思绪纷扰，喉咙发堵，看着阿尔玛。她放松的表情看上去平静安宁。她很美，美极了，手指修长的双手拢在胸口，拿着一枝鲜花。是谁给她塞的这朵花？曼德尔？

不知是谁起的头，传来几声悲咽，于是我们所有人都哭了起来。党卫军川流不息地进来，从灵床前走过，脱帽致哀。他们也都沉浸在悲痛中，不少人流了泪。有些军官我们从未见过。曼德尔泪眼迷离——对阿尔玛的哀悼，让我们和她的眼泪流到了一起，同悲共戚！难忘的一幕。

一边是这感人的场面，一边是仍在抵达的列车，毒气室、焚尸炉全速运转，屠杀继续……而一到这里，党卫军们又流着眼泪，同一个被他们盖满白花的犹太女人的遗体作最后告别。我心想："阿尔玛，您最终还是没能带着小提琴离开集中营。没人能从这里离开！"

我们黯然回到营房：没了阿尔玛，我们失去了方向。

"真想再看到她发火的样子，叫我拿什么换都行！"弗洛莱特抽着鼻子说，要知道她可是从来没有喜欢过阿尔玛。

大伊莲娜感叹道：

"阿尔玛还算幸运，能像正常时候那样病死。"

"一点不正常，这病来得太怪了。"

她的死因究竟是什么？这事后来也没搞清楚。据说党卫军的验尸结果表明她死于中毒。那天中午她和我们一起用餐，晚上她独自一人去了弗豪施密特那里赴宴。这说明什么？我们再也没了弗豪施密特的消息。阿尔玛死后第二天，她没在"加拿大"出现，从此就没人见过她。她从比克瑙消失了。被释放了？以何种方式？我认为她就是凶手。虽然说法不一，但有一点是公认的：阿尔玛是中毒身亡。某些版本称，是德雷克斯勒收买了弗豪施密特邀请阿尔玛并下毒，甚至还是她提供的毒药。动机？曼德尔运作了一番让阿尔玛获释。她虽然得到了批准，但这种操作会对她自己不利，为犹太人谋释放的事情不能做。所以德雷克斯勒，为了曼德尔好，搞了这么一出。我没法接受这个扭曲的假设：曼德尔绝不可能主动为阿尔玛争取释放，她不会让阿尔玛离开这个她引以为傲的乐队。阿尔玛是乐队的灵魂人物。奥斯维辛男子乐队拥有众多杰出乐手，是一支实力雄厚的专业乐队，但女子乐队只有阿尔玛，她是我们乐队唯一拿得出手的人，若说曼德尔自愿将她送走那是扯淡。相反，若说这事和德雷克斯勒有关，毒药由她提供，我一点都不奇怪。她就是个可怕的禽兽。

劳动队的人说毒死阿尔玛的是变质的罐头。我觉得不太可能，要是那样的话，弗豪施密特也该中毒身死了。鉴于她能给自己搞到最好最高级的罐头，很难想象她会随随便便拿出质量没有保证的食物来请客，还一起吃。我认为，弗豪施密特，这个"挚友"，只会对即将被放出集中营、不小心用自己的幸福刺激到她的阿尔玛怀恨在心，那是她对阿尔玛的报复。

阿尔玛死了，我们还活着，乐队会被解散吗？姑娘们围着我："曼德尔欣赏你，只有你能指挥我们，得让你来当我们的卡波。"

难得地，她们看上去意见一致，连波兰人也表示同意。柴可夫斯卡与福尼娅甚至还向我挤出了微笑。这任命在她们眼中似乎顺理成章、十拿九稳。确实，我协助过阿尔玛那么多次……匈牙利的爱娃迫不及待地把我拉到一边，给我哼了支匈牙利民歌："你能给这首歌编曲吗？德国人一定会很喜欢。"洛特与克拉拉也轮流缠着我，说来说去全是"换些节目吧。让我来唱你想要的曲子"。

因此，当传来克莱默抵达的消息时，大伙儿的心从未跳得如此之快：乐队是解散还是保留？指挥官的一脸横肉毫无表情。"立正！"

他语气生硬地——那些为阿尔玛留下的泪水去了哪儿？——宣布：

"由索尼娅顶替阿尔玛·罗泽，任命她为乐队指挥。"

冰冷的决定，板上钉钉。

索尼娅据说是位不错的钢琴演奏员，但我无从评价，因为从未听她弹过，这儿很久没有钢琴了。她能指挥乐队？她们几个乌克兰人自张一军，但和我不乏交流。这个意外的任命是怎么回事？就因为她是特殊犯，凭着这点就可以？她行事低调，寡言少语，从不招人关注。但她一定煞费苦心才谋取到这个职位，我们竟毫无察觉！

她站到我们面前，一副矜持、朴素的样子。我们会有个怎样的指挥？

她站在原属于阿尔玛的指挥席上：一米六二的个子，健壮的体格，鼻子短小、颧骨突出的脸庞，看起来不甚威严。她看了一眼乐谱——那眼神似乎没什么把握，也不按照惯例先用指挥棒敲几下指挥台，抬手就打起了拍子。什么节奏呢？她自己的节奏。如同一个机器人，一、二……三、四……她不着边际地指挥着，该让乐器起奏时也不做提示，从头到尾用她那双蓝眼睛紧盯着乐谱——她显然不会读的乐谱。作为首席小提琴手，大伊莲娜试图带动其他人，但结果还是惨不忍闻。索尼娅耸耸肩，放下指挥棒，把我叫到她身边。我试图教她一些指挥的基本要领，这并不能一蹴而就，但才过了五分钟，她就失去耐心，不再听我讲解，于是我回到自己的位子上。乐手们目瞪口呆，憋着笑胡奏一气。抄谱员们木然地抄着谱，这一片嘈杂让她们不抱任何希望，她们还没蠢到会认为把乐队搞成这样的索尼娅能带领大家排出新节目、为音乐会酝酿新的节目单！这一刻，新指挥的无能让受尽阿尔玛苛刻调教的女孩们欣喜若狂。但很快，她们就会和我一样想到一个问题：音乐会会变成什么样？门格勒医生的突然到访，让这一担忧霎时劈头盖脑地砸来。他是个爱乐人，这噪音休想骗过他的耳朵，后果就是……

索尼娅直挺挺地站着，问医官大人想听些什么，仿佛她能满足门格勒的所有要求似的！不用，他没时间，他只是过来看看我们。这回答让我长出了一口气。气质优雅，他踱了几步，走到我们悬挂阿尔玛的臂章和指挥棒的那面墙边，脚跟并拢，毕恭毕敬地默哀了片刻，然后转向索尼娅，用一种极真诚极应景的语气说了句拉丁语："斯人永在。"新上任的卡波没听懂，白痴一样地满脸赔笑。

门格勒一离开，她就问我这句话是表扬还是意味着要将墙上的物品撤走。

在比克瑙，门格勒也会说出"斯人永在"，这事可得好好记着！

生日快乐！

"去给家里写封信,我帮你送出。"曼德尔究竟是在批准我还是命令我?她有什么祸心?我无从得知。我哥哥去了美国,没什么好担心的,他们鞭长莫及。但我弟弟加入了抵抗运动,他们知道了?我觉得这不太可能。但凡他们有所怀疑,就绝不会轻易放过我,逮捕我的盖世太保早就对我大刑伺候了。剩下的亲戚散居各方,我也避免与他们联系。但不写一定会激怒她。于是,我写了封不带感情、极其平淡的信,寄给一个他们威胁不到的人。更何况,我确信这封信绝不会寄达目的地。但曼德尔为什么提出这个要求?他们的动机真是难以揣摩。日子一天天过去,这封上交的信再也没了消息。

营房解除封锁的哨声刚吹响,曼德尔就迈着她那双优雅的长腿进来了,她径直穿过音乐室来到我桌前,房间里静得能听到蝇虫飞舞的声音。她看着我的眼睛,话音里不带任何感情:

"我没能寄出你的信。你那些英国朋友进巴黎了!"

我一时没回过神来。她会再说一遍吗?她停住了,但这句话的余音尚在我头脑中回响，意思变得再明了不过，笑容差点就要从我的眉眼中溢出——绝不能笑出来。我必须不动声色。只要眼皮微微一颤，只要流露出一丝一毫喜悦，她就会毫无悬念地报复我，报复乐队……

姑娘们全都呆呆地盯着我们。空气几乎凝固了。我感觉曼德尔犹如一只窥伺猎物的豹子，只要我有所反应，只要我眼中一亮……她既不蠢也不笨，绝不会相信我们对她刚宣布的消息会无动于衷，而她恰恰要求我们无动于衷。

她露出某种难以言表的眼神，说不清是满意、遗憾，或是骄傲……她转身而去，她不是来听音乐的，她专程来把这个消息告诉我，她的"小歌唱家"。

我们放声大笑，把索尼娅吓得目瞪口呆。如同积蓄已久而瞬间爆发的火山，大家欢呼雀跃，又叫又跳，语无伦次：巴黎解放了！这次是真的，是正式消息！要是此时曼德尔推门进来，她会看到怎样的一幕啊！某些丈夫为免尴尬从不突然回家，她也一样吗？

以前，日复一日，我们不着边际地想着"以后"要做的事。空想的未来是我们的麻醉剂。当一切变得难以忍受，当夜晚充满忧伤，我们就反复勾绘这美好的"以后"。但此刻，一切截然不同。"以后"不再是幻想，"以后"指日可待。它即将化作现实，也许只要等上几周，甚至连几周都不用？在我们的认识里，巴黎光复表明纳粹一溃千里，代表着战争的结束。我们想象胜利的道路从巴黎通向柏林，盟军战士一路高歌猛进！

"我要去买把冲锋枪，德国鬼子我见一个杀一个！"

这是弗洛莱特的凯旋进行曲。想法不坏，但还是让我们觉得有些幼稚。嗜血的美梦做完，她接着说：

"这是我的复仇。但接下来要开始新生活……"

"开始新生活",这话听着喜庆,它打开了幸福之门。

"到时候我要找回在这里失去的时间。"弗洛莱特说道,"去读书,考出高中文凭,然后我要学音乐,当电影明星!"

今晚大伙儿可以畅所欲言,所有人都变得宽容大度。弗洛莱特长相出众,这梦想一点都不出格。爱娃的计划和弗洛莱特相近:

"我要当回演员,继续登台演戏,我要在克拉科夫这个全世界最美的城市里当大剧院经理。我要与丈夫厮守到老,看着儿子长大成人,他会成为医生。我的波兰将获得解放,把德国人和俄国人全赶走。"

大伊莲娜眼里含着幸福的泪花,展望未来的美好图景:

"我会与丈夫团聚,生儿育女……"

"但你那歹毒的婆婆,你要怎么对付她?"珍妮打断她,"这个犹大,得跟她算算账。"

大伊莲娜楚楚看着珍妮,天啊!她湛蓝的眼睛竟闪烁着温柔的目光:

"但她是我丈夫的妈妈,等她知道发生在这里的屠杀,也就够她受的了。"

我问她是否会继续拉小提琴。

"不拉了,法尼娅。只要和我亲爱的在一起我就很幸福了,我们会有很多孩子,钱有一点就够了……"

安妮表示要对今后的生活更有要求:

"我要开一间大型皮具店。嫁人的话,必须是个大富翁,我给他生几个大胖娃娃。"

克拉拉,自负地撅着小嘴,称自己会像英雄一样凯旋回国。我们被她的无畏惊呆了,但今晚大家都很友善,没人去戳穿她。她说:

"我会有一场美满的婚姻，入选巴黎歌剧院，登上纽约大都会歌剧院的舞台。"

为什么不呢？

洛特令我们大开眼界，她略带幽默地对克拉拉说：

"我们一定会在大都会会师，不过我的起点比你高一点，我以前在布拉格歌剧院唱，我还会回去。我会与丈夫团聚，彼此再不分开！"

珍妮忍不住嘟囔："他最好这样做。"

"我嘛，姐妹们，"她紧接道，"到了家我绝不空费时间扯闲篇，立马，和我男人上床。你们是不知道我们家消防员光屁股有多帅！一点不夸张，我向你们保证，他要是一丝不挂在卢浮宫里走一圈，那些小白脸雕像全得害红眼病。上了床，他就是一神，能耐大了去了！……他让我死心塌地随他摆布。我真想骑在他脖子上……天啊！那该多棒啊……"

波兰犹太人酝酿着血腥的计划，誓言要杀光波兰雅利安人，等清洗完毕，"下一步就是光复耶路撒冷！"波兰雅利安人毫不理会这没影的杀戮，她们只想着与家人团聚，嫁个好丈夫，继续自己的人生，但她们忘了这人生曾拐入一段歧途。

玛尔塔渴望成为大提琴家，到世界各地演出。"同阿尔玛那时的梦想一样！"她痴痴地补充道。

我的打算和她们的都不一样：

"出去以后，等苏联红军大获全胜，我要去德国到处走走，看看毁灭的景象：柏林，汉堡……我心里会暖洋洋的。但更抚慰我心灵的是一场真正的爱情，一场轰轰烈烈、独一无二、如梦如幻、童话般的爱情！"

"你不打算结婚吗？"弗洛莱特问。

"我可没说结婚，我说的是爱情！"

听众们反应不一，有的羡慕，有的不以为然。但今天是行善之夜，我得以平静地把话说完：

"当然，还要有音乐，大量的音乐，让生活充满魔法。"

小伊莲娜觉得我的计划里缺少政治抱负：

"我要为共产主义奋斗！这场战争至少让许多人意识到只有建立在马克思主义基础上的国际共产主义才能带来幸福。我对你们说，我一直坚信法西斯、纳粹、种族主义和党卫军终将覆灭，所以看到他们我就暗自发笑，都快有些可怜他们了。我们会把他们斩尽杀绝！他们将从刽子手变为阶下囚。想想到时候他们的倒霉样吧！"

我们使劲想着，忍不住笑了起来。每个人都毫不怀疑自己将重新迎来正常生活，一切法西斯都将彻底灭亡！因为我们确信人们终将觉悟，世界将有一个全新的基础！

我在夜间痛醒，肚子里似有乱刃相加，痛得我浑身颤抖，冷汗淋漓，发起烧来。到了早上，我才明白，是阴道口长了脓肿。这天的点名让我感觉极为漫长，时间仿佛有平日的三倍之久。索尼娅站在音乐室门口，命令我们准备出工：

"歌手们也去，包括你，法尼娅，你去把我的话翻译给其他人听。"

阿尔玛才走了二十四小时，索尼娅就露出了她的真面目。为了报复曾经对她恶言恶语的柴可夫斯卡，她用一个在服被营工作的朋友、同为特殊犯的玛利亚替下了她。我们不认识这个玛利亚，也不知是该为此高兴还是哭泣。但很快，我们就发现她恶毒起来任谁都自叹弗如。

波兰人一个个恨得咬牙切齿：竟有人对她们的一员下手，还要让她们听命于一个俄国贱货！真是大权旁落，尊严扫地。要不是自顾不暇，我们定会拍手称快。因为正如珍妮所说：

"一天世界！谁能想到，我居然还会怀念柴可夫斯卡这家伙！比起她来，玛利亚更加无情、更加残忍、更加疯狂。"

弗洛莱特也抱怨：

"我开始怀念阿尔玛了！因为这个索尼娅对乐队一点都不在乎，对演出毫无激情，我们要是万一出什么事，她绝不会为我们挺身而出！她才不会为救我们去揽编织活，也不会因为我们没拉好而大发雷霆，乐队就算消失她也无所谓！美国人最好早点到，千万别耽搁了，因为在索尼娅手里，乐队就是一张一天天缩小的驴皮[1]！"

我们都想知道索尼娅与她同党玛利亚的来历。一开始我也没有头绪，几天后，才从经常和我聊天的布洛尼亚和奥尔加这两个乌克兰抵抗战士那里打听到些消息：

"千万提防着点她们俩，她们是我们俄罗斯的败类。我知道她们的事，我就来自她们邻村，幸运的是她们并不认识我，否则我就该和我的乌克兰说永别、再也回不去了。她们村一开始给德国人占了，后来我们又把那里夺了回来。被占领的时候，这两人给党卫军办事，和侵略者狼狈为奸，她们出卖我们的同志，还有那些斥责她们无耻行为的同胞。就因为这两个婊子，很多老幼妇孺被屠杀、被送入集中营！所以当红军战士又杀回来，杀到离她们村不远、胜利在望的时候，她们投奔党卫军寻求保护，因为我们的队伍会毫不留情地处决她们。以后我们会亲手杀了她们！我们发过誓，一定要铲除她们。叫你的同胞当心点，她们无恶不作！"

---

[1] 在巴尔扎克的小说《驴皮记》里有一张能实现拥有者愿望的驴皮，但每实现一个愿望，驴皮就会缩小一分，驴皮消失之时就是许愿者的死期。——译注

结果德国人把她们也关进了集中营。这种报答方式看似惊人，但在熟悉党卫军的人看来并不出奇。党卫军对叛徒毫无尊重，只有鄙视，用过之后一脚踢开再正常不过，能为她们提供保护已经是非常照顾了。但没人会把黄鼠狼带进门，一定要关得远远的，以免把家里头搞得臭气熏天！

就在淋浴前片刻，我的脓包破了，幸亏可以马上去洗干净。疼痛稍稍缓解，我加入了出工的队伍，一如索尼娅要求的那样。演出台上，她挥舞着她那根短小的指挥棒，乐队埋头演奏，效果不算太糟，因为这些都是大家倒背如流的曲目。我担心的是周日的音乐会，以及筛选后的私人音乐会。

我在演出台上看着精疲力竭的劳动队收工回来。她们是否知道巴黎已经解放，终于有了一丝从比克瑙生还的希望？一定。今晚，她们的目光中没有鄙视、嫉妒、仇恨，个别人甚至还和我意味深长地交换起眼神。是的，错不了！她们知道！

党卫军剑拔弩张，卡波们叫得比往日更凶。因这紧张空气而亢奋的军犬只待一声令下就要一跃而起，释放出肌肉的力量，活动绷紧的神经。

营地入口，比克瑙女子营总卡波、波兰人斯塔尼娅威严地岔着双腿，在党卫军的监视与偶尔的协助下，对返回的女囚进行搜身。

劳动队干活的地方在农田边上，虽然有看守严密监视，仍会有人不顾皮鞭、军犬与死亡的威胁，偷挖一根胡萝卜、一个芜菁、一个土豆。时松时紧的搜身就在我们乐队悠扬的伴奏下进行着。

我无事可干，只是因为索尼娅的命令才站在这里。我感觉又有了发烧的迹象，一边打着颤，一边看着斯塔尼娅拉住一个皮包骨头的女囚推推搡搡，握着一团烟草凑到她眼前大喝："给我吃下去！"

党卫军纷纷叫好。有人过来帮忙,他微笑着向那不幸的人儿指指他张牙舞爪的军犬,于是女人嚼起了这团令她梦想、对她来说不亚于面包的烟草。她嚼着,棕色的唾液从她嘴角流出;但无法吞咽,瞪大的眼睛在深陷的眼窝中惊恐地乱转。她喘不上气,憋得满脸通红,无助地看着其他人在我们欢快的军乐声中从她身边一个个走过。高烧与乐声让我眩晕,我闭上眼:"我在这儿做什么?"硬吞下去的烟草让那女人不停地打嗝,最终她被同伴抬走了。

斯塔尼娅的尖叫再次响起;了不得,今天的搜查硕果累累。她掀起一个瘦骨嶙峋的女人的破裙子,从她的内裤中搜出一根黄瓜和几个小番茄。党卫军爆发出一阵狂笑,乐队也跟着笑起来。没收了蔬菜斯塔尼娅就会放过她吗?被逗乐的党卫军会对这个"穆斯林"网开一面,就此罢休?错,她被移交到另一个卡波手中。她将被鞭打至死,我们则欢笑了一场。后来一提起这两种不寻常的蔬菜,我们仍会哈哈大笑。谁能参透其中滋味?

我的脓肿接连不断,玛丽医生无能为力,她什么药也没有,能帮忙的只有一双手。温暖的手轻轻搭在我身上,配合着各种鼓励的话语,就像安慰产妇或哄孩子那样……我流脓不止,整个人都要被掏空。实在糟糕的时候,姑娘们替我打掩护。坐姿对我也是一种折磨,但排练时我必须坐到桌边,哪怕根本无法编曲。幸运的是,索尼娅什么也没发现。她不可一世地挥着她那根威严的小棒,姑娘们各尽所能。她偶尔瞥我一眼,见我拿着笔低着头也就不再管我。我的抄谱员们乱抄一气,完全不上心,我听之任之!

最痛苦的是冒出新脓肿的时候——我前后一共发了五十七个脓包——那些日子多亏了朋友们向我伸出援助之手。夜晚极为难熬,我得啃着自己的拳头才能不叫出声来。绝不能走漏一点风声,尤其不能让曼德尔知道,她一定会将我送去医务营。最麻烦的是从我两腿间流下的脓液;我只有一条毛巾可以垫、可以擦,但我不能去洗,也决不接受其他人帮我洗。隐瞒此事已经让她们承担了被处罚的风险,因为规定不能将病人留在营房里。摊上索尼娅这个无能的指挥,万一我又不在,姑娘们担心那将是乐队的末日。就连福尼娅也怕得要命,揽活帮我整理起了床铺。日子一天天溜走,我不知道这段时间持续了多久,记忆最深的是一些交织着幻想的场景。玛利亚,新上任的营管,用俄语厉声抨击我们几个法国人:"福尼娅和玛丽拉不准再去拿咖啡,要是那些混蛋犹太娘们要喝,就让她们自己去拿!"她的叫嚣引来了索尼娅:"犹太娘们全是狗嘴里吐出来的垃圾,就会惹是生非。"她高高在上地评判,那架势仿佛教皇赐福,如雨水一场,落到哪里算哪里。

这种排斥让我愤怒,到处都是同一种顽固的民族主义,同一种最狭隘的沙文主义。犹太复国主义者鄙视她们以外的所有人。德国人将波兰人视作劣等人。雅利安人不放过任何一个把我们指为替罪羊、要我们为一切灾难担责的机会,处罚降临,她们拍手称快。这些人,她们难道永远都不吸取教训吗?

幻像与现实继续交织在一起。弗洛莱特起床又晚了。这次事出有因:我在夜里把她吵醒了好几次。玛利亚命令她跪在地上,双手抱头。只要她稍稍前倾,玛利亚就一靴子踢到她腰上。柴可夫斯卡永远也想不出这一招,阿尔玛也绝不会任她胡为。这场体罚持续了两小时。玛利亚该不会和陶贝尔一样有创造性吧?

陶贝尔,克莱默,门格勒,格雷泽,曼德尔,德雷克斯勒,这些被诅咒的名字在我脑中横冲直撞,乱舞一气。

营地被封锁了,一场筛选将在营内进行,因为并没有新的专列抵达。集中营仿佛陷入了沉睡,夜幕浪漫、温柔地降临,让人心痛。没有一丝声响……我们倾听……我们等待……整个集中营都在等待……卡车驶过的声音划破了寂静。它们去往焚尸炉前会在哪座营房停留？终将有这样一个夜晚，卡车会停到我们的门口，那便是我们的末日。

要是我能活着走出集中营，我一定要抓住、争取一切幸福，为了我爱的人，也为了我不爱的人，女的，男的……我不会放过一丝一毫。幸福，是那么珍贵……

我汗出如浆，耳边不时传来叫声，那是被高烧扭曲的声音，还有笑声、哭声、乐声。我病了很多很多日子，一直在好转和复发之间徘徊。

索尼娅通知我们准备外出进行一场特别的演出。两天来，我感觉好些了，这已经是我的第五十四个脓肿了，也许这个数字不会再变了？我思考着这个数字，54，加起来5+4=9，9是个吉利的数字，我决定相信它。

"门格勒医生要我们为他演出。"

真是怕什么来什么！自从索尼娅接手乐队，党卫军不再关注周日音乐会，比起听音乐来，似乎他们有更要紧的事要忙。谢天谢地，因为姑娘们自然是试图按阿尔玛的教导来演奏，但渐渐地就走了样。我们越来越怀念阿尔玛，弗洛莱特甚至感慨："阿尔玛要求是严了点，但她懂音乐，爱音乐，她让我们感觉有底气，被人管着。能得到她的表扬，那就是一份礼物！"

门格勒医生——听到这名字，我浑身战栗，不是因为发烧，而是恐惧——门格勒医生并不满足于他所进行的试验，其中某些据说还是以科学的名义。此人杀戮成性，以消解那些最无畏的反抗者的斗志、找寻他们眼中几不可察的恐慌为悦，捕捉这倏忽即逝的目光能让他获得极致满足。他那极富鉴赏力的耳朵很有可能无法忍受索尼娅的乐队。或许这场大病给了我更为清晰的预感：我觉着我们乐队的日子不多了，缓刑就快到头了。我问索尼娅：

"门格勒医生说了想听什么吗？"

"他想听进行曲，马戏团音乐，舞曲，华尔兹，狐步舞曲（她的蓝眼睛露出狡黠的目光）。你列个节目单，和你两个朋友商量下，（大）伊莲娜和玛尔塔。"

我长出了一口气。她一定也怕门格勒。我可以倚靠的人还有几个：哈丽娜——杰出的小提琴手，赫尔嘉，弗豪克勒纳，甚至还有珍妮，她虽然水平不怎样，但好歹也是专业的！

搞了几场排练。明面上，索尼娅趾高气扬地挥着指挥棒，实际上是大伊莲娜在她身后向小提琴声部示意何时进入，我则负责给其他人发起奏信号。与索尼娅相比，阿尔玛简直就是托斯卡尼尼。

周日，我们的寝室又是一派纷乱。凭着她对音乐的挚爱和敬业，阿尔玛能在我们身上唤起一股激情，让我们暂时忘怀面对的是一群多么特殊的观众。但今天，大家一个个无精打采，死气沉沉，在玛利亚的乱吼一气中木然地拾掇着。天气很好，阳光仍旧有点晒，但已能感到秋天的气息。冬日将至，还要在这儿再熬一个冬天吗？

"音乐会在哪儿举行？是在户外还是在医务营？"

"你去了就知道了！"索尼娅冷冷地回答，"一个新地方。"

门格勒究竟在搞什么花样？

竞技场！他竟让人造了一个竞技场：一个被阶梯看台围绕的池子，入口上方是乐队的演奏席，按惯例正对贵宾看台。弗洛莱特低语道：

"古罗马竞技场！"

"就差个宾虚[1]了!"珍妮调侃道。

"这里最缺的是基督徒[2]!"爱娃说。

"别担心,有犹太人顶上!"

竞技场里空荡荡的,只有几名值勤的党卫军。

"罗马皇帝的禁卫军。"玛尔塔比拟道。

安妮焦虑不安:

"我们必须拿出最高水平。"

我相信她们都会竭尽全力。门格勒是她们眼中的美男子,但也让她们不寒而栗、令她们恐惧。等待我们的将是怎样一台好戏?大批女囚聚集在看台后面,党卫军牵着狗维持秩序——看来他们把猛兽也准备好了。大小军官陆续抵达,"我们的"固定观众尾随而至,在看台上就坐。这里没什么消遣,谁也不想错过这场演出:卡波、营管、车间工头(Anweiserin)、劳动总监、看守、劳动队监工、营区总卡波、党卫军行政部门(Lagerkommando)的人、医生、护士全到齐了。当然,我们经常打交道的那几个党卫军军官也在贵宾看台上:克莱默,曼德尔,格雷泽,德雷克斯勒。主位上,如恺撒般端坐着门格勒。他晒成了淡淡的古铜色,邪恶怎么会如此英俊?

陶贝尔悠闲地踱着步,这场不是由他策划的演出能愉悦他、把他从萎靡中唤醒吗?

接到奏乐的命令,我悄悄站到索尼娅身后,大伊莲娜目不转睛地盯着我。

音乐一起,表演开始。一群侏儒列队入场。他们从哪里来?门

---

1 美国作家刘易斯·华莱士(Lewis Wallace,1827—1905)以基督教起源为背景创作的同名畅销历史小说主人公,虚构的犹太世家子弟。宾虚在竞技场中赛车复仇的情节场面宏大、惊心动魄,默片时代就已因影视改编而广有影响。——译注
2 古罗马受迫害的基督徒曾被赶入竞技场与猛兽相搏。——译注

格勒是怎么搞来这些人的?

我们后来得知,这是一个闻名全欧的侏儒杂技团,是和匈牙利囚徒一起送来的。

他们有一部分人没穿戏服,而是盛装打扮:男的身着燕尾服,女的穿着晚礼服,有好几套应该是根据某些犹太人带在行李中的衣装改的,这些天真乐观的人啊……面料华丽至极。女侏儒们浑身珠光宝气,项链垂到肚子,手链可以在腕上缠两圈,耳环擦着肩膀,荡在浓妆艳抹的脸颊两侧,精心梳理的头发上戴着王冠状的头饰。这些首饰真假混杂,价值不可估量,让人瞠目结舌。

在这场面下能不出错,我们就走大运了!侏儒们绕场巡游了一圈,然后一部分人登上看台,另一部分蹦蹦跳跳开始表演。他们大呼小叫地玩起了杂技,平庸的小丑闹剧,胖乎乎的小手不痛不痒地扇着耳光。够拙劣的。

我们奏着乐。党卫军不时爆发出笑声。任务在身并不妨碍我观看这奇怪的场面。我们奏起一支狐步舞曲。门格勒做了个手势,下令让所有侏儒回到场上。小人们纷纷舞动起来。有的捉双成对,踩着节奏跳着,落单的就一个人扭,他们怪诞的模样令人心酸。男的卑躬屈膝地朝各个方向施礼,女的则提起礼服向观众行屈膝礼。

珠宝、绸缎、各种饰品在阳光下闪烁,反射出千万条跳跃、旋转、起舞的光线。小人们低声发出愉悦的叫喊,试图和着克拉拉、洛特与我的歌声一起唱,但他们尖利的喊声纷乱无序。乐队奏起一支进行曲,他们随着节奏拍手、跺脚。五十来条小胳膊——手链玎琮,带动五十来只粗壮的小手——戴满戒指,在空中挥舞、晃动,五十来只小脚在地上踩着节奏,这一切是那样虚幻,那样恐怖。这又是我的幻觉？不，这就是我在经历的现实，我听到看到。我的大脑接收着这些画面，我的耳朵听着这些极不和谐的声音。

场地一角是一群眼窝深陷、幽灵般的囚犯，她们在灼热的阳光下纹丝不动，惴惴于自己的生死，不解地看着这疯狂的表演。

我已经不知道乐队在奏什么曲子了，我相信此时也无人关心。在我们演出台下，竞技场完全成了一个舞厅，畸形的怪胎翩翩起舞，挥着他们儿童般的小手，即便个别人已年过半百。党卫军哈哈大笑。这笑声，我们的音乐，侏儒和他们的滑稽剧，这一切混在一起是如此骇人，乐队姑娘们不由浑身颤抖。笑声狂烈、疯癫，盖过了我们杂乱的乐声……

"肃静！"门格勒高喊，一切戛然而止。举着的手臂连忙收回，笑容僵在脸上。虚假的愉悦让位于恐惧的脸庞。主人对他们有什么不满吗？没有，主人只是尽兴了而已，那些人让他笑够了。狂欢结束了。

回到营房，我真希望那只是一场幻觉，这样就能尽快把侏儒杂技团的景象从脑子里赶走。

门格勒并不是疯子，他是个搞科学的，是个学者，他对虹膜颜色的研究备受瞩目。他"筛选"出所有双眼颜色不同的人，借着提取角膜送往威廉大帝学会[1]的机会，对他们的虹膜开展各种实验。柏林的人知道那些角膜是怎么来的吗？

连着一段时间，我们经常看到英俊的门格勒医生带着这批吵闹、欢快的侏儒走在集中营主干道上。这群爱开各种玩笑的矮人，怎么会有人想要害他们呢？门格勒与他们一起笑着，似乎对自己以一个高个子的身份管着这么一帮那么矮小的人甚感有趣。

---

[1] 德意志第二至第三帝国时期基础研究机构，创建于1911年。——译注

然后有一天，他亲自将这个快乐、自信的侏儒杂技团送进了毒气室。演出落幕。

后来，我们得知，在被杀害之前，他们当中许多人都被用于研究侏儒症的人体实验。

这一晚，我再次陷入某种混乱状态，浑身发烫，直打哆嗦。腹部刺痛不止。新的脓肿正在形成。

我一夜没睡好，不断做着噩梦，梦见穿得光鲜夺目的侏儒冲我扮鬼脸。天亮了，下起了雨。又是新的一天。我几乎无力起身。我不知道姑娘们想出了什么法子，又是怎么做到的，反正点名完毕，她们把我送回了上铺。我迷迷糊糊的，心里头隐隐记挂着什么。我忘记是什么事了，只知道之前是记得的。后来我想起来了，在两次意识黑洞的间隙。我想起今天是9月2日，是我的生日。小时候，过生日是件大事，但今天，无所谓了。

在这阳世之上，还有人会想起今天是我的生日吗？我哥和我弟可能记得，我的七大姑八大姨们能想起来吗？……

姑娘们排练得太糟了！我甚至感觉比往常更糟。爱娃给我拿了些水来。今天我还没见到玛丽。她正听命于尽职尽心的门格勒医生，结果一天都没能过来。门格勒在守护一名动了手术的病人，竭尽全力保住她的命。他连着忙了三天，等到确定方案有效，就把那人送进了毒气室。这真是个谜一样的人。

玛丽告诉我，继侏儒之后，门格勒的兴趣又转向了双胞胎。为了搞到双胞胎，他搜遍了吉普赛营，多次参与专列抵达时的筛选。这些双胞胎对继续他有关种族和遗传的研究至关重要。他对双胞胎们做了什么呢？众多实验。比如以同样方法同时杀死两人后解剖，仔细记录观察结果：他们的器官是否完全一致，损伤程度是否完全一样？

门格勒聪明，有教养，有品位，不是克莱默那样疙瘩一块的大老粗，也不是陶贝尔之类的禽兽，但一样是个狂热的纳粹。他一定家境优渥，拥有美好的童年和少年时代。良好的教育造就他气定神闲的风度。他从未有过缺衣少食的日子，绝不是阶级斗争或贫困的生活让他变成了狂热分子。原因究竟何在？宗教般的种族主义就足以导致门格勒这类人的出现？

等待他的会是什么[1]？脑海中，一个我明知不可能的场景萦绕不去：战争结束了，消灭了纳粹的世界重回正轨，我们回归正常生活，我遇见门格勒——在哪里？怎样遇见的？我不知道——总之我遇见他，我当面质问：**为什么**？我将这想法告诉其他人，她们大喊，说我才是疯子，说没什么好问的，没什么好理解的。

但这念头困扰着我，让我疲惫不堪。我想忘却这一切，忘却这地方，我试着潜入童年与少年时代的回忆透透气。

十五岁时，我在音乐学院学习，同学的模样已模模糊糊，但有一个英俊的金发少年我却记得清清楚楚。他是瑞典人，自称是什么王子，真的吗？有何不可？他身材高大，与我相比尤显伟岸，我需要仰头才能看清他的脸。他对我视而不见。为了吸引他，我假装说家里有位姨妈是公主——这样我们就平起平坐了。这法子奏了效，他接近我，与我聊天。我得意忘形，招来其他人的嫉妒，多美好的日子啊。我当时以为，倘若我能遇到一个高大、非常高大的男子，或许一直努力去够他，我也能变高些……

一个名字让我梦想：雅沙·海菲兹。当生活过于平淡时，我就

---

[1] 他逃到了巴拉圭，在那里逍遥度日。（门格勒后来又逃到巴西，1979年2月7日在游泳时突发心脏病溺毙。——译注）

幻想成为他的伴奏员,还把经过都想好了:我走在大街上,雅沙的加长版汽车飞驰而来,我穿过马路,朝他奔去,不慎在车前摔倒,他匆匆下车,扶起我,一来二去我就成了他的钢琴伴奏员!我的想象力很丰富。但现实是另一副样子。一天晚上,我们去听他的音乐会,我和同学打赌去找他要签名。他们都取笑我,激我:"你没那个胆!"他们太不了解我。我敢。我站在他化妆间门口,浑身抖得如同风中的白蜡树,紧张得说不出一句话,手中拿着音乐会节目单,看着我的偶像。他亲切温柔地把我让进去坐下,询问起我的情况。得知我学音乐,他恭喜我选择了这条道路,然后拿过节目单,给我签了名。从他的化妆间出来,我从来没这样吐气扬眉,我感觉自己突然长高了一头。我居高临下地看着那几个同学,我都快认不出他们了,他们变得如此渺小,包括我那位冷漠的王子!

男孩,男人,我换了一个又一个!我订婚,悔婚,再次订婚,悔婚。父亲从未指责过我,他让我自己认识生活……

在这里回忆这些没有什么风险,不会构成伤害,因为它们封存在现实时间之外某个特别的所在,那个失落的时代,那片青春。青春?可我依然年轻啊,我才二十五岁!囚禁在集中营里的青春……

我再次陷入昏睡。仿佛从浓雾中传来的乐声、喊声、笑声飘入耳际,然后再无声响,营房里静了下来。姑娘们都躺下了,入夜了。没人记挂我。谁会记得我的生日?这能有多重要?

有人低语了几句,很快就听不到了,我隐约听到床架晃动、布料摩擦、窃窃私语的声音。她们从床上下来了。是谁病了吗?我想看个明白,但室内很暗,只有从某个岗楼射来的一缕画笔粗细的光束在屋里慢慢扫过。我们营房的门开了,走进来的似乎是玛丽。她来做什么?我病得那么厉害了?姑娘们围在我的床边,一个个穿着睡衣,手里捧着一小包东西,轻轻唱着"祝你生日快乐",接着又唱了一段《难友们，睡了吗？》。她们为我献上生日祝福！我喜极而泣。床上堆满了送给我的礼物，太奢华了，一定害她们花费了无数块珍贵的面包！一件丝质睡衣、肥皂、牙膏、香水，一套小伊莲娜手绘的扑克牌……她们都在：大伊莲娜、小伊莲娜、弗洛莱特、玛尔塔、安妮、克拉拉、爱娃、珍妮、洛特、波兰人哈丽娜，三个俄罗斯姑娘，伊韦特、莉莉……她们全都在，甚至还有瑞吉娜，她给我送上一杯牛奶，我都忘了牛奶是什么味了。福尼娅也醒了，但什么也没说，这应该就是她祝福我生日的方式吧！

她们都在，她们的表现洗刷了一切，那些三天两头令我难过的种族主义、狭隘与自私。我拥抱她们，我爱她们，她们让我经历了一个本以为再无可能的博爱时刻。她们为我唱起鸟语花香，唱起爱情……所有存在于别处，但我大概只有在梦里才能看见的美好……

"黑三角"舞会

我一进厕所营房，那里的卡波希尔德，一个肥腻、矮小的六十来岁悍妇，就把我叫住，一口下巴伐利亚蹩脚、难懂的德语："你，今晚点名后，再来。"她开什么国际玩笑？我怎么可能一直憋到傍晚再去上厕所！我听不明白她说的话，她也不听我解释，于是我决定回去搬救兵。我走了出去，也不管她一边打着手势一边嘟囔。

回到营房，我对情况的描述惊动了所有人：

"姑娘们，厕所里的元首禁止我们今天天黑前进她的宝殿，要等点名后才能去！"

珍妮气得说不出话，抽了抽粉色的尖鼻子，骂道：

"妈的！越来越离谱了！"

大家围着我，这条我现在倒有点拿不准的消息事关重大，它剥夺了我们随意使用厕所的自由，这是我们享受的鲜有的优待，甚至可以说特权！比起其他人每日两次被棍棒驱赶到集中营恐怖的大茅房解手，我们有权使用就在音乐营对面、原为"黑三角"专用的小棚屋。

"贵妇"们的厕所是个令人惊叹的地方，四米宽，五米长，摆着六个正中开着圆洞的木箱；那里无论冬夏长年生着暖炉，炉上小火炖着一锅杂蔬，一名看守看着锅，随时搅动，另一人则削着土豆。在这座宫殿作威作福的是两个恐怖的家伙：卡波希尔德，一个大块头女人，无论何时都叼着一只带盖的巴伐利亚烟斗；在这个巨大的烟袋身边，英格，她的情人，相对苗条，狡猾的双眼似乎总是泪光迷离，一副楚楚可怜的样子。这对可爱的情侣——两位"厕所大妈"从不掩饰她们的绵绵柔情——恶得不分彼此，自然，她们也都是纯粹的种族主义者，坚定的反犹分子，对犹太人厌恶至极。必须得克莱默亲自下令，她们才不甘地将这伊甸园开放给肮脏的犹太人糟蹋。这两个德国反社会囚犯一点也不忌讳在我们面前展示她们的深情，一如她们照顾有加的那些常规"黑三角"客户。她们常常喝得大醉，因为作为允许"加拿大"和厨房的人使用那些带洞小木箱的回报，她们要什么有什么，酒水，食物，烟草，肥皂，等等。

这两个泼妇就睡在厕所里一个双层木架床上，从早到晚看着那些宝座，一见我们进去就开骂，骂我们弄脏了她们的屋子！迫不得已接待我们让她们心存不甘，于是就想尽法子刁难我们。有时，我们走进厕所，六个位子全被占着——这很常见，那些来访的长舌妇坐在各自的木箱上，耷拉着裤子，卷着裙子，吸着烟，聊着天，幸灾乐祸地看着我们，巴望痢疾把我们的肠道搅得翻江倒海。而两个镇殿的宝货就坐在炉边，半伏在桌子上，与访客、主顾兴致勃勃地聊着意义非凡的八卦：

"现在柏林什么天气？"

"今年流行什么发型？"

"听说元首要刮掉他的小胡子。"

"天啊，千万不要！这胡子太合适了，他多迷人啊！"

没完没了!

直到其中一人完全尽兴,起身。于是,空位边上,其他人也一个个站起来离开,临走时说的话千篇一律:

"我没法待在肮脏的犹太人旁边!"

"指挥官竟然允许她们来这儿,他太仁慈了。她们会害我们得病,这些女人浑身都是毒!"

"谁要听他妈的犹太乐队的音乐……"

除了严冬,通常,我们宁可在外面等,因为炖菜、香水——这些女士酷爱香水——和排泄物的气味混在一起令人作呕。这群人的嘴脸如此可厌,我们在那里一秒钟都不想多待。但我们也学会了忍受这臭烘烘的小木棚,忍受这两个搂搂抱抱、吵吵闹闹、吃吃喝喝、打嗝抽烟的怪物,忍受那偶遇的"六位主顾",忍受她们无耻的笑声和德语胡话,因为这"优待"让我们感觉自己还能活下去,它是我们在这丑陋世界里的一项贵族特权。

因此,我带回的消息让大家怒不可遏。

"不能就这样算了,我陪你去。"弗洛莱特果断决定。

我们又转回去。

一进门,就看到六个宝座上都坐着人。喝醉的希尔德与英格,赤裸上身,温柔地交缠在一起,嘲弄地看着我们。笑声与交谈在我们踏进去的一刹那戛然而止。脾气急躁、不善外交的弗洛莱特气愤地问道:

"为什么要等点名后才能来这里?"

卡波与她的情人疑惑地晃晃脑袋,等弄明白问题,她们暂停了卿卿我我,爆发出一阵大笑,互相拍着背,击打大腿,那些主顾也都有样学样地聒噪起来。

我关照弗洛莱特:"别发火!"暴笑停息,对话开始。

"你刚才完全没听懂。"弗洛莱特对我说,"她在帮妓女营的卡波跟你约时间!"

这消息可太惊人了,我们和那些女人绝无可能和谐相处,根本就是话不投机。这会面算什么名堂?两个婆娘神秘兮兮就是不说。一直等到晚上我才得到答案,颇令人意外:这些女人计划下周开舞会,请乐队去演奏!回报是酸菜炖肉!

夜雨霏霏,10月的风寒冷彻骨,我们围在新近重新生起的暖炉边,笑着,怒着,玩笑着。

弗洛莱特宣布:

"我才不给这些不把我们当人的贱货演出。"

珍妮大骂一通后改了主意,她认为"那些女人开舞会,一定有好戏看"。克拉拉正色道:"酸菜炖肉,那就像钞票,缺的时候总是香的。"安妮平静地表示:"我觉得可以去,妓女比党卫军更值得尊敬!"

玛尔塔直截了当地说她会去。赫尔嘉知道乐队不能没有她,也同意了。把全套打击乐搬过去可不轻松,但我们确实离不开。西尔维娅羞答答地说"好"。还差小提琴,鉴于十七岁的大伊莲娜只要一想到"黑三角"就惊恐不已,第一小提琴哈丽娜答应加入我们。至于我,我一点也不纠结,她们要我去唱歌,那我就去唱。

"她们具体想要什么?"

"舞会音乐,能让她们的晚餐更欢快的音乐。"

"必须给她们上《小夜曲》!"安妮又开冷面玩笑。

"她们的夜生活,恐怕还是加料爪哇舞[1]更应景!"珍妮喷笑说。

"我提议《狂笑波尔卡》。"弗洛莱特说道。

---

[1] 爪哇舞诞生于1910年代巴黎民间,部分动作被当时社会主流认为不雅,1950年代逐渐退出流行。在其"加料"版中,男士右手环抱女士握住其反背的右手,女士左手以相同方式握住男士左手。——译注

这支最近成为我们保留曲目的《狂笑波尔卡》是索尼娅搞出来的。她只喜欢并只给我们排练熟曲子，而这些曲子，正如大伊莲娜和安妮所说，乐队尚未完全忘记阿尔玛的调教，不用看她指挥，只管自己演奏就好了。

《狂笑波尔卡》极其荒诞：几段波尔卡的旋律，当中穿插着不是唱出来而是笑出来的"哈哈哈"。索尼娅第一次给我们排练这曲子时，我惊呆了。

难道我们要恬不知耻地在难友、"穆斯林"面前演奏这垃圾玩意？还是说它仅仅是为了取悦党卫军军官而准备的？

"哈哈哈"，小提琴"咿咿呀呀"，曼陀林"叮叮咚咚"。"哈哈哈"，"嗵——嗵——仓仓——嗵——"，随着喧天的锣鼓，索尼娅给出一个信号——只有这个起始指令她能做好——接到指令的弗洛莱特就负责带领所有人大笑。所有人都得笑，乐队全员，包括歌手，笑啊笑啊……笑到能把人恶心死，笑到索尼娅的指挥棒欢快地跳动。太煎熬了！我不敢想象我们在音乐会上用这种垃圾代替舒伯特的曲子，为了乐队的生存，为了将来，我祈祷到时候门格勒千万别来。克莱默，他够粗俗，够他傻乐的。曼德尔嘛，给她上点《蝴蝶夫人》，她也不会计较这下三滥的把戏，我甚至不确定她不会同样乐在其中。

次日，索尼娅用俄语命令我：

"告诉她们，周日音乐会就上《狂笑波尔卡》。"

因为下雨，音乐会在"桑拿房"举行。夏季大部分时间我们都在户外演出，这场室内音乐会拉开了冬日演出季的帷幕。惨兮兮的女囚，我们的基本观众，成排站在她们惯常的角落等着我们。阶梯座位上坐着"黑三角"。她们前面是几个医疗和行政部门的人。前排椅子上党卫军军官倒不多。我马上注意到门格勒没来，长出了一口气。气氛很沉闷。索尼娅胡乱挥舞着指挥棒，克莱默、曼德尔或不管是谁都不可能看不出。是宽容还是冷漠？我不免有点担心。大家消沉地演奏着，只有匈牙利莉莉，放飞自我，在小提琴上大肆卖弄足以让阿尔玛怒吼的滑音。听着这极不正统的拉法，珍妮也兴奋起来，用力锯着她的破琴。我们的音乐会从未如此无聊、不谐、漫长。

随着我们开始演奏"她的"曲子、"她的"音乐会重头戏《狂笑波尔卡》，索尼娅麻木的眼中闪出一道得意的光芒。弗洛莱特心不在焉、机械地拉着琴；她走神走得如此明显，不等索尼娅发出指示，就抢在众人前头爆发出一连串节奏鲜明的"哈哈哈"，突兀至极，连累我们也一发而不可收地发出紧张的笑声，甚至连党卫军都被传染了。巨大、荒诞的笑怪异地回响在这间冷狱高墙内的音乐厅。但挤在一处的女囚们一声不吭。我们疯子般的笑声在她们抱团的敌意上撞得烟消云散。她们沉默的谴责、阴郁的目光、迸发出的深仇大恨让我痛苦：她们拒绝加入的这场疯笑，再一次将我们推向了刽子手那边。

"黑三角"那里的拧屁股舞会也在这天晚上。我们准备等索尼娅与玛利亚一走就过去。"得带个大家伙去装酸菜炖肉！"这句话打开了我们的胃口，让人口舌生津。再没有一份酬劳像今天这般令人向往。大家七嘴八舌的工夫，珍妮把拖地板的水桶给洗了：

"你觉得她们会把这些桶都装满吗？"

"必须的，没有酸菜炖肉，就没有音乐，她们先得把报酬付了。"

克拉拉还不放心：

"这点不够，最好带上汤桶。"

"要是玛利亚发现汤桶不见了，咱们这儿又要闹翻天了。"

我们做了万全的安排。万一党卫军突击造访音乐营，会有一个小通信员来给我们报信。

这些女人的营房是座永久性建筑，不是我们那种棚屋。营区的灯光，岗楼上的探照灯，以及星星点点的烟头是室内仅有的光源。那是一个还算干净的大间，她们已将木架床全部推到墙边，所有桌子连成一长条，把床单当成桌布铺在上面。琳琅满目的食物，摆放整齐的玻璃杯，这张冷餐桌在昏暗的光线下有模有样。室内空出一大片地方供舞会使用。乔琪特在门口等我们。她是这里的头儿，一个假小子。事实上，她在集中营和在外头一样，扮演着男人。在营地里，她除了有个固定的情妇，还经营着好几个"马子"，替她当妓女挣外快！乔琪特人不坏，还老是让我们发笑，因为她不像她们营里其他"汉子"，为了装男人而刻意压着喉咙，她的嗓音如阉人般尖锐，自带喜感。

她郑重其事地把预留给乐队的位置指给我们看。我以无法排除突击检查为由向她要求提前支付报酬。

"不行，等你们走的时候再付！"

摆在身后的空桶让我们有点泄气。"但愿她们给我们剩点。"弗洛莱特和珍妮瞟着直接来自党卫军厨房、在桌上堆得小山似的肥肠和酸菜喃喃道。

我很快适应了昏暗的光线，基本上看全了这场大戏。这座营房里关的全是德国妓女，当然也都是雅利安人。年龄姿色各异，有的年轻，有的年长，有的掉了牙，有的肥，有的瘦，有的红发蓝眼，有的金发碧眼，也有的棕发黑眼。各种口味！任君选择！她们做着精致的发型——妓女不剃头，化了妆，像勾魂尤物般涂着浓重的眼影，口红画出血色的嘴唇，打着俗艳的腮红。珍妮不屑地看着她们：

"打老远猛不丁瞅一眼，她们还能蒙蒙人。可要跟我们布隆德尔街、圣丹尼街上的妞搁一起，那就啥也不是！"

可敬的民族自豪感！

这群奇特的女人角色分得很清楚。舞会对着装要求严格，"男士"们穿睡衣，绸缎的，自然是"女朋友"送的礼物！"女士"们穿着透明性感的睡袍，真丝薄纱，黑色蕾丝……睡袍的领圈、袖口、下摆装饰着一团团羽毛，粉色、蓝色、淡紫的鹅绒。这些内衣原来的主人以为是去什么黄金国吗？这始料未及的场面让我们瞠目结舌。就像被捉到夜不归寝的寄宿生，我们互相用手肘杵来杵去，使劲憋着笑。

看上去这群"俊男靓女"一直在等乐队到来好开始狂欢。一开始，所有人都围着冷餐桌，可笑地翘着兰花指狼吞虎咽，只听见真"婆娘"装模作样的轻啼和假"汉子"居高临下的笑声。她们碰着杯，轻佻地大声说着"干杯""请用"。我从未因没能熟练掌握德语而如此懊恼。惊呆的弗洛莱特和"超然事外"的玛尔塔一定不会给我翻译。音乐一响，几个"男伴"立刻邀请各自的"女士"跳起华尔兹，只一会儿，冷餐桌就再也无人光顾，整个营房老老少少全舞动起来。

岗楼上的探照灯不时缓慢、持久地扫过，照亮丝缎，唤醒色彩：纯净的蓝，柔和的橙红，映衬着深色睡衣的深蓝、榴红，这些睡衣有的还是俄罗斯风，那可是当时正流行的样式。将这些衣服装进行李箱带来的人绝想不到竟有这种舞会！再说谁又能想到？有节奏地回旋起舞很是好看，这些德国人跳华尔兹确是好手。我必须承认，我看得还挺带劲，幽暗的光线抹去了各种瑕疵，怪异的气氛带着某种魔力。每跳一曲，她们就喝上点。这里不缺烈酒。酒气越来越浓，漂浮在香水味呛鼻的空气中——龙涎香、麝香、胡椒辛香，和食物气味与汗酸气酿在一起。

随着一支支狐步舞，那一对对摇摆的女体抱得越来越紧，简直就像焊在了一起，头越来越沉，"男士"的手从腰挪向臀，一阵高过一阵的浪笑不绝于耳，嘴唇贪婪地寻找着脖子、肩膀……

"嗬，瞧哎，"珍妮粗俗地耻笑道，"还真不害臊！……咱们那儿的姐们可不这样，还是讲体面的。我可告诉你们，在拉普街的乔舞厅，你要是敢这么动手动脚，看场子的早就把你扔出去了！话又说回来，咱们姐们才不会搞这破事，她们都是有节操的好不好！"

玛尔塔看着别处，神情严肃、毫无反应地拉着大提琴。这一切与她无关。

"再怎么说这地方都不适合小姑娘，我们真不该带西尔维娅来。"

西尔维娅起劲地吹着竖笛，眼前的景象她怎么看？

酒精和涌起的欲望把被香烟的微光映红的脸庞染得更红。这里太热了，真的太热了，一个女人褪下了睡衣吊带，把乳晕浓重、略显下垂的酥胸亲热地压在一个睡衣"男士"不可见的胸脯上，她向后仰着头，边跳着舞边笑着……乐声喧嚣中传来"乔治"乔琪特太监般的声音："肃静！肃静！"

我们停下演奏，一对对舞伴在突如其来的寂静中瞬间止步，动作凝固，半张着嘴，颇显怪异……的确，万一有党卫军从附近经过，一定会对这么大的动静产生疑惑。

"乐队能轻一点吗？"她说，"至于其他人，你们可以尽情玩乐，但绝不能发出声响。否则就准备去禁闭室过夜吧！"

女士拖鞋和"男士"皮鞋踏地的声音轻了下来。我们也不再用力，换上低柔的曲子。那些女的懒洋洋地，改走伤感路线，一边原地摇摆一边继续喝酒。很快，在酒精的作用下，舞会变成了一场纵欲狂欢。

我们演奏了三个小时，当中只很短地休息过几次。我们开始乏力，只想马上享用许诺的酬劳！她们淫荡的抚摸、充满情欲的汗液把我们恶心坏了！

舞池中，一对对挣脱了外套和睡衣束缚的裸体搂在一起摇摆。很多人都大醉酩酊。浓妆花了，化开的口红让她们看上去像张着血盆大口的野兽……一个女的把另一个女的拖向床铺。木架床上已满是对对人影，有的铺上甚至是三人。一张张嘴含着乳房、咬着肩膀；一双双手抓着后背，抠着大腿。耳边不断传来堵在喉间、旋又一泻为快的低叫，在脸颊、屁股上清脆的抽打，以及女人的抽泣。疲惫、累人的喘息随着她们的交欢此起彼伏。

舞池中仅剩的几人好像再也迈不开步子，就像进入最终赛段的马拉松选手。她们两两相偎，肌肤相亲，真不知道是在跳舞，还是在享受这贴身搂抱、轻轻摇摆、不分不离的愉悦。营房里每一处，都有人相拥、抚摸、亲吻、躺在桌上、俯在桌上、滑到地上……在木架床的阴影里，紧紧缠绕的身体滚来滚去，追逐着快感，那是疯狂的追逐，近乎痛苦的追逐……阴影掩盖了局部或是一半的身体，掩盖了那些只有香烟闪烁的微光或探照灯缓慢扫过的光束才会泄露的举动。有些交欢场面不堪入目、不堪入耳，有些则仿佛是海洋里怪异、缓慢的舞蹈。各式各样的拥抱、亲吻，有的像鹦鹉那样舌尖相触，也有的死死吸在一起，唾液横流，呜咽有声。这一切是如此不真实，如此魔幻……

终于，头脑依旧清醒的"乔治"乔琪特过来对我们说可以去吃点。我们饥肠辘辘，迫不及待地扑向尚有余温的酸菜炖肉，仿佛一群蝗虫落向荒原中的一棵无花果树。肚子里塞满了这不同寻常的伙食，我们疲惫地回到座位上，继续轻轻地为这些女人演奏，但她们充耳不闻，忙着从肉体榨出最后一丝满足。

这场近似聚众淫乱的狂欢，对这些惯于每日接待男人的女人来说必不可少。她们的世界因缺少男人而崩塌。不过比起男人的生殖器，更重要的是男人的存在。男子营的几名"黑三角"曾想方设法过来找她们，这不是什么秘密，但即便这些人大多有着特权身分，要办到此事依旧不容易。估计就是因为想男人，所以她们百分之九十都成了同性恋，当然，部分也是由于多数人的淫威。反抗者，尤其是年轻人，被打得遍体鳞伤，只能屈从，和其他人一样行事。

在喁喁情话、爱的呻吟和窒息的叫声当中，许多人都陷入醉后的酣眠，打起了呼。空气中弥漫着各种浓烈的气味。我们仍在演奏！赫尔嘉显然已经筋疲力尽，软绵绵地打着鼓，珍妮也抱怨手腕疼，但仍有余力和赫尔嘉玩笑：

"加快节奏，让她们早些收场！"

通信员推门进来时已近子夜：

"快！快！党卫军来了！"

那些成对的人立刻分开，迅速起身，把桌子摆回原位，拉出木架床，将喝醉的人搬上各自的铺位。我们依然不走，准备为了酬劳孤注一掷！趁着"乔治"乔琪特、卡波和营管忙于挥舞大棒让所有人加快速度、营房里乱得不可开交，我们自己动手，把吃剩的酸菜、肉肠、腊肉塞满水桶。她们三人急得冲我们大喊"快走！快走！快！快！"，但没人理会。什么也无法阻止我们放弃酬劳……

我们离开时，营房已基本恢复原貌，值得庆幸：要是被党卫军撞破这场"雅聚"，处罚定会极其严厉。

两分钟后，正当营区内哨声大作，又要封锁营房筛选之际，我们提着水桶明星般地出现在自己的营房。站在抄谱桌后，我们把酸菜分给其他女孩，就像布施救济粮，而且出手像国王一样大方。所有人都有份，连波兰人也不例外，即便她们完全理解不了我们的慷慨。"盛大的分享之夜",这就是弗洛莱特给这场宴会起的名称。

才回到营房,就听见卡车在雨中行驶的声音。它们会去哪个营房?今天没有火车抵达,被送进毒气室的是谁?

第二天早晨,我们得知遇害的是吉普赛人。他们来自匈牙利,原本在男子营另一侧离我们很远的地方扎营。某天早晨或晚上,在党卫军的押送下,他们驾着大篷车,带着行李、牲畜,男男女女扶老携幼来到这里,支起帐篷。他们在那儿待了几个月或许更长时间。据说通过某个中立国,美国与德国达成协议,同意支付一定的费用以保住他们的生命。他们唱歌,弹吉他;好几次,夜风把他们的乐声送到我们这里,我们听到了他们的声音。他们的声音……又或许这只是我们的想象……党卫军杀害了他们,是因为"生活费"没有按时支付?唯一可以确定的是,他们在"黑三角"舞会之夜被送进了毒气室。党卫军肯定隐瞒了这事,继续收着保护金,直至奥斯维辛集中营获得解放。

曼德尔与孩子

还要再捱一个冬天、春天甚至夏天吗？另外……另外……我们还能活下去吗？我们已经这么瘦了，即便还没瘦成"穆斯林"，因为我们不干体力活，与劳动队的难友相比，消耗的热量更少，所以靠着每天不到1200卡路里的伙食还活得下去。事实上，我们中大部分人自我感觉还挺好！每个人对自己形象的看法都极为固定：全身浮肿的大伊莲娜觉得自己瘦得正好，瘦在危险边缘的安妮觉得自己还很圆润，皮包骨头的珍妮也是真的觉得自己状态很好。至于克拉拉，她认为肥臀的吃香证明了她的美貌。

我们以为既然巴黎都解放了，盟军必定势不可挡，节节获胜。难得万里无云时可以望见的喀尔巴阡山里，游击队还在等什么？我们徒劳地窥测着党卫军的表情，毫无所获。有时，他们显得甚为焦躁。格拉夫·鲍比不见了，但这并不代表什么，党卫军一直在调来调去。有时，我们觉得他们心不在焉，变得更残暴，或是没那么残暴。

"最近，"另一座营房的一个女孩告诉我们，"党卫军可能觉得乐队带给我们的消遣有限，想在毒气室以外再为我们做点什么，决定在女子营放一场电影。并不强制我们出席，所以基本没人去。于是，一个党卫军问我：'为什么不去看电影？''我们不舒服！''哈！你们真不知好歹，枉费了我们一片苦心。你们那些同伴宁可关在屋里聊天，她们就那么不喜欢电影吗？'最后他不耐烦地说：'真是一群从不知足的家伙！'"

与此相应的还有这段在某个劳动队的经历：

"我累得要死，双手流血，两腿颤抖。每搬一块石头，我都怕就此倒下。偏偏有个金发的党卫军对我说：'别老低着头，看看天空多蓝啊！'我怒不可遏，忍不住回了句：'我不想看比克瑙的天空！'他像看怪物般惊愕地看着我：'你们犹太人，不懂得欣赏美！'"

党卫军需要空间。筛选！筛选！他们在等新的专列。这消息和绵绵秋雨让我们心情阴郁。音乐营一片沮丧。华沙城在苏联红军即将到来之际被收复，继而失守，再次收复，又再次失守。[1] 这天早上起床时，营地里一下挤满了波兰雅利安女人，年轻的，年长的，还有孩子，主要露宿在A区和B区之间铁路线近旁。但她们人数众多，还是挤到了我们几座营房附近。坐在自己带来的铺盖上，身边围着大堆行李，她们点起野炊炉或篝火，炖烧食物，加热牛奶，哺喂孩子。走在外头，我们连下脚的地方都没有，还得小心翼翼地跨过睡在成堆衣裙里的老奶奶。一些人哭泣着，尤其是最老和最年轻的那些。人人都愁容满面，看上去那么茫然。她们环顾四周，这里究竟是什么地方？

---

[1] 1944年8月1日，波兰抵抗组织在华沙发动起义。德军的残酷镇压导致近20万华沙居民丧生。10月2日，起义彻底失败，之后又有将近15万居民被送入集中营。——译注

焚尸炉上方的浓烟表明它们吞下的尸体已经堆到了嗓子眼，无法再吞咽更多，所以这些女人被留在这里，和孩子们一起，等着轮到她们。集中营每座营房的人都在担心：这些波兰女人、这些孩子——数以千计——是雅利安人，德国人会放他们一条生路吗？安置他们需要地方，那营房里的人就岌岌可危了。这成了当天的话题，所有人谈论的中心。有些"无所不知"的人宣称我们都会被送进毒气室！乐队里一个波兰人，玛莎，露出她鲨鱼般细小的牙齿，尖着喉咙，恐惧地大叫：

"会把我们的营房给她们住！"

爱娃提醒她：

"我们只有四十七人，她们有成千上万。你不觉得你担心过头了吗？"

"不，我能肯定！"她歇斯底里地大喊。

她的恐慌也让我们顿时不安起来。在这儿，一切都有可能。

天气很好，孩子们不懂母亲的焦虑，奔跑着，玩耍着，追逐着，集中营莫名有了一种临时露营地的气氛，像是某种朝圣节。女人们抬起头，惊愕地看着我们登上演出台，开始周日音乐会。索尼娅没好气地挥着指挥棒，她讨厌波兰人，偏偏今天她们是仅有的听众。党卫军无心欣赏，他们来来往往，对这群贱民入侵这整齐划一的营区一肚子怨气。这些女人最好赶紧求神保佑，因为克莱默绝不会长久容忍这副乱象！乐队的出现似乎让她们稍稍安心。这是某种欢迎？在正式安顿她们之前帮助她们度过这个漫长的周日？这地方不怎么样，不过对敌人还能抱什么期待呢？可居然为她们准备了这场欢迎音乐会，于是相当一部分人对我们笑了，男孩们拍着手，有个女孩跳起了舞。我多想能够祈祷，求神明放过他们，可是这个神明默许着这一切，是杀人的共犯，还能指望他什么呢？

乐队最忠实的支持者玛利亚·曼德尔向我们走来，一身制服，纤尘不染。她一脸的怒火和厌恶，在这满地的躯体间，在这些或蹲或躺的女人之间穿行，仿佛来到了一个巨大的蛇穴。阳光下，她金色的发辫如麦穗般闪耀。一个可爱的小男孩，大概两三岁，一头卷发，伸着双臂，跌跌撞撞地跑向她，扶着她的皮靴，抓住她的短裙。我的心一下抽紧，她准会一脚把他踹开。怪了，她俯下身，将孩子抱起，不住地亲他。这一幕是如此怪异，有一瞬我们甚至忘了演出。曼德尔抱着孩子离开，她的蓝眼睛是那样冷酷。女人们目视着她从旁走过。远处有个女人站起来，哭喊着一个名字，想必就是这孩子的母亲，可人群把她和孩子隔开。曼德尔背身而去，她们之间的距离越来越远……

整夜，卡车轰鸣。尖锐的哨声吵得我们脑袋抽筋。在这个地狱般的夜晚，我满脑子都是那些波兰人，我仿佛看到她们丢下行李登上卡车，被带向死亡时还满怀信任。她们想着："终于有住的地方了，可以去休息了！……"她们想着……信着……她们……让她们见鬼去吧，我想睡觉，我再也不想以泪洗面！……

一早，我们所有人都红着眼眶。外面不剩一个人、一件行李，营区恢复了之前的横平竖直。我们仍旧得待在屋里，营房封锁尚未解除——它后来持续了一整天，而焚尸炉一天的处理量是两万四千具尸体。

饶是"加拿大"女孩神经早已麻木，面对那堆积成山、有待分拣打包送往柏林的童装，就连她们也不免哽咽。

孩子们去哪儿了？他们把孩子怎么样了？姑娘们满腹狐疑。

我试图安慰她们：

"他们是雅利安人。玛拉曾说过，那些汇集了北欧人种所有特征的人会被送去德国。"

"送到德国干吗？"

"送给那些失去孩子的家庭。也许会送到一些特殊的机构。说实在的，我也不是很清楚，但我想他们应该能活下来。"[1]

大伊莲娜茫然地望着远方，湛蓝的目光温柔动人：

"曼德尔，她把那个小男孩怎么样了？"

"应该会把孩子还回去吧！"

错了。排练中有人通报："曼德尔指挥官到！"她抱着孩子进来，孩子被她打扮成了富家小少爷，一朵鲜花似的！给他穿再好的衣服都不为过：一件蓝外套，水手服，短裤，太可爱了。他信任地看着曼德尔，胖嘟嘟的小手握着一板巧克力，咿咿呀呀地朝她递过去。曼德尔娇滴滴地说"不要，不要"，但孩子依旧咯咯笑着朝她嘴边塞。这是母子之间的嬉戏。她假装吃一口巧克力，晃着脑袋……他们俩玩得多开心啊！

她来我们这儿做什么？为了让我给她唱《蝴蝶夫人》？不无可能。但不是，她就是来向我们炫耀下这个昨夜母亲已死在毒气室的孤儿。她会想到那死去的母亲吗？肯定不会，对她来说，这是完全无关的两件事。她的思维和所有德国人一样，像一艘潜水艇，由许多隔水舱组装而成，一处进水不会影响其他舱室。处死波兰女人与她无关。

她在音乐室一张椅子上坐下，把孩子抱在膝上，我们的环绕让她甚觉享受，这是一种为母者的骄傲："他是不是很帅？"孩子站在她大腿上，轻轻踩着她，她毫不在意孩子的鞋底会弄脏她的制服短裙。孩子一只手搂住她的脖子，嘟着沾满巧克力的圆嘴亲吻她的脸颊。我们看到，我们听到，曼德尔，她居然*笑*了。然后她牵着孩子

---

[1] 作者此处指党卫军"生命之源（Lebensborn）"计划。她当时还不知道该计划的确切名称，但其部分内容已为人所知。

的手离去，孩子在她身边碎步快跑着。她不再大步流星，曼德尔指挥官，她特地放慢了脚步，跟着这个小男孩的节奏……

接连好几天，大约一周，她带着孩子得意地穿行在集中营中。

"你看，她也许没有那么坏。"大伊莲娜对我说。

安妮更为保守，深色的眼中带着不安：

"对于她，绝不能过早下结论！"

每天，孩子都换一件新外套。据说曼德尔简直要把"加拿大"女孩给逼疯了，她逼着她们在所有库存里找，她只要蓝色的衣服。这孩子让她彻底沉迷。接着，一天很晚的时候，雨借风势狂拍着我们的窗户，大部分人已经睡下，有人通知曼德尔来了。她裹着一件宽大的黑斗篷进来，脸色异常苍白，两眼深陷，眼神空洞，她要听《蝴蝶夫人》里的二重唱。她真的在听吗？因为她双唇紧闭，面色沉重，似乎心不在焉。我在她眼中看到了令我费解的焦虑。二重唱结束，她起身，面无表情，一言不发地离开了。

次日，玛尔塔的姐姐瑞娜特告诉我们，曼德尔亲自将孩子送去了毒气室。

大家炸开了锅。

爱娃想不通：

"太可怕了！怎么做得出来？她为什么这样做？"

小伊莲娜反常地嘲讽：

"我不明白这关你们什么事，你们这么关心这个恶魔干吗？"

玛尔塔默不作声，但我能猜到她在想什么："她是德国人，和我一样，她竟做出这种事！"

有几个人哭了，她们痛哭这难以解释的悲剧，痛哭这孩子。但她们没有意识到，她们同时也在痛哭这个在匈牙利谚语里把自己的心踩在脚下的女人！可她为什么要踩上去？这才是我真正想知道的。

更多的人回避问题，只是一个劲地骂：

"疯子，她是个疯子！"

我反对：

"不，她没疯！一个没有责任能力的人的疯狂之举，这说辞也太敷衍了。"

大伊莲娜闪着泪光的双眸转向我：

"那你能解释？"

"我能给出一个解释。曼德尔是一个铁杆纳粹，一个狂热分子。她无权为国家社会主义以外的事情消耗感情、心智，无权把个人情感置于政治学说之上。她无权从毒气室里捞人，即便那只是一个孩子。轮不到她来决定纳粹党和'帝国'该做什么，下令的是她上级。她没法一直抗令不遵。"

"或许吧。"西尔维娅恍惚地说，"我相信这无辜的孩子直接升入了天堂，他会在那里保佑我们！"

是怎样的过去造就了曼德尔的铁石心肠？据说这个出生在上奥地利的女人有过一个犹太情人，打那以后，她便不停地折磨自己。不过来比克瑙之前，她在拉文斯布吕克集中营当看守，正是因为表现突出才被提拔为我们这儿的指挥官。

据说……据说……可一个孩子信任了她，把小拳头像归巢的小鸟一样放到她成年人的手掌中，竟被她狠心带向了死亡。这不是最顽固、最恐怖的纳粹狂热还能是什么？怎不叫人切齿痛恨那个挑唆、许可、支持、赞扬如此罪行的人？

大限将至

党卫军状态不济,有什么东西在侵蚀他们的士气。他们调动愈加频繁,比之前更难预料。他们筛选,不停地筛选,但心不在焉。这不再是我们见识过的"快乐工作"。不过陶贝尔这几天又想出个够毒的新花样。女囚们得裸体——他似乎不知道还有其他装束,当然,牲口确实不用穿衣服!——立正站好,向前笔直伸出手臂,抖一抖:"25号营房!"而令我吃惊的是,竟然真有人能保持手臂纹丝不动!

门格勒的做派更为优雅,确实,他来自更高阶层。玛丽告诉我他在医务营是怎么筛选的,让我恶心了好一阵。

他还问一个不停地死命尖叫的女孩:"你怕了?怕什么?所以你的灵魂并不安宁?"

我们开始整夜整夜地听到一波又一波战机轰鸣……不是德国人的梅塞施密特,是盟军战机,绝不会错。这天夜里,我被数声闷响惊醒,如同空袭的炸弹,听着远,却已近……只是眼下,为了抹去集中营的痕迹，他们会继续屠杀我们，清除所有的男人女人，直到最后一个。所有人，直到最后一个……这句话一直我头脑中回响，送我入眠。我睡着了多久，两小时，三小时？一个党卫军冲进音乐室，他大喊着，要听音乐。索尼娅赶紧去伺候，玛利亚把我们从床铺上掀起。我们看不到他，也无法从这烂醉的声音中辨出他的身分。珍妮不安地说："我们从没给喝醉的党卫军演奏过，但愿他别撒酒疯！"安妮边穿衣服边跑去瞥了一眼："是弗洛莱特的党卫军！"这消息让我凉了半截，波兰和德国人也都脸色发青。他实在是臭名昭著。就在几天前，这个恶煞般的党卫军闯进我们营房，我们从未见过如此丑陋的人，随便哪头猩猩都要比他好看。他嘴里含糊不清地咕哝着，在两间屋子里东张西望一番才走，我们甚至不知道他为何而来。弗洛莱特突发奇想，惊呼道：

"小心啦！给这个人可要好好演奏！绝不能出半点差错！"

"为什么？"女孩们问道。

"他是焚尸炉的新长官！"

我们常和她在一起的几个人立刻明白那不是真的。但弗洛莱特玩笑开得性起，刹不住车了。她让索尼娅信了她的鬼话，索尼娅又来问我，我爽快地向她解释，顺便添油加醋再饶上点。珍妮在一旁起哄："要是能用我们的音乐把他哄好了，他也许会给我们多来一口毒气，让我们死得更痛快些！"我们当时的笑声还引发了公愤。

但今晚谁也笑不出来。无论他是否掌管焚尸炉，这个喝醉的德国人不好对付。

他吼道："出来！滚出来！出来！快！快！……"他就那样僵立在门外，微微摇晃着，等着我们拿好乐器走出去。他想听什么呢？悠扬的德国施拉格尔民谣和吉普赛音乐！珍妮推了一把匈牙利莉莉："该你露脸了，搞定他！"寒夜中，倾巢而出的乐队颤抖着站在已空无一人的营房前为他演奏——他要求营房里所有人都来参加这场为他而设的音乐会。他是彻底醉了，与我们面对面站着，挥着双臂打着节奏，错误的节奏，仿佛一个上错发条的机器人，姿势僵硬，摇摇欲坠。真是什么样的怪事都叫我们碰上了！

算我们走运，他并没有胡作非为，只是哭着发泄情绪。莉莉像吉普赛人那般在他耳畔拉的小提琴让他泪流满面。

无从估计这场闹剧持续了多久，半小时或一小时。结束后回营房时，我们留意到不远处天际线那里，怪异的光芒在空中舞动，类似焰火升空时扭动的光道。那是照明弹。接着，从更远处传来隆隆的炮声。战线越来越近了？

第二天，我们获悉昨天晚上这名党卫军开了告别会，他要上前线了！

"要是事情像昨晚那样发展下去，他抬抬腿就到战场了！"珍妮说。

这人喝得烂醉，是因为他即将离开集中营的保护。在这里，他是死亡的主宰之一，或者说既是主宰又是仆人，他用别人的生命供养死亡，他惧怕死亡吗？并不特别害怕，最多就像在正常生活中那样，担心意外、担心疾病而已。他不用拿生命去冒险，去挑战死亡。但前线截然不同。刽子手生涯把英雄变成了狗熊！还有其他人，他那些同党，他们为什么要喝酒？筛选前喝，是为了壮胆？筛选后也喝，是为了忘掉？

"为什么？"我问玛丽。

玛丽耸耸肩：

"和其他人一样，因为害怕！"

临近最终审判让他们意志消沉。

我们欣喜地看着他们鸡飞狗跳、惶惶不可终日。他们侧耳聆听战机飞行、窥探夜空里机队轰鸣的模样让我们直想笑。在震耳欲聋的轰炸声中，我们突然感觉听到了炮火的声音，我甚至感觉听到了枪声。但我担心这只是我的幻觉。我认为解放我们的将是苏联红军，哥萨克成了我的梦中骑士，我的救星……不过我担心这件事上我又推进得太快，比他们更快那是一定！

此刻，气氛非常紧张。就在刚才，弗洛莱特偷了三只土豆，被抓到了。是谁告发了她？她像个可怜的小姑娘一样尴尬地重复着："这是给伊莲娜的，我想做她爱吃的土豆丸子。"这道菜是她的得意之作。她用一个钻了洞的罐头盖子刨土豆丝，混上些人造黄油搓成小团扔进沸水，吃的时候再浇上煮烂的洋葱做的酱调味。绝对是道佳肴！但现在不是谈菜谱的时候。鉴于她的盗窃行为带来的混乱，玛利亚一边骂一边狠狠地扇她耳光。

接到她亲爱的朋友的报告，索尼娅决定将小偷带去曼德尔那里，请她下令严惩。闹剧变成悲剧，悲剧即将变成惨剧：弗洛莱特会被打入营外劳动队或直接送去25号。盛怒的索尼娅用力抓住她的后脖颈，像拖着只小猫，大踏步地朝外走去。

"她要去哪儿？"大伊莲娜不安地问。

只有我知道答案。我也不言语，一把推开幸灾乐祸的玛利亚，箭一般冲出去追。可怜的弗洛莱特在索尼娅农妇的铁腕下抽泣，像个倒霉孩子。在集中营主干道上，我追上她们，以最冰冷、最轻蔑的语气，用俄语警告索尼娅：

"要是你敢去曼德尔那里，要是你敢碰这孩子一下，信不信我们今晚就弄死你，我们会把你压在床垫下，全体坐上去，直到把你闷死！"

她那双阴险、冷酷的小眼睛打量着我。我会把威胁付诸实施吗？这是我们的对决。一定要让她相信我！她信了。她松开弗洛莱特。我们回转营房。

夜幕再次降临，我们麻木机械地排练着，仿佛游乐场里的一支人偶乐队。突然哨声大作，警报拉响，喊声、奔跑声乱成一片。空袭！空袭！这可是头一遭。在沉重的皮靴声和枪械撞击声中，骁勇的党卫军四处躲藏。真是令人欢欣鼓舞！轰炸机引擎轰鸣，像一个巨大的罩子，覆盖了一切嘈杂。女囚们在枪托和斥骂的驱赶下逃回营房。我们挤在窗口，或是靠着半开的门，拼命向外看：可以肯定，那是苏联飞机。我们多想向他们招手，向他们高呼："是我们！我们在这儿！"这里没有防空火力……盟军掌握了制空权。躲在掩体里的党卫军如此不堪一击，我幸福得热泪盈眶。炸弹开始落下，它们瞄准了焚尸炉、毒气室。我在狂喜中大喊：

"快看快看，多轻柔啊，多准啊，就像用手放上去似的！……"

我们激动地打开房门，挤在门槛上。岗楼上的探照灯和其他灯光都灭了，只有漆黑的夜色。突然，一阵强光撕开夜幕，空中仿佛响起一声暴雷，我们的营房剧烈抖动。我一下子惊恐发作，歇斯底里地大叫起来！姑娘们完全没有心理准备，都以为我受伤了，担心地问这问那，谁也想不到我就是害怕了。

"伙伴们，今天是个美好的节日！"

我们不解地看着珍妮。

"今天是 11 月 1 日，万圣节，死人过节啦！"

我们欣赏不了她的幽默。

今天我们满脑子都是另一件事：一个焚尸炉被炸掉了。所以呢？所以他们将无法维持相同的处理量，因此必然会先处理专列刚运来的人。这算计很残酷，但营区内的处决数量能少一点。

明日，医务营有音乐会，需要好好表演，门格勒很可能在场。我有点担心，因为不知不觉中，阿尔玛的教诲正被遗忘。正如弗洛莱特提到索尼娅时所说："好处在于，就算我们演的曲子与她指挥的完全两样她也听不出来！"我们明显感觉到了党卫军的不满。他们眼下应该是无暇来听音乐会，但一旦等到他们对我们彻底没了兴趣……后果不堪设想！

"姑娘们，去洗澡！"

这是我们绝不愿错过的美妙时刻；对于我们来说，洗澡就是生命！毛巾夹在腋下，肥皂拿在手里或揣在口袋，立起衣领抵御寒冷，我们列队出发。冬日阴暗的天空中，依旧厚厚地堆着尸味呛人的浓烟。

"这还少了一个焚尸炉呢。"走在我身旁的安妮说道。

天下着雨，我们在泥泞中蹒跚而行。回去要将鞋擦干净。长筒袜也该更换，但现在并不是提出这些要求的时机。

回去的路上，夜幕初降，我们心情有点沉重。雨水潮气侵人，严冬令人生畏。再过些天就要下雪了。这雨真是冰冷刺骨！

"停！站住！"

迎面站着些党卫军，戴着军帽，挎着武器，双腿跨立，堵住了我们回营房的路。一切结束了！这一刻终于来了！但我的心跳只是略略变快，我本来以为我会更害怕。

雨越下越大，我们浑身发冷。我们将毛巾顶在头上。肥皂怎么办？我将它塞入口袋，顺便摸了摸那本从不离身的小本子，我救不了它了，它将同我一起化为灰烬。

"犹太人站左边！雅利安人站右边！"

这指令再熟悉不过。党卫军挨个检查放行，我们的雅利安伙伴，布洛尼亚、阿拉、奥尔佳偷偷向我做着手势，哈丽娜朝我微笑了一下，爱娃通过哨卡后回头与我对视。我看见她在营房门口站了好一会儿，久久地看着我们，那眼神就如同送别将死之人……我向她微笑。

党卫军押着我们，吹起了哨。五人一列！排好！齐步走！我们前进的方向背对焚尸炉，但不能高兴得太早，因为对他们完全不能以常理度之。方向"桑拿房"。毒气室人满为患时经常会把筛选出的人先押到那里。轮到我们，待遇稍有不同：把我们关进了地下室。所有人一言不发，谁也不敢说话。因为人人都憋着同样的话，那些不想听人说起的话。我们就在地下室里一直站着。关了多久？我无法判断。我们的脑子像上足了发条的八音盒，不断播着一句话："乐队，结束了，结束了，结束了……我们是直接去毒气室，还是先去25号？乐队，结束了，结束了，结束了……我们是直接去……"

门开了，夜色深沉。在岗楼有限的照明下，密集的雨滴串成一道道珠帘，我们走在其中。泥泞里，军犬噼噼啪啪的走着，党卫军的皮靴声稍稍轻柔了一点。他们浑身散发着床铺、军犬和皮革浸湿的气味。现在是该祈祷的时候了。我们被带出B区，来到专列抵达时停靠的那种站台上，一列运送囚徒的火车就停在那儿。我们被赶上一节木壳的敞车，没有车顶也无篷布。仍旧把乐队和其他人分开，单独关在一头。车皮中央意外地放着暖炉，炉边坐着两个上了岁数的国防军士兵。蜷缩在褪色的军大衣里，他们几乎消失在了钟形钢盔之下，根本看不到脑袋，仿佛是稻草人。其中一个一手持枪，另一只手不停地往炉膛里扔柴火。我们站着，挤得前心贴后背。脚下的木板开始晃动，火车开了，速度很慢。比克瑙离我们越来越远。空袭开始以来，营地照明暗了许多，只有暗红的天空依旧指示着它的方位。后来那片天空也看不到了，列车没入黑夜。雨停了。

机群从空中飞过，飞得很高。炸弹的冲击波隔着云层隆隆作响，仿佛是遥远的雷电。

我们挤得严严实实，就算晕过去也倒不了。或许车皮另一头其他女囚那里就会出现这种情况？我们试着唱了几句，但如同受潮哑火的鞭炮，没人应和。安妮喃喃地说：

"我没能带上那个漂亮的海蓝色枕头，那是为弗洛莱特过生日准备的！这下我该送她什么呢？"

我回应说：

"那副手绘扑克牌我也落下了，真叫人舍不得！"

是无畏还是无知？我们在火车里颠来荡去。

不知谁说了一句："大限将至了？"

在德军铁蹄下

火车不时停下。强大的惯性把我们甩得东倒西歪。我们被导入停车线,让一列列长长的,满载军需品、伤员或作战部队的军车优先通过……这是战争。军车脏兮兮的窗口后面,灰暗的德国兵没朝我们看过一眼。与我们一样,他们也像待宰的牲口,放弃了挣扎,任人摆布。

天亮了,火车再次开动。我们接近一处隧道,突然,一个女孩——波兰人?还是德国人?——大叫起来:"他们要在隧道里电死我们!这是死亡隧道!"有时,装牲口的车皮里会有一头牛痛苦、无聊、恐惧地哀叫,引来其他动物的应和,没完没了。我们也一样,恐慌一传十十传百。女囚们尖叫着,自己吓自己。火车钻进黑暗,又从隧道另一头钻了出来,我们居然没被电死!大家长出一口气。但在灰色的黎明中,我们看到一片阴郁的墓地。十字架,大小不一的十字架;鲜花,一大堆鲜花;成堆的花冠,用绿叶编成,仿佛奥运会胜利的桂冠。它们是献给英雄的。此刻,在德国,有很多人死去。我们中个子最高的洛特能看到全景,她悲怆地呼喊:"啊,那么多鲜花！"随后喉咙哽咽地哀叹死者：

"啊！这墓地，太凄凉了！可怜的战士！不幸的家庭！"

挤在她身边的弗洛莱特对她拳打脚踢，大吼：

"蠢货！笨蛋！你居然关心起他们的墓地来了，你真是疯了！想想我们，我们，我们！"

火车行驶了两天。我们就在车厢里原地小便，尽量忍住大便。两天里，没人管过我们一口水、一口面包。

1944年11月3日，我们的火车在一片密林中停下。国防军士兵让我们下车，我们的党卫军去哪儿了？这些筛选技师不在让我们甚感安慰。新看守既不吼我们，也不打我们，这些士兵年迈顺从，但当他们看我们的时候，那蓝灰色、疲惫的眼睛里发出的冷酷寒光绝不可能让人会错意：他们会像其他人一样射杀我们，枪法准的，一粒花生米，疏于训练的，多开上几枪。唯一区别在于他们没有军犬。

惊恐万状，我们这支千人队伍摇摇晃晃地开拔了，就像一群悲惨的牲畜，艰难地前进着。老样子，乐队先请！我们走在最前头。穿着皮靴，衣着舒适，步行对我们相对轻松。但其他人呢，跟在我们后面的那些人呢，她们要是倒下会让她们归队吗？没人处决她们，因为我们没听见一声枪响。这支逶迤在我们身后的长长的队伍，这支仿佛被我们牵着的队伍，一直萦绕在我的脑海里。我们走了很久，两小时——我估计约走了七公里，玛尔塔向我示意路边有铁丝网，在一片树林的入口立着块木牌子：**靶场**。

"我觉得我们到了。"她低声对我说。

其他人什么都没注意到。我们进入一片小树林。走出树林，前面是个挺开阔的小山崖，我们向上走去。山崖下传来有规律的射击声，在扫射什么？放空枪吗？还是在处决前一批抵达的囚徒？

"停！站住！"

一路上，玛尔塔一直拉着小伊莲娜的手。在这对独特的情侣中，我有时觉得她才是更坚强的那个，是她支撑着小伊莲娜。玛尔塔对我说：

"我们就在靶场正当中。"

在士官的指挥下，士兵们把我们赶成半圆队形。我不敢再看一眼玛尔塔。他们一准会列队向我们走来，用冲锋枪，这死亡的阳具，指着我们，一进入射程，就开枪……开枪……

大雨骤至，倾盆而下。一些人因疲惫、恐惧大哭起来，另一些尖叫着，颓然倒地。这听起来难以想象，但光是张开嘴，雨水便会猛烈、急速地冲进我们的喉咙，阻滞呼吸；它还流进肺里，让我们窒息。那晚，就在这个山头，很多人被雨水窒息而死。

乐队的人第一次被冲散。几名德国人被隔在比较远的地方，希腊人和匈牙利人没了踪影。我嘱咐其他人：

"姑娘们，我们绝不能分开，靠紧些。"

安妮，大小伊莲娜，玛尔塔，克拉拉，弗洛莱特，珍妮，玛丽，洛特，艾尔莎，还有我，我们牢牢地挤在一起。在我们边上，一个陌生的女囚呻吟着：

"上帝啊！我们是这世上最不幸的人！"

我安慰她：

"别这样。香榭丽舍大街上稳坐在咖啡馆里苦等心上人不来的小伙也觉得自己是世上最不幸的人！"

估计我的话算不上什么安慰，因为周围发出一片喊声：

"蠢货，傻瓜，笨蛋！她以为她是谁啊！看来她苦头还没吃够！"

安妮厉声训斥我：

"你怎么能把我们的处境和这种蠢事相提并论？"

小伊莲娜也指责我：

"每个人的悲欢不一样，不能这样比！"

我还想辩解：

"听着，关键是不幸的强度，并不是处境！"

只有玛尔塔似乎听懂了我的话。有趣的女孩。我想对她们大喊："我赢了，因为是你们想歪了！"

我们在那儿待了九个小时，互相搀扶，互相推摇，以防睡着后因体力不支而倒下——离开比克瑙后，有整整五十六个小时我们一直站着，没坐过。旁边有人倒下，我们试着拉起她们，但并不是总能成功，只能随她们瘫在雨中，滴滴答答淌着水，要么已经死了，要么就快死了。天还亮着，但即至的黑夜在森林中投下不祥的阴影。终于，两名军官走来，将我们集中到离崖边不远的地方，下方就是用来训练新兵打靶的巨大的深坑。雨变小了，一个上校开始训话：

"你们到了营地……"

我们四处张望，什么营地？一片荒凉，什么也没有，看不到一处营房！

"……营房还没建好，将由你们自己来建。我们会向你们提供所需的建材。当你们通过工作升华了自己，就能从中收获正当的满足……"

他恬不知耻地对着这一千名颤颤巍巍、垂死的女人做着长篇大论，宣扬着大德意志帝国所奉行的救世美德。

我听着这慷慨激昂的演讲。演讲者并不是党卫军，但同样是一个彻头彻尾的德国纳粹，一个无耻无耻的伪善者。在提出了一系列纪律、卫生、服从方面的要求后，他警告我们，在营地还没造好之前，任何人企图逃跑，格杀勿论。正如我们所见，这里不缺枪支弹药。最后他宣布马上给我们开饭。

饭盒发好了，我们排着队，期待能领上两勺稀薄的汤水。难道会有什么不同吗？一切极为混乱，身手敏捷的人能领到两次，但也有人一次也抢不到。我们渴得要命。未来的营地由一根水管供水，架在离地一米高的地方，水管估计有几米长，上面隔一定距离开着孔，权充简易的饮水点，而总龙头由一名士兵看守。一些人冲过去，无论如何都要喝水。被德国兵拒绝后，她们慌不择路地奔逃起来，我们听到了枪声与尖叫。大屠杀开始了？安妮看着我，漂亮的黑眼睛镇定自若：

"我真想第一个死去！"

乱枪停歇，我们从未知道究竟有没有人死，死了多少。

士兵们开始搭一种巨大的临时帐篷，几乎贴着地面，哪怕我只有一米五的个子，也必须弯着腰才能进去。大伊莲娜则要像大批其他女人一样爬进去。我们浑身湿透，打着寒战躺下，精疲力尽到倒头就着。对于这些泡在几厘米深的水里的女人来说，能睡着真是太幸福了——这睡意如死亡一般桀骜不驯。

我事后得知，在同一顶帐篷下面，离我数米之遥，躺着安妮·弗兰克。她当时睡着了吗？

帐篷顶上蓄积的大片雨水终于把帐篷压塌了。如同困在罗网中的禽鸟，被吸饱雨水的篷布压得半死的人们边喊边奋力挣扎，在篷布的皱褶间抓抱、推挤，你撞我我撞你，因惊恐和寒冷痛苦呻吟。在这片混乱中，在这堆冲撞的身体、挥舞的手脚中，我总算把自己弄到了帐篷外边。在我上方，一个巨人，一个德国军官，用极为标准的法语说道：

"你可以叫你朋友圣彼得把雨停一会儿!"

难以想象。

"立正!出去!快!"

天色将明未明,我们这群稀里哗啦、浑身淌水的牲口被赶到集中营的另一部分。那里已建好:灰色的天空下是灰色的营房。天空,地面,士兵,合成一部惨淡的灰色乐章。一座军营?并不完全是,因为我又看见了熟悉的景象:远处矗立的两个焚尸炉烟囱,铁丝网,岗楼。一切都让我们宾至如归!在这熟悉得不能再熟悉的画面里,少了一座座坟墓般扁平的毒气室。

事后,我得知在我们所处的贝尔根-贝尔森集中营,纳粹向囚徒的心脏注射乙酚。这座在靶场旁匆忙建成的集中营,在我们抵达之前仅关押男囚。

我们被蛮横但也不算格外粗暴地推进一个长长的地窖,类似驻军的某种仓库。我们待的角落存放着军靴,黑色,厚革,国防军喜欢的那种。它们整齐划一、自下而上地堆放在某种藤架上,一直堆到屋顶。精心上过鞋油,这些军靴一股子陈年油脂的哈喇味。两排皮靴中,只剩一条很窄的通道。士兵们把我们像堆靴子一样堆进去就不管了。我们试图推开、击退这支皮靴的大军,直至倒在它们中间沉沉睡去……

我不太记得接下去那些日子发生的事。事实上,对我而言,在贝尔根-贝尔森的这段时间——它现在才刚开始——在顺序上极为模糊,有些段落被彻底抹除了。许是因为它把我带向的死亡之门给我留下了强烈而混乱的印象。而随着末日的临近,这些印象加速分解，变成碎片，如同一个能看清全貌但不乏空白的拼图游戏。

看来这群被塞到他们营地的女囚——因为我们被关在贝尔根 - 贝尔森的军营里——让国防军这些人有点措手不及。我完全记不起帐篷倒塌后我们被关进地窖的头五天里发生了什么。当我从疲惫中清醒过来已是 11 月 9 日、弗洛莱特生日这天的上午，她满十九岁了！她醒来时又毛手毛脚？反正整整一摞军靴全倒在她身上，把她埋在下面。她骂骂咧咧，我们却没眼色地大喊："生日快乐！"这不啻火上浇油。被压在一大堆哈喇味十足的军靴中，她不停地尖叫，我们足足花了五分多钟才把她拉出来。接着，我们两手空空地向她描述生日礼物，那些原本在比克瑙备好的礼物。安妮的海蓝色枕头最得她欢心：

"我还在枕头上绣了游戏牌！"

"你是怎么打点到这些的，布料，还有棉线？"弗洛莱特激动地问道，眼中闪烁着感激的泪花。

她乐此不疲地让安妮反复描述这件不可想象的、美妙而奢侈的礼物：一个枕头。

"我本可以睡在这枕头上！"她出神地说。

这太美好了，美好得像一则真实的童话！

我们自由地走出地窖，面对周遭混乱不堪的景象突然有了一丝担忧。之前那森严的秩序曾吊诡地让我们有种安全感。我们习惯了被管束在抹杀一切自主性的铁律里，眼前这虚假的自由让我们不安，我们不知所措，不知该去那里。女囚们自由地来回走动，营地周边仓促地拉着铁丝网，但界线并不清晰，我们不知道哪里能去哪里不能去。一有人越界，慌张的看守举枪就放。一切都乱七八糟毫无章法，不知什么时候就会发面包、发香肠，发完后当天就再没其他吃的。靶场那边冲锋枪连环不绝的扫射声更是让我们有朝不保夕之感。

但没几天，一切都变了。又有大批囚犯从比克瑙运来，同车抵达的还有以克莱默为首的党卫军。一个匪夷所思的消息在乐手之中不胫而走："他一定会重组乐队！乐器，服装，他们都会再发给我们！"听说格雷泽也出现在了营地，我们愈加相信这个疯狂的念头了。曼德尔也一定会来，或许还有德雷克斯勒，不过我们最好她别来！

建造营地的高坡上有了变化，立起了棚屋，每幢能容纳一千人，但设施极为简陋，没有桌椅没有暖炉，只有三层的大通铺。电网拉好，岗楼搭好，军犬也都跟着党卫军回来了。

"瞧，他们一到，好日子立马就回来了！"珍妮总结道。

干活！干活！离覆灭只差几个月，甚至几周，可看他们的搞法，仿佛这场战争永远不会结束或只会以他们的胜利告终似的。大德意志帝国不养废物。干活！干活！集中营附近有家玻璃纸工厂，我们便成为那里最理想的劳动力，正如奥斯维辛的男囚之于法本公司[1]。千万不要来跟我说，那些老板，那些经理，那些工头，那些工人，每天早上看到可怜的劳动队从集中营赶来，进入他们的车间，会对集中营的存在和囚徒们的待遇一无所知！

每天早晨，党卫军到营房里找他们需要的女工，一百、两百或三百人。有鞋的，洛特、大伊莲娜、克拉拉、珍妮、玛尔塔、弗洛莱特……会被选去工厂；其余光脚的，派去伐木。做事得讲道理不是！总不能把光脚的女人派去工厂吧，成何体统！伐木的活就无所谓了，要是着凉或者受伤，正好死得快些！很快，我们懂了，这就是贝尔根-贝尔森的筛选：悲苦是死亡的供应商。

---

[1] I.G.Farben，全称"染料工业利益集团"，1925年建立，曾是德国及全世界最大的化工卡特尔。二战后被盟国解散。——译注

难道正是出于这点，早上当我走上前、想要加入劳动队时，弗洛莱特用力推开我、顶替我，而玛尔塔也同样顶替了小伊莲娜？她们在保护我们，因为我们俩是乐队中个子最小、最瘦的。

太惊人了：弗洛莱特与克拉拉被任命为卡波。这两个任命体现了一种新动向，其挑逗意味令人担忧。在比克瑙，只有波兰人、捷克人、斯洛伐克人、德国人才会被选为卡波，从来没有法国人，党卫军不信任我们，我们也一直以为自己能够逃过这可怕的事——成为卡波。但这次为什么选了两个乐队成员？为什么是弗洛莱特与克拉拉？

从体格上看，我们比较能理解他们选了克拉拉。臃肿的克拉拉在他们看来有足够的块头和力气去干这差事，去吼叫、责罚、揍人。但弗洛莱特呢？小伊莲娜有个解释："她够高，也不瘦。尤其是，她的狂暴、她的怒火里有一股子党卫军看好的力量，让他们觉得可以利用。"想必她说的没错。

但她们，她们会有什么反应？对弗洛莱特，我们心中有数：她会用成堆的谩骂来释放情绪，但我们确信她绝对不会举起那结实的短棍，那根与卡波臂章一起交付给她的权杖。我们同样确信她会以她的方式帮助我们，或许粗鲁但公正，她不会刁难我们，不会滥用职权。但克拉拉呢？这份"殊荣"是否会打开她最后一道枷锁，释放出她说不定邪恶的本性？抑或相反，能让她良心发现，证明她比我们所有人都崇高？很多时候，"臂章"造就工具。掌权的羔羊很容易变成恶狼。谜底很快揭晓。

克拉拉站到我们面前，戴着臂章，拿着短棍。她的姿态说明了一切：她丢失了最后一丝人性。我认识的那个青涩、胆小、被教养束缚的女孩仅剩的部分也消失了，被这里摧毁得干干净净。我已经很长时候不和她说话了,她和我再也没有关系,但是,此刻,我感觉她会让我作呕。她与我们几个人对峙,就像邪恶的化身,挑衅地向我们炫耀她的棍子:

"从现在起,我就是你们的头儿。你们全得听我的,照我说的做。否则,就让你们好好尝尝它的滋味!"

"婊子!"弗洛莱特冲她啐了口唾沫。

克拉拉举起棍子。我们全都挺直了腰,簇拥在一块,感觉只要在一起,我们就坚不可摧。她看懂了,转过身去。不可否认,这是一场脆弱的胜利。我们呆呆地面面相觑,意识到今后要与她斗争。克拉拉,我已对她心灰意冷,但我仍想做些什么,为了挽救她。我去找她。她看着我朝她走去,手里握着棍子,得意地摆着卡波的经典姿势,跨腿而立。

"克拉拉,瞧瞧你自己!恶魔,你成了恶魔。你要是揍了我们,你就再也没脸回家了!快想想你的童年、青春和父母……克拉拉,瞧瞧你自己!"

她微凸的黑眼睛如煤球一般,冰冷没有一丝人性:

"闭嘴!好好听着!我受够了你那高人一等的姿态,你的说教!这里,我才是最强大的,我才是发号施令的人。你下次再敢这么说话就等着在脑袋上吃我一棍吧。我听够了,滚!"

她确信她现在掌握着一千个女人的生杀大权。这曾被别人用来对付她的权力,如今也落到了她手里。这足以解释这一切吗?也许。

克拉拉被调到我们隔壁营房。醉心于殴打与叫骂,她对那些已经精疲力竭的苦命人打骂不休。为了让自己更有自信,她总拿最弱小的人开刀。她像党卫军一样自豪地炫耀:"我的营房效率最高。"

我把她从心中划去,想就此忘了她,但她阴魂不散。这天早上，我们在刺骨的寒风中排队用水，我看见她从几米外走过，当初我见犹怜的蹒跚鸭步换做了昂首阔步、大摇大摆。棍子用皮绳吊在腕上，她气焰嚣张地穿过人群。

集中营被铁丝网分成两块，一边是男囚，另一边是女囚。一个陌生的法国小姑娘走近男囚区。站住！她那么矮小，只能踮起脚尖，双手攀在铁丝网上，我们听到她焦急地问：

"爸爸！我知道爸爸就在那儿，在那边！"

她转向我们，离我们只有几步远：

"你们觉得呢，我或许可以托他们当中一个去找找我爸爸？"

我们还没来得及回答"快回来，那是禁止的！"就听到她对一个法国人喊道：

"能劳驾帮我问一下维克多·鲍姆先生是否在这里行不？"

小心！克拉拉看到了她，克拉拉扑向她！重重一记耳光，将她扇倒在地，随后一把抓起她的头发，在烂泥、碎石间拖行。卡波大人一定觉得自己无比强大，有使不完的劲！她疯狂殴打这姑娘，这孩子，带着一种性的迷醉，竟至有几分淫荡。我们被彻底震惊，心如刀绞，但这一切还没结束。克拉拉喘过气来，命令女孩捡几块大石头带回营房。她想出了什么新花招？

第二天我们得知，她让小姑娘双手抱头跪在这堆尖锐的石头上。十五岁的孩子被罚跪了一整夜。清早，她已昏死过去，奄奄一息。党卫军对这个新式酷刑颇为满意，甚至觉得有趣。就这样，克拉拉迈出了最后一步。

就像那些佐莎，等哪一天离开这里，回到正常生活，除了去监狱当看守，克拉拉还能做什么？……

和比克瑙一样，贝尔根-贝尔森的焚尸炉冒着浓烟：靠谁滋养的？把囚徒运来此处的专列并不多，没有封锁营房那一套。很可能人一运来就被注射处死了，但在哪里，谁下的手？营地内部也没有明显的筛选，女孩们早上离开营房，晚上照样回来，有人生病，但没人凭空消失。食物像屎一样，曾被弗洛莱特说成"垃圾"的比克瑙的烂糊糊，现在回想起来是那么营养可口。用水要配给，我们不能洗澡。弗洛莱特因为当了卡波，每周有权去一次"洗衣房"，她来找我：

"我去桶里洗澡，待会儿你用我的水洗！"

这是少有的幸运时光。另一档事更加难能可贵，全亏了玛丽。

玛丽是我们仅有的医生，克莱默给她配了两个护士，在一座小木棚里设立了简陋的医务室：当中一张大桌子，两旁对峙着几个木架床，没有任何医疗设备，也没有药物。玛丽什么都治：痢疾、咽痛、肺结核、脓肿、坏疽，通过安慰剂——那些她不知用了什么染成粉色、绿色的小小的面包团，发放时她需要精打细算，因为面包稀缺。她一边发着奇迹药丸，一边对病人说着温柔、动听的话语，保证她们会好起来。有时这的确奏效。

她与两个助手能领到党卫军的食物——这是她享受的唯一优待。每天她都把自己那份留一半给我。没有她，我早就饿死了，因为我讨厌人造黄油，我们的汤更是让我作呕。玛丽领到的食物很好，很美味。我也不知道自己从哪里来的勇气把它们全吃了，一点都不给她剩。是因为自我保存本能吗？其实玛丽也很饿。一天——为什么单单是那天？——我终于体会到她的牺牲之大。我正狼吞虎咽，突然发现她直直地盯着我，像是被我来回运动的勺子催眠了似的。我瞬间醒悟，让给我的这点食物，也让她念念不忘。但我还是贪婪地全吃了！我无法鼓起勇气推开饭盒说"我饱了"……

这里没有加拿大区，没有黑市，进不了厨房，没法"打点"，自然就有人死了。

圣诞节临近！我们害怕它的到来。想起以前过的那些圣诞节，我们痛苦不堪！尤其是上一个，因为它离我们最近。那时候，我在德朗西。对，正是在德朗西！那天我唱了歌。家人寄来的包裹让我们好一顿大嚼。我们怕谈 12 月 25 日，可言来语去全是 12 月 25 日！

大伊莲娜喃喃道：

"圣诞节，我多想手里能有一把小提琴！"

她的愿望实现了。克莱默想为远离亲人的党卫军军官开晚会，突然记起我们的存在，派人来找乐手。安妮、玛尔塔、大伊莲娜、珍妮、艾尔莎被迫前往。安妮抱怨：

"我没法为这群人演出！我宁可待在这儿！"

其余人也这么想。我们保证会等她们回来。

等她们回来，也许需要很久。她们只是去拉几段还是有舞会要伴奏？军官们会跳舞吗？

1944 年的这个圣诞节，我真希望能在离法国近一点的地方度过……战争太漫长了。我们的盟友，英国人，美国人，俄国人，他们兵势如虹，道义在手，为什么不把这些蛆虫一扫而尽？比如用火焰喷射器！这画面让我愉悦。在人们祈祷"善意的人在世享平安！"[1]的圣诞夜里，广阔的战线上，盟军战士手执火焰喷射器，像烧蚂蚁一般把德国人烧得屁滚尿流，这样的圣诞夜将是真正的奇迹之夜！

小伊莲娜和我同营房里其他人一样紧张不已。来这儿快两个

---

[1] 基督徒圣诞祈祷中的一句，出自《路加福音》，也有版本作"主爱的人在世享平安！"。——译注

月,我们的忍耐度已经到了极限!我又检视起我们为过节所做的准备。赤手空拳,我们尽己所能地把自己所在的这片区域给拾掇干净了。几根枞树枝被摆在一个饭盒中,树枝上用姑娘们从工厂捡回的小玻璃纸片装饰了一番。我摸摸身上那张凭记忆抄着阿韦尔十四行诗[1]的纸片是否还在。那是送给玛丽的礼物,她常常惊讶我的记性还是那么好。这里,一切都极为匮乏,我就给姑娘们背书,整本整本地背:《道连·格雷的画像》,拉辛、莫里哀的剧作,佩罗的童话。我们会把礼物放在小伊莲娜用彩色玻璃纸编的一个篮子里送给玛丽。就等去指挥官那里演出的女孩们回来了。玛丽会稍晚些到,她先要想方设法安抚病人,帮她们忍受今夜这个在外头的世界、在活人的世界里号称美妙的夜晚!在美国、法国、英国、意大利、西班牙,或是其他角落,会有人想到我们这群集中营里的人吗?除了我们的家人,谁会想用我们扫了节日兴致呢?

但愿姑娘们能赶在玛丽之前到,或者和她一起到!我脑子里全是这些细枝末节,翻来覆去地想……我和伊莲娜一定是睡着了,因为姑娘们突然就到了。不知怎的,我原以为她们会带着乐器回来。她们空手而归,看着可真惨,都那么瘦,也不太整洁,即便看得出,她们努力打扮过自己。

大家互相拥抱,谁也说不出"圣诞快乐!节日快乐!"。不,这不可能。

我问:

"一切顺利吗?"

她们的回答很简洁:

"挺好。"

---

[1] 指法国诗人、剧作家阿韦尔(Félix Arvers,1806—1850)的名诗《秘密》(*Un secret*),这首诗是19世纪法国最流行的诗歌之一。——译注

她们回来前，我想象着克莱默的排场——佳肴，香槟，圣诞树，孩子，烛光，灯火，所有我们被残酷剥夺的圣诞节的元素，窝了一肚子的火。现在，我沉默不语，我什么也不想听，就当没有这个晚会。

安妮的微笑怪怪的，无法描述：

"法尼娅，你知道吗，他们为我们鼓掌了！"

我们惊呆了。洛特一脸难以置信的表情：

"他们为你们鼓掌了！我的天啊！"

弗洛莱特放声大笑：

"他们准知道自己完蛋了所以才给你们鼓掌！"

随着玛丽的到来，我们的圣诞夜开始了。她环视周围，温暖的眼神包裹了所有人，我们竟然感到了一种平静与安宁……她的微笑总让人觉得还拥有触摸幸福的权利。我们开始轻轻地，几近虔诚地唱起《难友们，睡了吗？》和尼古拉沙（Nicolacha）的那首《平原，我的平原》[1]。其他木架床上的人都静了下来。有人抬起头，探出床沿，枕在木架上，有人坐起来，还有人喊："再唱一首！"这是奇迹般的一刻。我们唱啊唱啊……成为"乐队的女士"以来，为集中营的难友演奏、演唱以来，我们第一次获得了她们的掌声。

还能有比这更好的礼物吗？周围又安静下来，传来洛特嘶哑但依然动听、性感的嗓音。她躺在铺位上，全身放松，平静地把她爱上的一个卡波的姓名首字母绣到一条衬裤上！

原有的兴奋被一种无声的重压所取代。弗洛莱特甩下我们，扑到她的草褥上大哭起来，流着滚烫的泪珠。我和大伊莲娜急忙跑过去，用力摇着她："亲爱的，求求你，忍着点吧，否则我们全得

---

[1] 1934 年创作的苏联歌曲。法语版沿用了原来的曲调，配了新的歌词。——译注

玩完！"安妮一把抓住她的手把她拽起来，不容分说地宣布："开饭！"这简洁的指令似有魔力，让我们精神一振。大伊莲娜骄傲地通知：

"我特地准备了甜点！"

甜点，又一个充满魔力的词语……她将手伸入草褥下，摸出一个又大又圆，还带着点土的块根来。

"这是什么？"

"芜菁，我偷的。你们等着瞧吧，就这么生的切成片，味道像菠萝！"

几段面包，少许人造黄油，中午省下的汤，再加上芜菁。这是节日大餐啊！

我感觉我们几乎有点幸福了。大家聊着，谈论着想象的佳肴，节日美食……假的和真的掺在一起，层层加码的结果就是越吹越大。要是有人说"我家准备了烤鸡"，便会有第二个人说"我家是烤鹅，填满了栗子"，第三个人则是"我们有十五公斤的圣诞火鸡，塞得满满的"，到了第四个："我这儿有妈妈准备的烤乳猪，一个大块头！"圣诞蛋糕成了喜马拉雅山，加满了各种美味：奶油，饼干，巧克力，栗子，黑醋栗啫喱，泡芙，拔丝糖，甜奶油……加啊加啊加，加得和营房里的木架床一样高。我用一道简单的面食让她们都垂涎三尺：

"姑娘们，我妈会煮大号的通心粉，然后拿一支塞满鹅肝酱的针筒，嗞，往通心粉里填上鹅肝酱，再放到烤箱里去烤。那个好吃啊！"

"鹅肝酱通心粉！行啊……你家真是财大气粗！"珍妮惊叹道，"因为在豪华餐厅，就算是巴士底的银塔饭店，上来的松露鹅肝片也全小得和十五子跳棋的棋子儿差不多。用鹅肝酱塞通心粉，也只有百万富翁才会想得到……"

不，珍妮，这只是个快饿死的小姑娘的梦呓。

我们这场嘴上竞技大会也许太吵了，因为到处有人喊："够了，别再聊吃的了，我们熬不住了，我们太饿了！……"

"好吧，现在只好呼呼了。"珍妮也没了兴致，"反正，老话不是说嘛，一睡管饱……"

此刻说这话……

玛丽后来忆起这个圣诞之夜，对我说：

"我那时看着你们一个个蹲在草褥上——你，法尼娅，已经是那么瘦，那样紧张；大伊莲娜，笑得那么亲切，头发乱蓬蓬的；小伊莲娜，就算在集中营，看起来也像是在野餐；弗洛莱特，性感的嘴唇，她的笑；珍妮和她顽童般的怪相；艾尔莎用表面的平静掩饰痛苦；高冷的玛尔塔那么脆弱；还有性欲高涨的洛特——我看着你们，在你们的嬉闹之中，我看到了疲惫的临床症状。可你们还是让人振奋，你们这群乐队女孩！……当我离开你们营房，外面下着雪，我慢慢走在沉睡的营地里。战场上没什么好消息，德军开始反攻。而营地里医疗条件恶劣，死亡人数不断上升。女囚们饥肠辘辘……我感到光明是那么遥远，它当时也确实很远。"

劫后余生

下了雪，结了冰。现在，冰雪开始融化，还要再熬一个春天？我们有可能再也看不到夏天——独处时我会这样想。在其他人面前我掩饰得很好，但我感到自己变得非常之轻。晚上，当姑娘们对我说"法尼娅，再给我们讲个故事，说个童话……"，我有障碍了，经常想不起来，我再也不给她们讲莫里哀、高乃依或拉辛的戏剧，因为脑子里动不动就一片空白。我只能说些简单的、已重复了二十多遍的故事，或自己瞎编个什么，这相对容易些。然而对我的记忆衰退和遗漏，她们的反应也越来越迟钝。无所谓了，我是她们的慰藉，我能带她们去别处。

营地补给艰难，火车、铁轨被炸，铁路、公路均被切断。几乎没有什么可吃的。他们无需费心来杀我们，等我们饿死塞进焚尸炉就成。结局临近，但我们能看到吗？一定的，我一向这样坚信，所以现在绝不能放手。在贝尔根-贝尔森，我强烈地感受到生命非同寻常的力量。

似乎又有一批囚徒从波兰抵达，要不就只是运来一批波兰女人，因为我们已经人满为患的营房现在更是远超负荷。党卫军派人在夯土地上扔了稻草，新来的人直接睡倒在上面。空气臭得让人窒息，尤其到了晚上。他们没有造厕所，甚至连粪坑也没挖。稍有体力的人还能出去解手，其他人就原地解决。我们成了牲口，并因为这种令人发指的羞辱而高度紧张。

我走出营房换气，顺便去找玛丽。她一脸疲惫，黑眼圈占领了她的面庞，但于她无损，她是那么美丽！

我问是否从波兰又送来一批囚徒。

"很有可能，有个波兰女人来找医生，看，就是她。"

那是一个强壮的农妇，包裹在数层长裙、披巾和一件大衣中。她站着，仿佛一口摆在地上的大钟。

"她得了什么病？"

"还不知道，我还没来得及检查。"

长着一张棱角分明、颧骨突出的方脸，女人紧盯着我们。她目光焦虑，面部抽搐，虽然双唇紧闭，但还是忍不住哼了一声。玛丽跑上前去，她看出了分娩的征兆：

"这女人马上要生了。"

玛丽把她扶上桌。女人一声不吭，脱下鞋，卷起裙子，褪下内裤，也不解头巾，就在桌上平躺下来。她张开双腿，做好准备。所有动作简单自然。她粗壮的大腿肤色白皙，肌肉强壮，深色的阴阜，生殖器看上去非常肿大，涨成了深紫色，张开的大阴唇紧紧包在一团椭圆的东西周围，那是孩子。我意识到我看到的就是孩子的头，不由一阵兴奋。玛丽对我喊：

"快来帮我，我拉的时候你就使劲推。等我拉不动了，再换你来拉我来推。"

她拉着孩子已经露出的头，我缓慢但使劲地推着，我从未干过这活,但我的双手奇迹般灵活而自然地配合着,它们没我这么笨,天生就会这些动作……女人咬牙闭唇,没有一声喊叫、一丝呻吟。她完全清楚党卫军会怎么处理这孩子。我又拉又推,看到这小小的生命出现了,他的头出来了,脸上皱巴巴的,紧闭的双眼依然流连于娘胎中的长夜。接着,是肩膀。我忘了那让我越来越麻木、带我远离生命的疲惫。我变得充满活力、极度兴奋,我想大喊:"生了,生了!他出生了!"

玛丽用她熟练的双手将孩子从母亲腹中拉出。这一切是那样行云流水,都把我看呆了,这是我第一次看到分娩,眼眶里不禁有些湿润。

我们没有剪脐带的工具,没有剪刀,什么也没有!玛丽毫不犹豫地一口将脐带咬断。没有水——现在只能在规定时间去接水,我们没法清洁孩子和大人。我们也没有现成的布来包孩子。玛丽攥住他的脚,把他倒提起来,拍打他的屁股:他啼出了声。

我脱下大衣,撕下衬里。几个月来,我从早到晚都活在这件大衣里。我们就用这片发着汗臭、沾着泥土、满是污渍的大衣里子把他包裹严实,可真是个大胖小子……女人始终一言不发,也不管没能清洗下身,就重新穿上内裤,放下裙子,蹬上鞋,把孩子抱在怀中,那种占有、守护的姿态令人肃然起敬。玛丽让她藏到医务室最里面那座木架床的顶层,以免党卫军注意到她和孩子——不然又何必让孩子生下来,还要救他呢?[1]

还是那天,回到营房,我看到了一个在以往任何时候都会让我作呕的场面,但刚刚经历的分娩让我觉得这件事,就其原始的动物性而言,具有某种意义:洛特当着整座营房千名女囚和她的卡波缠

---

[1] 孩子活了下来,最后与母亲一起迎来了解放。

在一起。她背贴着墙，向前腆着肚子，男人裤子褪在屁股下面，就在人群中——一些人还看着他们——毫无避讳地与她交媾。

在死神于我们周围肆虐之时播种生命。这真的很疯狂吗？的确，我们正一点点沉入疯狂。当这两人行事之时，我听到身边有人祈祷。她们是信徒？还是因为恐惧而乱拜神灵？在我们身处的这场比地震更恐怖的劫难里，信仰还在吗？对那些信仰犹太教、天主教、新教、东正教的女囚而言，生命与死亡意味着什么？她们哭着祝祷，不乏炙热的话语："感谢，我仁慈的耶稣，你因为对我们的爱而被钉上十字架，我们为你再怎么牺牲都不为过……感谢，圣母玛利亚，上帝之母，将如此多的苦难带给我们，我们甘愿为你和你的儿子奉献……感谢，感谢！"她们亢奋起来，一边忏悔，一边用嶙峋的拳头捶着自己平坦的前胸，她们痛哭着，近乎歇斯底里，这应该能让她们内心获得宁静。

另一些人，对着同一个上帝，爆发出可怕的诅咒："我诅咒你，耶稣！我曾如此相信你，你却抛弃了我。我诅咒你！诅咒那孕育过你的肚子！"她们无力报复背弃了她们的上帝，只能用力拧着手，狂抓自己，大声吼出自己的痛苦。

信教的犹太人将自己顽固地封闭在宗教仪式中，试图严格执行教仪，单调、机械地诵念祷告。不信教的则激烈地拒斥上帝，但并未像基督徒那样诅咒他。也许她们少点爱，不像基督徒爱耶稣爱到了身体里……犹太复国主义者生怕丢失犹太传统，反复操演，仿佛只要出现一丝遗忘，就意味着被逐出"应许之地"，得不到救赎……

是的，渐渐地，有人精神失常了。那一晚，有个女孩大叫有人偷了她的首饰。她从木架床上下来，一座床一座床、一张铺一张铺地把人推醒："把首饰还给我！"她又哭又喊，狠狠地用脚踢着睡在地上的人:"我的首饰,一群小偷,我的首饰!"所幸她很快就哭倒在地。

营房里臭得要把人熏死。身上裹着我那无价的大衣,我走出营房,我要呼吸,我要躺下,我要在室外睡。地面泥泞冰冷,我走着。前方,像堆干草一样精心垒放着一大批尸体,堆得老高,形状像个谷仓似的。焚尸炉里没地方了,尸体只能先放在外面。我像爬山一样爬上尸堆,爬到顶,躺下,昏昏睡去。偶尔有一条手臂或腿伸向它最后的位置,砸到我身上,那也砸不醒我。我熟睡着……早上,我终于醒来,意识到自己也正在失去理智。我恐慌发作,一路跑向医务室,玛丽的助手告诉我,她得了斑疹伤寒!

我惊呆了。突然,我大哭起来:为她,为我们,为我自己。每天,我隔一会儿就来探听玛丽的病情,她还没有死。她又挺过了几小时,几天……三周,就这样过了整整三周,她的助手告诉我她痊愈了!我见到了她——惨不忍睹!她总结自己的状况:

"我不能动了,是偏瘫?全身皮肤变灰。左膝附近三个大疱,右膝边上也有三个,左右对称,一动就会擦到。整条左臂发青,僵硬,张嘴非常艰难。一侧面部疼痛,肿起:腮腺炎。而且我变聋了!"

围在她身边的其他女病人嘻嘻哈哈地打趣:

"你可没少说胡话!你还看到一大片星星吗?你大半夜的唱歌,吵得我们谁也睡不着,但那总比听着你不知疲倦地重复同一个人名要好,你一念叨就是好几个钟头,我们都以为你要死了……我们担心死了!"

她能捡回条命真是太好了!我们又一次相信自己什么事都不会有,既然她能活下来。

克莱默上次来找我们是什么时候？我们甚至不确定他是否还在这里。格雷泽呢？有人看到过她，老样子，鞭不离手。难道她到现在还没看明白？党卫军奔走在我们之中，但只管忙他们自己的事，他们还注意我们吗？那是当然，他们小心翼翼，避免与我们有身体接触。我们衣衫褴褛，肮脏不堪，浑身都是寄生虫，会传染疾病——痢疾，尤其是那疯狂肆虐的斑疹伤寒。他们在等待命令？他们想起来时会给我们发些吃的，几口没有任何干货的稀汤。他们发现切断供水能够加快疾病传播速度，于是就变本加厉，越发频繁、长久地断水。匆匆搭建、本来只准备使用几个月的临时营房，塌了一半，钉在一起的木板四分五裂。看着一地狼藉，一个党卫军厌恶地说我们犹太女人：

"任何东西给她们一碰就会烂掉，包括木头。"

是的，我们正在腐烂，但不该由我们来承担这些罪名，该负责的是他们，光是他们的存在就能腐蚀最强健的生命！

几天后，我也得了斑疹伤寒。病倒前我有印象的最后一件事：集中营里的女人，我们，还有其他人，在营房外，光着身子排队，等着用开孔水管上漏出的涓涓细流来洗内裤与裙子。铁丝网那一边，男囚也同我们一样，他们有些人眼神呆滞地盯着我们。男囚，女囚，就像两群牲口围着屠宰场里半空的饮水槽。

现在，疾病完全占领了我。我的头痛得要炸开，我的身体颤抖不止，肠胃如绞，因为痢疾而腹泻不休。我沦为一只躺在自己排泄物中的病兽。

从4月8日起，我周围的一切都变成了噩梦。自己是存是亡，我一概不知。我只是一颗炸开的脑袋，一段肠子，一个一直在作业的肛门，浊液如大出血一样泄至体外。

在我上铺躺着一个不认识的法国女人；当我偶尔清醒时，我听到她用清晰、平静，甚至温柔的声音对我说："我要拉屎了，但我要拉在你头上，这更卫生！"她彻底疯了。其他人爆发出阵阵大笑，或者相互扭打，她们也彻底疯了。没有人管我们，连党卫军也不来了。他们停了水，这时我已病了三周。在某个清醒的瞬间，我想起玛丽就是病倒三周后康复的，所以我也快好了？在我身边，不断有人死去，我不认识或已认不出的人。我不想死，至少也得在一个波兰婆娘头上撒尿后再死。这想法让我发笑。我觉得自己太滑稽了。我叫来弗洛莱特、大伊莲娜和安妮，我对他们说："给我带个波兰婆娘来，让我在她头上尿尿。"她们笑了。不，她们没有笑，她们为我忧惧；可我以为我又一次让她们笑了。

我不知道我是否实现了这不端的愿望，但我经常想象这一幕，想得如此强烈，让我甚觉惬意。

无法用任何语言来描述最后五天的情形，无从描述。惨绝人寰。一千多名濒死的女人，一半还发了疯，挤在这座营房里！

随后就是那一幕，格雷泽，穿着整洁，香喷喷的，向我俯下身，这是我最后一次听到一个党卫军叫我"我的小歌唱家"，最后一次觉得我是乐队的人，最后一次听到有人提及乐队……"我的小歌唱家"……

党卫军下令消灭我们，烧毁集中营。1945年4月15日，我们本该在15点被集体枪决。11点，英国人赶到了！

我们的喜悦心情尚未平静，但欢腾的人群渐归寂静。集中营迎来了新生。吉普车、指挥车、半履带战车、卡车穿梭在营区。到处都是卡其色——多美妙的颜色啊！——制服的战士。他们的厚呢制服和囚徒们的破衣烂衫交汇一处。我们的解放者，他们有吃有喝，多么健壮！在他们身边，囚徒们苍白干瘦。犹如一股生命的洪流，胜利者向我们涌来，我们多想摸摸他们，把我们的手浸入这股清流，就仿佛那是"青春之泉"。他们呼朋引伴，高兴地吹着口哨，但一看到囚徒们不成比例的大眼睛、炙热的眼神，又会突然一下沉默下来。他们多有活力！他们健步如飞，能跑，还能跳！这些活动对他们来说不费吹灰之力，换成我们却可能要搭上最后一口气！他们似乎不知道有人只能慢吞吞地活着，没法剧烈活动。

我为BBC唱完，和姑娘们——安妮、大小伊莲娜、玛尔塔、弗洛莱特、珍妮——一起从那栋党卫军营房里出来。那是令人惊奇的一刻，但瞬间，它便离我远去。它已经成为过去，我现在需要另一个激动人心的时刻，它在哪里？我不知道。我们贪婪地注视着身边的景象，沉醉其中。

是静了下来还是相反，响起了一阵脚步声？一定发生了什么，被我那因疾病而敏锐得生疼的感官察觉到了。狗的嗅觉、猫的听觉也不过如此。我抬起头，想越过来往的人群看看那过来的是什么……朝我们这边来了……营地入口人影晃动，人们纷纷转过头去看一支奇特的队伍：克莱默带着他手下的军官、国防军士兵、党卫军同伙走来。他穿着军衬衣，没有武器，也没戴帽子。英国兵举着斯登冲锋枪，在旁押送。

我们看着他们，一下子没能反应过来。我们曾经只为这一刻而活。我们千百次想象、打磨这一画面，添加万千种复仇细节，但猛地看到这队人穿过集中营，我们一时还不明白渴望已久的这一幕终于成真了！今日的阶下囚朝前走着。克莱默耷着他宽大的肩膀，他的头缩得更深了。他公牛般的身躯，那双击倒囚犯、杀害孩子的铁拳，现在还能帮他吗？

他注视周围：昨天还被他踩在脚下的蝼蚁今天成了他的对头。她们当中，会有人因为没有被他杀掉、因为这一遗忘而感谢他吗？

看到我们时，他的目光有几分狡猾，我们不是他的乐队吗？对于我们，他可是只做过好事！我们一动不动，一声不响，享受着逼视他的快感。我们身上汇集起遥远而黑暗的、来自下意识深渊的力量，它们还未建立与意识的联系，所以我们一言不发。

英国兵把俘虏押上停在墙边的一辆军用卡车。到此为止了，他们将被带走关押。很简单。太简单，太便宜他们！他们并排站在卡车敞开的车厢里，并不很挤，他们会被当做囚犯押送，而不是牲口。我们看着他们，在卡车侧栏后，仿佛是射击摊上的一套靶子，节假日游乐场里等着被子弹射倒的丑陋的偶人。那他们，他们等的是什么？我们向前慢慢挪了几步。一块空地把我们和他们隔开。几点绿色隐隐侵入我的眼角，应该是地上的青草。

我们又向前走了一步，在那里站定。身后跟着其他女人。在我们左右，人群开始聚集、膨胀，不断有人加入，注入新的仇恨，但还没爆发。他们似乎都在等我们发出信号，好像我们有专门的账要和克莱默算，而他们承认、授予我们率先清算的特权。

站在囚车上，他们还自觉高人一等吗？他们是否自知死活全由我们说了算了？他们灰头土脸，他们的制服、衬衫突然显得陈旧不堪，仿佛他们曾和衣而卧。是被焦虑的汗水浸湿、泡软的结果吗？没有皮带，没有武器，这些制服不再挺括。没了衣装，他们全都跑了气。终于，我真切地意识到了这一刻的现实。我浑身上下每一根神经，头脑中每一个细胞，都竭尽全力想要控制自己，镇定地看着他们，长久地注视他们，在他们胡子邋遢的脸上，在他们的眼神中寻觅、发现那些他们曾在我们眼中催生的恐惧。我多想把这特殊的一刻延长下去，但它消失了。我无法分身，同时充当目击者和参与者。激情席卷而来，将我淹没。出现在这些暂时毫发未损的败寇和我们之间的沉默极为脆弱，一声呐喊就能将它撕破，把它变成惊天动地的喊声，释放出我们心中积蓄已久的仇恨。

英国兵在做什么？为什么还不带走他们？站在车下的一个士兵一直把枪口对着他们。如此听任复仇的党卫军在我眼中突然变得不堪一击。我一下醒悟：英国兵把他们留给我们发落！归我们了！暴力的阀门被打开。难道是巧合吗？一名军士长背着手迈着方步远离卡车。这位彼拉多没有对无罪的人无动于衷[1]，而他离开后投出的第一块石头不是为了报复，而是为了正义。我不知道究竟是谁拿起并扔出了这块石头！但这不啻向其他人发出了信号。石块纷纷落下，精准地击中目标：鼻子，脸……额头，耳朵！

看守他们的英国兵依旧纹丝不动，用枪指着他们。他不可能不知道正在发生什么，但他只当不知。

人们会蜂拥而上。我能感觉到，人群狂野难挡，随时会像洪水一样决堤。女囚们如兵蚁一般从四面八方冲过去。就在这时，冒出一小队士兵，拦在我们和俘房当中。我松开手里的石块，随着它掉落在地，周围响起一片类似的落石声。我们的权利被剥夺了。英国人执行命令："党卫军作为战俘处置。"卡车发动，我们看着失魂丧胆、气急败坏、灰青着脸的克莱默[2]一伙离开，从视野中消失。

当晚，我们几个人睡在了党卫军的营房里，睡在他们干净的行军床上，六人一间。太豪华了！房间里有一张桌子、多把椅子、隔断、干净的地板与供水……只需打开水龙头！我们用力搓澡，估计搓掉了一层皮。这水成了涤罪之水，我们自觉被所遭受的一切玷污了。躺在党卫军的床单上，我们喜极而泣，不断重复着：

"瞧啊，瞧啊，终于等到这一天了，我们解放了！"

---

[1] 按照圣经福音书里的说法，罗马犹太行省的总督彼拉多明知耶稣无罪，但迫于压力把他交给了犹太宗教势力处死。——译注
[2] 约瑟夫·克莱默后被英军军事法庭判处死刑。

"我们熬到了'以后'!"

这一夜,不少囚徒都死在了"以后",被丰盛的食物、各种罐头害死了。士兵们不了解痢疾、长期饥饿对我们身体的影响,将带着的所有补给都给了我们:军粮、香烟、糖果,过于丰盛,超出了我们身体的承受能力。我们要等肠胃逐渐恢复后才能适应正常的饮食。

很快,集中营换人了,我们的解放者继续向前推进,其他部队来接替他们。我们等着被遣返,需要办许多证件,暂时就安置在那里,这对我们没什么不同。奇怪的是,我们并不急于回家。正常的生活让我们不安,我们已忘记了相应的语言与动作。再者说,会有人在车站等着我们吗?我们所为之努力活到现在的人是否还在世间?没人讨论这些问题。我们在这两种截然不同的生活的夹层中颇觉舒适。现状让我们安心。

一些不知来自哪里的塞尔维亚人和克罗地亚人从我们营地中转。我们远远看到他们,高大、棕发的男人,露着惨白的食肉动物的牙齿。那是偶尔扫到的几眼,有眼无心。终于,我懂了,我们满脑子全是这个奇迹:我们活下来了。我们还在为这奇迹感叹。我们守着它,全身心地护着它,唯恐受到干扰。事实上,我们还非常虚弱。我们的健康状况还不稳定,不时受到腹泻、头痛的折磨,没来由地发烧。确实,活着让我们焦虑,面对新生活,我们因胆怯而麻木。

这是 5 月的早晨,天气晴朗,艳阳高照。

"姑娘们,要不要一起出去走走?"

安妮、大小伊莲娜、弗洛莱特和珍妮或坐或躺在各自的行军床上。德国人赫尔嘉与玛尔塔不知被带去了哪里。弗洛莱特有些犹豫

地看着我,率先开口:

"禁止!你知道的。他们担心我们去农村、小镇上闹革命。那个把门的俄国人不会让我们出去的!"

我吃惊地问:

"一个俄国人,打哪儿来的?怎么昨天没有看到他?"

穿着长长的军大衣,戴着顶滑稽的缀着红五星的绒帽,一个一米八的大个子俄国人守着营地大门。一名刚解放的战俘,被派了这个容易的差事?还是说附近驻扎着一小股苏联红军?我们到后来也没弄明白究竟是怎么回事。他是我在那儿见到的唯一的俄国人。

"你会俄语,去和他说说,让我们出去逛逛?"

"等着。"

我走向前:

"你好,达瓦里希[1]!……"

这是个真正的卡尔梅克人,长得甭提多带劲:翘鼻子,高颧骨,眼睛转得那个快,就像黑色的小弹珠。我的身高一定只及他的腰。他像一座巨塔一样弯下头,对我笑着。我们展开了一段愉快的对话:

"话说,老伙计,你能往那边瞅瞅吗?"

我指着与女孩们所在位置相反的方向。

"为什么,亲爱的?"

"因为我们想出去散个步,但没有许可。你只要转个身就看不到我们,没看见的话就不算你放出去的,也不会挨批评了!"

他笑啊……笑啊……整件军大衣都在跳动。于是,仿佛一只硕大的狗熊,他缓缓地背过身去,我们飞也似的奔上山岗,好似一群

---

[1] 俄语:同志。——译注

放学的学生或是放假的孩子。在一片树林边的花田里，我们气喘吁吁地停下。鲜花顺着我们的腿涌上来，像温柔清新的海浪。数日来，关在自己的房间里，我们再也不敢面对生活，却不知春天已经绽放。

待在花海中是如此神奇，我们说不出一句话。心脏怦怦跳着，我们索性倒下，倒在草地里。我们仰天躺着，看着如此湛蓝、触手可及的天空，安静地听着鸟叫——我已经有两年没听到过鸟叫了。

躺在草地上，晒着太阳，旁边是一小片枞树和桦树林，阳光照在脸上，这看起来这么简单。只是，我们知道这简单的代价：泪水，鲜血和恐惧。泪水再次涌入眼眶。乐队其他伙伴们，留在比克瑙的伙伴们，我们喜欢的人也好，不喜欢的人也好，她们现在在哪儿？我们所爱的人，我们丢下的亲人，他们在哪儿？此刻，那些值得相信的人，还有谁在等着我们？是时候了，该奔向他们，重新拥抱世界了！于是，我们坐起身，我们开始观看生活！对于我们每个人来说，这是一次重生！

我们在那里待了很久，当阳光变得不再炽热，我们起身，手牵着手平静地踏上了回去的路。

路上，一群塞尔维亚人迎着我们走来，棕色的卷发，深色的眼睛，洁白的牙齿嚼着一棵草、一朵花，敞开的衬衫里露着金色的皮肤，那轻颤着的胸毛，让人渴望去触碰的温热的皮肤……

我们觉得轻盈起来，越来越轻盈……年轻，如此年轻……那些人爆发出胜利者的笑声，我们想要和他们谈情说爱，投入他们的怀抱……待上一小时，一天，一生……

我们得救了。

后记

如今的我们

生活就在那等着我们，我们投入其中，并被卷入它的洪流，有些人就此天各一方。曾将我们联系在一起的命运，因其无常，也会将我们分开。

被送到贝尔根-贝尔森集中营的只是很少一部分乐队成员。我们在那里就得知年届半百的弗豪克勒纳没能扛住。估计音乐营还有些人也死在了那里，但我们怎么可能知道呢？各人自扫门前雪，我们小心翼翼地守护着自己残存的一口气，以防它受到任何侵犯。我们只对自己感兴趣。

耐心、冷静、低调的艾尔莎没能承受住新生活的喜悦，解放后不久就过世了。

小伊莲娜好歹结了婚，但并不是与保罗，而是另一个人。事实上，很少有姑娘能同自己朝思暮想的小伙重逢，即便常常是这思念支撑着她们活下来。小伊莲娜确信自己会长寿，但一场扩散全身的癌症带走了这位聪颖、勇敢的女性。

克拉拉也没多活很久。担任卡波的历史让她无法参加集中营受害者联盟。她没能实现成名的美梦。她结了婚，有过一个孩子，但这孩子不幸夭折——被围嘴布给闷死了，太惨。她当过一档电视节目的制作人，名字在电视里露出过，只可惜昙花一现，很快她就死了。

其他一些人过得挺不错。波兰人爱娃，我的挚友，与丈夫和儿子重逢了。1960年，我重新见到她，她已经实现了梦想，成为克拉科夫一座剧院的经理。

大伊莲娜回比利时之后结婚了，对前任婆婆她除了鄙视之外并没有报复。她育有两个孩子，住布鲁塞尔，离安妮不远。安妮也结婚了，有两个孩子，经营着自己的生意，非常活跃。

弗洛莱特勇敢地克服了重重困难，后来也结婚了，生了两个孩子，在法国南部某处经商。

玛尔塔成为著名的大提琴家，与同为音乐家的丈夫生活在伦敦。据说她年幼的儿子也非常被看好，有望成为一名杰出的大提琴家。

玛丽医生过得很幸福，她与苦苦等待她的恋人成婚，在塞纳省警察局担任要职。

1958年，我偶然得知匈牙利爱娃婚后生活在瑞士，她的同胞莉莉嫁了个英国人，生活在伦敦。

我没有任何珍妮的消息。也没有希腊人伊韦特和她姐姐莉莉，以及那些可爱的乌克兰人、俄罗斯人、波兰人、德国人，还有捷克人玛戈、荷兰人弗洛拉的消息。她们后来都下落不明。

我们当时梦想着"以后……以后……"，有人梦想高远，有人胸无大志。

而我实现了我的梦想没有？实现了。我想唱出这世上的苦难与快乐。二十五年来我走过一座座城市，在一个个舞台上，我实现了这夙愿。这深深的幸福感同我想象的一模一样。唯一区别在于，我当时没想过在故乡法国以外的地方获得成功，结果我的福地竟是东德。

我梦想过伟大的爱情，我拥有了它！它占据了我女性生命中二十年光阴。

我一直将友谊摆在至高无上的位置，我也拥有了温柔、可靠的朋友。

图书在版编目（CIP）数据

续命：奥斯维辛女子乐队纪事 / (法) 法尼娅·费内隆口述；(法) 玛塞尔·鲁捷执笔；周学立译. -- 上海：上海文艺出版社，2022
ISBN 978-7-5321-8147-6

Ⅰ.①续… Ⅱ.①法…②玛…③周… Ⅲ.①回忆录—法国—现代 Ⅳ.①I565.55

中国版本图书馆CIP数据核字(2021)第206314号

FANIA FÉNELON
Sursis pour l'orchestre
Témoignage recueilli par Marcelle Routier
Copyright © 1976 by Opera Mundi, Paris.
Simplified Chinese edition arranged through Dakai – L'Agence
Simplified Chinese edition copyright © 2022 SHANGHAI LITERATURE & ART PUBLISHING HOUSE
All rights reserved.
著作权合同登记图字：09-2020-615
Cet ouvrage a bénéficié du soutien des Programmes d'aide à la publication de l'Institut français.
本书获得法国对外文教局版税资助计划的支持。
2020傅雷青年翻译人才发展计划项目

发 行 人：毕　胜
责任编辑：赵一凡
封面设计：朱云雁

书　　名：	续命：奥斯维辛女子乐队纪事
作　　者：	[法]法尼娅·费内隆
执　　笔：	[法]玛塞尔·鲁捷
译　　者：	周学立
出　　版：	上海世纪出版集团　上海文艺出版社
地　　址：	上海市闵行区号景路159弄A座2楼 201101
发　　行：	上海文艺出版社发行中心
	上海市闵行区号景路159弄A座2楼206室　201101　www.ewen.co
印　　刷：	上海市崇明裕安印刷厂
开　　本：	890×1240 1/32
印　　张：	11.5
插　　页：	2
字　　数：	200,000
印　　次：	2023年1月第1版　2023年1月第1次印刷
I S B N：	978-7-5321-8147-6/I · 6446
定　　价：	69.00元

告读者：如发现本书有质量问题请与印刷厂质量科联系　T: 021-59404766